AF435841

Imative B

June Cilgrino

Imative B

Numéro d'ISBN : 979-10-96516-04-9
Couverture : June Cilgrino
Retouches Graphiques : Fox Graphisme

« Dépôt légal : Juillet 2018 »
Version : Mise à jour Juin 2021

À mon ami Philippe H.,
Merci pour ton courage et ta lumière.

« *L'impossible recule toujours quand on marche vers lui* »

Antoine de Saint-Exupéry (1900 – 1944)

Chapitre 1

Il faisait nuit. Une tiédeur étrange embrumait les lieux, secouait les arbres et soulevait le duvet sur ma peau. Entre les troncs sombres, des éclats plus pâles révélaient la présence, douce et lointaine, de la lune. Je pouvais la percevoir, voilée par intermittence par des nuages vaporeux. Insaisissable. Tout comme je l'étais. Rapide, silencieuse et dangereuse... Ce n'était pas des jambes qui foulaient le sol à mesure que je m'enfonçais dans la forêt, c'était des pattes. Les longues pattes sauvages d'un animal.

Cette pensée me terrifia, me fit reculer dans ce rêve ou ce cauchemar tandis qu'une présence m'attirait vers un autre abysse.

« Lisor, tu me manques tellement. Tu es là et pourtant... tu n'es plus là... Reviens-moi, Lisor... »

— Je suis là ! m'exclamai-je en me redressant la main tendue pour saisir celle de Manoa.

J'étais sûre d'avoir senti le poids de ses doigts sur mon lit, contre mon poignet, mais ma paume n'accrocha que du vide, un vide atroce. J'eus beau fouiller la pièce du regard, Manoa n'était pas là. Tout comme ces six derniers mois. Je me laissais retomber tout à fait contre mon oreiller. J'inspirai profondément, complètement submergée par la sensation de sa présence si réelle et le contraste de son absence si douloureuse...

Heureusement, la paix de la vaste chambre ensoleillée me gagna peu à peu. Les lieux sereins et luxueux n'avaient pas changé depuis mon arrivée dans la villa d'Ana. Néanmoins, il manquait à mon quotidien un protagoniste de choix... Manoa.

Ce n'était pas la première fois que je rêvais de lui. En fait, il était omniprésent dans mes pensées. Que je fusse réveillée ou endormie : il était là, dans mon esprit, dans mon cœur et dans le meilleur de mes souvenirs. Impossible d'oublier ce regard bleu qui m'avait conquise et happée en une seconde, ce sourire en coin qui m'avait vaincue au premier instant et tout à la fois, persuadée de sa dangerosité ! Surtout, impossible d'oublier combien je l'aimais et que, mystère de l'univers, il m'aimait lui aussi. Suffisamment pour s'être sacrifié pour moi. Mais il n'était pas mort. *Juste* condamné à cent ans d'esclavage pour avoir défié la loi des azras en me protégeant. Or je comptais bien le revoir avant ce délai, le récupérer et lui interdire à jamais de tout risquer pour moi, une nouvelle fois.

Un sourire se dessina sur mes lèvres tandis que mes yeux s'habituaient à la douce clarté du matin. Oui, j'allais le retrouver. Peut-être même aujourd'hui. Cela expliquait sûrement la brutalité de ce rêve.

Je pris une grande inspiration et roulai sur le côté pour pouvoir m'extirper du lit. C'est que j'avais les proportions d'un cachalot ces temps-ci. Je posai une main sur mon ventre rond, énorme, et mon sourire s'agrandit.

— On va le revoir, mon bébé ! dis-je d'une voix enjouée en observant mon ventre. On va retrouver Manoa... ton... *beau-papa* ?

Ce n'était pas une appellation qui convenait au brun ténébreux qu'il était. D'ailleurs, rien ne pouvait le qualifier à mes yeux. Cette idée eut toutefois le mérite de me faire rire.

Il fallut un gros effort pour me hisser hors de mon lit, ma bonne humeur m'aida. Mon corps avait changé, c'était un fait. Je ne le reconnaissais plus tellement. Il avait fallu des mois pour me faire à l'idée que j'étais enceinte ; mes formes, elles, avaient surgi, s'étaient imposées sans me laisser voix au chapitre.

Enceinte... À vrai dire, si mon apparence le criait, si les mouvements de mon bébé me le rappelaient souvent, j'avais encore beaucoup de difficultés à assimiler cette donnée.

Tout en me dirigeant d'un pas lourd et lent vers ma salle de bain privée aux allures de thermes antiques, je repensais à ma vie, ou plutôt, à cette vie improbable à laquelle j'assistais parfois impuissante.

Moi, Lisor Gianello, j'étais née à la fin de l'année 4093, à une époque où les humains survivants – mes congénères – se faisaient rares. Poursuivis et traqués depuis des siècles, nous étions exterminés par les dirigeants de ce monde, une poignée d'êtres génétiquement modifiés que l'on appelait les azras. Ces derniers tenant plus de l'ange que de l'humain – avec la bienveillance en moins pour la plupart – se pensaient meilleurs pour la planète que nous l'avions été.

Il y avait quelques mois de cela, en l'an 4115, mon petit groupe d'humains survivants s'était fait décimer. J'avais survécu contre toute attente grâce à un produit que m'avait confié ma grand-mère juste avant sa mort : l'Imative A. Chaque gorgée permettait de se faire passer pour une hybride, l'une de ces créatures mi-humaines mi-azras qui peuplaient désormais la terre.

J'avais alors été immergée dans la vie de mes ennemis, plus précisément, à Olyméa : une mégapole très puissante dirigée par un cercle composé de sept azras.

Quand ma nature avait finalement été démasquée, j'avais dû paraître devant ces êtres étonnants, magnifiques et implacables. C'était pourtant la clémence de l'une d'entre eux, Ana, qui m'avait permis de survivre. Mais aussi, et surtout, grâce à l'aide de mes alliés, des hybrides et un autre azra – Zefryam – qui m'avaient protégée dès mon arrivée.

Ces souvenirs étaient étranges, comme trop vieux, déformés, irréels. Je prenais ma douche en me demandant si tout ceci avait vraiment eu lieu. Je glissai mes mains adoucies par le gel odorant sur mon ventre énorme. Ça, c'était bien réel...

La loi des azras était formelle : aucun humain n'avait le droit de vivre. Pour me sauver, Zefryam avait fait miroiter l'existence d'une formule remaniée, capable de faire muter des humains en azras, ce qui n'était pas arrivé depuis deux mille ans...

Alléchés par la possibilité folle d'agrandir leurs rangs, les azras du conseil avaient accepté de m'accorder un sursis à la condition que je tombe enceinte.

« Par chance », il restait un autre humain vivant dans les parages : Ethiel, qui – une fois n'est pas coutume – faisait partie des gens ayant tenté de se sacrifier pour moi.

Je n'avais cependant pas été disponible pour la « manœuvre » : mon état catastrophique m'avait plongée dans le coma. Cette situation n'avait pas démonté mes alliés qui auraient fait n'importe quoi pour me sauver ; ils avaient donc procédé par insémination artificielle.

J'aimais beaucoup Ethiel qui était, avec moi, le dernier survivant de la communauté d'humains dont nous faisions partie. Il avait vécu l'enfer à mes côtés et m'avait sauvé la vie. Je tenais à lui énormément pour ce geste et pour le simple fait que je l'avais toujours respecté et admiré. La situation était cependant encore plus compliquée qu'elle n'y paraissait, car, bien avant d'être mise enceinte sans mon consentement, j'étais tombée amoureuse de l'un des hybrides qui m'avaient protégée : Manoa. Mon univers tournait autour de lui, alors que d'emblée, rien n'aurait dû nous rapprocher ou me faire croiser sa route.

Mes ablutions terminées, je m'enveloppai dans une immense serviette et me plantai devant l'une des énormes psychés qui ponctuaient les murs de la villa d'Ana, ce lieu où j'évoluais depuis six mois. J'étais une jeune femme mince, aux longs cheveux châtains bouclés, aux grands yeux marron et à l'énorme ventre rebondi par huit mois de grossesse. Mon visage n'avait pas tellement changé. Il était toujours émacié, toutefois la fatigue qu'il exprimait était différente d'antan. Ce n'était pas l'épuisement qui alourdissait mes traits, cernait mes yeux et assombrissait ma mine néanmoins blafarde. C'était autre chose. Peut-être d'avoir survécu à des années de traque, à la mort de toute ma famille, à la brutalité de l'Imative A, à un cancer, à une grossesse pour le moins... non préméditée, et à l'absence déchirante d'un premier amour. Tout ceci était beaucoup pour une seule et même frêle petite personne.

Je me souvenais étrangement des premiers temps sans Manoa. J'avais vécu durant des semaines comme dans un rêve. Ou plutôt, un cauchemar. J'étais devenue une espèce de fantôme. Comme si le départ de Manoa m'avait vidée brutalement de toute ma substance. Il était devenu un but. La raison qui m'avait fait prendre goût à la vie, la raison de me battre, de sourire et même d'espérer. Le perdre sans savoir quand le revoir... Je n'avais pas été préparée à cela, quand bien même l'aurais-je été, je n'avais pas su pourquoi lutter.

D'autant que ma première réaction était de nier totalement l'existence de l'enfant. Je n'avais pas choisi de tomber enceinte et n'avais rien fait pour cela. C'était trop déroutant pour être réel.

Le confort n'avait pas manqué pourtant. Un confort dont je n'aurais jamais osé rêver du temps de ma vie d'humaine traquée. Nonobstant, je voyais l'immense villa d'Ana, les jardins magnifiques – bien que cernés nuit et jour par des hybrides chargés de nous surveiller –, la piscine, les salles fleuries et somptueuses, d'un regard absent.

Heureusement, mes amis avaient été fort présents pour moi. Ces hybrides, qui, sans jamais me juger, m'avaient d'abord acceptée comme la mystérieuse Eléa Wilson, esclave potentielle, puis ensuite, Lisor Gianello... l'humaine, peut-être même la dernière...

Prisonniers, à la même enseigne que moi, Fay et Allan semblaient avoir bien pris la chose. S'imposant dans ma chambre avec des films à regarder en hologramme depuis mon lit, ils m'avaient entourée avec une ferveur qui m'avait sûrement sauvée du gouffre.

James, bien que plus distant, s'était montré présent lui aussi et pas seulement parce qu'il était assigné à résidence tout comme nous. Je le sentais protecteur. Une enquête m'avait vite appris les raisons de cette générosité, que sa grandeur d'âme n'était pas seule à expliquer : avant son départ, Manoa lui avait demandé de veiller sur moi ; mieux encore, de me sauver ainsi que le bébé quoiqu'il arriverait. J'avais vite découvert qu'il avait exigé cette promesse de chacun des membres de notre groupe, déjà bien engagés dans la défense de la dernière humaine. Ana, Zefryam, Fay et Allan avaient eux aussi juré de me protéger, quoiqu'il en coûte. Je savais très bien ce qu'ils risquaient en ce faisant : leur vie. Car les membres du Conseil ne me voulaient pas vivante. Les choses n'avaient pas été dites si clairement, seulement j'étais consciente que cette grossesse ne m'offrait que du temps. Seul mon bébé les importait... Et encore, il serait un insecte de plus, tout juste bon à être piétiné, lorsqu'ils découvriraient l'inexistence de la formule remaniée.

Malgré tout, ce goût du sacrifice qu'empoignaient tous ceux qui m'approchaient ne me culpabilisait plus autant. Car à force de jours, de semaines et de mois, mon instinct de survie avait repris le dessus. Après tout, j'étais peut-être plaintive et mal en point, sauf que j'avais une force de vie peu commune quand on notait ce par quoi j'étais passée...

Ou bien était-ce l'instinct maternel ? J'ignorais quand cela s'était déclenché. Peut-être quand j'avais découvert le sexe du bébé ? Peut-être même avant. Sûrement avant, quand je l'avais senti remuer en moi. Quand j'avais compris. Compris ce fait indéniable : cet enfant était encore moins responsable de la situation que je ne l'étais. Il n'avait pas demandé à venir. En vérité, il était entièrement dépendant. Le désir de le protéger s'était fait un chemin dans mes entrailles. Une sorte de besoin primaire sur lequel il était impossible de mettre des mots. Il m'avait pratiquement saisie, de plus en plus brutalement, à chaque fois qu'on évoquait l'avenir incertain qui nous attendait tous. J'allais me battre pour le préserver, il faudrait me tuer, et encore, pour qu'on puisse l'atteindre. C'est dans cette assurance, dans cet amour irraisonné, que j'avais puisé la force de passer à autre chose. Non pas d'oublier Manoa, mais de l'en aimer davantage, de l'aimer au point de croire en lui, de croire en la promesse de son retour, ce qui m'avait paru impossible aux premiers jours.

Bien sûr, je n'étais qu'une faible humaine, guérie d'un cancer certes, toujours très affaiblie cependant, et sûrement jusqu'à ma mort. Je n'arrivais même pas à m'imaginer un avenir, quand j'y songeais, ce qui succédait l'accouchement restait sans couleurs et sans mots dans mon esprit ; un gouffre noir. Si Ana et Zefryam passaient des jours en pourparlers sur leur TS afin de négocier notre liberté, et celle de Manoa, j'étais assez réaliste concernant ma longévité. Pourtant, une chose était certaine, même si j'étais faible, même si je n'étais rien pour les azras du conseil, j'étais l'essentiel pour *mon* bébé. Pour le moment, j'étais même *tout* pour lui. En vertu de cette loi, j'avais le devoir de vivre et déjà de veiller sur lui autant que possible.

Animée par cette nouvelle volonté, j'avais commencé à remonter la pente, lentement et sûrement. Mes muscles atrophiés par trois mois de coma avaient été douloureux très longtemps et mon état demeurait précaire. Toujours est-il que cette détermination, cette rage de vivre pour protéger plus fragile et dépendant que moi, ne m'avaient pas quittée. Et puis, je l'aimais ce locataire dont on avait improvisé la vie, tout simplement ! Et cela aussi, comme penser à Manoa, me faisait sourire.

En vérité, tout aurait pu me faire sourire ce jour-là. Car la veille, Zefryam et Ana nous avaient annoncé une grande nouvelle lors du repas. Les efforts qu'ils avaient fournis pour obtenir la libération de Manoa avaient peut-être porté leur fruit ; Zefryam était en effet autorisé à se rendre auprès du Conseil pour plaider sa cause, et cela même, dans les plus brefs délais.

Après des mois de supplications, ce brutal revirement était de bon augure, preuve que ces azras implacables avaient possiblement revu leur jugement. De plus, nous étions tous attendus au Palais, probablement parce que, groupés, nous serions plus faciles à surveiller.

Cela dit, le fait que les membres du Conseil m'autorisent de nouveau à pénétrer leur environnement me surprenait. Peut-être ne me considéraient-ils plus autant comme une abjection de l'univers. Ou peut-être, l'accouchement approchant, s'efforçaient-ils de me garder sous la main, histoire que je ne me fasse pas la belle dès que l'occasion se présenterait.

Tout en m'habillant, j'imaginais malgré moi ce que Manoa allait penser. Je n'avais aucune envie qu'il me voie avec cet énorme ventre qui m'épuisait. L'accouchement me terrifiait et il était clair que je refuserai sa présence durant cet événement. Le savoir non loin était tout ce qui comptait. Je ne savais pas dans quel état j'allais le retrouver : tout le monde s'employait à dire qu'il n'aurait aucun souvenir de sa période d'esclavage. Il serait sûrement tel qu'il était lors de son départ, quinze jours après mon réveil du coma. Je me souvenais comme si c'était hier de nos adieux...

L'évoquer mentalement me fit monter les larmes aux yeux. Je balayai cette pluie d'un nouveau sourire. J'allais le revoir, si ce n'était aujourd'hui, je n'allais, jamais, *jamais*, perdre espoir. Une fois qu'il serait là, une fois que le bébé serait là, peu importerait l'avenir, ils étaient désormais pratiquement tout ce qui comptait pour moi.

— Lisor ? Je peux entrer ?

Je perçus la voix de Fay à travers la porte alors que je sortais de ma salle de bain, fraîchement revêtue d'un haut ample aux couleurs mauves et douces de la maternité, et d'un pantalon sombre qui soutenait habilement mon ventre. Parfumée et habillée, je me sentais déjà en meilleure forme. Je tendis naturellement la main vers mon grand lit où reposait le sac que j'avais commencé à remplir la veille.

— Bien sûr, fis-je tout en vérifiant son contenu.

Il était prévu que nous logions dans les appartements qu'avait Ana au Palais, le temps des délibérations. Je n'aurais pas su me préparer dans de si bonnes dispositions si la joie à l'idée de revoir Manoa ne m'avait portée. Ces derniers temps, je craignais d'accoucher avant terme ; mon ventre était de plus en plus souvent dur et douloureux. J'étais harassée.

Fay entra et sourit en me voyant déjà occupée à peaufiner mon sac de voyage. J'y avais inséré plusieurs ensembles de grossesse. J'avais également réussi à y caser quelques-unes des tenues que Manoa m'avait offertes, il y a des mois de cela, lorsque je vivais dans son appartement à Opra, lorsqu'il me pensait humaine et lorsque je me rêvais hybride. Une autre vie qui me laissait une étrange impression d'irréalité. Je regrettais souvent de ne pas avoir profité davantage de sa présence, mais comme l'aurais-je pu ? J'étais tout de même tombée amoureuse de lui à une vitesse record, et j'avais toujours été consciente que le temps passé à ses côtés ne m'appartenait pas tout à fait.

— Je vois que tu n'es pas en retard, constata Fay en s'installant au bout de mon lit. Les protecteurs ne viennent nous chercher qu'en fin d'après-midi.

Je ne lui répondis pas, me contentant de lui lancer un regard partagé entre joie et détresse. Puis, je me tournai vers un tiroir tout spécial de ma commode, que j'ouvris avec mille précautions, comme si ce qui pouvait s'en échapper m'était plus précieux que la vie. Et c'était un peu le cas. Il s'agissait des vêtements que Manoa s'était fait livrer à la villa et qu'il avait portés durant les trois mois où il m'avait veillée, moi dans le coma, et les quinze jours où il m'avait couverte d'attentions... avant d'être livré à la justice.

Tout était propre et soigneusement rangé. Toutefois, j'avais eu l'intelligence – ou la folie – de récupérer les derniers habits qu'il avait utilisés avant qu'ils ne soient lavés. Ensuite, avec une certaine dose de maniaquerie, j'avais emmailloté les tissus les uns dans les autres, espérant ainsi conserver son odeur le plus longtemps possible. Quand il me manquait trop, j'allais chercher l'une de ces reliques, je l'ouvrais avec une attention délicate et en respirais le parfum longuement, par petites lampées économiques ou en grandes inspirations désespérées : tout dépendait de mon état du jour. La fibre de certains vêtements, comme les gilets et les vestes, avait été reniflée avec art. J'avais dormi avec nombre d'entre eux, m'ingéniant à recréer sa présence par cette douce torture olfactive. Après six mois, l'odeur de Manoa s'était dissipée de pratiquement tous ces tissus. J'avais donc été très parcimonieuse, gardant jalousement un dernier t-shirt, entouré par d'autres, qui devait avoir conservé son parfum. Je le pris très délicatement, comme si un faux mouvement aurait suffi pour laisser échapper la subtile fragrance et tout aussi savamment, je déposai le vêtement au milieu de mon sac, le coinçant religieusement entre plusieurs robes.

D'accord, j'allais revoir Manoa, malgré tout je voulais parer à toutes déconvenues !

Fay m'observa patiemment durant tout ce manège. Elle m'avait vue dépérir en m'accrochant aux fringues du bel hybride, il y a des mois de cela et même si, entre temps, j'avais semblé me détacher de ce tiroir au profit de mon bébé, rien de tout cela ne pouvait la surprendre. Tout au plus était-elle vaguement amusée... et admirative ? C'est ce que je crus remarquer sur son visage.

— Tu l'aimes, murmura-t-elle finalement, d'une manière dont je suis incapable.

Très surprise par son intervention, je la regardai ne sachant que dire. Fay et Manoa avaient formé un couple pendant trente ans. Cette réalité suffisait à me désespérer lorsque j'y songeais – le plus rarement possible, bien entendu. C'était une superbe jeune femme : grande brune au corps magnifique, aux yeux gris-vert déstabilisants, une sportive à la posture noble... Tout mon contraire... Elle s'harmonisait à merveille avec le somptueux Manoa de mes souvenirs. Pas moi. Et je vivais mal cette relation qu'ils avaient eue. Ma vie était si compliquée, que ce n'était parfois qu'un détail et même le lot de la plupart des filles après tout. La question se pose certainement depuis la nuit des temps : comment gérer le passé amoureux de celui qui nous fait chavirer ? J'aimais Fay, ce qui n'arrangeait pas toujours les choses.

— Et lui, il t'aime, comme il n'a jamais su m'aimer, reprit-elle.

Son espèce de déprime me faucha par surprise.

— Pardon ? m'étranglai-je. Il... il était fou de toi ! C'est toi qui l'as plaqué, je te rappelle. Et pourquoi... pourquoi me parler de ça ? Tu l'aimes toujours ?

Elle se mit à rire, comme si la stupidité de ma remarque était suffisante pour la tirer de son amertume.

— Pas du tout ! Tu n'as rien à craindre, il est à toi ! J'ai déjà donné ! Et d'ailleurs, il t'aime trop pour penser à une autre. Je ne l'ai jamais vu ainsi. C'est ce qui me déroute, je ne le croyais pas capable d'aimer comme il t'aime. Et j'ai le droit à mon « quart d'heure fille » moi aussi, comme tout le monde ; je me demande si un jour je serais aimée par quelqu'un comme tu l'es, toi.

Mon expression dut la surprendre car elle se remit à rire.

— Ma situation est si peu enviable que je ne sais même pas quoi te dire..., finis-je par répondre. Évidemment que tu mérites d'être aimée, follement même ! Cela dit, je ne suis pas à l'aise avec ce sujet. Je ne suis pas guérie de ta relation avec Manoa. J'ai toujours peur qu'il t'aime d'une certaine façon.

Fay soupira.

— C'est idiot de penser ça, s'agaça-t-elle. Comment pourrait-il m'aimer, *moi*, alors qu'il peut t'avoir, *toi* ?

— Je pense exactement le contraire. Comment peut-il m'aimer, *moi*, alors qu'il t'a eue, *toi* ?

— Parce que tu es l'humaine que tout le monde s'arrache, pour te tuer ou t'engrosser, peu importe, dit-elle, blasée. Tu es au centre de tout. Tu es magnifique de l'intérieur comme de l'extérieur et tu n'en as même pas conscience ! Tout cela, tu le sais, non ? C'est déjà assez horripilant, inutile de devoir te le répéter...

Horripilant ? Que voulait-elle dire par là ? À l'écouter, j'avais presque l'impression que Fay éprouvait de la jalousie à mon égard, ce qui me laissait indubitablement sans mots.

— Pour être honnête, reprit-elle, entre Manoa et moi, c'était beaucoup moins profond. Il n'a jamais été question de donner sa vie pour l'autre. Notre relation était essentiellement physique.

— Holà, je ne suis pas sûre de vouloir en entendre davantage, dis-je aussitôt.

Elle s'allongea sur mon lit, les bras croisés sous la tête, pensive et insensible à ma remarque.

— Je ne sais même pas si j'ai été amoureuse de lui un jour. Je le trouvais juste très attirant.

— Très bien, on peut s'arrêter là pour le quart d'heure « confidences de filles » si tu veux ! m'écriai-je.

— ...et il avait une manière de me faire me sentir à part que j'adorais.

— Fay, ne me force pas à aller chercher un oreiller pour t'étouffer.

Elle se redressa avec un large sourire.

— Très bien, je me doutais bien que tu avais un petit côté tigresse. Rien de tel que la jalousie pour l'exprimer. Tu n'es pas si parfaite que cela finalement !

Cette fois, j'attrapai l'oreiller en question et le lui lançai à la figure. Elle rit en l'esquivant.

— Honnêtement, Lisor, reprit-elle plus sérieuse, tu n'as pas à t'inquiéter une seconde concernant ma relation avec lui. C'est vrai, je suis étonnée et agacée de constater qu'il n'était pas avec moi comme il est avec toi. Il a changé, ta présence l'a changé, l'a fait mûrir. Ce n'est pas pour autant que je voudrais cette version de lui. Tous les deux, on s'autodétruisait. Je crois que deux personnes doivent être ensemble quand elles font ressortir le meilleur chez l'autre. C'est ça que je vous envie. C'est ça qui est magnifique.

— Waouh, Fay ! Tu devrais plus souvent parler comme une fille, c'est très beau ce que tu dis !

Ce fut elle qui me lança l'oreiller. Je l'attrapai avec une habileté qui me rendit un peu fière. En vérité, j'avais très envie de la questionner au sujet de sa relation avec James. Elle n'avait jamais été aussi bavarde concernant Manoa, et, même si toutes les fibres de mon corps se crispaient à l'idée des moments torrides qu'ils avaient passés ensemble, j'appréciais qu'elle me donne sa bénédiction. C'était de plus comme si elle me préparait à le retrouver, comme si elle était sûre, elle aussi, que nous allions le revoir dans très peu de temps.

— J'ai rêvé de lui cette nuit, finis-je par dire, trop gênée à l'idée qu'elle se retranche dans sa froideur si j'abordais le sujet épineux du bel hybride blond qui vivait avec nous, et qui, lui aussi, l'avait aimée...

— De qui, Manoa ?

— Oui, bien sûr, Manoa. Il était juste là, l'informai-je en montrant le rebord de mon lit. Fay, c'était si réel... Tellement étrange. J'ai beaucoup rêvé de lui ces derniers mois. Là, c'était différent. Je l'ai vraiment senti, j'ai senti sa main qui prenait la mienne, j'ai entendu sa voix, c'était comme s'il se trouvait dans la pièce.

J'étais encore très perturbée par ce rêve trop réaliste, cette impression si vivace que cette scène s'était véritablement déroulée sauf qu'elle m'échappait.

Fay eut une sorte de sourire triste, comme si elle en savait plus que moi.

— Lisor, tu es restée trois mois dans le coma dans cette pièce même, allongée sur ce lit...

— Et ? dis-je alors que mon cœur se mettait à battre la chamade, ce qui m'alarma davantage.

— Et Manoa a passé des heures à te veiller, à te tenir la main et à te parler. Lisor, ce rêve, c'était sûrement un souvenir...

Je m'assis sur le lit sous le coup de l'émotion et posai la main sur les draps, à l'endroit où je l'avais deviné. Trois mois à ses côtés que j'avais perdus. Trois mois que mon cerveau avait peut-être tout de même enregistrés. Et dans sa hâte de le retrouver, mon inconscient avait réussi à déterrer ce souvenir. Je me sentais très étrange. Au même moment, le bébé remua. Ce fut comme dans l'intention délibérée de me rappeler qu'il était là. Je souris pour oublier les larmes qui affluaient.

— On va le retrouver, Lisor, on va récupérer Manoa, dit doucement Fay.

Je n'étais pas prête à me laisser accabler pour si peu, tout au plus, pouvais-je être fascinée par la situation... Je relevai la tête.

— Toi qui interprètes si bien les rêves, il y a autre chose...

— Vas-y, raconte, fit-elle en s'étendant à nouveau sur mon immense lit, un coude plié sous sa tête.

— J'ai rêvé que j'étais... un animal.

— Oh ! C'est plutôt cool !

— C'était vraiment étrange. Pas aussi réel que Manoa, mais je savais... que j'étais dangereuse.

— Intéressant, répliqua-t-elle en pleine réflexion.

Elle s'allongea sur le dos et observa le plafond un moment.

— Ne serait-ce pas nos histoires de perrestres qui t'ont monté à la tête ?

Je souris, me souvenant immédiatement de toutes ces fois où nous avions abordé le sujet. Ces derniers mois, enfermés dans la villa, bien que très vaste, nous avaient offert le loisir de parler. C'était même notre principale occupation quand les films nous lassaient. J'avais donc questionné les azras aux sujets de cette race, créée il y a des siècles de cela, par les derniers humains libres dans les villes d'azras, dans l'espoir fou de reprendre le contrôle du monde et accessoirement, vivre plus longtemps.

D'après Ana, la formule qui avait permis à des humains de devenir des perrestres ressemblait grandement à celle utilisée pour les azras, à la différence que les gènes animaux incorporés au dosage étaient beaucoup plus élevés dans cette nouvelle version. Par conséquent, en équivalence aux azras qui arboraient des dons psychiques dont j'ignorais presque tout, les perrestres présentaient des capacités physiques exceptionnelles, inspirées des animaux dont ils pouvaient prendre l'apparence...

— En fait, j'imagine que ce serait la meilleure solution, tu ne trouves pas ? remarqua Fay au bout d'un instant.

— Heu... ?

La belle hybride se tourna vers moi et me sonda de ses yeux à la teinte changeante comme celle d'un torrent.

— Tu n'y as jamais pensé ? S'il est impossible de te transformer en azra, parce que c'est trop dangereux, pourquoi ne pas te transformer en perrestre ? Il paraît que cette formule est beaucoup plus sûre.

Elle soupira, puis reprit :

— Bien sûr, encore faudrait-il pouvoir mettre la main sur ce mélange, si tant est qu'il existe encore...

— Tu es sérieuse, là ?

— Lisor, tu as survécu à l'impossible, tu as été inséminée, comme par hasard, par le dernier survivant qui n'est autre que ton premier béguin...

— Quoi ? Non ! Je n'ai jamais dit ça ! me défendis-je, surprise par les conclusions qu'elle avait tirées toute seule à propos d'Ethiel.

— Ne fais pas l'innocente ! Bref, tout ça pour dire que les coïncidences sont si grandes dans ta vie qu'on peut tout imaginer.

Cela étant, retrouver des perrestres et les approcher sans se faire tuer, tiendra lieu du miracle pour moi. Quant à toi, s'ils te voient, ils voudront immédiatement t'enrôler dans leur guerre, sans compter ton bébé... D'autant que notre but n'est pas de vivre parmi les azras ou les perrestres, n'est-ce pas ? Nous voulons la liberté. Et la liberté, ce serait que tu puisses vivre aussi longtemps que nous, voire plus si tu devenais une perrestre. Alors, pourquoi pas ?

— Tu serais capable de m'aider à devenir une perrestre ? demandai-je, pleine d'espoir.

— Bien sûr.

— Quelque chose me dit que Manoa ne serait pas d'accord.

Elle sourit.

— Évidemment, ce ne serait pas sans risque et puis, qui veut voir sa petite amie fragile devenir une créature bestiale ?

— Mais tu le ferais ? Tu m'aiderais ?

Son idée s'était frayé un chemin dans mes pensées à vitesse grand V. Devenir perrestre... je n'y avais jamais pensé. Même si je connaissais leur existence depuis mon enfance, je n'avais jamais pu en croiser un seul. Les récents événements à Olyméa et la façon dont parlaient les azras m'avaient néanmoins convaincue que cette race, vaincue, vivait toujours. Et même s'ils n'étaient que quelques guerriers amers et perdus, je serais très heureuse de devenir l'une des leurs. Pourvu que cela me permette deux choses : protéger coûte que coûte mon bébé et... rester auprès de Manoa aussi longtemps qu'il voudrait de moi.

Fay attrapa ma main.

— Lisor, on va essayer... C'est plutôt impossible... En même temps, ce mot n'a plus de sens quand il s'agit de ta vie.

Je lui souris.

— Cela dit, ça reste entre nous, et ce n'est qu'une hypothèse, alors ne t'emballe pas trop, précisa-t-elle.

— Ne t'en fais pas, je garde l'idée. Ou plutôt, je garde ce pacte précieusement.

Je lui tendis la main pour sceller notre affaire, elle la serra avec un enthousiasme amusé. J'appréciais que Fay se soit détendue ces derniers mois. À vrai dire, au fil du temps, à mesure que je récupérais, je l'avais vue devenir de plus en plus loquace. Sa rupture avec James, précédée de si peu par celle avec Manoa, l'avait, non pas brisée, plutôt fermée à la vie. Désormais, elle y reprenait goût. Pourtant, elle risquait gros à mes côtés, mais comme elle n'avait plus rien à perdre, elle aimait ce regain d'aventure dans son existence. Et même si notre quotidien s'était cantonné à cette ennuyeuse villa paradisiaque, elle s'en était fait une raison avec une bonne humeur de plus en plus appréciable. Et puis, peu à peu, elle s'était enthousiasmée pour le bébé qui était devenu le centre de la plupart de nos conversations.

Elle me lâcha et attrapa justement un deuxième sac posé sur ma commode. Elle le déposa à côté du premier sur mon lit.

— Et tu ne vas pas oublier celui-ci tout de même ? demanda-t-elle avec un sourire.

C'était le barda que nous avions préparé pour la naissance. Tout le nécessaire, et bien plus encore, était entassé afin d'appréhender au mieux l'arrivée du nourrisson. Même si tout portait à croire que j'allais mettre au monde l'enfant à Olyméa, nous avions pris soin de prévoir un accouchement dans des situations plus précaires... après une évasion par exemple, cette évasion dont nous rêvions tous. Sauf moi. Partir était mon rêve, certes. Mais accoucher en mode fugitif n'avait rien d'attirant. En fait, l'idée d'accoucher était en soi insupportable.

Je caressai les lanières du sac en question d'une main distraite, je posai l'autre sur mon ventre énorme.

— Non, impossible de l'oublier, dis-je, partagée entre amour et terreur.

Fay me sourit.

— Viens, le déjeuner doit être prêt, c'est Allan qui régale aujourd'hui.

Je souris et la suivis, abandonnant mes deux sacs pour l'instant. J'allais m'autoriser à passer un dernier moment convivial avec ma « famille » avant que les choses ne se corsent, avant de retrouver le palais des azras et leurs têtes d'enfarinés, avant, peut-être, de retrouver Manoa.

Chapitre 2

Olyméa n'avait pas changé. La cité était toujours un déploiement architectural des plus audacieux où les jeux de lumière, à travers les toits et sur l'onde, dispensaient un pétillement constant, surtout aux heures de la nuit qui approchait.

La nature avait une place primordiale, peut-être encore plus vive maintenant que le long hiver dont nous sortions s'achevait enfin. La végétation abondante sertissait les bâtiments dans son écrin verdoyant, garnissait les berges des rivières et les chutes d'eau, s'épanouissait au contact de cette harmonie sans âge qui caractérisait les lieux. L'immense colline où avait été érigée la ville toute entière, et au sommet de laquelle étincelait l'incommensurable palais des azras, semblait elle-même perdue au milieu de plusieurs hectares de champs et de la vastitude délicieuse des bois alentour.

Mon admiration n'était toutefois plus la même. La froideur des azras du Conseil me semblait désormais omniprésente. Le désordre structurel de la ville n'était qu'une illusion voilant habilement leur intelligence calculatrice, leur sens de l'organisation aussi fascinant que glaçant.

— Lisor, tu viens ?

Je sursautai et me tournai vers Ana. Elle me contemplait avec sa bienveillance habituelle, néanmoins habitée par une légère crainte que même son statut d'azra ne pouvait cacher. Je m'extirpai du vaisseau dans lequel j'étais confortablement assise, prenant soin toutefois de ne pas brusquer mon ventre par ces mouvements.

J'avais été à ce point perdue dans mes pensées que je n'avais pas remarqué le départ de mes amis.

Quelques minutes plus tôt, des protecteurs – hybrides chargés de la sécurité d'Olyméa – étaient venus nous chercher à l'aide de cet engin volant, se posant en silence dans le parc de la villa d'Ana. Le nombre d'hybrides détachés pour la manœuvre était conséquent. Nous nous étions entassés avec eux dans l'appareil sans un bruit. Le voyage n'avait duré que quelques secondes. Pour autant, le panorama déroutant, visible depuis le hublot, m'avait immédiatement distraite.

Les rayons rougeoyants du soleil couchant, mêlés aux lumières de la cité, semblaient distordre la réalité. À cet instant, quiconque lèverait les yeux ne verrait plus qu'une joute de lumière pourpre. C'était le moment idéal pour nous transporter dans la plus grande discrétion au cœur même du repaire des azras.

Je quittai l'appareil, non sans repenser à celui que j'avais emprunté des mois auparavant, lors de mon arrivée. Les circonstances n'étaient pas si différentes. Même si je n'avais plus à passer par le Centre et que je me retrouvais directement au Palais, je n'en étais pas moins une abomination pour mes ennemis. Je n'avais aucun doute en la matière. Je l'espérais même toujours car il m'était difficile d'imaginer pactiser avec des êtres qui avaient condamné Manoa, mon Manoa.

Nous étions désormais tous réunis dans l'un des magnifiques jardins suspendus du Palais. À peine sortis, mes alliés m'entourèrent par prudence tandis que les hybrides nous dirigeaient vers l'intérieur de l'édifice avec froideur.

L'espace pullulait de fontaines qui jaillissaient à chaque détour des frondaisons. C'était d'une beauté et d'une senteur que ce printemps naissant de l'an 4016 rendait divines. Mais je n'étais pas en état d'admirer, pas seulement parce que toutes mes pensées s'affairaient autour de Manoa, il y avait autre chose. Cet autre chose me fit freiner subitement malgré la marche rapide dans laquelle notre groupe était projeté. Une douleur lancinante puis vive me coupa le souffle. J'en connaissais par cœur les accents, la pression dans mon bas-ventre, cette sensation de pesanteur inéluctable comme l'était l'arrivée du bébé. Une contraction sûrement. Plus forte que les dernières et qui me fit grincer des dents.

Je voyais d'ici le tableau : à l'instant même où on m'annoncerait le retour de Manoa, j'en perdrais les eaux ! Il faudrait vite m'emmener dans une salle pour accoucher et plusieurs heures de torture me sépareraient de nos retrouvailles. En admettant que j'y survive, je me demandais ce qui pourrait être le mieux : que Manoa me voie après l'accouchement avec un ventre élastique et dégonflé comme une baudruche, ou avant, telle la montgolfière éreintée que j'étais désormais ?

Mes amis s'étaient arrêtés, Fay frôla mon coude, Allan attrapa l'une de mes mains. Même s'ils avaient leurs propres affaires à gérer, ils avaient exigé de porter les miennes. De fait, l'une s'était chargée du sac d'accouchement et l'autre de mon barda personnel. Zefryam et Ana se retournèrent également. Tous posèrent les yeux sur mon ventre que, perdue dans mes préoccupations, je soutenais d'une main. Je n'avais pourtant pas l'intention de les alerter maintenant. Rien ne devait retarder la libération présumée de Manoa.

Ana, belle dans sa candeur blonde – sa chevelure ayant d'ailleurs rudement poussé en ces quelques mois – se pencha brièvement.

— Lisor ?

Elle ne faisait plus partie du Conseil depuis sa prise de position évidente pour notre groupe, elle conservait toutefois un certain pouvoir dont nous autres étions dépourvus, y compris Zefryam. Ce dernier n'avait rien perdu de sa beauté, de sa pâleur divine et de ses traits réguliers, pas même du lustre de ses cheveux sombres, sans l'être toutefois autant que ceux de Manoa. Mais la rigidité de son corps s'était accrue. Une espèce de ride soucieuse barrait perpétuellement son front et davantage depuis que nous avions posé les pieds au palais. Même s'il me regardait, je sentais une fébrilité évidente en lui, qui l'amenait à contrôler du coin de l'œil chaque mouvement des hybrides chargés de nous accompagner.

— Je vais bien, je vais bien, continuons, affirmai-je à Ana.

La belle azra en question jeta un regard réconfortant à chacun des membres de notre groupe et une espèce de coup d'œil indulgent aux protecteurs qui nous entouraient et n'appréciaient en rien cette pause. Oui, elle n'était plus considérée comme l'une des dirigeantes d'Olyméa, et même si elle s'était tenue garante de nos faits et gestes, elle était, elle aussi, maintenue prisonnière. Mais j'étais certaine qu'elle s'avérait toujours crainte et respectée. Et que son pouvoir était loin d'être muselé.

— Alors, allons-y, fit-elle néanmoins, absolument pas dupe de ce que j'essayais de leur cacher.

Accoucher ici était la dernière chose que je désirais et je fus fortement soulagée de voir la douleur disparaître aussi brusquement qu'elle était venue. Je sentis néanmoins la protection de mes amis se renforcer autour de moi. James fermait habilement la marche. Sa douceur et ses yeux verts étaient un réconfort, quand on s'y attardait, et m'offrait le sentiment de sécurité dont j'avais besoin. Je les aimais tous. Pas seulement pour ce qu'ils avaient risqué pour moi. Pas seulement pour ces mois à leurs côtés. Pas seulement pour leur beauté à tous. Je les aimais, parce que, bêtement, ils m'aimaient eux aussi et ne se montraient jamais avares de cet amour.

Allan serrait mes doigts et ses yeux marron crépitants me confinèrent dans la chaleur que leur présence à tous me donnait. Mais pourquoi une telle sollicitude ? Certes, j'avais peur de m'approcher des azras du Conseil, mais la hâte de retrouver Manoa était un plaisir qui ne méritait pas autant de soutien. Si ? Ou bien sentaient-ils, eux aussi, cette espèce de tension planer autour de nous, une tension qui semblait provenir d'une cause extérieure à notre groupe ?

Le palais me parut étrange, plus vide que d'ordinaire, pour autant ce n'était pas comme si j'y avais mes entrées... Je ne l'avais visité qu'une seule fois. Cela m'avait paru bien suffisant ! Et ce, malgré la somptuosité de ses pièces immenses, de son marbre, de ses colonnes et autres fioritures aux allures d'une antiquité revisitée et futuriste...

Ou bien était-ce ce soir tombant, se mourant dans des couleurs sanglantes qui peignaient les murs d'une angoisse que seule mon imagination décuplait ?

Nous fûmes introduits sobrement dans un salon incontestablement splendide. Des canapés en arc, des sculptures et des servantes en marbre, des grappes de fleurs qui s'abandonnaient dans une mélancolie étudiée ; un luxe qui me donnait la nausée. Parce que tout ceci ne rendait la situation que plus parodique. Nous n'étions pas les bienvenus.

Zefryam et Ana furent aussitôt convoqués. James, Allan, Fay et moi nous retrouvâmes désœuvrés dans ce lieu qui ne nous inspirait pas confiance. Plusieurs hybrides restèrent à nous surveiller tandis que je prenais place sur un fauteuil, bien trop tourmentée pour griller de l'énergie en vain. Lorsque je troublai le silence pour obtenir l'autorisation de satisfaire à un besoin élémentaire, un hybride me montra du doigt une porte discrète dans un coin du salon. Je pris cette direction et Fay, qui ne s'était pas assise, me suivit, sur la défensive, comme un garde du corps. Les latrines étaient de dimensions respectables, étoffées par des fontaines et autres spécialités du thème largement exploré dans ce lieu mais je n'y prêtais pas vraiment attention. Trop occupée à remarquer qu'aucune fenêtre, aucune porte ne donnait un accès à l'extérieur. Fay m'attendit dans la salle des lavabos pendant que je vidais ma vessie. Mon ventre pesant rendait mes séjours aux toilettes beaucoup plus fréquents. En sortant, je vis mon reflet ; mélange d'effarement, de joie et de terreur, sur un visage amaigri et un corps aux dimensions étranges. Ce ventre était décidément énorme. Réflexion faite, mieux valait-il peut-être que Manoa me voie après l'accouchement...

Je souris devant la frivolité de mes pensées. La situation était grave et je me comportais comme une adolescente. C'était un moyen comme un autre de me raccrocher à une forme de réalité.

Fay, elle, était superbe comme d'habitude dans les reflets de cette quantité de miroirs qui nous faisaient face. Pourtant, elle avait perdu son allant du matin et ses sourires amusés, elle n'était que méfiance.

— Tu crois que ça va être long ? la questionnai-je.

— Je n'en sais rien, répondit-elle en hasardant un regard vers la porte qui menait au salon. C'est le problème, j'ai le sentiment qu'on ne sait rien du tout.

— Qu'est-ce que tu veux dire ?

La porte s'ouvrit brutalement, m'empêchant d'avoir la moindre réponse.

— Ana est revenue, elle veut vous parler, dit Allan vivement.

— Déjà ?

Ma propre voix avait perdu l'espoir qu'elle recelait, la certitude inquiète qui l'animait depuis le début de la journée, elle était désormais fade et empreinte de détresse. Il se tramait quelque chose. Fay le sentait tout comme je voulais le nier depuis mon arrivée. Quelque chose qui n'impliquait *pas* la libération de Manoa. Je fis l'effort de ne pas m'effondrer, de ne pas laisser mes peurs prendre le dessus avant d'en avoir la confirmation. Pourtant, je sentis nettement la fragilité de mes défenses, l'ampleur que l'espoir de le revoir avait prise en moi, le vide qu'une désillusion provoquerait et qui serait terrible.

Ana se trouvait effectivement au milieu du salon, sa figure avait perdu sa tranquillité, une angoisse évidente l'habitait. Et s'il était mort ? Six mois sans Manoa, c'était six mois où tout avait pu se produire. J'étais crispée comme jamais.

— Lisor, dit-elle doucement.

Mes traits durent s'affaisser car l'empathie que je lus dans ses yeux me fendit un peu plus le cœur. Je devais être un spectacle tellement malheureux : la petite humaine, enceinte jusqu'aux yeux, qui perdait son cœur, une fois de plus...

— Est-ce qu'il va bien ? demandai-je en sentant la présence de Manoa, son odeur et son amour commencer à s'évaporer dans les airs, comme s'il n'avait jamais existé.

Elle sembla prise de court, mais son visage reprit vite contenance.

— Oui, je pense qu'il va bien. Lisor, assieds-toi s'il te plaît.

— S'il va bien, pourquoi devrais-je m'asseoir ?

Je sentis Allan poser une main dans mon dos et Fay se raidir. James fit un pas pour se rapprocher de notre groupe. Ana nous faisait face, tandis que, derrière elle, les visages des hybrides, qui se chargeaient de veiller la porte, n'étaient qu'un masque de sévérité peu engageant.

— Ce n'est pas pour Manoa que le Conseil a accepté de nous revoir, avoua Ana.

Je me laissai tomber sur le canapé derrière moi, bien consciente que debout, je n'aurais pas la force de supporter le reste de son explication. Allan et James s'assirent à mes côtés, tels deux anges gardiens qui ne pourraient néanmoins pas empêcher le désespoir de m'écraser sur place.

— Nous espérions que nos efforts, pour plaider sa cause et la nôtre, avaient enfin porté leurs fruits... Cependant, ils nous ont fait venir pour une tout autre raison... Il se trame quelque chose de grave. Cela concerne Olyméa. D'ailleurs, ils veulent également vous parler, James et Fay, ajouta-t-elle à l'adresse de ces derniers.

— Pourquoi ? demanda Fay, toujours debout, sourcils froncés.

Ana tourna ses grands yeux clairs et limpides vers la jeune hybride avec une certaine hésitation.

— Vous en saurez davantage quand vous les verrez. Je ne suis pas autorisée à en dire plus pour le moment.

Je compris qu'elle faisait allusion aux hybrides qui nous surveillaient.

— Mais pour Manoa, quand... ? demandai-je, me souciant comme d'une guigne des soucis du Conseil et d'Olyméa.

Ana fit quelques pas et s'accroupit juste devant moi, elle posa ses mains sur mes genoux.

— Lisor, ce n'est peut-être qu'une question de temps. Nous ne sommes pas en mesure de le récupérer maintenant, je ne perds toutefois pas espoir. En attendant, j'ai demandé à ce qu'Allan et toi soyez escortés dans mes appartements. Nous vous y rejoindrons plus tard.

— Ana, murmurai-je les yeux remplis de larmes. Je t'en supplie, sauve-le.

Je crus voir le reflet de mon chagrin dans ses yeux car elle battit des paupières et se hâta de se redresser tout en déposant un bref baiser maternel sur mon front.

— Je vais faire de mon mieux, fais-en autant et prends soin du bébé, ajouta-t-elle avec beaucoup de douceur.

Elle semblait mal à l'aise tandis que mes amis se préparaient au départ. Un départ que je refusais. Je n'étais pas prête à encaisser ce nouveau coup du sort.

— Lisor, il faut également que tu saches..., reprit Ana, embarrassée.

— Je ne peux pas, la coupai-je avec une froideur qui m'étonna moi-même.

— Comment cela ?

— Il faut me laisser une minute. Je ne peux pas... Laissez-moi seule une minute.

Je me levai et attrapai mon sac à dos des mains d'Allan.

— Je dois être seule.

— Lisor, ce n'est pas une bonne...

— Laissons-la, elle a le droit à une pause, intervint Fay avec une clairvoyance qui aurait pu me toucher à tout autre instant.

Son regard sembla rassurer mes alliés quant à de possibles idées suicidaires. Je me dirigeai d'un pas étrange vers les toilettes et je m'enfermai dans un cabinet sans leur jeter de regard supplémentaire. Une fois la porte fermée à clef, je m'assis pesamment sur le couvercle fermé de la cuvette. D'abord immobile comme une statue, figée, glacée, je me sentis peu à peu livrée à ce que j'espérais. Livrée à la douleur sourde et démentielle de cet espoir vain. Des mois... des mois à espérer... à me reconstruire... à me nourrir sur le courage et sur l'amour... à y croire... à me relever à la moindre incartade de mes émotions... Des mois entiers à imaginer Manoa... son retour et notre amour... à lutter contre l'impossibilité de cette évidence. Il était un hybride et j'étais humaine. Nos longévités, ma fragilité, tout nous éloignait. Et désormais, il était prisonnier, j'étais prisonnière de l'aimer. J'aurais tout donné pour ne pas être éprise de lui à ce point. C'était l'abandonner certes, seulement comment pouvais-je vivre avec cette ancre qui me rattachait obstinément à ce que je ressentais pour lui sans jamais pouvoir l'exprimer ?

C'était plus douloureux que la mort elle-même. Et pourtant, je la connaissais personnellement pour l'avoir frôlée, pour l'avoir contemplée sur le visage de ma grand-mère. Pour l'avoir devinée chez Emmy.

Emmy.

— Emmy, murmurai-je.

Et ma voix, ce sanglot, fut un déchirement qui me rappela ce jour où j'avais perdu ma meilleure amie. Où je l'avais vue s'écrouler dans la clairière sous les tirs.

Emmy... sanglotai-je en laissant tomber les armes, ou plutôt, mes larmes.

C'était aussi un amour perdu, différent de celui que j'éprouvais pour Manoa, mais non moins puissant.

Je ne me sentais plus capable de ce courage-là, n'en avais-je pas fait preuve au-delà du possible ? Je sortis des vêtements de mon sac avec des gestes acharnés pour tirer ce que je souhaitais. Le Saint Graal. Le t-shirt de Manoa, enroulé dans les autres, censés l'aider à garder sa fragrance.

Mes larmes allaient sûrement dénaturer l'odeur en un quart de seconde. Tant pis. J'allais le perdre de toute façon, une fois de plus...

Je plongeai mon nez dans son vêtement et reprenais mon souffle entre deux sanglots déchirants – de véritables cris que le tissu bienheureux étouffa. Son odeur était délicieuse. Je m'étais tellement raccrochée à elle que je l'avais presque oubliée. À force de vouloir garder entre mes griffes un souvenir si délicat, je l'avais abîmé et modifié dans ce que mon imagination avait souhaité compléter. Pourtant, là, tout à coup, c'était bien lui. Ce parfum légèrement musqué, ce petit et délicat soupçon de nature et de fraîcheur marié à cette légère note sucrée, cette séductrice note sucrée qui le déterminait si bien. Je revoyais ses yeux bleus et son sourire ravageur. Ce même sourire lors de nos adieux, six mois plus tôt.

— Pas maintenant, avais-je murmuré, dis-moi que ce n'est pas maintenant.

J'étais encore mince, bien que fragilisée par mon récent réveil du coma, à peine deux semaines plus tôt.

Il était assis sur mon lit, ses grands yeux bleus me souriaient plus que son sourire lui-même.

— Lisor, oh, Lisor, avait-il murmuré comme s'il me contemplait pour la première fois alors que nous passions pratiquement tous nos instants l'un avec l'autre.

Il avait glissé une main sur ma joue.

— Ce jardin... c'était une mauvaise idée, n'est-ce pas ?

Il n'était pas tout à fait lui-même, trop allègre, trop souriant.

— Manoa... tu as pris des DB ?

Les DB étaient ces produits « désinhibants » qui tenaient lieu de drogue dans le monde des hybrides.

— Oui, avait-il souri, à peine coupable.

— Non, tu n'as pas fait ça ! C'est notre dernier moment ! Notre dernier moment ensemble, et tu n'es pas toi-même ! Pourquoi ?

Je m'étais sentie au bord du gouffre en me rendant compte qu'il n'était déjà plus là.

— Ce n'est pas parce que je déteste les adieux que tu devais m'en priver ! m'étais-je exclamée hors de moi.

— Mais je suis là, Lisor, je suis là... !

Il m'avait immobilisée sans peine, pris mon visage entre ses mains et posé son front contre le mien.

— Je suis là, avait-il murmuré plus bas. Tu sens ?

Un peu calmée par sa proximité totalement apaisante, rayonnante qui m'attirait et m'aimantait, je m'étais remise à respirer calmement.

— Lisor, pardonne-moi, avait-il repris, mais je déteste les adieux au moins autant que toi. Et... je n'ai aucune envie d'être un autre pendant cent ans. Je n'ai pas l'énergie d'affronter cette épreuve. Je sais que ce n'est pas très viril de te dire tout ça, sauf que là, je ne pouvais pas... j'avais besoin d'un DB.

Il avait souri et caressé mon front, je m'étais sentie désertée par mes forces.

— Ne me laisse pas, avais-je supplié.

J'ignorais comment il avait pu se procurer ces saletés de produits dans la villa d'Ana. J'étais tombée amoureuse d'un drogué, je ne pouvais espérer meilleur comportement dans une situation aussi fatidique. Ce qu'il s'apprêtait à vivre devait être horriblement effrayant. J'aurais pourtant préféré être celle à qui on efface la mémoire. Le fait que l'on dispose de mon corps pendant que je serais inconsciente n'aurait pas été nouveau pour moi, pas tout à fait...

— S'il te plaît, avais-je murmuré.

— À mon retour, je serais sevré des DB, et même si je ne le suis pas, tu pourras m'apprendre, ma Lisor... tu pourras m'apprendre comment tu fais pour t'en passer quand survient l'impossible...

Il avait embrassé mon front et j'avais ri, ri dans nos larmes.

Je fus sortie brutalement de mon souvenir par une violente douleur. Je savais ce qu'elle signifiait, je la connaissais parfaitement. Une contraction. Encore.

— Non, non, non, pas maintenant, pas sans lui, murmurai-je, lorsque le souffle me revint.

Je peinais à tenir assise tellement la souffrance avait du mal à s'évacuer, tellement elle m'épuisait.

Comment faire ? Comment faisais-je à l'époque ? Manoa semblait persuadé que je savais gérer l'impossible sans DB... Mais avait-il raison ? J'avais su remonter la pente quand mes parents étaient morts, quand ma grand-mère, puis Emmy avaient succombé également. Quand j'avais cru perdre Ethiel, quand j'avais dû affronter l'étrange et effrayante vie à Olyméa, quand j'avais dû me passer de Manoa... Et tout cela pourquoi ? Pour quelle raison ? Quel espoir fou me tenait-il en vie ? J'étais faible, enceinte... et finalement, je n'avais toujours pas vu se matérialiser mes espérances. Tout ce que je souhaitais partait plutôt en fumée. Alors, j'aurais donné cher pour avoir un DB, là, tout de suite. J'aurais donné n'importe quoi pour prendre le large. Être ailleurs. Ne pas avoir à gérer. Car une éternité sans Manoa n'était pas envisageable.

C'était la personne de trop. La perte de trop. Je ne voyais plus l'intérêt de me battre et même si je l'avais trouvé, où était la porte ? Où était la porte qui menait à l'espoir dans mon esprit ? Elle venait de se verrouiller et je n'avais plus l'énergie d'en chercher la clef.

Et puis, j'étais censée accoucher...

Comment allai-je expulser un bébé alors que le simple fait de rester assise me semblait déjà au-dessus de mes forces ?

La petite créature dans mon ventre s'anima, remua, et créa des bosses sur ma peau. Elle semblait à l'étroit. Peut-être que ma position avachie lui faisait manquer d'oxygène... ou manquer d'amour...

Je posai les mains sur mon ventre et vis des larmes y tomber dru.

— Pardon, je t'aime... Mais je suis désespérée... Je t'aime... mais j'ai l'impression de l'avoir perdu. Encore une fois...

— Lisor ?

Allan venait d'entrer dans la pièce principale des toilettes. Mes reniflements épuisés lui indiquèrent vite où j'étais.

Que faire ? Étais-je prête ? Étais-je en train de trouver les ressources en moi nécessaires pour affronter le regard des autres ? Je n'étais pas certaine d'y parvenir cette fois.

Seule. J'étais seule malgré l'amour que je donnais et que je recevais. Seule devant d'implacables réalités qui m'insupportaient.

J'ôtai le loquet de mon cabinet, Allan poussa la porte lentement et me vit, avec le t-shirt de Manoa couvert de larmes sur mes genoux, mes affaires dispersées sur le sol ; la douleur dans mes yeux, sur mon visage et dans tout mon corps, devait être évidente.

— Oh Lisor, fit-il, ému.

Il se pencha vers moi et je plongeai dans ses bras, pleurant tout mon soûl.

Allan avait changé en quelques mois, il était toujours joyeux et sensible, sauf que l'adolescent dégingandé s'était mué peu à peu en un jeune homme plus solide. Ses épaules s'étaient élargies, et la noblesse de son sourire aussi. Il était très jeune et je présumais que la croissance des hybrides devait être plus lente que celle des humains. De ce fait, il ne tarderait pas, lui non plus, un jour, à ressembler à un hybride gracieux et svelte comme l'était James ou Manoa.

En attendant, son allure hésitait encore entre l'enfance et l'âge adulte et c'était ce qui faisait de lui un ami hors pair pour ce genre de moment empli de douleur et de confusion, qui va bien au-delà de l'hésitation. Ce genre de moment où seul un regard sans le moindre jugement peut apaiser, un regard d'empathie pure, un regard d'égal à égal.

— Lisor, ces saletés d'azras n'auront pas Manoa, murmura-t-il. On va le récupérer. En attendant, viens, il y a quelque chose qui pourra peut-être te consoler un peu...

— Quoi ? demandai-je faiblement.

— Quelqu'un... quelqu'un que tu aimeras peut-être revoir...

— Ethiel ?

— Oui, Ethiel, il t'attend dans les appartements d'Ana.

Chapitre 3

Ce n'était pas seulement en raison de ma grossesse avancée que je suivais Allan et les trois hybrides qui nous escortaient d'une démarche pesante. J'étais perdue et inquiète. Dire que j'avais hâte de revoir Ethiel aurait été un parfait mensonge que j'avais pris soin de ne pas formuler. Je savais depuis des mois qu'Ana avait œuvré pour qu'il soit placé dans un lieu confortable. Qu'elle m'assure de sa sécurité et de son bien-être – aussi relatifs fussent-ils – m'avait suffi. De toute façon, je n'avais pas la permission de le rencontrer. Jusqu'à maintenant... Et cela me perturbait encore davantage, comme si c'était possible...

Comment réagit-on face à un être qui a offert sa vie pour la nôtre ? Comment réagit-on face au père de son enfant... un enfant plus qu'improvisé, plus qu'imposé, un enfant que l'on peine soi-même à rendre réel ? Certes, l'amour que j'avais pour mon bébé l'avait matérialisé dans ma vie.

Et Ethiel, l'aimais-je ? Oui, je l'aimais pour ce sacrifice qu'il avait fait sans hésitation, pour ce qu'il m'avait donné. Aussi parce qu'il était humain. Comme moi. Peut-être le seul de notre espèce, avec... notre enfant...

Sauf que pour ces mêmes raisons, j'avais été en colère contre lui. En colère quand il avait souhaité mourir pour m'épargner la vie ! De quel droit ? Alors que je priais la mort de me chercher depuis si longtemps ! Je lui en avais voulu de m'imposer cette dette envers lui. Et je lui en avais voulu d'imiter ma grand-mère et Emmy, de m'avoir abandonnée comme tous les autres...

J'étais parfaitement consciente de mon égoïsme. Toutefois, je m'estimais en droit d'en faire part un minimum. La peine que je ressentais, l'accablement et l'épuisement étaient si grands, qu'ils amoindrissaient efficacement mes remords. Et puisque je m'autorisais à ne penser qu'à moi, j'étais très claire avec le fait que c'était Manoa que j'aurais voulu revoir.

C'était Manoa. Toujours Manoa. Pourtant, Manoa n'était pas là et lui aussi, je lui en voulais. Encore une personne qui m'avait offert ce que je ne lui avais pas demandé.

Être en colère contre eux tous me faisait du bien, c'était le moyen, peut-être de ne pas basculer (trop) dans le mélodramatique, de me raccrocher à quelque chose de plus concret. L'ennui avec la grossesse c'est que l'on doit sérieusement revoir sa jauge d'égocentrisme. Je savais très bien que la vie du nourrisson serait plus importante que la mienne et que j'allais devoir m'oublier plus d'une fois pour lui. Y compris quand ma vie serait en jeu lorsqu'il viendrait au monde. Alors, oui, j'avais le droit à mes cinq dernières minutes de colère et de victimisation.

Arrivée près des appartements d'Ana, je frémis. Les émotions qui se disputaient en moi s'envolèrent pour laisser place à un sentiment nouveau, une peur étrange.

Derrière cette porte se tenait quelqu'un que j'avais cru mort. Un deuil que j'avais refusé de faire. Parce que, plus qu'un autre, son trépas avait été inacceptable. J'avais tout fait pour ne pas penser à lui, pour mettre cette réalité dans la catégorie de l'impossible, afin que mon corps n'en souffre pas à l'extrême. Mais le savoir vivant, à quelques mètres de moi, c'était tout à coup un choc... Comme si je réalisais combien j'avais souffert de l'avoir perdu. Je posai une main à plat sur la paroi. Étais-je seulement capable de l'affronter ?

Nous étions dans la forêt, il m'avait fait promettre de ne jamais cesser de courir, il m'avait embrassée puis jetée dans le ravin.

Cela remontait à presque une année. Et ces derniers mois, à le savoir désormais vivant, ne l'avaient pas pour autant ressuscité.

— Lisor, est-ce que tu préfères que j'attende dehors ? demanda Allan.

Je fis oui de la tête, trop bouleversée pour pouvoir répondre à mon ami. C'était seule que je devais affronter cet instant. Seule que j'espérais le retrouver, car seule, je l'avais perdu.

Allan saisit toutefois ma main avant que je n'entre et me rassura du marron chaleureux de ses yeux.

— Au moindre souci, appelle-moi.

— Ne t'inquiète pas pour moi, ça ira, m'entendis-je lui répondre.

Il y avait deux hybrides supplémentaires pour surveiller cet accès. Comme si un humain isolé aurait pu faire quoi que ce soit de dangereux dans ce palais. Quoique, il s'agissait d'Ethiel, il était à part, ne serait-ce que d'avoir réussi à me sauver et d'avoir su survivre lui aussi.

Je tournai lentement la poignée et entrai dans un immense appartement, plus grand que celui de Manoa. La salle principale était coupée en arc de cercle, la baie vitrée en prenait la courbe ; une immense vitre offrait une vue imprenable de la ville. La nuit qui épousait le ciel le piquetait déjà d'étoiles. Ici, tout était de marbre, d'eau et de brillance. Les lieux étaient plongés dans une lumière tamisée. Sur l'éclat de la ville se découpait une silhouette de dos, assise sur le rebord d'un canapé. Ethiel ? Était-ce vraiment lui ? Je n'étais pas certaine de le reconnaître.

Tandis que la porte se refermait derrière moi, il se tourna. Aussitôt, je retrouvai ce visage que je n'avais pas oublié. Un mélange de grâce et de finesse, durci par une expression ambigüe. Je l'avais imaginé affaibli, cerné, amaigri, ce que je vis était tout le contraire. Ethiel semblait s'être étoffé, peut-être même était-il plus grand. Ou bien, mes épreuves m'avaient-elles rendue plus petite ?

Il se leva et je réalisai qu'il avait réellement gagné en masse musculaire, même si son corps restait fin et nerveux, prêt à bondir, prêt à courir. Il émanait de lui une énergie très différente des azras, des hybrides, une énergie qui me rappelait aussitôt le passé, ma famille, une énergie qui me faisait me sentir chez moi. Il était humain, il vivait parce qu'il vivait et non parce qu'on l'y autorisait. Il vivait car il s'était battu pour vivre. Parce qu'il s'était battu pour moi...

Son visage était étonnamment plus détendu qu'autrefois, plus reposé, plus lisse et plus régulier. Pourtant, ses yeux... ses yeux d'or étaient ombrés par un mélange d'émotion qui me fila la chair de poule. Une sorte de colère, de détermination que personne, pas même tous les azras de la terre, n'aurait pu détruire. Une force sauvage que je ne lui connaissais pas, et que je ne me hasarderai jamais à dompter.

Nous nous contemplâmes ainsi, pendant un instant suspendu où je sentis quelque chose se briser en moi, et me provoquer étonnamment une sensation de délivrance. Je vis qu'il amorçait un geste vers moi, mais ses yeux tombèrent sur mon ventre. Et il se figea. La lave de son regard se mua en une sorte de clémence, une légère douceur qui me fit basculer de l'autre côté. Ce côté que j'exécrais : le torrent était de retour, des larmes immaîtrisables s'abattirent sur moi.

— Lisor, murmura-t-il.

Il avança vers moi, quelques pas lui suffirent pour me rejoindre, puis il m'attrapa, m'enveloppa de sa douceur comme de sa force et me serra. Je me recroquevillai contre lui, fermai les yeux, laissai ma pluie s'apaiser contre lui.

— Tu es vivant, réalisai-je.

Je sentis sa joue frôler le sommet de ma tête, je perçus qu'il respirait mes cheveux.

— Et toi aussi..., soupira-t-il dans un même élan de soulagement.

Cette voix ranima tant de souvenirs qu'une nouvelle vague de larmes me coupa le souffle. Ce timbre légèrement rauque et abîmé, compréhensif aussi, ce lien que nous avions eu juste avant que tout cesse... Tout cela était réel, plus que je ne l'avais cru à l'époque.

Mon ventre se durcit, le bébé bougeait, j'y glissai une main.

Ethiel baissa les yeux et me retint doucement par les épaules. Il posa son front contre le mien. Un geste qui me rappela Manoa, qui me fit mal autant qu'il me soulagea, parce qu'Ethiel était là, et que ce que nous partagions était unique.

Il eut un sourire, une grimace, son expression hésitait entre les deux.

— Tu es à combien de mois ?
— Presque huit mois, répondis-je.
— Alors, tu sais...
— Oui.

Je levai vers lui des yeux délavés par mes larmes et l'apaisement de l'avoir retrouvé.

— C'est une fille.

Ses yeux d'or assombris par l'éclairage faible furent perturbés un instant, une fragilité qui y passa, comme l'ombre d'un oiseau sur une eau calme. Ses lèvres se tordirent un vague instant, entre émoi et déraison. Lui aussi était perdu. Il ne savait pas comment accepter l'inacceptable. Il me prit à nouveau contre lui, me voilant son expression qui avait sûrement dû changer. Je fermai les yeux. Je me sentais déchirée entre la consolation de le savoir vivant et la douleur de ne rien avoir planifié de ces événements. Ce que je partageais avec lui, c'était le passé, il connaissait les êtres que j'avais aimés et que j'avais perdus, et aussi le présent, il était une part de notre fille.

— Alors, je vais vous protéger toutes les deux, l'entendis-je dire dans mes cheveux.

Cette phrase me fit un drôle d'effet. Et je le compris, lorsque la douceur laissa place à une tension que je perçus dans ses muscles qui me maintenaient contre lui, avant même de le saisir dans son ton.

— Je te promets que je ne commettrai pas la même erreur deux fois, siffla-t-il aussitôt. Comment est-ce que tu vas ? Est-ce qu'ils t'ont bien traitée ?

Il se détacha à nouveau de moi, tout en gardant ses mains sur mes épaules pour mieux me contempler.

— Oui, répondis-je en essuyant mon visage. Je vais bien. Et toi, comment... qu'est-ce qu'ils t'ont fait ?

Il soupira, je pouvais voir son beau visage meurtri par les sentiments qu'il éprouvait envers les azras et je me sentis tout à coup écartelée entre deux mondes.

— J'ai été enfermé dans une sorte de laboratoire pendant des semaines. Ça a été un défilé de ces créatures abjectes. Ils m'ont collé des électrodes pour fouiller ma mémoire, m'ont fait revivre la plupart de mes souvenirs. J'ai tout fait pour te protéger, j'ai lutté aussi longtemps que possible pour qu'ils ne puissent pas t'atteindre dans mon esprit... Je ne savais pas si tu étais vivante... Le croire me donnait de la force. Et la colère ; les haïr m'a maintenu en vie. Et toi ?

Et moi ? Comment lui dire que c'était les aimer qui m'avait gardée vivante ?

J'avais connu un Ethiel blasé mais courageux, motivé à vivre par le seul espoir de me sauver. Une fois seul au monde, il avait puisé dans la rage naturelle qu'il éprouvait envers ceux qui nous massacraient. C'était logique. Sauf que cela l'avait changé. Avait gravé jusque dans ses cellules une haine viscérale que je sentais crépiter. Ses mains sur mes coudes me semblèrent étranges. La chaleur qui s'en dégageait n'était plus faite de la quiétude de nos retrouvailles, de la tendresse... Il y avait une force qui me déplaisait et qui ranimait ma honte. Celle d'avoir aimé l'ennemi trop vite, presque aussitôt.

— Le produit que ma grand-mère m'avait donné, l'Imative A, a fonctionné, expliquai-je brièvement. J'ai pu me faire passer pour une hybride et ensuite...

— Oui, ça, je sais. La blonde m'a tout expliqué, me coupa-t-il. Je veux juste savoir s'ils t'ont fait du mal.

— Non... non... non, au contraire. Ils ont... ils ont été géniaux avec moi. Quand tu dis « la blonde », tu veux dire Ana ? C'est elle, n'est-ce pas, qui t'a tiré de ce laboratoire ?

— Oui, répondit-il, les sourcils froncés, en me lâchant. Après des mois où j'ai été traité comme un cobaye peu coopérant, elle est arrivée un beau jour et m'a raconté que tu étais vivante. Je ne voulais pas la croire. J'ai cru qu'elle disait tout cela pour me manipuler car, malgré mes efforts, l'une d'entre eux avait réussi à trouver ton existence dans mon esprit. Je m'en voulais... Mais j'étais si épuisé de leur résister... En plus, j'avais des difficultés pour faire la différence entre mes souvenirs et la réalité. Revivre la mort de mon frère... de tous les autres... Ça commençait à me rendre fou...

— Oh, Ethiel, je suis tellement désolée... Sauf qu'Ana t'a aidé, elle t'a sorti de là, non ?

— Après avoir raconté cette histoire, comprenant ta soi-disant survie..., elle m'a donné un bocal et m'a demandé de collaborer pour que l'on soit épargnés. Tu appelles ça m'aider ?

Il était en colère. Il s'était reculé d'un pas, même si ses gestes indiquaient un réel effort de douceur envers moi.

— Je vois, fis-je. Seulement, elle n'avait pas d'autre choix, c'était la seule façon de te protéger... Et elle a tâché de te respecter, n'est-ce pas ?

Je n'avais pas tellement imaginé sa version des événements, au moins, dans le coma, j'avais finalement été épargnée.

— J'ai refusé. Alors je me suis retrouvé attaché à une table et j'ai vécu un très sale quart d'heure avec une seringue... je n'appelle pas ça me respecter !

— Oh !

Je reculai d'un pas, n'ayant aucune envie d'en savoir davantage. Ana n'aurait-elle pas pu être moins brutale avec lui ?

— Lisor, fit-il en m'empoignant à nouveau délicatement. Je ne sais pas comment ils t'ont manipulé l'esprit, ces créatures... ces mutants... sont non seulement cruels, mais aussi dérangés. Peu importe comment ils nous parlent, ils nous voient comme des animaux.

— Ethiel, tu as souffert beaucoup plus que moi, je te demande pardon, je suis tellement désolée... Pourtant, je t'assure, ils ont été bons au-delà du possible avec moi, pratiquement meilleurs...

« Meilleurs que les humains » allais-je dire... Toutefois, je décidai de ne pas l'énerver davantage.

— Meilleurs que qui ? Que nous ? s'agaça-t-il.

— Ethiel, tu es ici maintenant. En sécurité, dans cet immense appartement. Ana s'est battue pour ça. Il y a des gens abjects parmi les azras et les hybrides. Sauf qu'il y a aussi des personnes bonnes. Tout comme parmi les humains. Ils ne sont pas si différents de nous.

Je vis la colère engloutir son regard à nouveau, transformant l'or en lave. Toutefois, il se reprit et une sorte de tendresse ranima ses lèvres.

— C'est toi qui veux voir la bonté partout. Mais regarde-toi, tu es enceinte ! Ne me dis pas que c'est ce que tu souhaitais ? Sûrement pas comme ça... N'est-ce pas les animaux qu'on traite de cette façon ?

— C'est le Conseil qui nous voit ainsi. Pas Ana, Zefryam et tous les autres. Ils veulent nous sauver. Je sais que ça peut paraître difficile à croire, car tu as été maltraité alors que je ne l'étais pas. Alors, s'il te plaît, laisse-moi t'expliquer ce que j'ai vécu.

— M'expliquer pour ce type... cet hybride qui t'a séduite ?

Je le regardai interloquée.

— Oui, Ana, m'en a parlé aussi. Je comprends, ils sont tous beaux... ils sont différents, et il te traitait bien.

Il toucha mon visage, ramena une mèche de cheveux derrière mon oreille. Des gestes que seul Manoa s'était permis autrefois. Ethiel avait toujours été distant, c'était sa façon de me protéger. Bien sûr, ce n'était pas comme s'il ne me respectait plus, pourtant, depuis nos retrouvailles, sa façon de me considérer, cette douceur et cette colère... C'était... c'était comme s'il estimait que je lui *appartenais*.

— Je pensais qu'elle avait inventé cette histoire, comme le reste, reprit-il en essayant de s'adoucir. Malgré tout, je vois que tu as vraiment été sous leur emprise. Tant mieux. Ce qu'ils ont voulu obtenir de moi par la force, ils ont réussi à l'obtenir de toi par la douceur. À vrai dire, je préfère ce comportement-là. Au moins, tu étais en sécurité. Maintenant, tout est fini, je suis là.

— Je tiens à eux, Ethiel, dis-je en me laissant tomber sur le canapé, épuisée.

— Je comprends, du moins j'essaye. Cela dit, tu ne peux pas nier ce qu'ils nous ont pris. Ils ont pris ta grand-mère, tes amis, nos familles... Et nous deux. Je regrette de n'avoir rien tenté autrefois. Je ne voulais pas te perdre comme tous les autres. Aujourd'hui, je sais que je ne te laisserai plus, plus jamais.

— Oh, Ethiel, pardonne-moi... Pardonne-moi pour la souffrance que je t'inflige.

Il s'assit à côté de moi, saisit ma main. Tous ces gestes me faisaient tellement mal. Il fallait que je sois claire. Malgré toute l'horreur qu'il vivait, je sus que je devais lui dire.

— Je l'aime, déclarai-je. Je suis amoureuse de cet hybride dont Ana t'a parlé. Je suis amoureuse de Manoa.

Il ne marqua pratiquement aucun changement d'expression.

— Et où est-il ? renchérit-il vite, comme si c'était un argument.

— Il s'est sacrifié pour moi, il a été condamné pour m'avoir protégée. Bien que nous espérons qu'il soit libéré.

— Moi aussi, Lisor, je me suis sacrifié pour toi et maintenant je suis là.

— Ce n'est pas comme ça que ça marche, je ne suis pas aussi... aussi...

Je sentis les traîtresses larmes affluer à nouveau. Je mis ça sur le compte de la grossesse, je n'en pouvais plus.

— Je n'en reviens pas que tu crois à l'héroïsme de ce type, reprit vivement Ethiel. Ces créatures veulent notre mort... ils sont dans un monde irréel. Rien n'est vrai ici. Seule leur cruauté. Peut-être que ton hybride s'est sauvé quand il a vu le vent tourner !

Je me mis à pleurer de plus belle.

Il passa une main réconfortante dans mon dos.

— Ce n'est pas que je pense que tu ne vailles pas la peine de se mettre en danger. Au contraire, je l'ai fait et je le referais s'il le fallait... Mais eux, j'ai vu leur vrai visage, ils t'ont montré un masque, et j'aimerais qu'il tombe. Même si ça doit te faire mal.

— Je l'aime. Je l'aime vraiment.

— Toi, oui, peut-être. Lui, tu ne sais pas. Lisor, ces êtres vivent des siècles, ils savent utiliser les mots... et aussi les armes. Ils savent nous tuer, nous manipuler. Leur technologie. Bon sang, ils ont pu fouiller ma mémoire ! Te rends-tu compte ? Je ne savais même pas que c'était possible. Alors, dire qu'ils nous aiment, pourquoi pas ? Seulement, on ne peut pas leur faire confiance. On ne sait rien d'eux. Nous ne sommes rien pour eux. Tu le sais pourtant ? Toute ta famille, tout notre groupe... tu as oublié ?

— Non, je n'ai rien oublié. Mais c'est différent, tu n'es pas de bonne foi...

— Très bien, alors toi non plus. Si les hybrides ne nous avaient pas retrouvés, si nous avions pu rester tous les deux, en cavale, n'aurais-tu pas fini par m'aimer ?

Je le regardai, étonnée, entre mes larmes. Il était sincère et implacable.

— Oui, sûrement, murmurai-je.

Je me souvenais clairement de la façon dont je regardais Ethiel, de la façon dont il me plaisait, comme je l'admirais... Je me souvenais de sa gentillesse, de sa compréhension, de son courage. Oui, je l'aurais aimé, je serais tombée amoureuse de lui probablement aussi vite que de Manoa.

— Oui, je t'aurais aimé, confirmai-je avec un grand souci d'honnêteté. Je tenais déjà à toi, de toute façon.

Il sourit, alors je m'empressai d'ajouter :

— Sauf que je n'avais aucune idée de ce que tu ressentais pour moi.

— J'ai tout risqué pour toi. C'est un message clair, qui vaut plus que tous les mots du monde.

— Oui, c'est vrai. Et je ne te serais jamais assez reconnaissante mais... on ne peut pas revenir sur le passé. Nous avons été séparés. Et je suis tombée amoureuse de Manoa. Rien ne pourra jamais changer cela. Je suis désolée. C'est un des rares sentiments qui me fait tenir bon. Et quoi que tu en penses, je crois en lui, je crois en ce qu'il a fait. Et je crois même en son retour.

Avant qu'il n'ouvre la bouche, je fis une grimace et ne sus plus comment me positionner sur le fauteuil. La douleur était atroce. Elle allait en augmentant, ce qui me rendait folle de peur. Ce n'était pas le moment. Je n'avais pas la force. Il allait pourtant falloir que je prévienne quelqu'un. Ethiel me tint la main par compassion, affolé lui aussi tout à coup. Je ne le laissais pas changer de sujet pour autant. J'avais encore besoin de clarifier les choses. Aussi faible étais-je, je me découvrais une certaine force dans mon désir d'imposer celle que j'étais et qui peinait tant à se faire une place dans ce monde sans foi ni loi.

— De toute façon, je ne suis pas ce genre de fille, Ethiel, dis-je, dès que j'eus assez de souffle. Les triangles amoureux, ce n'est pas pour moi. Jamais. Ni pour toi d'ailleurs. Nous avons assez souffert comme ça. Pas la peine d'en rajouter.

— Ce n'est pas un triangle amoureux, répondit-il très serein. Ton hybride n'est pas là. Moi, je suis là. Et notre fille sera bientôt là. C'est juste une évidence.

— Qu'est-ce que tu veux, au juste ? Qu'on prenne un appart' à Olyméa ? ironisai-je.

— Non. Nous sommes des humains, les trois derniers humains. Notre place n'est plus ici.

— Où alors ? Dehors, c'est la guerre, ils nous poursuivront et nous tueront.

— Pas si les perrestres nous trouvent avant.

— Tu y crois encore ?

— Oui, d'autant plus après avoir entendu des hybrides en parler. Lisor, il se passe quelque chose... Ils ont peur... Leur vigilance a changé ces derniers jours. J'ai beau être enfermé dans cet appartement, je sens parfaitement l'ambiance dans ce stupide palais. Ceux qui me surveillent ne me regardent plus avec autant de condescendance. Il te suffirait de rester un peu ici, avec moi, et ensuite, je trouverai le bon moment pour nous enfuir. Je peux y arriver. J'ai déjà survécu et échappé aux hybrides de bien des façons.

— C'est impossible, fis-je. Et même si ça l'était, je ne partirai jamais sans Manoa.

Ethiel se leva et pesta.

— Ah ! Ne ramène pas encore ton hybride sur le tapis ! Il n'a rien à voir avec nous. Il ne fait pas partie de nos vies et tu le sais.

Je sentis la colère remuer dans mes entrailles – en plus du bébé s'entend… Ethiel considérait logique que je lui appartienne. J'étais celle pour qui il avait donné sa vie, j'étais la mère de son enfant, j'étais la dernière humaine. De plus, il avait brièvement avoué qu'il tenait à moi bien avant ces événements. Sûrement durant ces mois qui avaient précédé l'attaque, quand je le pensais vide et lointain et que je l'admirais en secret. Peut-être ressentait-il tout bonnement la même chose. Oui, c'était dommage, une histoire qui n'avait pas eu lieu. Mais c'était la guerre. Notre guerre. Et nous étions vivants, c'était déjà exceptionnel !

À vrai dire, je n'étais même pas certaine qu'il m'aimait. Sa façon de m'aimer tenait plus de l'exigence. Certes, c'était déjà beaucoup, compte tenu de tout ce qu'il avait traversé. J'avais le droit à une forme d'affection de sa part qui était la preuve de sa grandeur d'âme. Après des mois à me croire morte ou maltraitée, à me défendre et à haïr ses ennemis pour survivre, il venait de me découvrir traitée comme une reine, entichée d'un hybride et prête à défendre ce dernier bec et ongles. Pourtant, il faisait preuve de patience et voulait me garder à ses côtés. C'était courageux. Je ne méritais pas tout cela. Sa colère à mon égard aurait été plus facile à gérer.

Seulement, ce besoin que je lui appartienne, son emprise… tout cela me rebutait. Je n'avais pas choisi de naître, pas choisi d'être malade, pas choisi d'être traquée, d'avoir perdu tous les miens et encore moins de tomber enceinte. Manoa, bien que je l'aime sans l'avoir souhaité, était malgré tout mon choix. Et je sentais une détermination naître depuis l'amour que je ressentais pour lui, une détermination si forte qu'elle me rendait mon identité. J'avais besoin de revendiquer mes désirs et mes choix, moi aussi. Cela m'était aussi nécessaire que l'air après tout ce qu'on m'avait imposé. Et je percevais, dans cette nouvelle force faite de colère et d'amour, que je serais capable, à cet instant, d'aimer Manoa coûte que coûte, même s'il était six pieds sous terre. Ce qui était peut-être techniquement le cas, puisqu'Ana avait évoqué un jour la possibilité qu'il soit dans le département des esclaves, situé en sous-sol.

— Ethiel, répondis-je finalement. Te faire du mal est la dernière chose que je souhaite. Je ne saurai jamais comment te remercier et je tiens énormément à toi, c'est certain. Seulement, je ne changerai jamais d'avis. Manoa fait partie de ma vie. Il fera toujours partie de ma vie. Si je changeais d'avis, je serais aussi lâche que ceux qui veulent nous exterminer.

Ethiel faillit répondre vivement, mais, percevant mon assurance et ma terrible fatigue, il se ravisa et ajouta lentement :

— Alors, finalement, que suis-je pour toi ? Juste le géniteur de ta fille ?

— Non, tu es quelqu'un d'essentiel pour moi, dis-je avec un sourire triste. Tu es... te retrouver est plus merveilleux que je n'aurais pu l'imaginer – si on oublie cette espèce de dispute. Tu es vivant. C'est incroyable. Je pensais être maudite et que toutes les personnes qui m'approchent étaient condamnées. Tu m'as prouvé que j'avais tort. Tu seras toujours précieux pour moi, comme pour notre fille.

— Mais pas comme Manoa, réalisa-t-il, partagé entre tristesse et colère.

Je me crispai sous une nouvelle contraction puis repris mon souffle.

— Ethiel... Je suis enceinte jusqu'aux yeux et j'ai si mal... Tu n'imagines pas... Et puis, je suis épuisée, il y a de fortes chances que je ne survive pas à cet accouchement. Tu as raison : il n'y a pas de triangle amoureux. Je ne peux pas être une fille qui hésite entre deux hommes pour la bonne et simple raison que je ne suis plus une fille tout court ! J'ai juste mal. Et je sens que ce n'est que le début. Personne n'a eu besoin de me toucher pour que je sois enceinte... Pourtant, je t'assure que je ne suis pas prête à laisser qui que ce soit s'y hasarder de sitôt ! Je ne voudrais revivre cette douleur pour rien au monde !

— Je sais que tu souffres, me coupa-t-il avec compassion mais fermeté. Je ne suis pas égoïste au point de te demander une relation amoureuse maintenant. La situation est grave. Tout ce que je veux, c'est toi, Lisor, auprès de moi, avec notre fille. Nous sommes peut-être la dernière famille humaine.

— Si c'est juste moi que tu veux, je suis là, je suis ton amie et je le serai toujours.

Il voulut parler, mais se tut en voyant à quel point j'étais épuisée.

— Il faut que je m'allonge, dis-je simplement. Je n'en peux plus.

— Bien sûr, viens.

Ethiel m'emmena dans la chambre attenante au salon où trônait un immense lit recouvert d'oreillers et de drapés éthérés. Je ne fis pas tellement attention au décor tellement la douleur m'abrutissait. J'espérais trouver une position ou un quelconque repos dans ce lieu plus propice à la détente. La nuit pétillante d'Olyméa suffisait à éclairer la pièce. Ethiel n'ajouta rien tandis que je m'allongeai et je lui en fus reconnaissante. Je n'avais plus envie de débattre sur la situation, il y avait plus urgent à traiter ; au moins, dans le brouillard de mes pensées, j'étais fière d'avoir été claire.

— S'il te plaît, murmurai-je finalement. Demande à Allan d'aller chercher Fay ou Ana, dis-lui que c'est important, c'est au sujet du bébé. Il attend derrière la porte depuis tout à l'heure.

Ethiel, qui se sentait sûrement impuissant jusqu'alors, accéda immédiatement à ma requête. Il disparut aussitôt et je me retrouvais seule, tremblante sur le lit, les yeux perdus dans la luminescence de la ville. Je pris une respiration lente, essayant de gérer la douleur qui sembla étonnamment s'apaiser. Peut-être était-ce une fausse alerte ? Après tout, je n'avais pas l'impression d'avoir perdu les eaux. De plus, j'avais eu régulièrement des contractions ces dernières semaines, à raison, certes, d'une ou deux par jour. L'augmentation du score était peut-être simplement due aux divers chocs émotionnels de cette journée.

Ethiel revint, m'assurant qu'Allan était parti sur-le-champ en promettant de faire aussi vite que possible. Je me demandai comment la confrontation entre l'humain peu amical et l'hybride le plus gentil de ma connaissance avait pu se dérouler. Ethiel, désœuvré, demanda comment il pouvait m'aider. J'aurais aimé qu'il accouche à ma place, toutefois, ce n'était pas juste de le lui faire remarquer. J'avais le sentiment de mériter toute cette douleur. Je n'étais même pas capable d'offrir au père de mon enfant les promesses dont il avait besoin pour continuer à se battre... Même si je ne comptais pas changer d'avis concernant Manoa, j'admirais la dévotion qu'Ethiel avait pour moi, au point même de supporter l'amour que j'éprouvais pour mes ennemis...

— J'ai froid, avouai-je, recroquevillée sur moi-même autant que mon ventre le permettait.

Comme j'étais déjà emmitouflée dans les premières couvertures à ma portée, Ethiel hésita. Il se passa plusieurs secondes avant qu'il ne prenne la décision de s'allonger à côté de moi et de m'envelopper doucement.

Il ne dit pas un mot, je sentis juste son souffle sur le sommet de ma tête, dans mes cheveux.

Mes yeux se fermèrent sur plusieurs larmes qu'il ne pouvait voir. Des larmes où brillait le désespoir de cet instant où j'aurais voulu baigner dans la chaleur de celui que j'aimais vraiment et ne pas briser le cœur de celui à qui je devais la vie...

Sauf qu'après tout, c'était autour de notre fille que nous étions enroulés, notre fille à tous les deux. Et c'était peut-être cela qui comptait le plus.

J'étais seule lorsque je m'éveillai, néanmoins persuadée de n'avoir pas dormi longtemps, à peine quelques minutes. Ethiel s'était sans doute éclipsé en percevant le retour d'Allan et tous deux respectaient mon repos. Pourtant, je savais qu'espérer me ressourcer était illusoire, vu les circonstances. Le léger apaisement de ces quelques instants hors du temps était appréciable. Mes yeux se posèrent sur un verre d'eau qui patientait, posé sur la table de nuit immaculée. Une vibration causait des mouvements sur la surface du liquide que j'observais, ailleurs, perdue dans un restant de songe. Ce qui me réveilla tout à fait fut cette seconde secousse qui anima de nouveau l'eau, à peine redevenue lisse. Je me redressai et observai la ville.

Une aura d'inquiétude planait sur elle au même titre que sur ma vie. Maintenant que la première bourrasque de chagrin était passée, je m'en rendais compte nettement. Certains toits ne s'étaient pas allumés pour honorer la nuit, comme il était de coutume. Et, pire que cela, une énorme colonne de fumée sombre s'élevait depuis l'un des pans de la muraille blanche qui encerclait la cité.

Soudain, la douleur significative d'une contraction me ramena au présent. Ou plutôt, à ma réalité, à mon propre destin inexorable. Je posai les mains sur mon ventre, mais rien ne pouvait endiguer une telle souffrance, il fallait juste attendre que ça passe. Lorsque je pus reprendre mon souffle et oser un nouveau regard vers la somptueuse ville, assombrie par le danger, je pris conscience pleinement de la situation. Olyméa était dans une posture aussi fâcheuse que la mienne : l'une comme l'autre étions à l'aube d'un carnage.

— Tu sais combien je t'aime, murmurai-je à l'intention de ma fille. Et tu sais combien le moment est mal choisi ?

C'était étrange de lui parler dans ce silence qui précédait la tempête, dans toute cette beauté suspendue, cette beauté qui ne durerait pas. Nous étions dans cette chambre immense, luxueuse et plongée dans une semi-obscurité où dansaient des lueurs inquiétantes. Des lueurs et des couleurs propres à cet instant unique.

— Je ne suis pas certaine que ce monde puisse te plaire, tu sais ! ironisai-je. Je ne m'entends pas très bien avec ton papa, peut-être bien parce que je suis amoureuse d'un autre... Et puis, je crois que c'est la guerre...

J'étais épuisée, encore fragilisée par la violence récente de la dernière contraction, perturbée par un milliard de choses évidentes. Mais je savais que perdre pied maintenant, c'était mourir. J'avais eu mon quart d'heure de larmes et ces quelques minutes de sommeil m'avaient permis de prendre le recul dont j'avais besoin. De puiser dans mes ressources une force étrange. Ni faite de joie, ni faite d'espoir, une force d'un autre ordre. Une force brûlante, une rage de vivre, la rage de cesser d'être cette victime aux yeux de tous, à mes yeux, la rage de protéger ma fille. Quitte à m'en arracher le cœur, je réalisais que penser à Manoa était ma faiblesse. Son sourire et ses yeux étaient ma force, mais sa perte était mon gouffre. Alors, Manoa ou pas Manoa, je devais continuer. Manoa ou pas Manoa, je savais qu'il existait sur terre une Lisor qui ne dépendait pas de lui pour avancer. Une Lisor différente peut-être. Une Lisor moins attendrissante, moins maladroite et douce. Une Lisor plus sûre et plus sombre, la Lisor qui pourrait sauver sa fille.

— Je vais me battre mon ange, concédai-je enfin en relevant la tête. Je vais me battre pour nous sauver, pour te sauver. Au moins jusqu'à ce que tu viennes au monde. C'est mon but, d'accord ?

Lorsque je débarquai dans la pièce principale, un tableau étrange m'attendait. Tous mes amis étaient réunis en discret conciliabule, même Zefryam était là. On se retourna ou on redressa le menton sur moi d'un même mouvement. Les mines étaient graves et sombres — rendant la beauté de chacun des protagonistes encore plus déroutante, encore plus effrayante. Ils étaient si différents de moi dans cette splendeur, dans cette puissance irréelle qui émanait d'eux et dans cette fragilité nouvelle qui leur allait mal. Même Ethiel me paraissait appartenir à un monde dont je ne faisais pas partie. Posté à l'écart, adossé contre un mur, il semblait partagé entre le désir de cracher sur mes amis ou de leur accorder le bénéfice du doute. Puis, il m'aperçut et fut le premier à amorcer un geste vers moi, sans savoir lequel cependant.

Mon expression dut les surprendre tous car je n'étais plus couverte de larmes, ensevelie sous la tristesse ou même démangée par cette colère qu'ils avaient dû percevoir. J'étais résignée, ferme et presque ironique. Comme autrefois, cela me sauvait.

Ce fut Allan, et son naturel que j'aimais tant, qui intervint le premier.

— Lisor, on n'a pas osé te réveiller. Est-ce que ça va ?

— Je crois que je vais accoucher, annonçai-je simplement.

La tension ambiante s'amplifia et, comme pour parfaire ma révélation, une détonation retentit. Un coup d'œil vers la fenêtre m'apprit que la fumée s'était aggravée. La Cité n'avait rien cependant, seul le ciel s'obscurcissait douloureusement. Cette secousse qui se répercuta contre l'énorme baie vitrée dont elle fit frémir la paroi ébranla tout le groupe déjà statufié par ma révélation. Tous avaient les yeux braqués sur moi, seul Allan échangea un regard apeuré avec Ana. Fay semblait sur le point de dire quelque chose, sa main se leva vaguement dans ma direction, pourtant, elle se retint visiblement d'intervenir. Je réalisais que – contrairement à moi, habituée que j'étais aux situations critiques – ils étaient totalement effrayés.

— Est-ce que tu as perdu les eaux ? demanda subitement Ana.

— Non.

— Est-ce que les contractions sont rapprochées ?

— Non... c'est plutôt anarchique, répondis-je.

Ana parut soulagée, ses épaules se décontractèrent légèrement.

— Très bien, ce n'est sûrement pas pour tout de suite, alors. Nous avons un peu de temps devant nous.

L'apaisement qu'elle éprouvait fut instantanément transmis au groupe qui se trouva galvanisé pour une mission clairement débattue et décidée sans ma présence – une fois n'est pas coutume...

Fay passa mes deux sacs sur ses épaules, Allan se saisit de ses propres affaires en me glissant un regard partagé entre peur et encouragement et James revêtit une veste. Bref, chacun remua, se leva ou s'accorda quelques gestes dans une fébrilité sur laquelle il était temps de mettre des mots.

— Il faut tout de même que je t'examine au plus vite, Lisor, intervint Ana avant que je n'aie le temps de poser la question qui me brûlait les lèvres.

Je la stoppai d'un geste.

— Oui, mais ça peut attendre deux minutes, dis-je fermement. J'aimerais avoir quelques explications. Qu'est-ce qui se passe ? ajoutai-je en pointant du doigt la cité.

— Ce sont les perrestres, déclara Ethiel sobrement, ils sont en train d'attaquer la muraille d'Olyméa.

Chapitre 4

Inutile de préciser que l'intervention des perrestres semblait réjouir Ethiel, même s'il ne laissait paraître qu'une simple et frêle grimace de satisfaction sur ses lèvres. Je n'étais pas vraiment surprise, la nouvelle parvint toutefois à me couper les jambes. Je me laissais tomber sur un fauteuil, incapable de jouer les dures plus longtemps.

Les perrestres... Cela faisait longtemps que j'entendais parler de ces créatures tapies dans l'ombre. Nous avions abordé le sujet à quelques reprises durant ces derniers mois et Ana était d'avis qu'ils vivaient toujours, pire qu'ils fomentaient activement leur vengeance. Voilà pourquoi, le fait que cette attaque survienne maintenant, de manière si brutale, ne semblait pas surprendre la belle azra. Elle avait prévenu le Conseil durant le procès de Manoa. Il ne l'avait pas prise au sérieux. À peine avait-on renforcé les murailles.

Je tournai brièvement la tête vers les énormes écharpes de fumée qui s'agglutinaient dans le ciel sombre. Puis mon regard se posa sur chacun de mes amis. Je lus de la peine sur le beau visage de Zefryam et une tension palpable dans les traits d'Ana. Ils avaient mal pour cette ville qui était la leur depuis toujours.

— C'était donc pour cela qu'ils nous ont fait venir en toute hâte au palais, réalisai-je. Ça n'avait absolument rien à voir avec Manoa...

— Oui, avoua Ana avec gravité. Le Conseil a mis nos différends de côté pour demander notre aide. Ils veulent que Zefryam, James, Fay et moi-même participions à la défense de la cité. Je ne pouvais pas vous l'annoncer tout de suite. Je n'avais pas le droit de parler de la guerre devant les hybrides qui nous escortaient. Je présume qu'ils n'étaient pas dupes, tout comme vous ne l'étiez pas non plus.

Un affrontement ouvert était la dernière chose dont j'avais envie dans mon état. Les perrestres avaient décidément un problème de timing.

— Qu'avez-vous décidé ? demandai-je, sachant pertinemment qu'ils s'étaient déjà tous mis au point.

— Nous avons accepté, répondit-elle. En tout cas, c'est ce que nous leur avons fait croire. Le Conseil nous fait confiance, il pense que c'est l'occasion pour nous de nous racheter. Il imagine aussi que l'amour que nous avons pour cette ville que nous avons bâtie suffira à nous réunir.

— Je comprendrais si c'était le cas...

Même s'ils parlaient de la quitter depuis des mois, je voyais la souffrance que cette attaque qui menaçait la superbe Olyméa leur provoquait.

— Non, fit Zefryam toujours occupé à contempler la baie vitrée. Nous aimons cette ville. Seulement, nous avons compris qu'elle était perdue au moment même où ses dirigeants se sont perdus...

Il observait la nuit rougie par les explosions qui commençaient à porter leur fruit. Si la muraille ne semblait pas prête de céder, le feu la cernait désormais. J'aperçus plusieurs vaisseaux de protecteurs survoler la ville en suivant le regard de l'azra que je considérais comme la personne la plus sécurisante de ma vie. Cependant, Zefryam était sombre en cette heure, le roc qu'il était semblait laisser place à une mélancolie, familière chez lui, et aggravée par les événements.

Il finit par se tourner vers nous.

— C'est l'occasion dont nous rêvions, affirma-t-il sans joie néanmoins. Ana et moi allons nous battre – au moins dans un premier temps. Nous avons obtenu que Fay, James et Allan puissent rester à vos côtés pour vous protéger (il nous regarda tour à tour, Ethiel et moi). En réalité, nous avons organisé votre fuite. Les perrestres assiègent actuellement une partie des murailles et dès qu'elle aura cédé, toutes les forces d'Olyméa se concentreront dans cette zone pour repousser l'ennemi. Vous profiterez de cet instant pour quitter la cité. Vous irez directement dans ma villa. Cette maison cachée dans les bois dont je t'ai déjà parlé, Lisor.

— J'ai moi-même une chaumière, située dans une zone plus sûre, intervint Ana, sauf que tu ne tiendras pas jusque-là dans ton état. Si vous êtes assez rapides, vous devriez éviter le danger.

— Mais pas vous, réalisai-je en songeant qu'ils devraient affronter une horde de perrestres dont nous ignorions le nombre. Et Manoa...

Si je m'étais résolue à ne plus m'accabler à son sujet, je ne cessais pas pour autant de penser à lui ; esclave, innocent et programmé pour obéir, que deviendrait-il dans cette guerre ? Cette idée me terrorisait.

— C'est aussi pour lui que nous devons rester, assura doucement Ana. Dès que vous aurez fui, quand la bataille aura débuté, nous pourrons profiter de la confusion ambiante pour le retrouver et le récupérer.

— Ensuite, nous vous rejoindrons, conclut Zefryam.

Je mis mon visage entre mes mains, complètement submergée par les doutes. Quitter Olyméa sans Zefryam, Ana et... Manoa. Cela pouvait signifier que je ne les reverrais jamais.

— Lisor, nous n'avons plus beaucoup de temps, il faut que je t'examine maintenant, me dit doucement Ana.

Je savais pourtant qu'il était inutile de les supplier de revoir leur plan. Je n'entrevoyais pas la moindre solution de toute façon.

J'attrapai les doigts d'Ana.

— Promets-moi que vous allez tout faire pour vous en sortir tous les deux. Promets-moi que tu vas me ramener Manoa.

Le visage d'Ana, franc et assuré, fut perturbé par mon expression suppliante.

— Elle ne peut pas te promettre cela, intervint Zefryam en s'approchant. Et moi non plus, je ne peux pas le faire.

— Enfin, pourquoi ? dis-je, presque blessée qu'on ne veuille pas m'accorder au moins quelques mots pour me rassurer.

— Parce que c'est la guerre, répondit Ethiel dont l'intervention surprit tout le monde. Tu connais la guerre mieux que personne. Les promesses ne tiennent pas. Les gens meurent. C'est l'histoire de nos vies.

— Vachement doué pour consoler les gens, commenta Fay en le fusillant du regard.

Zefryam s'accroupit juste devant moi et soutint mes épaules.

— Lisor, je ne peux pas te faire ces promesses car j'en ai fait beaucoup à Adylie, et je n'ai su en tenir aucune... Cependant, je peux te promettre qu'on va faire notre possible. Est-ce que tu peux comprendre ? Est-ce que cela suffit ?

J'avais baissé les yeux sur des larmes qui menaçaient de tomber, il releva mon menton.

— De mon côté, j'ai juste quelque chose à te demander...

— Non, moi non plus je ne peux rien promettre, murmurai-je au paroxysme de l'angoisse.

Contrairement à lui, j'avais finalement su tenir mes promesses. Seulement, j'avais perdu les êtres qui les avaient exigées... Je ne voulais pas que l'histoire se répète.

— Je te conseille de choisir la chambre bleue, c'est la plus confortable de ma villa, déclara-t-il avec un sourire. Tu m'en diras des nouvelles quand nous nous retrouverons.

Je souris moi aussi, triste. Il m'attrapa et me serra contre lui. Je fermai les yeux.

— Je t'aime, ma petite Lisor. Garde-toi bien du danger.

***

— Si les contractions reprennent, c'est que le travail aura commencé, expliqua Ana tandis que je me rajustais. Malgré tout, tu auras sûrement plusieurs heures devant toi. Surtout pour un premier enfant.

Dès que j'avais fini de poser mes questions, le groupe s'était empressé de statuer sur l'itinéraire à suivre pour notre évasion, ainsi que toutes les routes alternatives en cas d'incidents. Pendant ce temps, Ana m'avait emmenée dans la chambre afin de m'ausculter. Il ne lui avait fallu que quelques secondes pour décréter que mon col était à peine dilaté et elle m'avait aussitôt enjointe de me préparer pour le départ.

— Et j'aurais le temps de rejoindre la maison de Zefryam ? me renseignai-je, effrayée à l'idée d'accoucher dans d'horribles souffrances en pleine forêt.

— Si tout se passe comme prévu, ce devrait être possible.

Elle ouvrit mon sac de grossesse et en tira une trousse qui y avait été insérée sans que je m'en aperçoive.

— Qu'est-ce que c'est ? demandai-je.

— Une surprise, déclara-t-elle avec un sourire. Zefryam et moi avons travaillé sur des outils capables de t'offrir un accouchement aussi confortable que possible. Nous nous sommes informés sur ceux utilisés pour les hybrides et nous les avons perfectionnés et adaptés à ta nature. J'ai déjà expliqué à Fay l'utilisation de tout ce matériel. En tant qu'ancienne injectrice, elle saura parfaitement en faire usage. J'ai aussi prévu quelque chose pour t'apaiser aux premiers instants.

Elle me tendit une petite seringue.

— Tu peux la planter dans ton bras, ta cuisse, même à travers les vêtements. Une seule petite pression devrait réduire immédiatement la moindre douleur.

Je regardai l'outil avec un plaisir et une reconnaissance extrêmes.

— Veille à ne pas abuser de ce produit, mieux vaut que tu puisses sentir un minimum les contractions plutôt que de te retrouver paralysée.

— Oh merci, c'est tout à fait ce qu'il me faut... Zefryam m'avait dit que vous alliez trouver une solution pour que je puisse gérer la douleur... mais je ne m'attendais pas à ça...

— Notre monde a ses bons côtés, Lisor, et tu mérites bien d'en profiter un peu.

Nous nous quittâmes sur un sourire et une étreinte.

J'avais fait un effort surhumain pour ne pas poser davantage de questions, pour ne pas le nommer *lui*. Pour ne pas les supplier de me laisser rester à Olyméa pour *lui*.

Fuir... Sans la moindre certitude, sans savoir ce qui m'attendrait dehors, sans *lui*...

Je m'étais efforcée de ne plus aborder ce sujet parce que cette histoire ne concernait plus seulement ma nature et mes désirs d'humaine, ni même ceux d'Ethiel ou de notre fille. Il s'agissait désormais de leur vie à eux tous. Olyméa était en danger. Ma présence n'y changeait rien. Même si je n'étais jamais venue dans cette ville, ils auraient dû affronter ce drame. Et Fay, Allan et James se seraient peut-être enrôlés sans réfléchir dans cette guerre. Or, grâce à moi, pour moi, ils allaient fuir. Cette pensée était une part de ma force. Mais l'essentiel, c'était mon bébé.

***

— C'est le moment, déclara Fay.

L'appartement que possédait Ana au palais bénéficiait de son propre jardin suspendu, où des fleurs, arbustes, buissons tombaient en grappes, avoisinant des fontaines à étages et dominant les potagers des logements inférieurs.

Le ciel au-dessus de la cité était assombri par une fumée rougeâtre, les murailles en feu à divers endroits et un pan venait de s'écrouler dans un fracas terrible. Tous mes amis m'entouraient et Ethiel avait saisi ma main.

Ana et Zefryam se trouvaient derrière nous et confirmèrent d'un signe de tête la décision de Fay. Comme ils l'avaient espéré, ce rempart écroulé s'avéra être l'occasion parfaite. Il nous fallait quitter Olyméa dans un moment où les perrestres sèmeraient suffisamment la confusion pour rendre notre fuite accessoire, mais sans que les combats soient trop engagés, et nous mettent en péril.

Je savais que mes alliés n'étaient pas aussi confiants qu'ils le laissaient paraître. Seul Ethiel restait de marbre, de toute évidence rassuré par l'arrivée imminente des perrestres – sûrement nos alliés de nature, selon lui... Pour ma part, je ne les considérais plus ainsi. Plus maintenant. Pas après les avoir attendus en vain si longtemps. Ils n'avaient pas sauvé mes parents, ma grand-mère et Emmy. Ils arrivaient donc trop tard. Et pire que cela, ils menaçaient la cité où se trouvaient tous les êtres que j'aimais.

— Alors, allons-y, souffla James.

Je jetai un dernier regard vers Ana et Zefryam. Je voyais seulement leurs prunelles étranges luire dans l'obscurité, leur peau pâle leur donnant des allures d'apparitions mystiques. Finalement, je sentis que je n'avais pas à m'inquiéter pour eux, quelque chose me disait que j'ignorais tout de leur potentiel, de leur puissance...

Nous arrivâmes sur le rebord du parc, pas même protégé par une rampe, car les êtres qui vivaient dans ce monde n'avaient pas peur d'une chute de quelques mètres. D'ailleurs, Allan, qui sauta le premier et atterrit paisiblement, me le confirma. C'est Fay qui insista pour me soulever, assurant que mon poids ne faisait aucune différence. Et effectivement, elle était tout aussi souple et féline qu'à l'accoutumée, malgré la pauvre baudruche essoufflée que j'étais contre elle.

— Est-ce que tu es prête ? demanda-t-elle dans un souffle.

Je voyais ses yeux lumineux, mais impossible d'en distinguer la couleur. Sur son visage dansait le reflet des flammes, celles qui prenaient d'assaut la ville. Nous entendîmes au même instant des cris et des tirs.

Mes doigts se serrèrent automatiquement autour de la petite seringue dont Ana m'avait fait cadeau quelques minutes plus tôt...

— Oui, je suis prête, répondis-je à Fay dans un murmure.

Elle sauta immédiatement vers le parc inférieur, je sentis le vent frais dans mes cheveux tandis que je me recroquevillai contre elle. Puis, nous fûmes de nouveau sur le sol, l'impact fut léger, ce qui me surprit. Un instant plus tard, Ethiel nous rejoignit. Il avait refusé l'aide des hybrides et bien que son atterrissage fût plus lourd que ces êtres naturellement mieux prédisposés à ce type d'exercice, il s'en sortit avec une élégance qui m'impressionna. Mais Ethiel n'était pas le dernier humain pour rien et s'avérait surentraîné pour la survie.

Fay ne me posa pas à terre et se mit à courir en compagnie des autres hybrides et d'Ethiel qui nous entouraient comme des ombres. Je ne protestais pas, consciente que je les aurais retardés.

— Tout se passe comme prévu, murmura James qui se cala un instant sur le rythme de ma protectrice. On s'en tient au plan.

Elle assentit d'un signe de tête et nous dévalâmes ainsi plusieurs jardins. Mes amis semblaient réconfortés par la tournure des événements. Au loin, nous percevions la rudesse des combats qui avaient commencé, là où la muraille avait cédé. J'espérais qu'Ana et Zefryam ne s'y soient pas rendus.

Le palais était protégé par de nombreux postes de surveillance habilement cachés, d'après les explications que j'avais pu glaner, mais la plupart du personnel avait été recruté pour la protection des murailles. Nous nous glissâmes donc sereinement dans la nuit. Nous espérions quitter la ville avec cette même facilité.

Tout à coup, des hurlements nous parvinrent aux oreilles en réponse à des croassements terribles – comme des cris d'oiseau éraillés. Nous venions d'atterrir hors de l'enceinte du palais, dans les rues d'Olyméa. James avait insisté pour soulever Ethiel que cette dernière chute aurait pu tuer. Mon ami avait étrangement accepté, faisant passer sa survie avant sa haine des hybrides.

Nous échangeâmes des regards effarés et Allan s'exclama :

— Regardez !

Je levai les yeux pour suivre son mouvement. De prime abord, je crus que des engins volants étranges attaquaient la ville. Sauf que bientôt, je réalisai qu'il s'agissait d'oiseaux énormes, disproportionnés, qui peuplaient le ciel dans un ballet inquiétant.

— Oh, non, murmura Fay.

Puis soudain, ils fondirent vers la ville. Fay se rua sous un auvent et me tint contre elle tandis que je vis tous nos alliés en faire de même. Nous avions une vue importante à cette hauteur, sur le reste de la cité bâtie sur une pente. Les rapaces agissaient sans pitié, attrapant des hybrides et les lâchant dans les airs pour mieux les voir s'écraser sur le sol.

Des protecteurs intervinrent aussitôt, mais trop peu nombreux, leurs tirs étaient esquivés à la perfection par ces créatures hors normes.

— La muraille n'était qu'une diversion, réalisa Fay en nous plaquant davantage contre le mur, espérant nous rendre invisibles.

— Comment ça une diversion ? fis-je avec ahurissement. Qu'est-ce que c'est que ces bestioles ?

— Les perrestres, Lisor. Tu as oublié qu'ils se transforment en animaux ? Je n'avais pas pris en compte les oiseaux. Mais c'est très ingénieux, d'autant qu'ils peuvent changer les proportions. L'attaque de la muraille n'était qu'un piège. Ils voulaient ameuter toute la défense de la cité dans cette zone. En réalité, ils nous assiègent de tous côtés...

Elle semblait presque impressionnée.

Je ne dis rien, trop effrayée.

Je vis que James nous faisait des signes depuis son point d'abri, où il se tenait auprès d'Ethiel. Heureusement, mon ami n'avait rien et Allan était sain et sauf, un peu plus bas, planqué sous un balcon.

— James a raison, il faut que l'on continue, murmura Fay qui avait réussi à interpréter son message à distance. Plus on attendra, pire ce sera. Les perrestres sont de plus en plus nombreux et ils vont nous tuer sans faire la part des choses...

J'avalai ma salive de travers et ne fus pas surprise de sentir l'horrible douleur que je ne connaissais que trop bien me reprendre d'assaut. Je me tordis sur place. C'était la pire souffrance au monde. Dire que les femmes accouchaient depuis la nuit des temps. Quelles cinglées ! Autant que la race disparaisse plutôt que de subir cette torture ! Fay me laissa m'injecter une petite quantité d'antidouleur, puis elle déboula dans la rue, rasant les murs en me portant avec mille précautions.

Nous rejoignîmes James en quelques secondes tandis que je me réjouissais des effets immédiats du produit. Où qu'elle fût, je bénissais Ana pour ce cadeau.

— Tu veux que je la prenne ? interrogea doucement James.

— Non, protège l'humain. Je me charge de Lisor.

Allan nous retrouva.

— Ce sont les perrestres ? demanda-t-il. Vous avez vu en quoi ils se transforment ? On est fichus !

— Quoiqu'il arrive, ne laissez pas leurs serres se refermer sur vous, conseilla James. Tenez.

Il leur offrit des couteaux de différentes tailles, canifs et autres outils qu'il avait sûrement emportés dans le but de survivre dans la nature, et non de se battre.

— Vous ne pourrez pas les blesser avec ça, mais cela les empêchera de vous emporter dans les airs.

Mes amis s'en emparèrent sans se faire prier.

— On va sûrement être séparés, ajouta Allan.

— Quoiqu'il advienne, répliqua Fay, on se retrouve à la villa de Zef.

Nous ne perdîmes pas davantage de temps, Fay me portait tout en surveillant les rapaces qui fusaient sans interruption sur des hybrides moins prudents. Plusieurs vaisseaux de protecteurs ne tardèrent pas à s'attaquer aux perrestres, ce qui sembla rendre les combats un peu plus homogènes pendant un instant. Cependant, les ennemis étaient nombreux, très nombreux. J'avais les yeux fixés sur ce ciel fiévreux, opacifié par la fumée épaisse qui continuait de monter tandis que Fay me trimbalait. J'avais perdu de vue depuis longtemps le reste de nos amis.

Alors que Fay sautait par-dessus le grillage d'une cour antique, pour rejoindre une autre en contrebas, l'un de ces monstres ailés fonça sur nous. Il ne parvint qu'à nous frôler, car Fay dévia habilement, en maîtresse du combat qu'elle était, et nous nous retrouvâmes près d'un lac.

— C'était moins une, souffla-t-elle en se dirigeant vers un petit bosquet où elle espérait nous cacher.

— Attention, hurlai-je en voyant débouler un autre rapace.

Fay se détourna suffisamment rapidement pour l'empêcher d'avoir une réelle prise sur elle, sauf que les griffes se resserrèrent tout de même sur l'un de ses bras. Elle hurla et me lâcha. J'avais anticipé la chute et je me servis des buissons alentour pour l'amortir.

— Sauve-toi ! m'ordonna mon amie en plantant son couteau dans la patte qui la maintenait.

D'aussi près, la créature était terrifiante, elle ressemblait néanmoins à s'y méprendre à un aigle aux dimensions décuplées. Je ne la regardais pas plus d'une seconde, rampant presque pour obéir à Fay. Les arbustes à profusion dans ce joli domaine me paraissaient être l'endroit approprié pour me cacher. Je me déplaçai aussi vite que possible, sentant la douleur revenir dans mon bas ventre. Ce n'était vraiment pas le genre d'exercice physique conseillé avant d'accoucher. Je grimaçai et j'entendis un hurlement.

À quelques centimètres de moi, un oiseau s'apprêtait à m'attraper, mais James l'ayant remarqué bondit sur son plumage. S'en suivit un étrange combat dont j'étais beaucoup trop proche. Je n'eus en effet pas le temps de m'en écarter que, déjà, j'étais projetée en arrière par les battements d'ailes de l'immense rapace. Dans ma chute, la seringue que je venais de saisir pour m'injecter un peu de substance fut propulsée à un mètre de moi. Je hurlai de douleur et de dépit, allongée de tout mon long sur cette petite terrasse. À découvert et figée par la souffrance comme je l'étais, j'étais totalement vulnérable. Je me recroquevillai sur moi, attendant que le sommet de la contraction soit atteint. Une fois chose faite, mon corps s'apaisa. Heureusement que ce n'était pas plus long.

Un regard vers James m'informa qu'il s'était éloigné et continuait de se battre, les pieds bien ancrés dans le sol, le regard fauve. Mais je savais pertinemment que la créature était plus puissante que lui. Il y avait de grandes chances que nous mourrions tous ici. Tout comme Manoa, qui, peut-être, se battait en cette heure comme un robot, sans savoir que celle qu'il aimait, ou plutôt que celle *qui* l'aimait, allait mourir loin de lui.

Je tournai les yeux vers Fay : impossible de la voir, je n'apercevais que des plumages sombres entre les bâtisses. Et si ?

Non, je n'allais pas désespérer maintenant. Même si je devais mourir, même si tous mes amis mouraient, ce ne serait pas sans me battre !

Je me hissai sur mes jambes en poussant un râle de douleur et d'épuisement et filai vers la seringue dont j'avais besoin. Impossible que je m'en prive maintenant.

Elle avait roulé jusque sur le rebord de la terrasse, elle était à quelques centimètres du vide. Un vide fabuleux ayant pour décor la ville miroitante et malheureusement en flammes à l'heure qu'il était. Je courus, du moins, tentai une manœuvre rapide vers cet endroit, mais soudain, il apparut. Un aigle venait de se poser, ses griffes recouvrant la seringue.

Je me statufiai. Il était magnifique, fascinant et contrairement aux autres, son regard perçant m'analysa. Je compris qu'il se passait quelque chose avant même que son plumage ne s'ébranle, avant que ses yeux ne se rapetissent, que son bec ne se torde et finalement, qu'un homme se retrouve juste en face de moi, une expression curieuse sur son visage pâle, un intérêt évident dans son regard d'ébène.

— Tu es humaine, réalisa-t-il d'une voix égale.

Je ne bougeai plus, totalement paralysée par la surprise. Ses yeux tombèrent sur mon ventre énorme. Il sembla tendre l'oreille un quart de seconde dans cette direction. Ses sens de perrestre, aussi puissants que ceux des azras, lui suffisaient amplement pour détecter les battements de cœur d'un nourrisson.

— Et l'enfant est humain aussi, ajouta-t-il comme agréablement surpris.

Il me sourit.

— Viens, je peux te sauver.

Il s'avança, je reculai d'un pas. Il s'arrêta et baissa les yeux sur son propre corps musculeux, sale et nu.

— Désolé, je n'ai plus l'habitude de paraître en société. Viens, je peux t'emmener en sécurité, loin des azras. Fais-moi confiance !

— Tes amis sont en train d'assassiner les miens, me contentai-je de répondre.

— Il y a d'autres humains, ici ? demanda-t-il, très intéressé.

Je songeai aussitôt à Ethiel. Mieux valait qu'il ne connaisse pas son existence, sa curiosité ne m'inspirait pas. Nous étions des soldats supplémentaires pour lui. J'étais un outil aux yeux des perrestres. Et ma fille en serait un des plus intéressants, qu'ils façonneraient à leur image.

— Ce sont des hybrides, rétorquai-je.

— Tes amis sont des hybrides ? dit-il en levant un sourcil. Je vois, tu es du genre perturbée. Ce n'est pas grave. Je t'emmène quoiqu'il en soit.

Il s'avança, bien décidé à ne plus me laisser le choix.

— ANA !

Ce hurlement nous fit tourner la tête à tous les deux. C'était Fay qui venait d'appeler l'azra à l'aide, ayant perçu la situation délicate dans laquelle je me trouvais. L'hybride ne pouvait pas m'aider, elle-même bloquée dans un combat contre un perrestre. Heureusement, James était à ses côtés, ce qui me rassura. Et je le fus davantage lorsque je remarquai Ana dévaler les balcons comme une furie dans ma direction.

Tout se passa alors très vite.

Le perrestre dut comprendre que, sous cette forme, il ne pourrait pas lutter contre une azra. Je le vis donc prendre du recul pour se transformer et assurément m'emporter dans la foulée. Instinctivement, je pris la fuite dans la direction d'Ana.

Pourtant, je savais pertinemment qu'elle était trop loin pour m'atteindre à temps et que tout se jouait bien trop vite pour que mon geste puisse y changer quoi que ce soit. Elle dut en arriver à la même conclusion car elle s'arrêta, et fit un léger mouvement de la main qui ne signifiait rien pour moi. Néanmoins, tout près de l'endroit où je me tenais, un morceau de toiture s'arracha à l'un des bâtiments et fut propulsé sur le perrestre qui n'avait pas fini de muter en animal. Il se retrouva projeté dans les airs et chuta dans les méandres de la ville.

Je me tournai à nouveau vers Ana qui m'accorda un sourire rassurant avant d'aller s'attaquer au perrestre qui prenait le dessus sur Fay et James.

Ma première réaction fut très simple. Je m'approchai du bord où venait de tomber le perrestre, non dans le but de vérifier son état : c'était bon pour les idiots des films catastrophes, ça ! Je me saisis simplement de ma seringue, que tout ce remue-ménage n'avait pas décoincée du pavé dans lequel elle avait eu le mérite de se ficher. Une fois mon bien récupéré, je m'en accordai une petite dose avec soulagement, me rappelant l'expression de Manoa quand il s'injectait des produits d'Opra.

Je ne pris pas davantage de risque, l'important étant de protéger mon bébé avant toute chose. Je me trouvai un abri sous une devanture, suffisamment couvert pour disparaître aux yeux des perrestres, toutefois assez bien situé pour garder un œil sur Fay, James et Ana. Je n'avais pas réussi à localiser Allan et Ethiel.

Je remarquai qu'Ana s'efforçait d'entraîner le perrestre à sa poursuite, privilégiant le départ des deux hybrides à qui elle fit signe de s'éloigner. À contrecœur, ils obéirent et ne mirent que quelques secondes à me remarquer. Fay fonça immédiatement vers moi et me serra brièvement contre elle. Cette marque d'affection me surprit au vu des circonstances, mais je compris qu'elle avait craint pour nos vies à tous, au moins autant que moi.

— Cette fois, on part ! décida-t-elle. Et au plus vite !

— Et Allan et Ethiel ? m'enquerrai-je.

— Ils vont bien, ne t'en fais pas, assura James. Dès qu'Ana et Zefryam ont vu que les perrestres nous attaquaient sous forme animale, ils ont compris qu'on ne ferait pas le poids. Ils ont profité de la confusion pour quitter leur poste et nous retrouver. Alors qu'Ana vous aidait, Zefryam escortait Allan et Ethiel vers la sortie. Maintenant, nous n'avons plus qu'à les rejoindre dans la forêt. Nous sommes tout près du but.

— Oh, merveilleux, fis-je, infiniment soulagée.

Sans m'avertir, Fay m'attrapa et je me retrouvai dans ses bras de nouveau. Je poussai un gémissement de surprise. Mon ventre malmené était douloureux malgré l'injection que je tenais comme si ma vie en dépendait, prête à en faire usage, plus déterminée que si c'était une arme dont je pouvais user contre nos ennemis.

— Désolée, est-ce que ça va ? demanda Fay, confuse. J'oublie que tu es humaine...

James eut une sorte de regard entendu face au manque de délicatesse légendaire de Fay, que je ne lui aurais reproché pour rien au monde, surtout pas en pleine guerre !

— Ce n'est rien, je suis juste en plein travail, je crois...

— Raison de plus pour nous dépêcher, conclut James. Venez.

Il ouvrit la voie : une ruelle sinueuse qui débouchait sur un petit jardin, lui-même cerné par la muraille extérieure. Je ne m'étais jamais approchée de si près des remparts d'Olyméa. Ils étaient magnifiques, d'une matière blanche lumineuse, sûrement d'une solidité à toute épreuve – en excluant une attaque de perrestre dans les règles, bien entendu.

James se posta devant le mur pâle, qui reflétait à cette heure nocturne le rougeoiement du ciel, le crépitement des flammes qui avaient pris d'assaut certaines zones de la cité, et nos mines effrayées.

— Qu'est-ce qu'il fait ? me renseignai-je, en le voyant tracer une ligne sur la paroi à l'aide d'un petit tube métallique.

Fay répondit dans mon oreille :

— Ana a réussi à mettre la main sur des passes, exclusivement réservés au Conseil, qui ouvrent des portes dans la muraille... Elle en a donné un à Allan. Et l'autre à James.

— Incroyable, commentai-je en voyant une entrée se former.

Nous pénétrâmes à l'intérieur du rempart, qui était suffisamment épais pour abriter un large couloir, peut-être même plusieurs. L'ouverture se referma sur nous. D'ici, les sons nous parvenaient de manière étouffée et étrangement déformée. La guerre semblait encore plus criante et à la fois, plus lointaine. Je me sentis légèrement soulagée de ne plus être autant en danger, de pouvoir espérer accoucher loin de ce carnage. Toutefois, l'idée de quitter ce lieu sans Manoa était... *insupportable*.

James ouvrit une seconde porte en face de nous, et nous nous retrouvâmes dans un nouveau corridor, sûrement réservé à l'usage des protecteurs. Je remarquai même des entrées d'ascenseurs. Nous avançâmes, l'hybride répéta une dernière fois la manœuvre et un vaste champ secoué par le vent frais du soir enfiévré de fumée, nous accueillit.

— Enfin, murmura Fay, soulagée.

— Attends, dis-je.

J'avais beau être plutôt petite et chétive, être portée tout en étant enceinte s'avérait très inconfortable. Même si Fay faisait son maximum pour que je me sente à l'aise, mon ventre était forcément compressé. Or, je ressentais tout à coup une étrange chaleur entre mes jambes, qui s'amplifia à mesure que j'y prêtais attention.

— Je crois qu'il se passe quelque chose, ajoutai-je en regardant Fay.

Celle-ci sembla comprendre, et, me posant délicatement entre les bras de James, entreprit de soulever mon manteau. Ensuite, elle tâta mon pantalon.

Une frayeur sans âge se fit un chemin dans mon cœur. Et si le bébé ne respirait plus ? Et si ma semi-chute avait été trop brutale ? Sans oublier tous ces chocs inévitables lors d'une course poursuite et le manque d'oxygène que l'angoisse provoquait...

— Est-ce que c'est du sang ? demandai-je, terrifiée.

— Non, murmura-t-elle en examinant ses doigts qui paraissaient intacts. Tu as simplement perdu les eaux !

Chapitre 5

La nuit, le froid, l'urgence... Courir à découvert dans ces champs inquiétants n'avait rien d'une sinécure. Au moins, avais-je confiance en Fay dans les bras de laquelle j'avais insisté pour « voyager » de nouveau. Si le groupe se retrouvait à nouveau divisé, je la savais formée pour me faire accoucher et je me sentais plus à l'aise à cette idée. James, de toute façon, ouvrait habilement la marche, en guetteur attentif qu'il était, nous faisant stopper au moindre doute.

Plus nous nous éloignions, plus la rumeur des combats s'éteignait, à mon plus grand soulagement. Mon cœur était déchiré d'abandonner Manoa, Ana et Zefryam. Mais j'étais dans un inconfort si pressant au vu de mon accouchement imminent, que plus rien d'autre n'importait. Seul mon instinct parlait : j'avais besoin d'un endroit sécurisant pour mettre au monde ma fille et au plus vite !

Lorsque la forêt se referma enfin sur nous, j'eus l'impression de respirer à nouveau. Respirer comme je ne l'avais guère pu depuis des mois... depuis que j'avais quitté les bois pour me réfugier à Olyméa. J'en avais presque la tête qui tournait. J'étais née en pleine nature. Je m'y sentais chez moi, même si j'étais traquée.

James sinuait entre les arbres comme s'il cherchait une piste précise, et Fay le suivait telle une ombre, avec moi blottie contre elle pour bagage. Il allait falloir faire vite si je voulais accoucher dans la villa.

— Il y a quelque chose d'anormal, dit James, sa voix ramenée sur nous par une brise froide qui sentait la nuit, les feuilles, la vie... Ce genre d'odeur qui m'avait plus manqué que je n'aurais pu l'imaginer et qui me ramena quelques larmes dans les yeux.

J'étais prête à donner la vie ici, j'étais prête à la perdre ici. La boucle serait bouclée.

— Quoi au juste ? demanda Fay en s'approchant de lui.

Il s'était arrêté et regardait le sol. Je jetai un œil moi aussi, inquiète. Mais il faisait trop sombre pour identifier la petite boule sombre et informe à nos pieds. Leur vue d'hybride, naturellement plus aiguisée, le leur permettait. James se pencha et ramassa finalement ce qui me sembla être du tissu.

— Ce sont des vêtements, déclara-t-il, les sourcils froncés en adressant un regard à Fay.

Je sentis cette dernière se raidir davantage, ses bras se serrant autour de mon corps plus que nécessaire.

— Et il y en a partout..., ajouta James en indiquant du menton toutes les zones où il en avait repéré.

— Qu'est-ce que...

Fay n'eut pas le temps de terminer sa question.

— Ce sont les perrestres, coupa James en s'approchant, les sens en alerte. Ils ont déposé leurs vêtements avant de... *prendre leur envol*, si je puis dire.

Fay recula d'un pas, effrayée par ce qu'elle réalisait et son regard accrocha tous les troncs au pied desquels étaient dispersés les habits de nos « ennemis ». Elle chancela vaguement, sûrement effrayée par la quantité impressionnante qui nous entourait sauf que je n'étais pas en mesure de voir. La lune n'éclairait que faiblement au travers des feuillages et la fumée provenant de la ville n'améliorait pas les choses.

— On est sur leur zone de ralliement, murmura-t-elle.

Même si les hybrides en savaient plus que moi, ils étaient eux aussi fascinés par l'organisation des perrestres, qu'ils découvraient en même temps que moi. Ainsi que leur suprématie. Je rompis le charme :

— Réveillez-vous ! m'exclamai-je. Ils sont en plein combat et pas près de revenir ! Et je n'ai aucune envie de les attendre pour prendre le thé. Alors on décolle, j'ai un bébé à pondre !

Je devinais une sorte de sourire triste sur le visage de Fay. Mon impression de vertige s'accentua, étonnamment, je ne m'en inquiétais pas. Je me sentais presque légère. Était-ce vraiment la forêt qui me faisait cet effet ?

— Elle a raison, soupira-t-elle. On ne va pas paniquer maintenant, pas après les avoir affrontés en personne.

— D'accord, mais soyons prudents, rétorqua James. Certains d'entre eux pourraient être restés en arrière (je le vis sortir son couteau qui se mit à luire dans la nuit). J'imagine qu'ils forment plusieurs groupes et que de simples cris leur permettent de communiquer sous forme animale.

C'était une spéculation que j'aurais préféré ne pas connaître.

Nous reprîmes la route dans l'obscurité, Fay plus tendue que jamais et James prêt à sauter sur le moindre assaillant.

J'essayais, pour ma part, de respirer aussi profondément que possible, et dès qu'une contraction me semblait trop intense à mon goût, je me réinjectais une dose de produit. Je n'avais aucune envie de subir cette torture en plus du stress incroyable auquel j'étais exposée.

Soudain, une main s'abattit sur Fay. Elle se retourna d'un bond et, me gardant contre elle par je ne sais quel miracle, envoya un coup de pied dans les airs évité de justesse par Allan.

— Calme-toi, c'est moi ! souffla-t-il, pris au dépourvu.

— Allan ! m'exclamai-je, soulagée. Et Ethiel ?

— Désolée, répondit Fay.

— Je suis là, intervint mon ami humain.

Ethiel apparut, étrangement pâle dans les gouttes de lumière blanche que versait la lune entre les arbres. Il s'approcha de moi et ses mains cherchèrent une prise, saisirent mes avant-bras tandis que ses lèvres s'écrasaient sur mon front.

— J'ai cru te perdre. Je me sentais si impuissant...

— Pourtant, tu ne l'es pas ! affirmai-je en désignant mon ventre prêt à exploser. Et pourtant, ça m'aurait arrangée, tu peux me croire !

Il se recula et me regarda, pas certain de comprendre. Fay saisit, et éclata d'un rire qu'elle s'empressa d'étouffer.

— Allons-y, décréta James.

J'étais soulagée que notre groupe soit au complet, si on excluait les deux azras et l'hybride auprès de qui j'aurais pu être heureuse – dans une autre vie sûrement. Nous étions saufs, au moins pour le moment et quoiqu'il arriverait après l'accouchement, ce groupe pourrait essayer de protéger ma fille. J'étais presque surprise de me sentir aussi rassurée, presque déconnectée, capable de faire de l'humour, jusqu'à ce que je réalise que la bonne dose de produit que je m'étais injectée pour effacer la douleur devait y être pour beaucoup...

***

— Lisor, réveille-toi.

— Je ne dormais pas, grommelai-je en ouvrant les yeux.

Comment aurais-je pu m'assoupir en étant secouée depuis des heures comme je l'étais ? J'avais simplement trouvé une forme d'apaisement dans ma respiration, que je calquais sur le rythme de la course de ma sauveuse. Je m'étais plongée profondément dans cette relaxation improvisée, histoire de m'évincer du présent, et bien aidée par la seringue de produit anesthésiant – que je n'avais d'ailleurs pas utilisée depuis un moment.

— J'ai mal au dos, réalisai-je tandis que Fay s'était arrêtée et observait les alentours.

Nous étions en plein cœur de la forêt. Les bruissements qui m'entouraient m'étaient familiers, comme si je retournais à la maison après des années d'exil. C'était à la fois agréable et déchirant. Je ne pouvais pas nier que j'éprouvais un certain sentiment de quiétude à l'idée que ma fille naisse dans ce monde, plutôt que dans l'autre, aseptisé et rempli de faux semblants, qu'était celui de nos ennemis.

— Nous sommes arrivés à la villa de Zefryam ? demandai-je.

— Non, je dois simplement vérifier où en est ton col, pour m'assurer que le bébé va bien.

— D'accord, fis-je en retrouvant toute ma lucidité, désireuse de faire passer le sort de ma progéniture avant tout.

J'aperçus Allan, James et Ethiel s'autoriser une pause tandis que Fay avisait un coin paisible, près d'un ruisseau, où l'herbe semblait épaisse et confortable. Elle m'y déposa avec une infinie douceur. Je fus immédiatement soulagée de me retrouver allongée. Le sol était dur sous le tapis d'herbe, mais j'y étais accoutumée, pour y avoir dormi la majeure partie de ma vie. Le bruit de l'eau qui clapotait m'apaisait, lui aussi. Pendant que Fay étirait ses membres, sûrement endoloris de m'avoir si longtemps portée, je posai une main sur mon ventre distendu.

— Tiens bon, ma chérie, murmurai-je à ma fille. Nous serons bientôt à la maison.

Pendant un vague instant, je ressentis une douce décharge d'excitation heureuse. La même que j'éprouvais parfois en parlant à Fay ou Allan, de l'avenir du bébé, des bons moments potentiels qui nous attendaient. Sûrement, un petit écho de la joie naturelle d'une future mère. Une mère qui enfanterait dans des conditions paisibles, entourée de son mari et de tous les êtres qu'elle aime. Une mère éloignée de la guerre et d'une quelconque menace. Non privée de la peur de l'accouchement certes, mais qui n'aurait que cette épreuve, somme toute naturelle, à gérer. Je me laissai glisser intentionnellement dans cette sensation délicieuse, dans cette hâte paisible de rencontrer enfin ma fille.

Oublier tout. Tout ce qui n'allait pas, pour ne penser qu'au plaisir de la tenir dans mes bras. Peu importait si ce n'était qu'un fantasme que de m'espérer encore vivante après avoir donné la vie. Peu importait le reste, seul l'instant comptait et je voulais être là, présente, autant que possible, pour elle. Pour nous deux. Pour ce petit monde que nous formions elle et moi depuis des mois, cette intimité douce et délicieuse, que personne ne pouvait atteindre.

Fay se pencha sur nous, ouvrit mon manteau et déboutonna mon pantalon, histoire de m'ausculter. Je tournai instinctivement la tête vers le reste du groupe pour m'assurer qu'ils restaient bien à leur place. Allan assis par terre, farfouillait dans son sac, Ethiel s'était appuyé contre un tronc et reprenait son souffle, que cette course, calquée sur l'allure des hybrides, lui avait ravi, et James... James était en train de s'enfoncer dans l'obscurité de la forêt, seul !

— Qu'est-ce que fait James ? m'informai-je auprès de Fay, affairée quant à elle dans son rôle improvisé de sage-femme.

— Il veut vérifier quelque chose.

Elle ne semblait pas encline à en dire davantage.

— Outch..., fis-je en me raidissant.

La douleur était revenue dans mes reins, si intense qu'elle m'avait prise au dépourvu.

— C'est sûrement une forme de contraction, diagnostiqua Fay en me voyant souffrir. Où est la seringue ?

Elle fouilla les poches de mon manteau à ma place. J'arrêtais son geste d'une poigne ferme. C'était fou ce que la maternité me rendait têtue.

— Dis-moi exactement ce qui se passe !

Elle soupira.

— James a un mauvais pressentiment. Il a peur qu'on soit suivis.

— Tu crois que c'est le cas ?

— Pourquoi pas ? soupira-t-elle. Les azras ont des raisons de vouloir nous faire la peau, on n'était pas censés se faire la malle. D'ailleurs, les perrestres pourraient tout aussi bien être intéressés par l'existence inespérée de la dernière humaine. Enceinte de surcroît.

— Ils étaient tous bien trop occupés à faire la guerre, répondis-je comme pour me rassurer.

— C'est juste, mais tu représentes une arme en puissance. Celui qui met la main sur toi détient un atout. Ce perrestre, qui a failli t'emmener tout à l'heure, l'a immédiatement compris.

Je frissonnai en jetant un œil à Ethiel. Et s'ils apprenaient son existence à lui ? Ensemble, nous étions deux armes de choix : nous, et surtout les potentiels enfants que nous pourrions avoir.

— Tu vois, j'aurais préféré ne pas te parler de tout cela et t'ausculter tant que tu étais détendue. Je ne suis déjà pas très habituée à aller farfouiller dans cette zone..., s'agaça Fay, qui s'était aménagé un espace suffisant pour m'examiner sans me dénuder réellement.

— Je ne suis pas tendue, rétorquai-je, blasée. Je suis habituée à ce que les catastrophes nous tombent dessus.

James revint en courant au même instant.

— Nous sommes pris en chasse ! s'exclama-t-il.

Fay se redressa et m'accorda un regard entendu.

— Tu es sûre d'être habituée à ça ?

— On a tout juste une demi-heure d'avance, expliqua James. Cependant, c'est un perrestre sous forme animale. Il va très vite. Il nous a sûrement repérés à l'odeur.

Fay me rhabilla en quatrième vitesse.

— Attends ! fis-je. Et le bébé ?

— Ton col est bien dilaté, mais nous avons encore du temps. Alors, puisqu'on est pistés, je vais essayer de battre un record de vitesse jusqu'à la maison de Zefryam.

— Tu crois que le perrestre va me laisser accoucher tranquillement ? l'interrogeai-je, consciente que notre plan ne tenait pas debout.

— Pourquoi pas ? répondit Fay. Allan lui proposera un café pendant ce temps.

— ...il va vous tuer immédiatement, réalisai-je, incapable de faire de l'humour à ce sujet.

— On va faire autrement, rétorqua Ethiel qui avait entendu notre conversation.

Le reste du groupe s'était rapproché de nous ; heureusement, Fay avait fini de rajuster mes vêtements.

— Je vais faire diversion, reprit Ethiel

Il croisa mon regard et poursuivit :

— Je suis plutôt doué pour ça.

— En quoi ça pourrait nous aider ? demanda Fay, blasée.

— J'aurais l'odeur de Lisor sur moi et peut-être la vôtre. Je vais courir aussi loin que possible. Si vous passez par ce ruisseau, assura-t-il en désignant la rivière que l'on entendait s'écouler derrière moi dans l'obscurité, vous effacerez vos traces. Le perrestre se repère exclusivement à son odorat pour le moment. Si je m'y prends bien, je pourrais l'attirer sur une autre piste.

— Il a raison, admit James. Et une fois que nous serons arrivés, je barricaderai la maison de Zefryam et tenterai d'effacer nos traces dans les parages. Avec ce plan, nous avons une chance de nous en sortir.

— Mais Ethiel... ? Aïe.

Fay venait de m'injecter une dose de produit anesthésiant sans prévenir.

— Désolée, répondit-elle. On n'a pas une minute à perdre, Lisor.

Ethiel s'approcha de moi.

— Je vais m'en sortir, Lisor, tu le sais, ils ne me feront rien. C'est justement nous qu'ils veulent, dit-il avant de s'adresser à Fay. Accorde-moi une minute.

Elle s'apprêtait à me reprendre dans ses bras et obtempéra de mauvaise grâce, se contentant de croiser les bras en le toisant d'un œil sévère.

Je m'étais redressée sur mes coudes. Toutefois, cette simple position était trop épuisante pour que je puisse la conserver longuement.

— Ethiel, murmurai-je alors que mon ami venait de s'accroupir à mes côtés.

Il me sourit avec autant de douceur qu'il en fut capable, pourtant, son visage était un masque de rigidité presque effrayant.

— Ne fais pas ça, il y a forcément une autre solution, le suppliai-je.

— Je ne sais pas dans quelle disposition d'esprit ils sont, répondit-il. Je ne veux pas qu'ils s'approprient notre fille. Et puis, ils n'hésiteront pas à massacrer tes amis hybrides. Je doute que tu puisses le supporter, n'est-ce pas ?

J'attrapai ses doigts.

— Tu as raison, mais...

Il me serra contre lui, toucha mon ventre, glissa sa main dans mes cheveux.

— Qu'est-ce que tu fais ? lui demandai-je, un peu surprise par toutes ces brutales marques de tendresse.

— Je dois prendre ton odeur.

Il fourra son visage dans mes cheveux, les respira, caressa mes joues et posa ses lèvres sur les miennes.

J'eus un mouvement de recul.

— C'était nécessaire, ça ?

Il eut un sourire triste.

— Pour moi, oui.

Il se leva, mais il avait toujours sa main dans la mienne.

— Adieu, Lisor. Nous nous reverrons peut-être dans une autre vie.

— À dans une autre vie, murmurai-je, une boule énorme dans la gorge.

Il lâcha mes doigts, brisant le lien une deuxième fois. Un triangle amoureux ? Voilà une chose qui ne pouvait guère m'arriver. Et pas seulement parce que je n'aimais pas ça, surtout parce que les protagonistes qui auraient pu le composer se sacrifiaient les uns après les autres. Et mon tour suivait avec cet accouchement effrayant qui se profilait à l'horizon.

Fay me souleva tandis qu'Ethiel serrait la main de James et d'Allan, sûrement dans l'espoir de prendre un peu de leur odeur.

— Ethiel, appelai-je.

Il se retourna et je lançai au vent :

— Merci, merci... merci pour tout.

— Prends soin d'elle, répondit-il simplement.

Il s'enfonça dans l'obscurité, choisissant une direction opposée à notre destination et à celle du perrestre. Je pris seulement conscience qu'il parlait de notre fille...

Je posai la tête contre la poitrine de Fay, dans les bras de qui je me trouvai à nouveau.

— Quand il m'embrasse celui-là, ça n'est jamais de bon augure.

— Quand ? Tu veux dire que ce n'est pas la première fois ? répondit-elle, inquisitrice. Je croyais qu'il n'y avait jamais rien eu entre vous... !

— Je... je...

— Ah, tu avoues enfin... Tu es un vrai bourreau des cœurs, Lisor Gianello ! s'enthousiasma Fay avec un sourire mauvais en s'approchant du ruisseau.

Je restai un moment déroutée, et me rendis compte que j'appréciais qu'elle me charrie. Parce que nous faisions un pied de nez aux tourments qui s'acharnaient sur nous. Parce que l'ironie était mon alliée pour ne pas sombrer.

— Il me prend toujours par surprise quand il m'embrasse, me défendis-je enfin.

— Oh pauvre chérie, il va falloir que je t'apprenne à améliorer tes réflexes !

— Contente-toi de me faire accoucher, ce sera déjà pas mal !

— J'y compte bien, mais pas ici !

***

Lorsqu'une bâtisse somptueuse apparut entre les arbres, je crus que j'allais défaillir. Mes mains s'agrippèrent au cou de Fay avec une énergie retrouvée.

— C'est la maison de Zefryam ?

— Oui, nous y sommes.

Je perçus l'écho de mon soulagement dans sa voix.

— Ça fait des heures que j'ai perdu les eaux, ajoutai-je. Il n'est pas trop tard ?

— Non, ne t'en fais pas, au contraire. On conseille souvent aux jeunes mères de marcher un peu avant l'accouchement, pour dilater le col. Donc, rien de tel qu'une bonne course poursuite en pleine guerre !

Elle souriait sauf que je percevais à quel point elle était épuisée, elle aussi. Épuisée par ce rythme effréné et du simple fait de m'avoir portée pendant des heures. Certes, elle était forte et puissante, toutefois pas autant qu'un azra... ou qu'un perrestre. Et puis, elle risquait tout en ma compagnie. Je lui étais reconnaissante pour ce qu'elle m'offrait ; de vivre pleinement cet instant à mes côtés, pour moi, ma fille, pour nous.

Allan nous avait dépassées, courant pour ouvrir la porte de cette immense villa de bois, pourvue d'amples baies vitrées et dotée d'un certain modernisme, épousant à merveille le silence étrange de la forêt qui s'illuminait doucement à la faveur de l'aube naissante.

Je reconnaissais un peu l'état d'esprit de Zefryam dans cet endroit à la fois sobre et très luxueux mais aussi chaleureux et un tantinet nostalgique. C'était une grande maison, agrémentée de nombreuses terrasses et de balcons. Une retraite calme et romantique. Ma grand-mère aurait sûrement adoré. Zefryam avait failli lui offrir une vie très différente de celle qui avait été la sienne...

Nous pénétrâmes dans les lieux, une très légère odeur de renfermé s'évapora à notre arrivée. Je perçus une vibration et un système d'aération très discret s'activa en détectant notre présence.

Mon soulagement se décupla en observant les lieux s'illuminer pour nous, présentant un luxe dépouillé ; de larges canapés dans une salle de séjour disproportionnée, elle-même ponctuée de poutres de bois et agrémentée d'une grande cheminée blanche. Je remarquai aussi une cuisine intégrée où une vaisselle immaculée attendait d'être utilisée. En somme, l'endroit idéal pour des vacances dans un monde civilisé.

Même si la forêt me permettait de me sentir chez moi, tout ce confort me rassurait pour ce qui allait suivre, excepté un détail d'importance que je formulai aussitôt :

— Toutes ces lumières, ce n'est pas trop dangereux ? On pourrait nous voir facilement de l'extérieur...

— Ne t'en fais pas, répondit Allan qui ferma la porte à clef derrière nous. Les vitres sont sans tain lorsqu'on appuie sur...

Il sembla chercher sur un cadran situé près de l'entrée.

— Ah ! J'ai trouvé !

Dans un bruit discret, un léger film opaque glissa sur les fenêtres, changeant à peine la visibilité.

— Il est désormais impossible de voir l'intérieur de l'habitation depuis la forêt, ajouta Allan en se tournant vers moi. Zefryam m'avait prévenu que la maison comportait cette option. Maintenant, je vais attendre le retour de James. Il est en train d'effacer nos traces. Bonne chance.

Il me sourit avec hésitation. Je remarquai une trace de sang sur son visage. Sûrement une blessure qui avait vite guéri du fait de sa nature d'hybride. Mais une blessure tout de même. Mon cœur se serra. Nous avions échappé à la guerre. Une partie de ma famille s'en était sortie et c'était bien. Cette victoire incarnait l'espoir dont j'avais besoin pour survivre à la bataille qui m'attendait... Fay, qui me tenait toujours dans ses bras, récupéra mes affaires des mains d'Allan puis traversa un large couloir et choisit la chambre du fond.

— La chambre bleue, annonça-t-elle. Il s'agit bien de celle conseillée par Zefryam ?

Je me souvins de cet échange, ces derniers mots déchirants avant que tout bascule.

— Oui, effectivement.

La chambre était magnifique, un canapé blanc, couvert d'oreillers, garnissait le fond de la pièce en épousant la forme d'un mur ovale ponctué de grandes fenêtres. De nombreux rideaux d'un bleu transparent adoucissaient la vue sur la forêt qui rosissait sous l'éclat d'un matin rayonnant. Un large écran de télévision, dont on pouvait sûrement changer l'inclination, se situait dans un coin de cette pièce aux murs turquoise. Je remarquai également l'accès à un petit balcon non loin d'un bureau laqué où s'entassaient quelques vieux livres.

Fay sortit tout le matériel dont elle avait besoin : la plupart des instruments se trouvait dans la trousse – que m'avait montrée Ana – garnie d'appareils dont je ne connaissais pas l'usage. Ensuite, mon amie hybride m'aida à me déshabiller pour revêtir une chemise de nuit très légère. J'avais préparé ces étapes de l'accouchement avec soin et j'étais agréablement surprise de constater que Fay en avait fait tout autant, habilement formée par Ana dans le cas où elle ne pourrait pas être présente.

Je respirais aussi lentement que possible. Bien qu'épuisée j'étais soulagée d'être arrivée à bon port. Fort heureusement, je maîtrisais parfaitement la douleur grâce à la seringue que j'avais pratiquement vidée de son contenu et qui reposait désormais sur une desserte avec le reste du matériel médical.

— Ne t'en fais pas, dit Fay quand elle vit mon regard avide s'y poser. J'ai tout ce qu'il faut pour calmer la douleur durant l'accouchement.

Son assurance eut l'effet escompté et je m'allongeai presque détendue après qu'elle eut recouvert le lit d'une couverture soyeuse à la matière dense — sûrement capable de protéger le reste de la literie du carnage à venir. Elle avait pensé à tout !

Avec des gestes devenus habituels maintenant, Fay inspecta mon entre-jambes.

— Parfait, tout s'annonce pour le mieux.

Je soupirai, rassurée, et posai les doigts sur mon ventre.

— On y presque, ma chérie, murmurai-je.

— Quoi ? rétorqua l'hybride.

— Rien, désolée, je parlais à ma fille.

Fay s'équipa d'un petit appareil qu'elle promena sur la peau nue de mon ventre. Un petit cadran lui donna des résultats qui la firent sourire.

Je vis ses yeux s'embuer légèrement, ce qui me provoqua quelques battements de cœur agréables, ceux qui prédisent un moment que je ne serais pas prête d'oublier, un moment qui me faisait vibrer d'inquiétude et de plaisir par avance.

— Son cœur bat parfaitement bien, tout est en ordre, m'informa-t-elle.

Je souris, apaisée.

J'étais épuisée, harassée par notre longue cavale, mais je ne souffrais aucunement grâce au produit anesthésiant toujours dans mes veines et l'idée que nous ayons tout ce confort à disposition me mettait de très bonne humeur. J'avais craint un accouchement difficile dans les bois, comme avaient dû le supporter la plupart de mes ancêtres. Or, je disposais d'une technologie ahurissante pour m'aider et d'une hybride aux forces et à l'intellect supérieurs. La chance était de mon côté et cette idée me galvanisait.

Nous entendîmes soudain un bruit dans la maison. L'alchimie fut brisée un court instant. Et si James n'avait rien pu faire pour nous protéger ? Et si son corps gisait quelque part dans la forêt ? Et si Allan était le suivant sur la liste ?

Ce fut moi, qui, contre toute attente, rassurai Fay d'un regard confiant.

— Notre mission, là, tout de suite, quoiqu'il arrive, c'est le bébé, lui rappelai-je avec la certitude que ma place n'était nulle part ailleurs qu'ici, dans le soin que j'appliquerai à donner la vie.

Elle acquiesça d'un signe de tête vif, histoire de reprendre confiance dans le présent puis elle me proposa de basculer sur le côté. Elle me prodigua alors une petite injection dans le bas du dos — version plus moderne de la péridurale des humaines d'antan, dont j'avais entendu parler grâce à certains livres de l'Ancien Monde.

Lorsque je fus de nouveau sur le dos, je constatais que les contractions étaient encore plus discrètes qu'auparavant, je ne les percevais même plus. Ces spasmes fréquents avaient pourtant leur intérêt : ils permettaient d'orchestrer le rythme de l'accouchement.

De fait, Fay se servit d'un second petit appareil pour les détecter, elle l'appelait le « monitoring portatif ».

— Est-ce que tu ressens le besoin de pousser ? demanda-t-elle.

— Oui, assurai-je en prenant une grande inspiration.

— Alors, c'est parti !

Il était plus que temps ! Fay m'aida à me caler confortablement contre les oreillers et me rappela la façon dont Ana m'avait appris à respirer.

Le travail commença. J'essayais d'emplir mon esprit de certitudes à chaque inspiration. J'aimais ma fille. J'aurais tout donné pour elle. Y compris ma vie. J'étais forte, bien plus que je ne l'aurais cru et parfaitement consciente de ce qui m'entourait et des sensations étranges : de ma chair qui se distordait de manière effarante, de l'enfant qui progressait en moi, de mon cœur qui pulsait avec désespoir. Tout cela en étant préservée de la souffrance grâce à ces produits miraculeux. À chaque expiration, j'insufflai toute la force que j'avais puisée dans ma conviction d'être à ma place vers ma fille et son nouveau destin.

Mon corps me dictait le rythme encore plus nettement que les indications de Fay – qui, pour sa part, se référait au monitoring. Tout mon être me disait quand pousser ; c'était comme une loi de la nature, aussi réelle que la gravité, je le ressentais sans pouvoir l'expliquer. Néanmoins, c'était long, laborieux, fatiguant...

Pour m'encourager, je me rappelais que je convoitais cette libération depuis des mois. D'abord pour ne pas avoir choisi cette grossesse ensuite parce que j'aimais ma fille et que je voulais la savoir sauve. Or, dépendre de mon corps affaibli, ne constituait pas une assurance de sécurité en soi.

Plus je poussai et plus je sentais mes forces diminuer, mon corps s'affaiblir, mes mains trembler. Mais je demeurais fervente dans mon désir de la mettre au monde. Cette mission m'incombait, même si c'était la dernière.

— Pousse, me répétait Fay, qui avait perdu son flegme, le teint rouge et le visage humide. Elle s'activait pour m'aider à faire ce qui commençait à me sembler être l'impossible.

J'eus besoin de plusieurs pauses, tant l'effort m'étourdissait.

Si l'accouchement avait parfaitement bien commencé — en oubliant le contexte historique quelque peu inapproprié —, la suite s'avérait plus complexe. Ce que j'avais pris pour de l'énergie était peut-être une sorte d'instinct de survie primaire. Ou simplement l'impulsion d'une joie inespérée... Celle de pouvoir faire quelque chose de magique, *moi*, la petite Lisor qui ne se serait jamais vue mère un jour, dans un monde qui me rejetait ou ne désirait que trop m'utiliser. Je ne m'appartenais plus depuis tellement longtemps... Et là, mon corps déchiqueté, mon ventre distordu, et la douleur qui revenait lentement... me rappelaient à quel point je n'étais pas aux commandes.

— Pousse ! m'encouragea Fay, les mains couvertes de sang.

J'agrippai les draps et hurlai avec le sentiment que je réalisais un effort surhumain. Je n'avais plus de force mais je me serais bien gardée de le dire. J'inspirai, expirai et continuai mon travail parce que c'était tout ce qui m'importait désormais.

— Il y a quelque chose qui ne va pas, intervint Fay. Tu ne devrais pas saigner comme ça. Et le bébé...

Je me rendis compte qu'elle était plus paniquée que moi. Plus à bout que moi. Alors j'attrapai sa poigne – y plantai les ongles, pour être plus exacte – et lui lançai un regard sauvage.

— Fay ! Tu vas m'aider à faire sortir ce bébé, glapis-je agressivement, pas parce qu'Ana t'a montré comment faire, ou parce que tu es mon amie... tu vas m'aider à faire sortir ce bébé parce que tu n'as-pas-le-choix ! Il-n'y-a-pas-d'alternative ! IL VA SORTIR !

Elle me regarda étrangement entre ses mèches fauves qui se promenaient en boucles désordonnées sur son visage collant de sueur. Ses yeux, que j'avais trouvés si sublimes lors de notre rencontre – perdus en cette heure – cherchèrent dans les miens la certitude qui lui manquait, ils semblèrent s'en saisirent.

— Même si je dois en crever, ce bébé va naître ! m'exclamai-je à bout de souffle.

Elle reprit son souffle.

— Très bien, allons-y.

Nous reprîmes un rythme de travail mais je n'étais plus branchée sur une quiétude toute maternelle. J'étais une espèce de monstre désincarné qui hurlait pour y puiser de la force. Ma rage de vivre, c'était cela mon essence ! La rage qu'elle vive, elle aussi. Et qu'elle ne soit l'objet ou la victime de personne. Jamais.

Ma guerre à moi ne se menait pas avec des armes ou des pouvoirs surprenants, ma guerre à moi, c'était la vie. Ça avait toujours été la vie.

Fay eut la prescience de s'aider d'un nouvel appareil dont j'ignorais l'usage et puis d'un simple scalpel qu'elle désinfecta rapidement, histoire d'agrandir le « passage ».

Ma sensibilité exacerbée par l'épuisement me permettait de sentir légèrement la douleur mais elle restait discrète, grâce aux produits anesthésiants.

Puis ce fut l'instant, je vis Fay plus nerveuse que jamais en saisissant le corps du nourrisson. Je sentis le mien vibrer, toussoter, s'épuiser, se vider d'une force et se remplir d'une autre, d'un amour démesuré et viscéral. Mes larmes se mêlèrent à ma sueur.

— Pourquoi... pourquoi ne pleure-t-elle pas ? dis-je, effrayée, la voix éraillée d'avoir hurlé.

Le bébé m'apparut frêle et violacé entre les mains de Fay tandis qu'elle coupait le cordon ombilical.

— Elle va bien, m'assura mon amie, les yeux pleins de larmes.

Et aussitôt, la minuscule bouche du nouveau-né s'agrandit pour laisser passer quelques sanglots. Mon visage se crispa sur une expression que ces longues heures d'acharnement semblaient avoir évincée de ma vie : un tout petit sourire. C'était comme si nous faisions toutes trois la paix après cette lutte sans merci.

Fay déposa la toute petite créature sur ma poitrine, contre ma peau. J'eus la sensation qu'une onde se déposait sur tout mon corps tandis que mon attention, tout mon monde se concentrait autour de cette affreuse petite masse mouvante, gluante et rougie. Puis, la douce chaleur irradiante de ce petit être gagna mes sens, emplit ma poitrine et je saisis qu'il n'y avait rien de plus beau en ce monde. L'univers semblait flotter autour de nous, comme irréel, quand ma réalité se trouvait là, tout contre moi. Ses grands yeux, aux cils épais et minuscules, s'entrouvrirent légèrement, semblant chercher un repère quelconque.

— Je suis là, murmurai-je doucement. Mon amour... Je suis là, avec toi.

Des larmes se versaient autour d'elle, mes larmes qui tombaient comme de petites gouttes de lumière sur son front doux et chaud, incroyablement doux et chaud...

Fay s'approcha de nous, s'assit à nos côtés, sur ce lit assez grand pour accueillir une armée. Ça tombait bien, il y en avait plus d'une, dehors, mais je n'y pensais plus. Plus maintenant que tous mes sens se nourrissaient de cette exquise présence étoilée.

— Nous sommes là, répétai-je.

Le bébé se recroquevilla, sembla chercher le plaisir de mon odeur, de sa maison.

— Nous sommes ta famille, lui dis-je doucement.

Parce que, pour une fois, je le pensais, je n'étais plus seule, isolée dans la forêt, abandonnée ou prête à abandonner. J'étais là pour elle, pour nous, j'étais son univers et elle était le mien.

Je me sentais pourtant harassée, ma tête tomba sur l'épaule de Fay, calée contre nous. Et je me rendis compte que mon amie tremblait comme une feuille. Où était l'inflexible hybride qui n'avait pas peur de régler son compte à une créature surpuissante telle qu'un perrestre ?

Devant la vie, la petite vie du trésor qui avait tout changé pour nous, la jeune femme laissait tomber les armes et n'était plus qu'une enfant fragilisée, ou simplement... elle-même.

— Elle est magnifique, murmura mon amie. Elle te ressemble. Elle a ton petit nez.

Je remarquai les traits mignons de ma fille, ses petites narines délicates et retroussées. Elle était vraiment belle, Fay n'avait pas tort.

— Elle sera encore plus belle après un bon bain, affirmai-je avec un sourire.

Je ne reconnaissais plus ma voix. Elle était faible et abîmée.

— Je suis épuisée, avouai-je.

Je me sentais partir dans une brume étrange. Je savais que ma fille l'était déjà... dans cet autre monde où seules des images et des sensations persistent, cette parenthèse sur le présent. J'allais sombrer dans le repos dont j'avais tant besoin.

Pourtant, je luttai un peu.

— Et James ?

— J'ai perçu son arrivée tout à l'heure, répondit Fay en réintégrant la réalité. Je présume qu'il va bien, sauf que les murs sont trop bien insonorisés ici pour pouvoir épier les conversations. Et puis, avec tes cris...

Je voulus rire, mais n'y parvins pas, trop faible.

— Comment est-ce que tu veux l'appeler ? me demanda soudainement mon amie.

Je papillonnai des yeux, me raccrochant au présent grâce à la douceur de ma petite fille dont je caressais la tête. Elle avait le crâne couvert d'une magnifique chevelure châtain clair qui rappelait la toison lustrée par le soleil qu'avait Ethiel, son père.

Durant ces derniers mois, j'avais comparé des centaines de prénoms poétiques, négocié avec les idées de mes amis, revu mon point de vue un milliard de fois. Octroyer un prénom à une personne était un acte au-dessus de mes compétences, pire que de donner la vie. J'avais espéré qu'une illumination me vienne lorsque je la verrai. Je ne pouvais pas me vanter d'une telle chance. Toutefois, j'avais une idée qui me trottait dans la tête depuis quelques jours. Une idée simple, dont l'évocation ne me transportait pas de plaisir et ne me faisait pas entrevoir des horizons incroyables pour ma fille ; juste une paix simple, pure, celle que je voulais pour elle.

— Joy, murmurai-je.

— Quoi... Joy... Joy... comme la joie ?

— Oui, tout à fait, souris-je.

— C'est mignon, concéda Fay.

— Je sais que c'est un peu utopique. Seulement, je pense que c'est à moi de faire ça pour elle.

— De faire quoi ?

— De croire que la vie lui sera douce. De croire qu'elle lui réserve de merveilleuses joies...

Chapitre 6

Lorsque j'ouvris les yeux, le soleil inondait la chambre, m'éblouissant brutalement. Cette lumière me fit du bien. Accrochant un rayon empli de paillettes, mon regard fut amené sur le petit berceau, qui siégeait juste à côté du lit. Mon bébé y dormait profondément. Mon cœur se serra et je battis des paupières, comme si je n'étais pas certaine que cette vision fût réelle.

Son minuscule visage aux traits délicats était tourné vers moi, me présentant une quiétude sans nom qui ranima les plus belles émotions que recelait mon cœur. Je tendis une main d'une faiblesse incroyable comme pour saisir cette beauté sereine que je désirais partager.

Joy.

Ma Joy.

Elle était propre, ses cheveux brillants et presque dorés, la tête néanmoins recouverte d'un léger bonnet – sûrement pour conserver la chaleur de son corps. Fay avait apparemment opté pour le pyjama préféré d'Allan – choisi sur nos TS lorsque nous étions à la villa d'Ana et que nous n'avions que ces détails pour nous occuper.

Une grande inspiration me fit prendre conscience d'à quel point mon corps était mal en point. Une détestable tension dans le bas de mon ventre, doublée d'un tiraillement épouvantable, me rappela le carnage que j'avais vécu. Je n'avais pourtant aucune envie de détacher mes yeux de cet être autour de qui toutes mes pensées rayonnaient paisiblement.

J'observai tout de même le reste de la chambre. Mes yeux, habitués à la lumière, se posèrent alors sur mes amis, tous présents. Ils étaient dispersés dans la pièce, endormis ; Fay assise sur une chaise la tête reposant sur ses bras, Allan avachi dans un fauteuil tout proche et James, allongé sur le canapé au fond, sous les fenêtres.

Je souris, amusée de les voir dans cet abandon bienheureux. C'était la paix. Ils avaient survécu. C'était ma paix rêvée que de me sentir entourée par des êtres que j'aimais tant.

Certes, j'avais raté le premier bain de ma fille, ses premiers balbutiements dans l'eau, son regard curieux sur des mains aimantes... En clair, ces petits moments savoureux que je ne m'étais jamais autorisée à imaginer parce que je me pensais incapable de survivre à ce combat. Or, j'étais vivante. J'étais là. Et malgré tout l'inconfort et l'épuisement dans lequel mon corps éreinté se trouvait, je me sentais comme une survivante. La survivante d'une incroyable tempête, la réchappée d'une tornade. Ces instants mêmes me semblaient volés. Un bonus savoureux que je voulais apprécier à sa juste valeur.

Je souris et essayai de m'étirer, mon corps n'était que douleur. Une inertie totale m'empêchait de remuer comme je l'aurais souhaité. Pourtant, mes mains ne désiraient qu'une chose : se poser sur la chaleur de ma fille, sur sa douceur, sur son petit corps dont elles pourraient tout à fait épouser les courbes, comme un écrin naturel.

Je pris la décision de ne pas troubler cet instant, j'observai les grains de poussière se détacher en cristaux brillants dans l'air devant ma petite perle qui dormait. Je m'installai lentement, délicatement, sur le côté, afin d'avoir les yeux directement sur elle.

J'étais vivante maintenant, je pouvais mourir d'avoir tant accompli. D'avoir mis au monde une créature d'une telle beauté et d'une telle perfection. Je savais tout à fait que ma fille aurait ses défauts, toutefois le simple fait qu'elle soit en vie, capable de respirer à ce rythme adorable, que ses traits puissent être aussi reposés, que sa douceur puisse autant rayonner jusqu'à me troubler délicieusement, me bouleversait.

Je me sentis partir sur cette vision délicate, à côté de laquelle plus rien ne comptait.

Ce furent des pleurs qui me tirèrent de mon sommeil. Brutalement. Je sentis mes mains se crisper, ma poitrine me faire mal, j'ouvris les yeux et mes bras cherchèrent déjà à attraper Joy. Ma Joy, mon trésor... Mais j'étais si faible qu'incapable du moindre mouvement.

Fay apparut dans mon champ de vision, décoiffée, l'œil hagard, déjà toute à sa mission. Elle croisa mon regard et un sourire rassuré se traça sur son visage.

— Qu'est ce qui se passe ? demanda Allan, tiré lui aussi du sommeil.

Fay saisit délicatement ma fille, et dans une infinie tendresse, la déposa tout contre moi. Je souris en sentant à nouveau ce petit poids contre ma peau.

Sauf que Joy n'était pas d'humeur câline. Elle geignait, se débattait avec une vigueur qui me stupéfia tandis que j'admirais sa bouche s'ouvrir sur ce tout petit orifice dont sortait pourtant des notes d'une puissance étonnante.

Je réalisai que des larmes menaçaient de fuser et je ne m'en défendis pas. J'entendais la voix de Joy pour la deuxième fois, et pour le moment, ses cris me plaisaient. Je devinais vaguement que cela ne durerait pas.

Fay, qui s'était volatilisée, revint avec un biberon.

Je la contemplai un peu étonnée.

— Je suis désolée, fit-elle. Tu as dormi longtemps, j'ai été obligée de la nourrir avec ce que nous avions emporté.

Nous avions parlé de la possibilité que je donne le sein à ma fille, de mon désir de créer ce lien – lorsque mon refus d'accepter cette grossesse avait laissé place à mon amour pour Joy. Néanmoins, Zefryam avait tiqué. Depuis qu'il avait prodigué une opération à ma jambe pour me soulager de la douleur, il avait néanmoins continué à me donner un traitement pour éviter que les métastases ne reviennent. Cette substance était sans danger pour le fœtus mais il n'était pas aussi catégorique pour ce qui était de mon lait, qui pourrait être altéré. Finalement, comme pour tout, je m'étais résolue.

— Ce n'est rien, murmurai-je. Je me doutais que ça ne serait pas possible.

Malgré tout, j'étais un peu triste, je voulais cette proximité entre elle et moi, je ne désirais pas être éloignée de cet être qui valait tout au monde, à cause de ma faiblesse. Cette même faiblesse qui avait érigé un rempart entre une autre personne avec qui j'aurais voulu tout partager... *Lui*, Manoa...

— Tiens, ma chérie, ma Joy... Goûte...

À mon plus grand soulagement, elle s'empara de la tétine en un temps record et aspira avec conviction. J'appréciais de sentir son petit poids chaud sur mon bras, s'agitant sous le plaisir de se nourrir.

— Elle est plutôt douée quand il s'agit de manger, m'enorgueillis-je, amusée. Elle me ressemble. À moins que... ce soit une habitude pour elle...

Je me rendis compte que j'avais peut-être dormi bien plus longtemps que je ne le croyais. Mon lit était parfaitement propre, les draps dans lesquels je me trouvais, fraîchement changés, mon corps lui-même sentait le savon et la chemise de nuit que je portais n'était plus celle de l'accouchement.

Je lançai un regard à Fay, qui, assise juste à côté de nous, observait mes retrouvailles avec Joy d'un œil tendre. Allan avait rapproché son fauteuil et James remua au fond de la pièce, bâilla et s'étira.

— Tu as dormi à peu près vingt-quatre heures, avoua Fay en craignant mon courroux.

Je soupirai. Vingt-quatre heures, c'était déjà mieux que trois mois... Je m'améliorais.

— Ce n'est pas de ta faute, répliquai-je doucement, en regardant mon bébé s'alimenter avec art.

— En vérité, ça l'est un peu...

Je relevai des yeux surpris vers mon amie.

— Tu étais très faible après l'accouchement et tu continuais de perdre du sang, expliqua-t-elle. J'ai confié Joy aux soins d'Allan. Et je me suis efforcée de te soigner. Du moins, j'ai essayé d'appliquer les conseils d'Ana du mieux que j'ai pu. J'ai évacué le placenta de ton ventre, puis j'ai réparé tes tissus endommagés avec le matériel que Zefryam avait préparé. C'était efficace, je dois avouer... bien qu'étrange de m'improviser médecin.

— Tu m'as dit avoir fait un cursus médecine ! intervint Allan.

— Oui, avoua-t-elle. Malheureusement, j'étais plutôt inattentive cette décennie-là...

J'adressai un rapide sourire à Allan auprès de qui j'avais hâte de m'informer sur la situation, il fallait d'abord en finir avec ce sujet.

— Comme me l'avait conseillé Ana, reprit Fay, j'ai vérifié ta tension et ton pouls sans arrêt. Et ton état ne paraissait guère encourageant... De plus, les interventions que je pratiquais étaient un peu lourdes pour mes mains inexpérimentées, j'avais besoin de temps. Je t'ai donc administré plusieurs sédatifs en espérant que tu reprendrais des forces par la même occasion. J'ai parfois cru te perdre. Heureusement, tu as été forte, comme toujours.

— Merci, tu as fait un boulot extraordinaire, dis-je, très reconnaissante. Tu avais un énorme poids sur les épaules. Je suis impressionnée, Fay.

Elle sembla rassurée par ma réaction. Peut-être que le monstre exigeant que j'avais été pendant l'accouchement lui avait fait voir un aspect de ma personne qu'elle craignait, désormais.

— Je ne suis pas sûre d'avoir fait ce qu'il fallait, justement confessa-t-elle, comme en besoin d'être rassurée. J'ai agi au mieux, mais je me suis posé un milliard de questions. J'espère que tu vas retrouver toutes tes fonctions parfaitement.

— Mes fonctions sexuelles ? répondis-je, amusée. Franchement, tu aurais pu sceller le passage, j'ai eu ma dose !

Elle rit, Allan s'en amusa et James, qui s'était approché, m'accorda un sourire rassuré.

— Tu es forte, Lisor, assura-t-il, admiratif.

— Merci. Merci à vous trois, murmurai-je. Vous m'avez sauvée. Et Fay, je ne suis pas certaine que j'aurais su m'improviser médecin aussi magnifiquement que tu l'as fait. Tu m'as sauvé la vie plus d'une fois.

Finalement, j'avais aussi découvert un nouvel aspect de Fay, l'intrigante hybride qui m'avait toujours fascinée. Bien qu'elle ait fait preuve d'un courage et d'une efficacité remarquables, elle perdait son assurance quand elle n'était pas dans son domaine de prédilection. Ses yeux sauvages d'ambre et d'émeraude s'adoucissant comme une créature que la quête d'une approbation aurait pu rendre domptable.

J'attrapai ses doigts.

— Sans toi, je serais morte. On serait peut-être mortes toutes les deux, ajoutai-je en adressant un regard sur l'adorable petit ange entre mes bras.

Je le pensais, tout autant que j'ignorais si j'aurais été capable de faire aussi bien. Mais pourquoi pas ? Lorsqu'on est déterminé, on se découvre des ressources insoupçonnées – je pouvais en témoigner.

Les yeux de Fay brillèrent de soulagement et d'affection.

— Maintenant, j'ai besoin de savoir, dis-je en regardant James. Comment les choses se présentent ?

L'hybride, aux yeux verts d'une douceur inédite, s'était assis au bout de mon lit et écoutait avec sa plénitude habituelle notre échange. Il me répondit avec ce calme que je lui connaissais bien et qui m'était si profitable :

— J'ai fait mon possible pour faire disparaître nos empreintes. Ensuite, j'ai sécurisé les parages comme Zefryam l'avait prévu pour rendre cette maison discrète. Il y a également des détecteurs de présence qui pourront nous avertir en cas d'urgence. Pour le moment, il n'y a aucune trace du perrestre. On dirait que le plan d'Ethiel a fonctionné.

— Vous pensez qu'il... va bien ? osai-je demander.

— Les perrestres n'ont aucune raison de lui faire du mal, bien au contraire...

— Ce qui n'est pas notre cas, rappela Fay. Alors dès que tu seras en mesure de voyager, nous partirons pour la maison d'Ana.

— Elle est plus sûre ? demandai-je.

— En quelque sorte, répondit Allan. Elle est surtout beaucoup plus éloignée d'Olyméa, car les perrestres ne sont pas notre seule menace...

Effectivement, j'en oubliais nos ennemis du Conseil qui, trop préoccupés par la guerre, finiraient néanmoins par remarquer notre absence et nous maudire à juste titre. Se vengeraient-ils sur Manoa ? Impossible de l'imaginer ou je perdrais pied.

— Et puis, nous aurons surtout un moyen de joindre Ana et Zefryam dans cette maison, ajouta Fay. Ana m'a expliqué qu'elle y conservait un TS aux données non traçables.

Les TS autrement appelés les « Transmetteurs » étaient l'équivalent du téléphone pour les humains de l'Ancien Monde. La plupart étaient fixés directement sur la peau des hybrides au niveau du poignet. Toutefois, d'autres étaient disponibles sur pied, avec un grand nombre de fonctions.

— Vous voulez dire qu'on ne peut pas les joindre actuellement ?

— Nous avons tous arraché nos TS pour éviter que les azras d'Olyméa puissent nous suivre.

— Mais le mien...

— N'est plus dans ton sac, avoua Allan. Quand je l'ai vu, je l'ai laissé à la villa d'Ana.

Beaucoup de décisions avaient été prises sans que j'en sois avertie. Ce n'était que des détails après tout et tout à fait légitimes. Toutefois, je commençais à en avoir sévèrement assez d'être toujours préservée à cause de mes ressources limitées.

— Lisor, la priorité, c'est de te reposer, intervint James. Et après tout, il vaut peut-être mieux éviter tout déplacement dans la forêt, pour le moment, dans l'hypothèse où le perrestre nous chercherait encore...

— D'autant qu'Ana et Zefryam sont censés nous retrouver ici, avec Manoa, ajouta Allan avec un sourire.

— Oui, murmurai-je en me souvenant que c'était l'option envisagée dans le meilleur des cas. Celui où ils auraient pu mettre la main sur mon hybride et se faire la belle sans demander leur reste. Vous pensez qu'on peut l'espérer ? ajoutai-je.

— On ne le peut pas, *on le doit*, corrigea James. De toute façon, ils vont nous retrouver, que ce soit ici, ou chez Ana – si nous sommes partis avant. C'est ce que nous avions convenu.

Je demandai ensuite à Allan comment s'étaient passés les premiers soins prodigués à ma fille. J'avais suivi à ses côtés les cours administrés par Ana durant nos mois d'enfermement, histoire de savoir veiller sur ma progéniture dès le premier instant.

Allan m'avait avoué avoir plutôt paniqué à l'idée de vérifier les fonctions vitales d'un nouveau-né à brûle-pourpoint. Il s'était fait aider par James qui, sitôt rentré, s'était désinfecté les mains pour lui porter secours. Aucun des deux hybrides n'avait jamais eu l'occasion de veiller sur un nourrisson. Et il avait été inenvisageable de demander de l'aide à Fay ayant, de son côté, interdit l'accès à ma chambre tant qu'elle n'aurait pas réussi à gérer mes plaies. Je lui en étais infiniment reconnaissante. Je l'étais tout autant envers mes deux autres amis, qui avaient, de toute évidence, bien accompli leur travail. Ma fille semblait respirer la santé. Elle était très petite certes parce que légèrement prématurée, mais rien d'inquiétant pour le moment.

Je me concentrais sur cet aspect des choses, car il était chimérique d'espérer le retour d'Ana et de Zefryam avec Manoa. Ce genre d'événement aurait été digne d'un conte de fées. Malgré tout, je m'employais à faire semblant d'y croire avec application. Tout comme le faisaient mes amis rescapés d'ailleurs, bien que nous commencions à évoquer la possibilité de nous rendre dans *la chaumière d'Ana*, ainsi qu'ils l'appelaient. Ils en savaient bien plus que moi sur ce nouveau lieu secret, ayant chacun pris soin d'en enregistrer le trajet.

Je savais que positiver demeurait ma meilleure option, mais je n'étais plus capable d'envisager le meilleur pour affronter ensuite une lourde déception. Ma tâche consistait à recouvrer un minimum de forces pour pouvoir veiller sur ma fille. Ce n'était d'ailleurs pas une mince affaire. Joy pleurait beaucoup. Elle avait, à ce propos, une prédilection pour user de ses cordes vocales en pleine nuit. Les premiers temps, Fay refusait que je me lève pour m'occuper d'elle, elle dormait donc à mes côtés et parait aux besoins de la petite dès que nécessaire. Parfois, Allan la remplaçait. D'abord, pas très à l'aise avec les membres si délicats d'une créature aussi fragile, il avait finalement gagné en assurance.

Dès que j'avais pu marcher – ou plutôt, décidé que j'en avais le droit – j'avais insisté pour être maîtresse des opérations. Étonnamment, même s'il m'avait fallu chercher au contact de Joy les bons gestes, la bonne réponse à ses attentes et la bonne interprétation de ses gémissements, je ne m'étais pas sentie désarmée. Je me sentais à ma place. Cette même certitude qui m'avait fait la mettre au monde sans rechigner à la tâche continuait de m'habiter, compensant les forces qui me manquaient. Je me pardonnais rapidement mes erreurs et embrassais le front de ma fille pour qu'elle en fasse autant lorsque je comprenais avoir mal saisi sa requête. De cette façon, nous apprenions l'une de l'autre avec tendresse.

— Lisor, tu es livide, remarqua Allan tandis que je déposais tendrement Joy dans son berceau après l'avoir nettoyée.

Cela faisait maintenant plusieurs jours que j'avais accouché et ma confiance avait parfois ses limites, il fallait bien l'avouer. Sans mes hybrides protecteurs, j'aurais sûrement flanché et accepté qu'on emporte Joy de temps à autre dans une autre chambre, pour que je puisse dormir davantage. Mais j'avais besoin de sa présence qui me rappelait que la mienne était une nécessité sur cette terre. J'avais besoin d'elle comme elle avait besoin de moi.

— Je sais, je vais m'allonger.

D'une démarche un peu lourde, je retrouvai mon lit à la fois avec soulagement et regret. « Me reposer », c'était devenu mon métier... Dès ma sortie du coma, je n'avais entendu parler que de cela. Durant toute ma grossesse, ça a avait été le mot d'ordre et aujourd'hui... mes batteries étaient de nouveau vidées, il fallait recommencer l'opération « résurrection » à zéro. Tout ceci, sans compter le reste de ma vie, lorsque j'étais une humaine traquée et – bien entendu – épuisée. Sans oublier, les merveilleux moments avec Manoa – où l'Imative A ne pouvait guère plus m'aider – que la fatigue avait gâchés.

Me reposer était devenu à la fois un devoir, une source d'apaisement mais aussi de rage.

— Tiens, déclara Allan en me tendant le médicament prévu pour éviter que mon corps ne crée inutilement du lait.

— Ah oui, je l'oublie tout le temps.

Il sourit tandis que je prenais le tube en question et le portais à mes lèvres. Malgré tout, je me sentis rassérénée par la chance inespérée que j'avais. Aussi compliqués fussent mon environnement et mon passé, j'étais aimée et toujours soutenue au bon moment. Comme si, malgré les épreuves, la vie plaçait sur mon chemin ce qui s'avérait nécessaire pour tout surmonter. Les bons traitements et antidouleurs y compris.

— James dit qu'on ne devrait pas tarder à décoller, dès que tu te sentiras prête, bien sûr, déclara Allan en s'étendant sur mon lit à mes côtés, pensif.

— Pour aller dans la maison d'Ana ? Je suis prête. Plus que prête.

Peu importait l'état de mon corps à vrai dire, la fragilité de mon ventre et les douleurs qui ne voulaient pas disparaître... J'avais laissé tomber l'idée que nos amis puissent nous retrouver ici. J'étais maintenant pressée de pouvoir les contacter via le TS sécurisé situé dans la chaumière d'Ana.

Je posai une main sur le berceau et le remuai doucement. C'était l'après-midi ; comme toujours, Joy était parfaitement sage, histoire de faire le plein d'énergie pour me réserver une de ces nuits insupportables dont elle avait le secret.

Ce lit d'enfant, découvert à notre arrivée, placé dans une autre chambre et couvert d'un monticule de poussière, avait été délogé, lavé et préparé pour Joy par mes amis. Je devinais ce qu'il faisait ici. Cinquante ans plus tôt, Zefryam était tombé amoureux de ma grand-mère, une des dernières humaines élevées dans les laboratoires d'Olyméa. Il avait alors préparé ce logement pour elle, pour eux, pour abriter leur amour. Il était prêt à fuir avec elle, malgré l'enfant qu'elle attendait d'un autre. Sauf qu'ils avaient sûrement été soupçonnés et, pour la sauver, Zefryam avait dû se contenter d'orchestrer la fuite de la jeune femme qu'elle était. Cet acte avait inquiété le Conseil qui avait exigé la mise à mort de tous les autres humains d'Olyméa, auxquels Zefryam était peut-être attaché. Et il n'avait jamais plus revu ma grand-mère.

Cette maison, qu'il avait dû bâtir en s'absentant discrètement d'Olyméa par intermittence, transpirait cet amour avorté, cette vie rêvée qui n'avait pas eu lieu. Je savais et je ressentais davantage dans ces lieux, à quel point il l'avait aimée, à quel point il aurait tout donné pour elle et à quel point il n'était pas guéri de cet amour. Certes, ma grand-mère n'avait jamais pu mettre les pieds dans cette villa et pourtant, je sentais son fantôme y planer.

— Oui, je suis vraiment prête à aller chez Ana. Même si la maison de Zefryam est très belle, ajoutai-je à l'intention d'Allan.

Il me regarda, eut une légère hésitation puis s'adressa à moi avec un ton de conspirateur qui me fit sourire.

— À vrai dire, je ne suis pas si à l'aise que ça ici...

— Ah bon, comment ça ?

Il avait pourtant accès aux diverses salles de bain, au séjour immense, à la cheminée, à la cuisine intégrée... et à la réserve de produits non périssables, pas forcément très goûteux mais dont la présence était salutaire.

— C'est... triste, cette maison est abandonnée et...

Lui aussi sentait la nostalgie qui imprégnait les murs !

— ...j'ai découvert le laboratoire de Zefryam en bas.

— Un laboratoire ?

Cette fois, j'étais très curieuse. Il fit une grimace.

— Oui, il y a tout son matériel informatique, des tas de fioles et d'ustensiles qui font flipper... En fait, c'est vraiment glauque. Il y a même une pièce que je n'ai pas su ouvrir. Ah, et surtout, j'ai trouvé des cheveux dans des bocaux !

Je fus un peu surprise puis je ris, ce qui provoqua les balbutiements de Joy.

— Tout va bien, ma chérie, lui dis-je en continuant de la bercer. Tu crois que Zefryam a fait des expériences louches ? demandai-je à Allan.

— Je n'en sais rien mais c'était froid et... je me suis senti encore plus mal que dans la maison.

— Alors, raison de plus pour partir, conclus-je avec un sourire. Je suis sûre que la « chaumière » d'Ana est plus agréable.

***

Un vent bienfaisant amenait sur mon visage les senteurs de la forêt et je souris de plaisir avant même d'avoir ouvert les yeux. J'appréciais que mes amis prennent soin d'aérer ma chambre, puisque, avec la petite salle de bain qui lui était attenante, c'était la seule pièce que je connaissais. Je devais garder le lit le plus longtemps possible, afin que mon corps puisse cicatriser, ce qui peinait à se réaliser d'ailleurs.

Dans un demi-sommeil, je m'inquiétais justement de ces troubles qui ne quittaient pas ma chair : cette sensation de pesanteur dès que je bougeais, les tiraillements, le malaise de ce ventre informe, de ses bras maigrelets et de cette poitrine alourdie par un lait inutile. Au-delà de la simple fatigue, j'estimais que mon rétablissement total risquait d'être long... très long, si toutefois il était vraiment possible.

Cette réflexion me tira peu à peu du sommeil, en même temps que cette brise douce qui flânait sur ma peau, soulevait les boucles de mes cheveux et m'attirait vers la réalité. Même si j'appréciais ce courant d'air, je finis par réaliser qu'il était très tôt, et que mes amis ne prenaient habituellement pas le risque de me réveiller dans le simple but d'aérer la chambre. Ils mettaient encore moins facilement le sommeil de Joy en péril, parce que, quand elle s'y adonnait, nous remercions les cieux pour cette grâce que nous espérions aussi interminable que possible. D'autant qu'il fallait jouer la prudence pour ce petit corps fragile qui ne gérait pas la température comme le mien.

Je m'étirai donc et risquai un œil vers le berceau où ma fille dormait, bienheureuse. Quel soulagement de voir que ses premiers moments de vie étaient aussi calmes. Peut-être que les choses allaient se tasser, peut-être que je pourrais lui accorder une vie loin du tumulte de la guerre et des conflits interraciaux.

Je sentais un regard sur moi, et tournai enfin la tête vers sa source présumée, que je pensais être Allan, ou peut-être même James, vu l'immobilité discrète de la personne.

C'est là que je le vis. Je me redressai, totalement effrayée, le souffle coupé.

Le perrestre qui m'avait accostée à Olyméa était là. Dans ma chambre. Juste devant la fenêtre par laquelle il venait assurément d'entrer.

Il se tenait droit, ayant revêtu un short pour l'occasion, un petit sourire sur ses lèvres pleines.

— Tes hybrides sont vraiment idiots, tu en es consciente ? déclara-t-il d'une voix paisible.

J'étais terrifiée, plaquée contre les oreillers de mon lit, incapable du moindre geste tandis qu'il poursuivait :

— Qu'est-ce qu'ils ne pigent pas dans la phrase « les perrestres se transforment en animaux » ?

Il soupira, presque déçu que cette traque ait été si facile.

— Sais-tu que nous pouvons nous faire aussi discrets qu'un rongeur ?

Je comprenais désormais comment il avait réussi à déjouer la surveillance de James et des capteurs de présence.

— Le plus compliqué était d'apporter ce vêtement avec moi, s'agaça-t-il, sauf que je déteste me battre nu quand je suis sous forme humaine.

— Je vous en supplie, murmurai-je. Ne leur faites pas de mal.

Il fit quelques pas, j'aurais aimé qu'il soit moins bruyant, que nous trouvions un arrangement. Même si, dans les deux situations, je ne voyais pas comment protéger ma fille.

— Est-ce à dire que tu accepterais de me suivre sans rechigner, si je les épargnais ?

J'avalai ma salive avec difficulté.

— Oui. Mais mon bébé a besoin de soins, plaidai-je. Sa vie sera en jeu si je ne peux pas lui offrir un environnement stable.

Le visage du perrestre était étrange, harmonieux à l'image des azras, toutefois doté d'une aura féroce et d'une expressivité intense, qui faisait de lui leur parfait contraire. Malgré la saleté collée à sa peau et à ses cheveux noirs, il était intimidant et magnifique. Ce que les azras avaient de prestance et de beauté froide, étaient chez lui de la chaleur fauve et de la magnificence agressive.

J'étais terrorisée par lui. Il pouvait tous nous tuer en quelques minutes, j'en étais consciente.

— Un environnement stable ?! rétorqua-t-il en plantant ses prunelles dangereuses dans les miennes. On est en guerre ! Ton rejeton n'est qu'une arme potentielle. Et tu l'es encore plus ; une humaine adulte, en âge de procréer, en âge de muter...

— Très bien, dis-je en réunissant tout mon courage. Alors, emportez-moi avec vous. Je ferais tout ce que vous souhaitez, si vous laissez mon enfant aux soins des hybrides.

Il rit, je jetai un regard terrifié vers la porte de ma chambre. Si l'un de mes amis entrait, ce serait fini de cette parodie de négociations...

— Je suis désolé, ma jolie. Papoter avec toi est un vrai plaisir que j'avais envie de m'accorder. Toutefois, j'ai encore plus hâte de casser de l'hybride. Cela fait des siècles que nous attendons de pouvoir enfin nous dégourdir les pattes.

Il s'étira.

— Pourquoi est-ce que vous jouez avec moi ? m'exclamai-je. Vous êtes un perrestre ! Donc censés nous sauver, nous, les humains... Pour ma part, vous êtes arrivés bien trop tard. Ce sont ces hybrides qui m'ont tirée des griffes des azras... Et vous voulez leur faire payer cette gentillesse ?!

Son expression se durcit. Joy se mit à pleurer. Nous étions à quelques minutes d'un carnage qui risquait de valoir la vie à tous mes amis. J'étais tendue, désespérée.

— Les hybrides ne sont jamais gentils, répondit-il, implacable. Ils servent les azras d'une manière ou d'une autre. Tu es trop perturbée pour voir clairement la situation, peut-être un brin dégénérée. Je prends les choses avec sympathie, tu pourrais m'en remercier. Tu le feras sûrement quand tu seras l'une des nôtres, libérée de ton état d'humaine. Tout deviendra clair, comme ça l'a été pour moi.

Il s'approcha de la porte.

— Emportez-moi, emportez-nous ! dis-je en englobant ma fille. Mais je vous en supplie, laissez-les vivre ! Si vous faites ça, vous gagnerez ma loyauté !

Il sembla hésiter un très court instant, malheureusement, la porte s'ouvrit d'elle-même sur Allan, fier de m'apporter mon petit déjeuner sur un plateau, et totalement inconscient d'avoir atomisé par ce geste son unique chance de survivre...

Chapitre 7

Le sourire d'Allan ne dura pas longtemps. La porte fut refermée sur lui par le perrestre avec une telle violence qu'il fut projeté en arrière, le contenu de son plateau se retrouvant sur sa tête. Je hurlai, dans l'espoir fou que les autres lui viennent en aide ou prennent la fuite, à eux de décider.

Ainsi débarrassé d'Allan, le perrestre rouvrit la porte mais n'eut pas le temps de s'engouffrer dans la maison, Fay était déjà là, toute griffes sorties. Elle se jeta sur lui.

Je me levai, totalement déchirée devant ce carnage que j'aurais peut-être pu éviter. J'attrapai Joy qui braillait dans son berceau, l'enroulai dans une couverture et la plaquai contre ma poitrine. James venait de surgir lui aussi et usait déjà de toute son adresse sur le perrestre. Mes amis étaient doués et, sous forme humaine, le perrestre semblait moins fort qu'en version animale. Ils parvinrent à le repousser vers la fenêtre, traçant par la même occasion un faible espoir dans mon cœur. Et s'ils prenaient le dessus ?

Je courus vers la sortie, me retrouvai dans le couloir et tombai sur Allan. Il venait de se redresser, complètement hébété, des restants de repas collés sur son visage.

Comment avions-nous pu en arriver-là ? Ces perrestres, que j'avais attendus toute ma vie, ces mêmes perrestres censés me sauver... étaient-ils simplement voués à détruire mon monde, les êtres que j'aimais... mes espoirs... ?

Je sus, en regardant Allan, que les choix s'avéraient minces. Tenter de sauver sa vie. Et sauver celle de ma fille. C'était une option.

J'entendais la rumeur du combat implacable qui chamboulait toute ma chambre derrière nous. Il fallait agir vite. Allan et moi nous regardâmes avec un désespoir fou. On savait déjà que tout avait basculé, que plus rien ne serait comme avant – si tant est qu'on survive à cette nouvelle épreuve.

Je ne réfléchis donc pas longtemps et mis Joy entre ses mains.

— Sauve-toi, emporte-la, m'empressai-je de lui dire. Va aussi vite que possible jusqu'à la chaumière puis essaye de contacter Ana et Zef avec le TS. Je sais que tu peux y arriver.

Il serra Joy entre ses bras par automatisme mais me regarda, totalement dérouté. Je plongeai vers ma fille et plaquai mes lèvres sur son front.

— Je t'aime, mon ange, lui glissai-je avant de relever les yeux vers Allan. Il va tous vous tuer. Et ma fille sera un trophée de guerre. Alors, sauve-toi, sauve-la.

Soudain, je reçus un coup qui me projeta sur le sol. Allan para au plus pressé en se reculant pour protéger ma fille. Le combat faisait désormais rage à quelques centimètres de moi. Je relevai les yeux vers Allan. Il se trouvait sur le pas de la porte et me regardait avec effroi.

— Pars, murmurai-je. Sauve-la !

Il dut lire sur mon visage la certitude que j'avais dans ce plan, le besoin de me raccrocher à cette dernière bouée de sauvetage.

Alors, il ouvrit la porte et disparut dans la forêt.

Mon corps produisit malgré moi un gémissement d'horreur, une sorte de son désincarné qui trahissait le déchirement, le broiement total de mes entrailles, le supplice affectif et viscéral que j'éprouvais à l'idée d'être séparée de ma fille – peut-être à jamais.

Cependant, il était hors de question que je prenne la fuite avec eux. Je n'aurais pas su courir, mon poids l'aurait ralenti si Allan avait dû me porter, ce qui aurait amoindri sa capacité à échapper au perrestre... et après tout, ce monstre était là pour moi.

J'offrais une chance de plus à Joy et Allan de survivre si je restais en arrière et que l'intérêt du perrestre s'orientait vers moi. De plus, je n'allais pas rester les bras croisés. Pas cette fois. J'étais décidée à me battre.

Je me tournai, me traînai sur le sol pour m'écarter du combat et jauger de la situation. Mon corps était dans une transe de peur et de rage qui m'offrait une énergie incroyable.

Fay et James s'attaquaient tour à tour au perrestre avec une vigueur qui devait le surprendre. Il ignorait qu'il avait affaire à deux hybrides formés aux arts martiaux, à ce point puissants et doués, que le Conseil des azras leur avait demandé en personne de se battre pour défendre la ville à leurs côtés. Ce qu'ils avaient refusé, pour *me* sauver.

J'étais humaine, certes, toutefois pas impuissante, ni dégénérée comme le perrestre l'avait suggéré. J'allais me battre. Je me hissai sur mes jambes. Bien que mes amis soient doués, ils étaient couverts de sang et commençaient à faiblir. Brisés. Leurs corps se réparaient rapidement, néanmoins pas assez vite...

Je longeai le mur pour ne pas recevoir de coups supplémentaires et me dirigeai vers la cuisine. Un simple couteau ferait l'affaire. N'importe quoi. Je fouillai, vidai les tiroirs. Or, je ne trouvai rien. Zefryam n'était pas un as de la nutrition et n'avait prévu que des ouvre-boîtes.

J'émis un râle d'agacement puis me souvint... Son laboratoire ! Il y avait des ustensiles effrayants d'après Allan... Peut-être des scalpels et autres horreurs coupantes.

Je m'avisai d'une porte qui devait mener à la cave, l'endroit parfait pour y cacher un labo. Je dévalai les escaliers tandis qu'une lumière glaçante tombait sur moi. Les murs et le sol carrelés m'accueillirent dans toute leur rigidité.

La pièce était assez vaste, les parois recouvertes d'étagères ordonnées où se côtoyaient bocaux, fioles et outils. Un nombre incalculable d'écrans d'ordinateur voisinaient d'autres machines inconnues et je mis enfin la main sur ce que j'espérais : couteaux, pinces, scalpels – courts, fins ou épais – laissés à disposition sur une desserte. J'en saisis une poignée, veillant à ne pas me blesser toutefois, déterminée à en faire usage.

Certes, j'étais consciente que toutes mes tentatives d'agression auraient l'effet d'une séance d'acupuncture sur un puissant perrestre. Mon seul espoir était de l'agacer suffisamment pour qu'il perde sa concentration et que James et Fay puissent prendre l'avantage.

Je me ruai à nouveau vers l'escalier sauf qu'un corps venait d'en dévaler les marches.

Fay.

Je crus qu'elle était morte un bref instant où mon cœur s'arrêta de battre. Puis elle remua, secoua la tête et essaya de reprendre pied dans la réalité. Elle était couverte d'hématomes, de blessures plus ou moins profondes et certains de ses membres semblaient démantibulés. Au moment où elle reprit contenance, James roula le long de ces mêmes escaliers et tomba pratiquement sur elle.

Effrayée, je laissai choir mes outils et tirai Fay vers moi. Elle se redressa, seulement, le bref regard qu'elle m'accorda, était une ombre... celle de la mort qui nous attendait. Je me sentais sur le point d'imploser.

James se remit debout et recula juste à temps, car notre ennemi sauta directement au bas des escaliers, sans prendre la peine de les emprunter.

Le perrestre était blessé lui aussi, mais je vis que ses plaies guérissaient à vue d'œil. En un rien de temps, l'homme abîmé et échevelé par un rude combat reprit la quiétude physique d'un être que rien ne pouvait atteindre. Son regard d'abysse sombre et terrifiant se posa sur mes amis. Il ne fit aucunement attention à moi, qui m'étais emparée à nouveau de mes stupides couteaux.

— Alors, vous déclarez forfait ? On commençait à peine à s'amuser ! persiffla-t-il.

Fay poussa un cri de rage et se jeta sur lui. Je me sentis démolie devant la violence de ce combat ainsi que son inéluctable issue...

Aussitôt que mon amie fut repoussée, jetée contre un mur, James revint à l'attaque. Je ne voyais pas comment intervenir. Cependant, au moment où il perdit pied à son tour et que Fay n'avait pas encore la force de reprendre l'assaut, je me jetai vers notre adversaire, le tranchant de mes armes orienté dans sa direction, espérant avoir le plaisir ne serait-ce que de l'effleurer. Sauf qu'au dernier instant, le perrestre me vit, me repoussa d'un revers de main comme on éloigne un insecte. Ce geste me projeta contre le mur du fond et je fus sonnée pendant un bref instant au point que je perdis presque connaissance.

Lorsque ma vision se stabilisa à nouveau, je remarquai toutes les substances à mes pieds. Les fioles brisées et les liquides qui se répandaient. Je repérai un lot de seringues renversé d'une mallette. Sur chacune des piqûres, un nom intransigeant était écrit en lettres d'imprimerie : « *Formule AZ - version virus agressif* ». J'eus un rictus désabusé dans ma semi-inconscience, il s'agissait d'une mauvaise blague, d'un sinistre présage... Tout avait commencé il y a deux mille ans à cause de ce virus et tout allait se terminer pour nous en présence de celui-ci.

Fay et James étaient au combat, acharnés, mais en très mauvais état. J'entendais leurs os craquer, leur sang jaillir. Il fallait qu'on se sorte de ce cauchemar. Le perrestre était trop fort pour nous. Et peut-être même faisait-il durer l'affrontement pour son simple plaisir. Mes mains s'agrippèrent à la poignée de la porte juste derrière moi et je m'en servis pour me relever. Malheureusement, j'eus beau insister sur le loquet, elle était fermée à clef. Je me souvins qu'Allan m'avait parlé de cet accès verrouillé. Et s'il y avait une issue vers la forêt de l'autre côté ? Il fallait que je trouve un moyen de l'ouvrir.

Au même moment, j'entendis un cri horrible. Le perrestre venait de briser les os de Fay. Lesquels ? Je n'aurais su dire, elle était dans ses bras, telle une poupée désarticulée, le visage muré dans un masque d'une douleur que, privée de son souffle, elle était incapable d'exprimer. James était derrière, contre le mur, assommé – dans le meilleur des cas.

C'était la fin.

Je me sentis mourir intérieurement face à cette vision d'horreur. Je ne pouvais pas le laisser faire. C'était impossible. Je n'échouerai pas, j'avais mes propres ressources pour les sauver. Je ne savais pas comment, je ne savais pas si j'en étais capable, néanmoins, je le *voulais*.

Mes yeux se posèrent alors sur le lot de seringues du virus AZ, j'en attrapai une et la brandis dans la direction de notre ennemi avant de hurler :

— Arrêtez !

C'était une piètre menace... Le perrestre ne s'en tourmenta pas et je vis qu'il s'apprêtait à plonger ses dents dans la gorge de Fay, histoire de l'achever comme il aurait fait, s'il avait eu le plaisir de combattre sous forme animale.

Je remarquai alors James remuer lentement, reprendre conscience. Je saisis qu'il y avait une chance pour qu'ils puissent s'enfuir. Eux, mais pas moi. Une minuscule chance que je devais saisir, car j'étais incapable de voir mes amis mourir sous mes yeux.

Je tournai la seringue vers moi.

— Arrêtez ou je m'injecte la formule AZ ! hurlai-je.

Le perrestre eut une légère hésitation ; toutefois, certain que je n'étais pas folle à ce point, continua la lente progression de ses lèvres vers la carotide de mon amie.

Parfaitement consciente que j'abandonnais ma fille, que j'abandonnais tout espoir de revoir un jour Manoa – si tant est qu'il fût encore vivant – j'enfonçai la seringue dans mon bras. Un désespoir fou s'abattit sur moi quand j'appuyai pour que le liquide froid s'insinue dans mon corps.

— *Pardon, Joy*, murmurai-je pour moi seule.

Le simple bruit de succion qu'avait provoqué ce geste dut alerter le perrestre qui se figea avant d'avoir tué Fay. Il tourna des yeux exorbités vers moi et, comprenant que j'avais réellement commis cette folie, il jeta mon amie sur le sol.

J'avais réussi ma mission.

Il avança à pas hargneux dans ma direction et me saisit brutalement par les épaules.

— Tu es complètement ravagée ! tonna-t-il en me secouant.

Il observa mon bras puis se tourna vers le tas de scalpels ; je vis dans son regard qu'il songeait à me couper ce membre, histoire d'éviter la propagation du virus... Sauf qu'il était trop tard, surtout en m'agitant comme il venait de le faire. Je sentais la froideur étrange du mélange parcourir tout mon corps.

— Tu aurais pu devenir une perrestre, tu aurais pu... J'étais en train de te sauver, espèce de folle..., s'énerva le perrestre totalement abasourdi par mon geste.

Derrière lui, James s'était levé, avait récupéré le corps de Fay et m'adressa un regard complètement désespéré.

L'expression que je lui accordai en retour fut très nette, très ferme aussi, j'avais fait mon choix et il avait intérêt à s'en montrer digne. Mon combat, ça avait toujours été la vie, mais ma force, c'était de savoir mourir exactement au bon moment.

Brutalement, et pour mon plus grand soulagement, James s'arracha douloureusement à notre échange visuel et disparut dans l'escalier, Fay inconsciente entre ses bras.

Le perrestre continuait de me hurler dessus mais je n'y prêtais plus attention. Je remarquai que des seringues du virus AZ étaient restées dans la mallette sur l'étagère. Comme elles étaient à ma portée, j'en profitai pour en attraper deux et les plantai dans le torse de mon ennemi, avant d'en vider le contenu. Il sentit à peine l'effet de ces piqûres ; néanmoins, lorsqu'il s'en avisa, il arracha les seringues et me prit le poignet.

— Qu'est-ce que tu fais encore, espèce de folle ? J'aurais dû t'emmener tout de suite, tu es totalement perturbée... !

Je savais pertinemment que le virus ne pouvait pas le tuer ou encore moins le faire muter en azra, mais j'avais l'intuition que son corps serait vaguement affaibli par cette contamination. Or, maintenant que je m'étais condamnée pour sauver mes amis, je n'avais plus rien à perdre, je pouvais tout tenter pour le retarder.

Je vis qu'il brûlait d'envie de me tuer. Il me prit par la gorge. Ce geste remplit d'un soulagement machiavélique ses prunelles haineuses. Puis soudain, il me lâcha, me laissant tomber sur le sol.

— En fait, ce serait beaucoup trop gentil de t'achever, réalisa-t-il. La formule ne tue pas, c'est une torture lente jusqu'à la mort qu'elle prodigue... Tu vas voir comment tes congénères sont morts il y a deux mille ans, et c'est tout ce que tu mérites !

Il se pencha sur moi et m'attrapa par le col de ma chemise de nuit.

— Pendant ce temps, pense au fait que je vais retrouver tes petits amis, que je vais les tuer un-par-un, articula-t-il en prenant cruellement son temps, et que je vais récupérer ton rejeton. Je pourrai l'élever comme un soldat ou même le tuer... Penses-y bien pendant que tu agoniseras.

Sur ces mots, il me lâcha en m'adressant un dernier regard de dégoût puis il quitta pesamment la pièce. Je le vis légèrement trébucher avant de monter l'escalier, ce qui me fit espérer que le virus faisait déjà son œuvre.

Pour ma part, il engourdissait efficacement mes sens. J'avais, de plus, d'odieux vertiges et je me sentais étouffer. Au moins, était-ce la version agressive – comme le stipulait l'étiquette sur les seringues –

je ne souffrirai peut-être pas aussi longtemps que le perrestre
semblait l'espérer...

***

J'étais allongée sur le sol, incapable de bouger, ma tête reposant
sur le carrelage glacé, mes boucles couleur châtaigne éparpillées
autour de moi. Je pris conscience que j'étais bien en peine d'évaluer
le temps passé dans cette pièce. Des minutes ? Des heures ? Depuis
le départ du perrestre, tout était devenu flou, j'avais sombré dans
une sorte de sommeil douloureux.

Un malaise. C'était ça. Je venais d'avoir un malaise. Contrecoup
des émotions terribles qui m'avaient assommée. L'abandon de ma
fille. Avoir cru perdre Fay. Avoir pris la décision de me sacrifier,
pour finalement n'avoir aucune certitude que ce geste ait porté ses
fruits.

Les mots perfides de mon ennemi avaient si habilement sonné à
mes oreilles que je m'étais éteinte à force d'en entendre l'écho
résonner dans mon esprit.

Mais je n'étais pas morte, pas encore.

Le silence qui régnait dans la pièce était étrange, comme irréel
après les combats qui en avaient renversé tout son contenu, après la
folie meurtrière de cet affrontement qui avait bouleversé la maison
dans son entier, après ces quelques jours hors du temps où j'avais
appris à aimer ce que la vie m'offrait sans l'avoir choisi, à aimer au-
delà du possible. Je me souvins du plaisir inouï de tenir ma fille
entre mes mains, de cette sensation qui m'avait totalement possédée
et même dépossédée de ma personne. Même si je l'avais aimée avant
sa naissance, je n'aurais pas cru que Joy puisse me gagner
littéralement l'âme et le cœur aussi rapidement.

Ma Joy. Penser à elle me réveilla, me sortit de ma transe et je vis
mes mains chercher une prise sur le sol sale, couvert de liquides
chimiques, de seringues et de traces de sang – celui de mes amis. Je
rampai jusqu'à trouver la force de me lever.

Joy.

Je me mis à grimper les escaliers, à moitié avachie, me rattrapant sur mes mains. Le corps meurtri et endolori de toutes parts. Ma chemise de nuit souillée par la saleté collait à ma peau.

Joy.

J'avais la sensation de l'entendre. Je sentais des larmes couler le long de mes joues. Et plus je reprenais conscience et plus j'étais sûre d'entendre ses pleurs. Que faisait-elle dans la maison ? Est-ce qu'Allan était revenu ? Pourquoi ? Peu importait, le plaisir de la revoir dépassait les considérations pratiques. Je me retrouvai à nouveau dans la cuisine, mes pieds nus laissaient des traces brunes sur le sol tandis que je courrai, dérapai, jusqu'à la chambre.

— Joy, calme-toi, je suis là !

Mais arrivée dans la pièce, je ne vis que des meubles retournés, explosés, le berceau renversé, et le silence à peine troublé par une tendre brise printanière. La fenêtre grande ouverte était brisée. Tout comme mon cœur. Quoique cette image était faible. Il était molesté, tuméfié, piétiné, pulvérisé... – « brisé » c'était petit joueur. Je me laissai glisser le long de la porte.

Joy n'était pas là. Personne. La maison était vide et de terribles vertiges me rappelèrent que je n'étais pas moi-même. Pas seulement pour tout ce que j'avais vécu. Surtout parce que j'étais contaminée par le virus AZ. Le processus vers ma mort inéluctable était en marche.

La contamination évoluait en plusieurs étapes.

Première étape : fatigue, perte de repère et frilosité.

Deuxième étape : fièvre, hallucinations et agressivité.

Troisième étape : premiers symptômes de mutation ; l'ADN se modifie, le sujet est en proie à de vives douleurs.

Quatrième étape : comme la transformation des tissus implique trop d'énergie, seules les fonctions vitales sont assurées et le corps s'autopréserve par un coma naturel.

Cinquième étape : l'organisme ne parvient plus à entretenir la vie et la mutation simultanément ; la personne meurt au bout de quelques jours, ou quelques heures.

C'était ainsi que la plupart des humains étaient morts il y a deux mille ans. Seul un très faible pourcentage s'était réveillé, on les avait alors appelés les azras.

Je m'étais informée sur ce processus durant ma grossesse, mettant à profit ce temps libre pour poser toutes les questions que je souhaitais et en m'aventurant longuement sur le Réseau d'Olyméa. Maintenant que j'étais contaminée, je n'étais plus sûre qu'être au courant de ce qui m'arrivait fût un avantage. Cependant, j'étais atteinte d'une version « agressive » du virus, cela signifiait peut-être que les symptômes seraient plus rapides, que les phases se chevaucheraient. De toute évidence, j'en étais déjà aux hallucinations. La première étape, n'étant que de la fatigue, ressemblait trop à mon état naturel pour que je puisse clairement l'identifier.

Je présumais que Zefryam avait de bonnes raisons d'user de cette version du virus. Autant rendre les choses plus rapides pour les pauvres cobayes sur qui il l'avait expérimentée.

Mais qui étais-je, moi ? Pas un cobaye. Pas non plus une victime comme les innocents contaminés d'il y a deux millénaires. J'avais choisi de mourir de cette façon dans l'espoir farfelu de réussir à sauver mes amis par la même occasion. Je ris toute seule devant ma stupidité. Au moins pouvais-je me réjouir d'avoir tenté quelque chose. Rester inactive pendant que tous risquaient leur vie autour de moi m'était devenue insupportable. Insupportable au point de faire des choix complètement fous.

Je quittai la chambre et gagnai le salon. Je m'installai sur un des larges canapés qui y trônaient et attendis. J'étais couverte de frissons, je me sentais faiblir, mes pensées se mélangeaient. Et dans un éclat de rire – dont j'ignorais s'il était réel – j'aperçus quelqu'un courir, dehors, aux abords des baies vitrées.

— Emmy ? demandai-je.

Je voyais clairement les cheveux blonds de mon amie d'enfance. Sauf qu'elle courait si vite qu'il était impossible de véritablement la contempler. Je me levai, ouvris la fenêtre et cherchai Emmy dans la forêt ensoleillée. Je savais qu'elle n'était pas réelle, que mon cerveau déraillait, mais je voulais la voir. Juste un tout petit instant volé avec ma meilleure amie. Même si ce n'était qu'une hallucination.

Les arbres autour de moi se balançaient et me filèrent des frissons, ils semblaient s'élargir, remuer leurs branches comme autant de bras désireux de m'attraper. Je rentrai à nouveau dans la maison, en proie à un malaise grandissant.

Je crus voir ma grand-mère, assise sur le canapé, cependant, elle disparut à peine eus-je posé les yeux sur elle. Je sentis les larmes affluer. La visite de tous mes fantômes était une torture à laquelle je ne m'étais pas préparée.

Je fonçai vers la cuisine pour trouver une solution, j'ouvris brutalement tous les tiroirs, je savais qu'il me restait peu de temps pour prendre une décision sur la façon dont j'allais mourir et l'endroit que j'allais choisir pour mes derniers moments. J'explorai ensuite chaque placard. Je tombai enfin sur une bouteille d'alcool. Me soûler pour échapper à la souffrance n'était pas une option, cela ne ferait qu'ajouter à mon malaise, moi qui, bien sûr, ne savais pas boire. Je voulais juste une sensation forte capable de me maintenir dans la réalité. Une petite gorgée d'un liquide qui me brûlerait la gorge me paraissait tout à fait appropriée.

— *Lisor... Lisor ?*

Je lâchai la bouteille, mes yeux se remplirent de larmes.

— Maman ? demandai-je.

Elle était quelque part, derrière la porte, elle cherchait à entrer dans la maison de Zefryam. Cette maison où pesait le spectre d'un amour impossible et bientôt celui de ma mort. Je me dirigeai vers la porte, déjà repartie dans ma transe, je posai les doigts sur le bois solide de la paroi.

— *Lisor, tu es là ?* dit ma mère.

Je fermai les yeux, noyée par le plaisir de retrouver son timbre qui m'avait tant manqué et dont j'avais été jusqu'à oublier chaque petite fibre, cette petite intonation voilée et doucereuse y compris. Mon cerveau avait tout retenu de sa personne. Jusqu'aux plus infimes détails qui avaient bercé mon enfance, avant qu'elle ne meure, lorsque je n'avais que dix ans.

— Maman, murmurai-je en résistant à l'envie d'ouvrir cette porte.

J'avais bien trop peur de briser ce songe.

— *Lisor, viens*, me dit-elle doucement. *Ta place n'est plus ici, tu le sais. Viens.*

J'ouvris brutalement l'entrée, elle n'était pas là, bien sûr. Néanmoins, sa voix avait été si réelle que cet appel trouva un écho dans mon esprit, un écho puissant.

Je me tournai vers la cuisine, la bouteille abandonnée ne m'intéressait plus. Je me traînai, malgré ma faiblesse, l'environnement qui tournait autour de moi, la folie qui m'habitait, les murmures des gens que j'aimais, je me ruai même, vers l'accès qui menait au laboratoire.

Les écouter, c'était m'abîmer. Toutefois, le conseil de ma mère était bon. C'était ma seule issue. Je courus, aveuglée par mes larmes, si vite que je ratai une marche, je voulus me rattraper au mur mais je le heurtai de plein fouet.

— Lisor, réveille-toi. Lisor.

Lorsque j'ouvris les yeux, j'étais allongée et je perçus les yeux bleus de Manoa avant même le reste de son visage, la grâce personnifiée. Il m'avait manqué plus qu'il est possible de l'imaginer.

Je souris.

— Je t'ai cherchée, Lisor, pendant des heures.

— Et tu m'as enfin trouvée ?

Il sourit. Et je pris conscience de tout ce qui nous avait séparés. Sa condamnation, ma fuite... le perrestre.

Je me redressai brutalement. Autour de nous, une cellule. Fay qui surveillait l'entrée se tourna vers moi avec un petit sourire.

— Fay sait tout, enchaîna Manoa. Elle est de notre côté, ne t'en fais pas.

— J'avais plus ou moins deviné ce que tu étais, Lisor, déclara-t-elle doucement.

— Quoi ? Comment ça, ce que je suis ? demandai-je.

— Lisor, il faut que tu m'écoutes attentivement, dit Manoa. Nous n'avons pas beaucoup de temps. Tu as dormi une vingtaine d'heures. J'ai été enfermé dans une cellule moi aussi. Pendant ce temps, Zefryam a tout fait pour préparer notre procès.

— Non, non, non...

Je me défis de ses mains, me débattis.

— Nous sommes aux palais des azras ? réalisai-je. Juste avant ton procès... Tout ceci n'est qu'un souvenir.

Manoa me regarda suppliant...

Soudain, je revins à moi.

J'étais étendue dans une position des plus inconfortables en bas l'escalier qui menait au laboratoire de Zefryam. Je m'avisai d'une bosse sur la tête.

Je sus qu'il fallait agir vite, sinon, toutes ces hallucinations me feraient perdre le sens de la réalité et je ne pourrai pas éviter d'affronter la prochaine phase de la contamination.

Je me relevai, tout tourna autour de moi, mais je n'y fis pas attention. Vite, j'empoignai le premier bistouri à ma portée et pris la décision de remonter, de quitter ce laboratoire puant et trop angoissant à mon goût. Ce fut difficile d'émerger, car mon corps ne m'obéissait déjà plus et mes pensées se troublaient, se mélangeaient. Je commençais à perdre la notion du temps et de l'espace. Les souvenirs devenaient le présent et le présent se consumait dans mes souffrances. Ce n'était effectivement pas le genre de mort dont j'aurais pu rêver.

Je me retrouvai à nouveau dans le salon, épuisée, éreintée, choquée, tremblante... C'était un comble que de mourir de cette façon-là...

Je me plantai en plein milieu de la pièce, devant la magnifique cheminée où Zefryam et Adylie, ma grand-mère, auraient pu passer des soirées inoubliables. Une autre vie. Une vie dans laquelle je ne serais pas née et où je n'aurais pas pu mettre au monde ma fille. C'était peut-être cela ma mission, après tout. Joy. Donner Joy à ce monde et partir. Je souris et levai le scalpel dont j'avais fait l'acquisition dans le labo. Je l'approchai de mon cœur, de mon ventre, je ne savais pas où viser. Il fallait pourtant faire vite. Je pris une grande inspiration. Il suffirait d'un geste brutal et puissant, et ce devrait être rapide. Toutefois, c'était plus facile à dire qu'à faire.

— Allez, allez vas-y, maintenant, tant que tu le peux encore, me murmurai-je.

Malgré la souffrance, la fièvre et les vertiges, j'étais toujours consciente du présent, seulement pour combien de temps ? Je devais agir pour mettre un terme à cette torture et pour ne pas laisser le perrestre obtenir que je meure dans l'agonie qu'il espérait pour moi, cette agonie où ses menaces se mêleraient à mes égarements. Non, je devais décider de terminer le travail moi-même et tout de suite. Me concentrer sur Joy, sur le bien que j'avais fait à ce monde en lui donnant la vie.

Mais comment penser à ma fille et me suicider par la même occasion ? C'était un paradoxe, moi sa mère, attachée à vivre plus que tout pour être auprès d'elle. Aussi faible fus-je, c'était un réflexe naturel et instinctif de vouloir vivre pour être à ses côtés. Pour m'assurer de sa survie.

Je sentis mon bras faiblir, il ne me restait qu'un bref instant de force et de confiance. Ensuite, je passerai aux étapes suivantes jusqu'au coma... Quelques secondes avant de ne plus être capable de choisir ma mort... Je baissais lentement la main, incapable d'aller jusqu'au bout. Des cachets auraient été plus pratiques, moins cruels, seulement, aurais-je vraiment su ?

— *Évidemment que tu n'aurais pas su*, répondit ma grand-mère assise dans un fauteuil dans la périphérie de mon regard. *Lisor, tu as toujours été faible. En mauvaise santé. Plus lente que les autres.*

Je ne la regardai pas, je sentais et j'entendais sa présence, pourtant, je ne voulais pas affronter son regard.

— *Lisor*, soupira-t-elle, *tu ne savais pas vivre... Tu n'as jamais été douée pour la vie. Mais tu l'es encore moins pour la mort. Depuis combien de temps essayes-tu de mourir ? Trop longtemps, si tu veux mon avis. Tu es seule, tu es condamnée par ce virus et pourtant, tu n'y arrives toujours pas.*

Je sentis les larmes affluer, mon cœur palpiter, se débattre. J'eus même l'impression que je m'étais remise à saigner, les « réparations » prodiguées par Fay après mon accouchement avaient dû céder après tout ce remue-ménage physique et émotionnel.

— *Ne t'en fais pas, tu ne me déçois pas, je ne m'attendais pas à grand-chose de ta part de toute façon. Tu ne seras jamais une Gianello digne de ce nom.*

Cette dernière pique m'enragea. Je me tournai vers ma grand-mère et la vis dans un brouillard, assise, rigide, ridée, sur son petit fauteuil. En rage, je jetai le scalpel de toutes mes forces vers elle mais je visai mal et l'arme vola par la fenêtre pour aller se planter entre les arbres, à plusieurs mètres de la maison.

Frustrée, je déboulai dans la direction du mirage de ma grand-mère, bien décidée à lui sauter à la figure.

Je rouai de coups le pauvre siège innocent, arrachai sa toile et le déplumai aussi longtemps que cette transe dura. Puis, je pris conscience de mon geste et me reculai.

L'agressivité.

Cela faisait partie de la contamination. Quelle était la prochaine phase ? Impossible de m'en souvenir.

— *Même à l'époque, quand tu y pensais tout le temps, tu étais incapable de te suicider. Pourtant, tu n'imagines pas combien ça nous aurait soulagés.*

C'était Emmy, elle se tenait derrière moi, dans toute sa blondeur et sa beauté. Toutefois, sa peau bleuâtre me rappelait qu'elle était morte. Et je fus certaine que c'était par ma faute. Je m'écroulai sur mes genoux et me mis à pleurer.

— Laisse-moi, murmurai-je dans mes larmes. Laisse-moi mourir en paix...

Mon corps me faisait mal, pas seulement à cause des souffrances émotionnelles, des tourments psychologiques que je vivais, aussi parce qu'il semblait tiraillé, attiré par une force d'inertie qui commençait à me lessiver, plus sûrement qu'aucun des autres symptômes de ma vie, plus ardemment et insidieusement que mon cancer d'autrefois.

Et autour de moi, les êtres que j'avais aimés apparaissaient et m'accusaient, me condamnaient et réveillaient toutes mes erreurs, toutes mes culpabilités, jusqu'à ce que je me sente mourir de l'intérieur.

— Laissez-moi... LAISSEZ-MOI ! hurlai-je.

Ils se turent d'un trait, laissant planer un silence pesant sur la maison, à peine troublé par les piaillements des oiseaux qui me parvenaient aux oreilles grâce à la baie vitrée restée ouverte. Je pus alors prendre conscience de toute l'ampleur des battements de mon cœur, plus lourds, plus sourds et plus douloureux que jamais. Ils s'activaient peu à peu comme les tambours lointains annonçant une menace sans précédent.

Je tâchai de reprendre ma respiration tout en composant avec les étranges sensations qui étaient présentes depuis mon réveil et que je percevais plus nettement maintenant : mes entrailles qui se tordaient, mes mains qui tremblaient, la pellicule de sueur qui s'était déposée sur chaque parcelle de ma peau me faisant frissonner. Ces impressions s'aggravèrent subitement. Comme si je venais d'entrer dans un bain bouillant et froid à la fois.

Je me dirigeai vers la salle de bain, celle que je n'avais jamais eu l'occasion de visiter. Je ne fis pas attention à ce luxe étrange où bois et modernisme clinquant se mêlaient élégamment, et me plantai devant le lavabo pour rafraîchir mon visage. C'était un réflexe stupide que de vouloir apaiser cette fièvre en sachant que le pire était à venir. Lorsque je me redressai, mon reflet sur le miroir me provoqua un mouvement de recul.

J'étais blafarde, cernée, avec quelques coupures sur le visage et le corps – sûrement dues au combat et à ma chute dans le laboratoire – ce n'était pourtant pas ce qui me marquait le plus. Sur ma peau s'imprimaient d'étranges variations de teintes, comme si une substance laiteuse fusionnait sous ma chair. Je voyais des traces plus claires se mouvoir sur mes joues et des reflets s'imbriquer dans mes yeux.

Les azras avaient le sang couleur argent. Je subissais justement cette mutation. Mais comme la plupart des humains qui avaient vécu cette expérience il y avait deux mille ans, mon corps tâchait de repousser cet assaut. Je vis soudain les veines de ma figure et de mon cou ressortir, devenir bleutées ou violettes, ce qui me donnait l'aspect odieux d'un cadavre détérioré.

Une intense douleur me plia en deux, m'arrachant à la vision de l'être mourant et contaminé que j'étais. Je m'appuyai sur la vasque en marbre pour reprendre mon souffle. L'horrible sensation d'ébullition se propageait dans tout mon corps et mes membres. L'aspect de mes bras et de mes mains le confirma ; leur réseau sanguin commençait à s'altérer, noircissant à vue d'œil puis changeant tout à coup de pigment en diverses teintes écœurantes.

Je sortis de la salle de bain et courus comme pour échapper à cette attaque qui me révulsait autant qu'elle m'était douloureuse. Seulement, la brûlure était si intense qu'elle me cloua bientôt sur place. Je tombai sur le sol en poussant un hurlement tandis qu'un horrible bourdonnement me vrillait les tympans ; mon cerveau semblait prêt à exploser et c'était tout à fait compréhensible s'il subissait la même mutation que mon système sanguin. Je me tordis sur le parquet du séjour, regrettant de n'avoir pas été assez rapide pour atteindre l'un des canapés. Je fermai les yeux, en priant pour que ce soit moins long, pour que ces changements abjects, que mon organisme refusait, cessent enfin.

Lorsque j'ouvris les yeux, Emmy était penchée sur moi. Ses yeux bleus étaient étranges, d'un azur intense, qui tranchait avec la pâleur cadavérique de sa peau. Ses cheveux eux-mêmes paraissaient d'un blond délavé que je ne lui connaissais pas. Elle n'était pas accusatrice cette fois. Elle semblait triste et la résolution peinte sur ses traits me gagna.

— *Il est temps*, me murmura-t-elle simplement.

Elle me tendit alors le scalpel que j'avais jeté dehors. Dans un réflexe, un espoir de soulagement fou, je levai la main pour l'attraper. Oui, cette fois, je me sentais capable d'en finir. Mes doigts ne rencontrèrent que du vide, cependant. Emmy avait déjà disparu. Seul un courant d'air me parvenait depuis la porte-fenêtre ouverte. Un appel auquel je répondis instantanément.

Je me levai d'un bond, cependant, déroutée par la douleur, je marchai pliée en deux et me projetai contre le canapé en hurlant. Tout mon être semblait s'embraser, d'un brasier mauvais, contre lequel je n'avais aucune arme. Mes cellules se distordaient, mes muscles s'étiraient, ma chair se liquéfiait. Nonobstant, je tenais bon. Je me redressai grâce à l'énergie du désespoir et — car il m'était impossible de me remettre debout — je me hissai à la force de mes bras sur le sol, rampant vers l'extérieur, vers la lumière, vers l'air frais, vers la forêt.

Il fallut me traîner un long moment, en râlant de douleur, en faisant des pauses quand les plus gros spasmes m'assaillaient, mais bientôt, mes doigts rencontrèrent le sol, l'herbe, à laquelle ils s'accrochèrent. Quand je fus tout à fait dehors, je parvins à gagner cette paix étrange que me prodiguait la forêt. Là où j'étais née, là où j'allais mourir.

Il y eut alors un répit dans le torrent de souffrances qui me dévastait. Abandonnée, sur le dos après un dernier accès de douleur insupportable, je pus me perdre un instant dans le bleu du ciel, vers l'incommensurable beauté et sérénité de cette toile sans fin, que les cimes des arbres tentaient vainement de troubler. Pas un seul nuage à l'horizon. Juste les rayons qui m'éblouissaient et saupoudraient les feuillages de leur poudre d'or.

Plus qu'un court instant. Je le savais désormais. Un minuscule instant d'agonie et tout s'arrêterait. La douleur. La mutation. La peur. Le perrestre et les horreurs qu'il m'avait dites et qui résonnaient encore en moi. Tout disparaîtrait. Y compris Manoa et son sourire incroyable. Les souvenirs de ce dévouement sans âge que nous partagions et auquel j'avais adoré goûter, le plaisir de cette passion que j'avais frôlée de près. Peut-être mieux valait-il qu'il ne se souvienne plus de moi puisque ma fin nous séparait définitivement. Il avait accepté de m'oublier pour me sauver. M'oublier, c'était la seule façon de m'aimer. Il m'avait donné plus que nul autre, alors même si je partais, là, tout de suite, je l'emportais avec moi. C'était dans son souvenir que je mourais. C'était dans le plaisir de nos moments, scellés en moi, que je me laissais partir.

Plus qu'un court instant. Tout allait s'éteindre. Je savais que ce faible apaisement dans mon agonie était significatif, le dernier éclat avant la mort, le dernier sourire, le dernier flamboiement. Mes doigts se refermèrent, se crispèrent sur la terre, la douleur revenait, je le devinais et mon cœur s'emporta, l'appréhendant aussi fort que moi. Je serrai les dents pour m'y préparer et des larmes s'échappèrent. Ce fut une étrange sensation chaude sur ma peau dévastée, boursouflée par le virus qui m'empoisonnait, une sensation douce comme l'était l'être qu'elles célébraient : Joy. Ma Joy.

Je savais ce qu'était une vie en ayant perdu sa mère. J'avais, pour ma part, pu me raccrocher aux engrammes de ses sourires et à la certitude qu'elle m'aimait, mais Joy, le pourrait-elle ? J'espérais de toute mon âme qu'elle me pardonnerait ce sacrifice. Ce sacrifice que j'avais tenté dans l'espoir de la sauver, de les sauver.

La rafale revint, me tordit, je me retournai, mes doigts cherchèrent une prise dans le sol. Un moyen d'échapper à l'insupportable. Ils griffaient, accrochaient la terre à laquelle je me raccrochais en désespoir de cause. Je n'avais pas réussi à retrouver le scalpel à temps. D'ailleurs, j'ignorais si je m'étais dirigée dans la bonne direction. J'étais trop faible pour que mes pensées soient conséquentes. J'étais seule aussi. Plus aucun fantôme ne m'accompagnait. Seule et recroquevillée sur la terre. La douleur, et l'épuisement qu'elle provoquait me paralysaient. Même les mouvements spontanés pour m'extraire de l'anarchie que je vivais s'étaient calmés. Incapable de bouger, à moitié sur le ventre, je voyais juste les doigts de ma main gauche gratter lentement le sol. Ils étaient bleus, horriblement veinés. Empoisonnés. Brûlés. Morts. Mon corps avait déjà l'apparence d'un cadavre avant qu'il n'en fût un.

Depuis si longtemps... Combien de temps ? Voilà trop longtemps que j'attendais.

J'eus un dernier sursaut, une dernière respiration, une sorte de gémissement involontaire qui força mon diaphragme à se soulever une dernière fois. Puis, je sentis quelque chose me quitter brutalement et, simultanément, les ténèbres m'enveloppèrent, comme un velours noir, soyeux, presque apaisant.

Chapitre 8

C'était la nuit. Une nuit tiède, remplie d'étoiles. Elle était superbe, douce, délicieuse. Elle m'accueillait dans sa splendeur tranquillisante, dans sa brillance réconfortante, dans son parfum d'été sans fin. Je levai les yeux ; depuis cette toile pétillante, luisante et enivrante qu'était le ciel, j'aperçus certaines étoiles se décrocher, filer pour disparaître délicatement vers un horizon d'un bleu sombre si doux, si pur, si immense, qu'il me rassurait.

De l'eau clapotait juste à côté de moi dans un bruit continu que je percevais lentement. Il se mariait au tintement délicat des étoiles. Car je pouvais les entendre, elles frottaient doucement contre la voûte de l'infini, dans un bruissement bienveillant.

J'étais dans un jardin, un merveilleux jardin éclairé par des lanternes, éclairé de l'intérieur, cerné d'arbres et de roches, où une petite cascade s'écoulait lentement. L'herbe était humide et scintillante, un confort tendre pour le pied, un confort tiède. J'étais pleinement sereine. Cette nuit pleine de lumière était la plus belle que j'aie pu concevoir. Même Olyméa ne m'avait jamais offert autant de beauté, de variations d'éclats et de couleurs doucereuses, autant de bien-être, tout simplement.

Je me sentais si bien. Infiniment détendue. Je portais une longue robe bleutée qui reflétait les étoiles. La nuit faisait partie de moi. Une nuit belle, une nuit sans fin et j'étais la nuit, moi aussi. Pure et simple. Pure et prête.

Il y avait une petite fontaine au centre du lac. Une silhouette était juste devant, occupée à observer la surface miroitante de l'eau. Je m'en approchai, confiante et peu à peu grisée d'en deviner l'identité.

— Manoa, murmurai-je.

Ma voix était apaisée et sereine.

Il se retourna. Ses yeux n'avaient jamais été aussi brillants, leur bleu aussi beau, célébré dans cette nuit aux couleurs suaves et féeriques, dans cette ambiance exquise où, dans l'air lui-même, semblaient flotter des étoiles...

Je remarquai à quelques mètres de nous, dans mon champ de vision, une petite masure, simple, de bois et de pierres. Le mot « chaleur » à lui seul aurait pu qualifier cette maison posée dans l'herbe épaisse, protégée par les arbres, voilée par leurs feuillages abondants.

Je m'approchai de Manoa. Il tendit la main. Ma longue robe frôlait le sol où des fleurs blanches abondaient et exhalaient des effluves délicieux. Je posai les doigts entre ceux de l'homme que j'aimais et reconnus aussitôt la chaleur irradiante de son contact, la douceur de sa paume, le plaisir de le toucher.

Je souris, heureuse, en grande plénitude.

— Tu es enfin là, me dit-il avec son sourire ravageur.

Je plongeai dans ses bras. Plus encore que ce lieu où la magnificence était de mise, être contre lui était ce que je préférais au monde. L'endroit où je me sentais le plus en sécurité, c'était les bras de Manoa. Il les referma doucement sur moi. Je sentis son visage fouiller mes cheveux pour se rassurer de leur parfum. C'était son geste. Son habitude. Il n'avait pas changé. Ou seulement pour le mieux ; il était plus beau, plus fort et rassurant que jamais. C'était mon Manoa. Plus rien, jamais, ne pourrait nous séparer.

— Je t'aime, murmurai-je.

— Maintenant, nous sommes ensemble, toujours, répondit-il calmement.

Je me reculai légèrement pour le contempler. Je me demandais vaguement si toute cette perfection était normale. Il était plus apaisé et solaire qu'il ne l'avait jamais été. Son visage avait gagné quelque chose d'angélique qui me submergeait et la douceur dans ses yeux... c'était comme si j'étais pour lui un joyau plus précieux que les richesses entières de ce monde. Il posa une main sur ma joue, je souris puis me souvins...

— Mais Joy, elle...

— Elle est là, fit-il doucement. Avec moi, avec nous.

Il désigna du menton la maisonnette.

— Elle dort, c'est la nuit, notre nuit. La nuit pour toujours.

Je souris à nouveau, sentant au plus profond de moi que ma fille était à l'abri, là, dans la maison, entre les édredons d'un lit magnifique, cerclé de fleurs.

— Viens, murmura Manoa tandis qu'il prenait ma main et m'amenait au bord du lac.

Il s'assit sur le sol, sur l'herbe plus épaisse qu'un matelas, plus douce qu'un drap de soie et plus saine qu'un bain semé de pétales de roses. Je me posai à ses côtés. Je risquai un orteil dans l'eau étrange, bleutée, du bassin et je fus surprise. Elle était chaude.

Manoa m'attira à lui et je m'allongeai à ses côtés. Je me sentais faiblir. J'avais une irrépressible envie de dormir. Envie de m'abandonner à cette nuit qui invitait au meilleur des repos.

Il était là. *Il* était avec moi. Ma fille était sauve. Nous ne serons plus jamais séparés. Et lui veillerait sur mon sommeil. Je pouvais partir. Je pouvais mourir.

— Qu'est-ce que tu as ? demanda Manoa en voyant que je venais de me redresser.

— Je ne sais pas... Je...

Pourquoi pensais-je à mourir alors que j'étais en paix ? Dans cette paix si profonde. Peut-être car ce sommeil c'était une mort, une douce mort que je m'autorisais. Oui, je méritais toute cette douceur.

Je m'étendis tout contre Manoa, ma main sur son torse percevait son cœur battre. Il était vivant. Nous étions réunis. Il me serra contre lui.

— Laisse-toi aller, maintenant, murmura-t-il. Tu as le droit de partir.

Je fermai les yeux sur des larmes de bonheur, d'apaisement... Et je les rouvris sur les étoiles de ce ciel étrange et merveilleux qui semblait plus près. Je pouvais presque en goûter la saveur fine et délicate, je pouvais presque sentir la chaleur de ses pétillements sur ma peau... Je m'en rapprochais lentement, comme si, bientôt, le ciel et moi ne faisions plus qu'un et que cette nuit sans fin m'emportait souverainement dans ses ténèbres lumineuses.

— Oublie tout, Lisor, susurra Manoa. Je suis là, je serais toujours là... avec Joy, avec toi... Notre nuit, pour toujours.

Oui, pensai-je. *Que la nuit m'avale...*

Ce fut étrange, d'abord comme une vibration profonde dont je n'avais pas conscience mais qui, finalement, me ramenait dans la réalité... ou plutôt, cette curieuse réalité.

Pourtant, la lumière était si dense, si pure et les bras de Manoa si chauds, que je me sentis partir à nouveau, soulagée.

Sauf que le choc revint, il me propulsa à nouveau hors de ma léthargie. Je me redressai. Manoa m'attrapa les doigts.

— Que se passe-t-il ? demanda-t-il doucement.

Je regardai autour de moi un instant, dans la brillance, le chatoiement de la nuit, quelque chose n'allait pas.

Je me tournai vers Manoa.

— Tu n'es pas Manoa, réalisai-je.

Il sembla triste, une infinie tristesse que je connaissais bien pour l'avoir vue plus d'une fois sur ce visage idéal et qui imprégna magnifiquement ses yeux dotés de cet azur incroyable. Mon cerveau avait gardé en mémoire parfaitement chaque nuance du bleu qui formait son regard. Ce regard-là qui n'était pourtant qu'un souvenir. Cette certitude se formula plus profondément en moi, il n'était qu'une réminiscence, un mirage...

— Non, bien sûr que je ne suis pas Manoa, avoua-t-il doucement.

— Tu es une représentation de Manoa créée par mon esprit pour m'apaiser, continuai-je.

Il assentit d'un léger mouvement de tête.

— Tout comme ce lieu, constatai-je en observant le somptueux jardin.

Tout à coup, les lueurs me parurent moins vraies, moins brillantes, tout à coup, la saveur contenue jusque dans le bruit de chaque gouttelette qui coulait fut moins ardente. Le monde que j'avais généré pour me protéger de l'horreur, me préserver de la torture jusqu'à la mort commençait à perdre de sa force.

Manoa, du moins la vision de Manoa, me saisit les mains avec douceur pour me rappeler que ce n'était pas ce que je voulais. Je ne souhaitais pas perdre ce théâtre superbe que je m'étais bâti, j'en avais besoin pour mourir en paix.

— Lisor, laisse-toi aller, tu en as le droit.

Il y eut une nouvelle impulsion qui ébranla encore plus le monde qui m'entourait, même Manoa sembla perdre de son éclat. Et moi... moi, je faiblissais. À la place de la merveilleuse sensation de léthargie qui m'attirait vers une mort lumineuse, je sentais un abattement violent, l'ombre de la douleur qui revenait.

Soudainement, il me sembla comprendre ce qui m'arrivait.

— Oh non...

— Qu'y a-t-il ? demanda la vision de Manoa.

— Je crois... je crois que quelqu'un essaye de me réanimer.

— C'est impossible, remarqua Manoa. Tu es dans le coma. Tu dois mourir. Tu le sais et tu as le droit de mourir en paix. C'est pour ça que je suis là. Pour ça que Joy est dans la maisonnette. Tu t'es créé la plus belle des morts et tu la mérites. Tu le sais, n'est-ce pas, Lisor ?

Il avait raison, logique puisqu'il était un produit de mon esprit et traduisait donc mes vraies pensées. Sauf qu'il avait prononcé un prénom. Ce prénom... Joy.

— Lisor, tu ne peux plus rien pour elle maintenant, fit Manoa qui savait ce qui me préoccupait.

Je le regardai. Il était plus beau qu'il ne l'avait jamais été. Tel un être séraphique aux traits ciselés. Plus beau que le vrai Manoa. Plus rassurant. Plus sûr. Un Manoa tel que je le voulais mais pas tel que je l'aimais. Et Joy, Joy n'était pas dans ce monde-là... Elle était à l'extérieur. Une nouvelle vague secoua mon univers et je me sentis mal, endolorie, mes mains blanches et tranquilles bleuirent sous mes yeux.

— Oh non, murmurai-je. Ce n'est toujours pas fini.

Manoa souleva mon menton.

— Ce sera fini si tu le décides, Lisor, laisse-toi partir.

J'hésitai, je voulais l'écouter car c'était simple, infiniment simple de me laisser aller dans ses bras. Pourtant, je me levai, marchai un instant dans le jardin devenu bancal. Je cherchais la présence de cet être qui voulait me tirer des limbes. Pourquoi ? Et comment était-ce possible ? J'étais dans le coma. Les humains ne se réveillaient pas de ce coma. Hormis quelques spécimens, comme ça avait été le cas d'Ana, il y a deux mille ans. Toutefois, elle faisait partie des exceptions et on ignorait comment c'était possible. Alors pourquoi et surtout, *comment* ? Comment quelqu'un pouvait-il tenter de me ramener ?

— Lisor, écoute-moi, fit la représentation de Manoa.

Et il était facile de lui obéir, tout mon être ne demandait que cela, l'écouter et y croire, croire que c'était lui et me laisser partir dans ses bras.

— Peu importe ce qui se passe à l'extérieur, tu sais ce qui t'attend. Si tu reviens à toi, tu ne feras que souffrir. Tu mourras de toute façon et en agonisant... Tu ne peux pas survivre à la mutation. C'est impossible et tu le sais.

— Oui, murmurai-je, affaiblie.

Il me prit dans ses bras, me cala contre son torse.

— Lisor, tu as fait ce qu'il fallait. Tu as sacrifié ta vie. C'est pour cette raison que tu as survécu toutes ces années malgré les souffrances. C'était ton devoir. Donner ta vie pour rendre à tes amis ce qu'ils t'ont offert, pour compenser tout ce qu'ils ont risqué pour toi. Et surtout, donner Joy à ce monde.

— Joy, murmurai-je dans mes larmes étoilées.

— Oui, Joy, ta fille, tu lui as fait le plus beau des cadeaux, plus que le simple amour d'une mère, tu t'es sacrifiée pour qu'elle puisse s'éviter un destin d'animal... Lisor, tu as fait tout ce qu'il fallait.

— Oui, tu as raison.

Le jardin était devenu flou depuis que j'en avais démasqué la teneur. Seule subsistait l'ambiance paisible qu'il me prodiguait, la sensation d'être dans un refuge idéal auquel je m'accrochais malgré moi.

La vision de Manoa disait vrai. Je devais mourir, parce que je le désirais depuis longtemps et que je l'avais enfin mérité. Il n'y avait rien de plus simple. Enveloppée dans ses bras, je sentais la lumière chaude se resserrer autour de moi, je n'avais qu'à l'écouter. Me laisser voler dans sa substance délicate et je m'éteindrai. C'était facile et je souris devant cette invitation.

Une nouvelle impulsion s'abattit sur moi à cet instant. Je sentis la douleur dans mes membres ravagés par le virus qui faisait rage et auquel mon corps tentait toujours de résister vainement. Mon cerveau avait totalement coupé les sensations pour me protéger, et c'était bien l'un des buts du coma, mais chaque nouveau choc et l'étrange envie de vivre qui l'accompagnait, me ramenaient vers la réalité. Je poussai un gémissement et les dernières lueurs du monde imaginaire s'affaiblirent.

— Lisor, dit Manoa qui avait perdu de son intensité tout contre moi, tu sais que tous ceux que tu as approchés se sont brûlés à ton contact, n'est-ce pas ? Tu n'étais pas faite pour l'amour, pas faite pour la vie... Seulement, tu es peut-être faite pour la mort... Une belle mort, pour les autres, ceux que tu aimes, n'y a-t-il rien de plus beau ?

Les contours de son visage étaient moins nets, toutefois, ses yeux l'étaient plus que jamais. Tout comme la certitude qui brillait en eux.

— Oui, murmurai-je et je perçus vaguement que les étoiles dans les cieux imaginaires qui nous surplombaient s'étaient mises à tomber, se confondant avec le reste du décor, explosant sur le sol lorsqu'elles en rencontraient la matière ou s'éteignant dans l'eau du lac.

C'était ma façon de pleurer. Mes larmes à moi. D'ailleurs, le bassin semblait déborder, se mélanger au reste du jardin, couler... couler et se vider vers des abysses infinis.

— Je le veux tellement, Manoa, repris-je, tu ne peux pas savoir à quel point je veux mourir. Enfin si, tu le sais, puisque tu es une part de moi. Un personnage créé pour me rassurer. Et c'est justement ça le problème, tu n'es pas là. Ce n'est pas toi. Tu me manques. Manoa me manque.

— Je suis mort. Dans le monde réel, tu le sais, Lisor, je suis mort.

Je me sentis si mal que la douleur physique se mêla à merveille à l'horreur que ces mots, auxquels je croyais depuis longtemps, me provoquèrent.

— Mais pas Joy, parvins-je à dire en soulevant la tête. Pas ma Joy.

— Pourtant, tu sais que tu ne peux plus rien pour elle. Souffrir davantage ne te ramènera pas auprès d'elle.

— Et si... et si c'était possible ?

— Comment ? demanda-t-il tandis que son corps devenait presque transparent comme un hologramme.

— Je ne sais pas... je n'en sais rien, répondis-je en me tordant sous le joug de la mutation.

Je voyais mon apparence, dans ce monde imaginaire, se déformer à mesure que la souffrance augmentait. La robe d'étoiles que je portais s'était muée en carnage rouge vif. En sang. C'était un moyen de mettre une image sur le supplice que je vivais. Comme dans un rêve, un cauchemar où j'étais consciente.

— S'il y a une chance que je survive... une seule chance sur un milliard, murmurai-je à l'agonie, ne devrais-je pas la saisir ?

— Pourquoi ? demanda Manoa, l'apparence aussi trouble qu'un reflet dans un lac. Pour qui ?

Pour qui ? Bonne question. Les sensations réelles de mon organisme devenaient de plus en plus intenses, rendant cette conversation d'autant plus difficile à mener. Et c'était moi qui m'infligeais cette torture. Tout simplement car je réalisais que mon désir de vivre était plus fort et avait toujours été plus fort que mon désir de mourir.

Pour qui... ? me répétai-je plusieurs fois. La projection de Manoa avait révélé clairement ce que je pensais. J'imaginais être un fardeau pour ceux qui m'approchaient, je les condamnais d'une façon ou d'une autre. Et j'avais même le sentiment de les avoir perdus pour de bon. Alors, dire que je voulais me battre une dernière fois pour eux aurait été un mensonge qui n'allait pas me donner la force dont j'avais besoin. Quant à Joy... je n'étais pas certaine de ne pas lui être aussi fatale que je l'étais pour tous ceux que j'aimais. Mais moi, n'avais-je pas le droit de la revoir ? N'était-ce pas légitime que de le désirer de tout mon être ?

— Pour moi, finis-je par répondre. Au moins pour moi !

Manoa me regarda une dernière fois, inspira, lâcha ma main et murmura :

— Alors, tu as fait ton choix. Au revoir, Lisor.

Ma décision était prise, il avait raison. Il se désagrégea lentement dans l'espace, dans les étoiles qui fusaient toujours autour de nous. Une fois qu'il eut disparu totalement – me déchirant au passage le cœur en me faisant revivre l'horreur de notre séparation – le monde autour de moi se dématérialisa, il fut remplacé par des ténèbres, lentement, simplement, qui envahirent tout. Elles étaient opaques. La propre vision de mon corps imagé se gomma elle aussi. Il n'y avait plus de monde intérieur, j'étais juste dans un noir terrible, celui du coma, tout en étant consciente d'en être prisonnière.

Pourtant, alors que je croyais m'enfoncer davantage dans le pire de l'agonie, je ressentis une forme de délivrance. Les doigts ardents de la souffrance semblèrent se retirer doucement, ne laissant place qu'à une tension profonde qui m'emplissait des pieds à la tête. Malheureusement, l'infinie léthargie, l'irrépressible envie de mourir qui m'attirait depuis des heures vers une mort apaisante, prit toute la place. Je m'arrachai de ce désir naturel à coup de griffes mentales, j'étais plus déterminée que jamais. C'était aussi dur que de remonter d'un caveau six pieds sous terre à mains nues. Plus dur que tout ce que j'avais enduré dans toute ma vie – et pourtant, j'avais une sacrée liste de moments épouvantables à disposition – plus dur que ce que j'aurais pu imaginer car la mort était d'une puissance déroutante et mon corps d'une faiblesse désarmante.

Sauf que j'avais choisi. Choisi de ne pas m'abandonner à l'inexistence. Même si ça aurait été beaucoup plus simple. Même si ça faisait une éternité que je le désirais. Choisi pour moi. Parce que je méritais de tout tenter pour revoir Joy, de la serrer dans mes bras, d'être à ses côtés. Parce que je méritais d'essayer de retrouver Manoa. Qu'il vive ou non, je ne pouvais pas quitter ce monde sans avoir de réponses. Je le voulais. Je le méritais au même titre que tout être vivant sur cette terre mérite la vie et mérite d'agir.

Je compris soudainement que c'était ce choix qui m'avait libérée de la douleur. Mon inconscient avait enfin accepté la mutation. Désormais, mon corps ne luttait plus, ne la repoussait plus, il la laissait prodiguer la transformation profonde de mes tissus. Cependant, si la mort se faisait parallèlement plus pressante, c'était parce que mon énergie vitale était aspirée à toute vitesse par ces changements colossaux.

Chaque cellule de mon corps subissait une transformation, une réparation, une résurrection, et pour réaliser un tel exploit, la puissance d'une centrale électrique ne m'aurait pas paru superflue. Ma chair épuisée depuis des lustres était bien en peine de mener ce combat.

Les ténèbres m'enlisaient, me cernaient. J'avais toujours cru que la douleur était la pire de mes ennemis. En réalité, tant qu'elle était présente, elle me raccrochait à quelque chose, elle me rappelait que j'étais vivante. Maintenant qu'elle disparaissait, je pouvais tout aussi bien disparaître avec elle. Me fondre dans ce noir total où je flottais. La mort me tendait ses bras de soie. Ce combat que je menais contre elle, ne datait pas de l'instant où je m'étais injecté la formule AZ. La mort elle-même m'avait contaminée depuis bien longtemps, dans mon corps, puis dans mon esprit. Je compris qu'elle était partout en moi.

Réaliser sa présence froide et implacable m'étourdit. Je me souvenais d'un milliard d'instants où j'avais souhaité en finir, où j'avais désiré lui céder, de tous ces moments qui avaient été gâchés par son ombre fétide.

Pourtant, la vie avait toujours été plus forte. Car au fond, tout au fond de moi, ni dans mon corps ni dans mon intellect, ailleurs, quelque part, j'étais très solide. Cette énergie-là n'avait pas de nom, pas de substance, mais elle était l'essence même de celle que j'étais.

Alors, déterminée, j'y puisai toutes les forces nécessaires pour remonter à la surface, pour évincer l'engourdissement souverain, et nourrir la guérison que vivaient mes organes.

La vie. Tout simplement.

J'orientais la vie pour qu'elle trouve un chemin en moi. Elle était faite d'amour, de détermination et de certitude mêlés. Je voulais vivre. Je voulais vivre.

Je méritais de vivre.

Peu à peu, je me sentis émerger. C'était minime, comparé aux efforts extraordinaires que je prodiguais, mais je commençais à mieux percevoir les sensations de mon corps.

D'abord, la mutation qui continuait à faire son œuvre, à fusionner sous ma peau. C'était comme si on était en train de me tisser un autre squelette, d'imprimer une autre matière dans ma chair. Tenir bon, malgré ces bouleversements qui me vidaient, tenait lieu du prodige.

Ensuite, mon cœur, comme un tambour très lointain et pourtant terriblement malmené, qui battait néanmoins toujours, ce qui me paraissait presque irréel. Il était faible. Il frôlait l'abandon à chaque instant, battant lentement, comme un animal pris dans un piège, épuisé d'avoir lutté, pour ensuite s'activer dans de terribles palpitations, mû par un désir désespéré de survivre. Sa faiblesse était horrible. J'avais l'impression qu'un étau lourd et ténébreux pesait sur lui et sur tout mon corps.

Mais je luttais, encore et toujours, plus résolue que jamais. La vie, c'était mon choix. Je la méritais. Je voulais vivre.

D'autres sensations devinrent plus fortes à mesure que ma détermination me guidait vers le chamboulement réel que vivaient mes organes, vers la réalité qui m'attendait, vers le nouveau moi.

Je perçus une sorte de contact sur ma peau, un bruit autre que le bourdonnement terrible dans mon crâne. Et plus je me démenais, plus j'avais l'impression d'être capable de ressusciter mes sens. Mon cœur se débattait toujours, épuisé, éreinté, au bord de l'implosion, mais il tenait bon.

— *Lisor, bats-toi...*

Cette voix... Elle était lointaine, très lointaine, comme venue d'outre-tombe, toutefois, j'étais certaine de la connaître.

— *Lisor, je suis là.*

Une main, il y avait une main qui serrait la mienne. Et je sus. Je reconnus cette présence. C'était Zefryam.

Que faisait-il là ? Comment avait-il réussi à me sortir de ce coma ? Je continuais mon combat en essayant de me concentrer sur la chaleur qui venait de lui.

— Continue, Lisor, me fit Zefryam. Tu peux réussir.

Sa voix me perturba car elle devenait plus nette. La réalité tout simplement devenait plus distincte et je n'y étais pas préparée. Cela me prit des forces et je me sentis faiblir dans mon combat. La peur, la simple peur de ne pas réussir, d'échouer, non à mes propres yeux, mais aux siens, court-circuitait mon énergie. Zefryam dut s'en rendre compte, car sa poigne s'affermit sur ma main.

— Lisor... Oh, Lisor, tu m'entends maintenant, je le vois, dit-il, partagé entre soulagement et affolement. Je t'en supplie, ne cesse pas de te battre. Ce serait bien trop difficile à expliquer, il m'était impossible de te laisser partir sans tout tenter. Tu peux y arriver. Tu as fait le pire. Alors, bats-toi, Lisor, bats-toi encore.

J'essayai, je réalisai même que ma poitrine se soulevait lentement, sous le joug d'une respiration redevenue presque naturelle. Toutes les sensations propres à la vie commençaient à être perceptibles, comme si j'assistais à une lente résurrection de mon organisme. Nonobstant, la pesanteur était encore si étourdissante qu'elle m'empêchait de me concentrer sur cette félicité. Comment ? Comment faire pour que cela cesse ? Comment remonter pleinement à la surface ? Comment sortir de cet état ? Même si j'avais récupéré l'usage de mes oreilles je n'arrivais pas à trouver la porte de mes yeux. Pourtant, je savais que j'étais toute proche d'y parvenir, que j'avais remporté l'essentiel de la bataille, que j'étais plus robuste que jamais, habitée par une force nouvelle qui fourmillait en moi, pas seulement celle de la détermination qui m'avait conduite jusque-là, une autre force, d'un autre genre, d'une autre race...

— Lisor, ce monde ne peut pas se passer de toi, dit Zefryam. Tu es beaucoup trop précieuse. Je l'ai su dès que je t'ai vue.

Je percevais quelque chose sur ma tête, quelque chose de chaud, de bouillonnant d'énergie. Sa main ? Oui, il caressait mes cheveux.

— Tu as le don de faire ressortir le meilleur chez une personne. Alors, bats-toi, Lisor, car un tel don est essentiel à notre monde. Bats-toi, car nous avons besoin de toi.

Son autre main serrait mes doigts. Je pouvais désormais saisir plus de détails. Mon cœur, lui, entamait sa dernière course, un rythme effréné pour affronter la mutation qui le gagnait, l'enlisait, en changeait violemment la matière, l'enveloppait d'une nouvelle énergie.

C'était le dernier round. Je devais passer cette épreuve ; si j'y parvenais, je survivrais. Je le savais maintenant. Si j'échouais, c'était la mort, brutale et sans appel. Seulement, je le voulais. Je voulais vivre. J'avais une rage de vivre aussi infinie que l'amour que je portais à ma fille.

— Lisor, Joy va bien, m'encouragea Zefryam, comme s'il avait lu dans mes pensées. Elle t'attend. Nous t'attendons tous. Nous avons besoin de toi. J'ai besoin de toi. Tu es la fille que j'aurais tant aimé avoir. Dont je suis si fier. Alors, je t'en supplie, bats-toi. Tu es un être exceptionnel. Si quelqu'un peut survivre à la mutation, c'est toi. Je t'aime, ma fille.

Ce fut étrange, comme la sensation d'une crise cardiaque ou quelque chose d'approchant ; mon cœur s'arrêta brutalement. Je m'en rendis compte très clairement. Pendant un très court instant, tout fut suspendu à ce silence complet de mon corps.

Paradoxalement, tout devint plus fort et plus réel. En un quart de seconde, je saisis l'essentiel. Je perçus le vent sur ma peau, sa douceur fraîche, j'entendis jusqu'au plus infime des bruissements dans la forêt et je pus capter le réseau complet de l'énergie qui y circulait. Pas besoin d'avoir les yeux ouverts, je ressentais jusqu'aux tréfonds de mon corps toute cette vie qui pullulait du plus petit insecte jusqu'au plus gros animal. Je discernai ce rayonnement qui grésillait presque sous mon corps, grâce à l'enchevêtrement des racines sous la terre, reliées elles-mêmes aux centaines d'arbres qui nous entouraient. Et j'identifiai la présence de Zefryam, la force irradiante de son organisme penché sur moi. Je remarquai sa conviction, son espoir, son amour et sa détresse. Tout cela, aussi rapidement qu'un battement de cils. Comme si j'avais été capable d'arrêter le temps.

Soudainement, mon cœur, totalement métamorphosé, repartit. Ce fut un battement lourd, ferme, posé, qui sembla faire vibrer mon corps entier et qui propulsa dans toutes mes veines un sang différent, un sang gonflé d'oxygène. Ainsi répandu à une vitesse incroyable dans tout le réseau sanguin de mon organisme, il sembla réparer la moindre fibre, la moindre défaillance, finaliser à la perfection la mutation. Ensuite, les battements s'enchaînèrent, posés et sereins, propageant davantage la puissance qui s'immisçait dans ma chair, rendant mes tissus plus fermes, plus souples, plus parfaits. Ma respiration se cala sur ce doux changement, elle fut profonde, facile, en vérité, je ne la contrôlais plus. D'ailleurs, tout s'apaisa en moi, tout devint naturel. Vivre était devenu confortable, normal.

C'était donc cela, être bien. Ne plus sentir son corps. Ne plus sentir que l'on respire ou que son cœur bat, tout simplement car ce processus se fait naturellement, parfaitement, si habilement que le monde intérieur devient une agréable évidence qui se passe de mots, et que l'extérieur peut enfin prendre toute la proportion qui lui est due. Devenir réel. Et être enfin le voyage qu'il doit être, qu'il aurait toujours dû être.

Alors, plus affermie que jamais, plus forte que jamais, plus souveraine de mon existence que jamais, j'ouvris les yeux, comme pour la première fois.

Chapitre 9

C'était la nuit. Une vraie nuit. Complètement différente de la nuit aux lueurs irréelles qu'avait créée mon esprit. La clarté n'en était pas moins étonnante. Les étoiles elles-mêmes projetaient une lumière qui m'éblouissait presque et qui tombait, tels des faisceaux étincelants, entre les arbres. La lune déposait sur les feuillages, les branches, l'écorce, le sol et l'herbe humide, une aura argentée, une brume laiteuse presque imperceptible et néanmoins d'une délicatesse fascinante. Je pouvais voir chaque gouttelette luire comme autant de cristaux d'argent. Je perçus alors le froissement d'ailes d'un oiseau qui se posait dans un nid. Le vent amena sur moi les milliards de senteurs que recelaient les bois, réveillées par l'humidité et le magnétisme de l'astre nocturne.

Et mon cœur s'activa de quelques battements, j'étais vivante. J'étais dans la réalité. C'était la sensation qui prévalait sur toutes les autres. Je vivais.

Je me redressai, les rayons lunaires perçaient la forêt de toutes parts, permettant à mes yeux de voir à une distance stupéfiante. Toutefois, c'est sur Zefryam que mon regard se posa. Il était assis sur le sol tout près de moi. Son visage était encore plus déroutant de beauté qu'autrefois, et presque translucide dans cette nuit d'argent. L'émotion qui débordait de ses yeux scintillants me faucha.

— Je suis... ? dis-je aussitôt d'une voix que je ne me reconnus pas.

— Une azra, assura-il doucement, ému.

J'en tremblais presque de plaisir et de peur, plongée dans un inédit sentiment de surréalisme.

Zefryam ouvrit naturellement les bras et je m'y réfugiai, sentant une bourrasque de sentiments déferler en moi. C'était étrange, très brutal, presque incontrôlable et très différent de mon état d'humaine. J'étais transpercée par la reconnaissance, l'affection, la tendresse que je lui portais, par le choc d'avoir survécu, par ce partage au-delà des mots, par cette sensation d'avoir dépassé l'impossible et de l'avoir dépassé à ses côtés. Par la certitude que sa présence, sa chaleur et sa conviction m'avaient guidée vers la vie, que j'étais née de nouveau grâce à lui. Mon ami, mon allié, mon père.

Je sentis quelques larmes couler et elles me troublèrent car cette chaleur sur ma peau, ce rayonnement irradiant était étrangement intense. Je percevais tellement plus de détails qu'autrefois... Comme si mes récepteurs sensitifs étaient accentués, intensifiés, sensibilisés à l'infini. Et c'était agréablement surprenant. J'étais sûre que mon cœur d'humaine n'aurait jamais supporté un tel afflux d'émotions.

J'essuyai l'humidité sur ma joue du bout des doigts et l'observai briller un instant, comme si mes simples pleurs étaient tout nouveaux pour moi. Ma main me surprit, elle était blanche, lunaire, lumineuse, aux os si fins et délicats qu'ils généraient des ombres harmonieuses, telle l'œuvre d'un artiste inspiré. J'étais hébétée devant ce spectacle.

Zefryam ôta une feuille de mes cheveux, puis deux. Il souriait, lui-même dépassé par l'instant, par ma survie inespérée, par ce total bouleversement de la situation...

— Tu es magnifique, murmura-t-il avec une sorte de fierté.

Magnifique ? Tout ce que je voyais c'était que mon corps était encore plus blanc qu'autrefois, plus fin et ma chevelure sombre constellée de feuilles, couverte de terre.

Mon esprit était plus clair que jamais. Pareillement à la forêt que je pouvais pleinement contempler, comme si le jour l'éclairait, il m'était possible de trier et de départager mes pensées beaucoup plus facilement. Même si l'état de perturbation dans lequel je me trouvais compliquait un peu les choses.

— Tu m'as dit que Joy était en sécurité, n'est-ce pas ?

Ma voix était perturbante. Plus claire, plus chantante. Maintenant, je reconnaissais ses accents doux, son timbre discret, fluet et bienveillant... Cependant, elle était dotée d'une subtile chaleur, d'un velouté qui la rendait tout simplement belle, pure et mélodieuse.

— Oui, et les autres le sont aussi, assura-t-il.

— Et Manoa ?

Zefryam sourit, un mélange de tristesse et de tendresse se peignant sur ses traits en réalisant que je ne cessais jamais de penser à lui.

— Allan m'a contacté dès qu'il est arrivé dans la chaumière d'Ana avec Joy. D'après lui, vous étiez en proie à un combat sans merci avec un perrestre, nous n'avions pas encore réussi à mettre la main sur Manoa. Nous avons donc paré au plus pressé, pensant qu'on pourrait le sauver plus tard...

J'accusai le coup avec douleur. Ils avaient abandonné Manoa pour me secourir, ils m'avaient choisie, moi, plutôt que lui... Seulement, je n'allais pas perdre espoir. Jamais.

— Oui, on va le sauver... C'est sûr..., répondis-je comme pour m'en convaincre.

Penser à Manoa ouvrit un incroyable précipice où des émotions d'une brutalité effarante se superposaient. Une colère monumentale contre ceux qui nous avaient séparés et que je rêvais de voir disparaître. Un sentiment de manque cruel. Et un amour... vertigineux, presque effrayant de puissance et délectable de chaleur.

Je repris ma respiration, histoire de m'arracher à ce chaos.

— Mais comment tu as fait pour me sauver, Zefryam ? demandai-je.

— C'est toi, Lisor, qui as réussi. C'était ton combat, affirma-t-il.

— Non, tu m'as ramenée, j'étais prête à mourir et tu le sais parfaitement.

Il eut une sorte de sourire et tendit le bras, fouillant l'herbe sombre pour trouver une seringue vide. Il me la montra.

— Qu'est-ce que... ?

— L'Imative A. Je l'ai plantée dans ton cœur pour le relancer.

Je levai les yeux vers lui, stupéfaite.

— Il y a quelque chose que je ne t'ai pas dit à ce sujet..., commença-t-il en baissant brièvement le regard.

Une brise fraîche anima les feuillages autour de nous dans un bruissement serein, des oiseaux de nuit croassèrent et je sentis une pellicule de frissons couvrir ma peau. Des frissons de plaisir, ceux qui célébraient le fait d'être en vie et de sentir que je faisais partie de ce grand tout pour la toute première fois. J'étais là. Aussi solide que l'un de ces arbres énormes qui nous entouraient, ces piliers sereins à qui j'avais toujours voulu ressembler.

— Je t'écoute, fis-je, très calme.

Il leva ses yeux d'étoiles sombres sur moi.

— Au départ, je n'avais pas créé une formule censée aider Adylie à quitter Olyméa, mais supposée l'aider à muter. C'est l'affection que je portais à ta grand-mère qui m'a subitement inspiré cette idée. Ce mélange pouvait permettre à un humain de brûler toute son énergie en quelques minutes, afin de dégager une puissance suffisante pour survivre au virus AZ.

Je tombais des nues.

— Quoi ? Tu plaisantes ?! Pourquoi tu ne m'en as pas parlé ? Je t'ai demandé de tester la formule sur moi un milliard de fois !

— Parce que c'était beaucoup trop risqué ! Je n'avais absolument aucune certitude que cela pourrait fonctionner. Et même si c'était le cas, il fallait trouver l'exact bon moment pour l'injecter, assez tôt pour que le produit ait le temps d'agir avant la mort du patient, assez tard pour que la mutation puisse se finaliser... Cela restait extrêmement dangereux... J'étais prêt à prendre ce risque pour Adylie, parce que j'étais porté par l'espoir fou que confère l'amour. Quand elle a changé d'avis et préféré fuir avec son enfant, je lui ai toutefois remis ce fameux mélange que j'ai alors nommé l'Imative A, en lui proposant de n'en boire qu'une gorgée, histoire que l'énergie déployée suffise pour qu'elle puisse se faire passer pour une hybride le temps de sa fugue. Toutefois, je lui ai fermement conseillé de jeter la fiole, dont le contenu serait mortel pour tout humain qui la viderait.

Il reprit son souffle, ses yeux se perdirent dans les frondaisons saupoudrées d'un argent lunaire, et l'ombre d'un sourire passa sur son visage.

— Évidemment, Adylie n'en a fait qu'à sa tête, reprit-il en me regardant avec douceur. Et je vois comme elle a eu raison, parce que tu es là aujourd'hui... Grâce à l'Imative qui t'a permis de gagner Olyméa et maintenant de devenir une azra.

— Tu avais la formule remaniée, réalisai-je, sauf que tu l'ignorais... C'est fou, elle aurait pu survivre, ma grand-mère aurait pu survivre..., ajoutai-je en le regardant totalement bouleversée.

— Nous n'en savons rien, répondit Zefryam en s'astreignant à une logique moins émotionnelle. Tu es forte. Adylie l'était aussi. Mais l'était-elle autant ? Nous l'ignorons. Et aujourd'hui, Imative ou pas Imative, sans ton combat exceptionnel, tu n'aurais pas survécu. Avoue qu'il a fallu te battre comme jamais. N'était-ce pas plus difficile que tout ce que tu as affronté dans ta vie ?

— Si, admis-je.

J'étais incapable d'en dire davantage car, maintenant détentrice de cette information capitale, de nombreux scénarios s'écoulaient dans mon esprit. Si ma grand-mère avait cru en Zefryam, si elle lui avait fait confiance, elle serait peut-être devenue une azra, aurait ainsi sauvé sa vie et celle de mon père... Sauf que je ne serais sûrement pas née et Joy non plus... Quoiqu'il en soit, j'étais obligée d'admettre que même avec l'aide de l'Imative A, cette mutation avait été un véritable calvaire au cours duquel ma vie n'avait tenu qu'à un fil.

— Quand Adylie a quitté ma vie, expliqua Zefryam, j'ai perdu totalement foi en l'Imative A. J'ai réalisé que j'y avais cru simplement parce que mon désir de garder ta grand-mère dépassait tout. C'était égoïste car, pour l'avoir à jamais, j'étais prêt à risquer sa vie. Quand tu es arrivée, il était donc exclu que je te révèle la première fonction potentielle de ce produit. Ma priorité était de te sauver, pas de te tuer. Pardonne-moi de t'avoir caché la vérité. Je m'étais promis de n'utiliser ce mélange de cette façon qu'en cas de situation désespérée.

— Et c'est arrivé, souris-je pour le rassurer. Rien de surprenant, puisque les situations désespérées, ça me connaît.

Zefryam baissa les yeux, incapable de sourire réellement. Cette conversation avait sûrement réveillé chez lui de nombreux regrets.

— Ne te reproche rien, je t'en prie, dis-je finalement pour l'apaiser. Tu m'as caché cela pour me protéger. Et finalement, tu m'as sauvée ! Zefryam, grâce à toi, je vais revoir ma fille ! affirmai-je avec enthousiasme.

Je posai la main sur la sienne.

— Et les autres aussi, d'ailleurs, ajoutai-je. Est-ce que tu les as vus ? Comment vont-ils ? Raconte-moi tout, s'il te plaît !

Il reprit son souffle en me regardant avec hésitation, comme s'il avait autre chose à me confier, puis il se résolut à répondre :

— À vrai dire, je ne les ai pas encore revus. Alors que nous étions en route, Allan nous a prévenus que Fay et James avaient réussi à échapper au perrestre, grâce à ta... *diversion*... J'ai proposé à Ana de les retrouver à la chaumière afin de les protéger. Et j'ai décidé de te rejoindre à la villa...

Il reprit son souffle, comme submergé par un souvenir atroce.

— Ana était anéantie, elle m'a regardé, certaine que j'allais juste retrouver ton corps... Et c'est aussi ce que je pensais. Quand je suis arrivé, tu étais inconsciente, à quelques pas de la villa, ton organisme dans l'état déplorable que suppose le virus...

Il avait le regard voilé en me racontant sa version des faits.

— Cependant, ton cœur battait toujours, très faiblement, mais il battait, continua-t-il, la voix légèrement émue par l'espoir qui l'avait tenu à cet instant-là. Alors j'ai songé que c'était le moment d'expérimenter ce que je n'avais pu tester sur Adylie. Il me restait une dose d'Imative A, j'ai donc essayé de déterminer le meilleur moment pour te l'injecter.

J'attrapai ses doigts et lui souris, réconfortante.

— Tout ce que tu m'as dit m'a sauvée, Zef, c'était ce que j'avais besoin d'entendre.

Je faisais allusion à ces merveilleuses paroles sur la personne extraordinaire que j'étais soi-disant et l'assurance de son affection paternelle dont j'avais tant besoin pour me rappeler qu'une famille m'attendait dans le monde des vivants.

— Et tout était vrai, dit-il les yeux brillants.

Mon sourire s'agrandit, tandis qu'une brise agita mes boucles et je laissai tomber mes yeux sur nos doigts entrelacés... Ma main blanche ressemblait en splendeur à la sienne – quand on excluait les traces de terre, y compris sous mes ongles. J'avais le sentiment que mes émotions ne cessaient de changer, me bousculant de la joie profonde à la colère bestiale d'un instant à l'autre. Un bouleversement qui n'avait rien à voir avec mon instabilité affective en tant qu'humaine. C'était plus fort. Plus intense. Plus pressant et plus primaire. En un mot : meilleur. Parce que je vivais et qu'il suffisait peut-être d'un peu de temps pour m'acclimater à cet état. J'avais toutes les raisons d'être déstabilisée. Déjà parce que, au-delà du plaisir d'exister enfin, je n'arrivais pas pleinement à réaliser. Et puis, je me sentais acculée de toutes parts par mes désirs. Maintenant que j'avais un corps capable de satisfaire ma volonté, j'avais envie de plier celle du monde à ma guise. Je relevai des yeux déterminés vers Zefryam.

— Je dois voir ma fille absolument.

— Je sais, fit-il dans un sourire magnanime.

Je me levai, le spectacle de la forêt s'intensifia, les cimes me semblèrent incroyablement plus proches. Je n'étais pas plus grande, du moins ça ne me semblait pas logique, mais mes yeux pouvaient distinguer plus loin et plus clairement que jamais. Zefryam m'attrapa le bras et instinctivement, je me détournai rapidement, surprise et presque agressive devant ce geste que je n'avais pas vu venir. Il eut un léger mouvement de recul et je m'en voulus d'être... une autre.

— Lisor, ils te croient tous morte. Tout ça n'est peut-être qu'un détail, toutefois, nous pourrions peut-être les ménager un peu. Te changer pourrait rendre ton retour moins brutal...

Je baissai les yeux sur ma robe déchirée, sale, comme recouverte de rouille et d'humus.

— C'est vrai, réalisai-je, mieux vaut que je ne ressemble pas à une déterrée.

— Nous avons un peu de temps devant nous. Ana est avec eux et les protège. D'ailleurs, le perrestre semble avoir disparu pour le moment. Ce qui est étrange, mais bien pratique !

J'eus un sourire malicieux.

— Je lui ai injecté deux doses de formule AZ quand j'étais encore humaine, dis-je en faisant un pas vers la villa.

— Très ingénieux, remarqua Zefryam en me suivant. Le virus ne peut pas le tuer mais peut le rendre très malade. Son corps de perrestre doit rejeter par tous ses pores la contamination. Ça n'a pas dû être beau à voir.

— Tant mieux, fis-je avec un léger accent vorace, sublimé par ma voix désormais étrangement belle et suave.

Nous pénétrâmes dans la maison de Zefryam en même temps, par la porte vitrée qui m'avait vue ramper bien des heures plus tôt. Les lumières s'activèrent aussitôt et plusieurs odeurs me troublèrent. Je fis quelques pas pour remarquer la bouteille d'alcool que j'avais brisée sans m'en rendre compte, et dont la fragrance me brûlait les narines alors que je me tenais à quelques mètres. Je remarquai également les restants du déjeuner que m'avait préparé Allan la veille et que le perrestre lui avait jeté au visage. Et puis, il y avait cette odeur âcre, forte, agressive... Le sang. Celui qu'avaient perdu mes amis en combattant dans la maison et qui imprégnait les murs et les escaliers menant au laboratoire.

La colère me submergea immédiatement. Mes poings se refermèrent sur des visions de vengeance dont je n'étais pas fière. Cela ne me ressemblait absolument pas. Pour me calmer, j'imaginais avec délectation que le perrestre avait dû fortement souffrir du petit traitement spécial virus AZ que je lui avais réservé.

Je me dirigeai vers ma chambre à pas assurés, un peu félins, une démarche dont je pris conscience et qui m'amusa.

— Je fais vite, déclarai-je à l'intention de Zefryam qui m'attendait dans le séjour.

Bien que la chambre soit sens dessus dessous, l'odeur de ma Joy y régnait toujours. Je l'aurais reconnue entre mille, j'ignorais même que j'avais gravé en moi son parfum naturel. Mais c'était de l'ordre de l'instinct, un instinct amené à son paroxysme depuis ma mutation. J'ouvris une armoire et attrapai mon sac de voyage, ensuite, je me dirigeai vers ma petite salle de bain. C'était l'une des rares pièces à ne pas avoir subi les dégâts des combats. J'avais l'impression de visiter tout ce décor comme si j'étais une autre, à des années-lumière de l'humaine affaiblie qui calculait chaque pas, celle que j'étais il y a quelques heures seulement. Et pourtant... C'était ma force d'humaine qui m'avait menée à cet état. Mon courage d'humaine qui m'avait permis de sauver Fay et James. Ma volonté d'humaine qui avait fait de moi une azra. Moi, *une azra*... Difficile de le réaliser pourtant.

Une fois la porte fermée, je me dirigeai vers la douche, pressée d'en finir, de me délester de cette crasse pour retrouver ma fille, la toucher enfin pour rassembler mes pensées, m'assurer qu'elle vivait et même si j'étais persuadée de mon existence, plus que jamais désormais j'avais besoin de cette sensation maternelle pour me sentir totalement vivante. Ensuite... j'aviserai.

Je faillis faire un bon en apercevant une inconnue passer vivement devant le miroir. Je fis un pas en arrière et me plantai devant la glace, je fus saisie par ce que j'y vis. Je m'étais attendue à un changement, certes. D'abord à un carnage, vu le tourment que j'avais vécu, un corps en lambeaux aurait à peine pu représenter l'intensité de la douleur. Puis, j'avais réalisé l'amélioration en observant brièvement mes doigts lorsque j'étais dans la forêt. Mais j'étais loin d'imaginer l'ampleur qu'avait prise la mutation sur mon apparence.

La première impression fut primaire et évidente : j'étais une nymphe des bois.

Mes cheveux étaient gonflés – grappe de boucles sombres piquetées de feuilles qui tombaient jusqu'à mes reins – et ma robe, collée à ma peau, couleur terre, matériau dans lequel elle semblait avoir été tissée, était déchirée par endroits, révélant une peau laiteuse et ferme.

Oui, j'étais une créature tout juste sortie des feuillages qui m'avaient vue naître, surprise par sa propre existence, d'une beauté farouche dont on ne pouvait se saisir.

Ce qui me stupéfia le plus fut mes yeux. Ils étaient toujours dotés d'un marron sombre, chaud comme la couleur appétissante du chocolat porté à ébullition, mais désormais constellés d'éclat d'argent, comme c'était le cas de tous les azras. Ces pétillements éclairaient de l'intérieur mes prunelles, réchauffant leur couleur naturelle, au point d'amener également des reflets d'or. Cet éclat dans les ténèbres tranchait comme une nuit très noire envahie par une myriade d'étoiles scintillantes. À chaque battement des paupières, à chaque mouvement des yeux, c'était une clarté fascinante que je promenais sur mon environnement et qui ne faisait que sublimer le reste de mon visage.

J'étais toujours Lisor, que ce soit depuis mon regard naturellement habité, bien qu'il soit maintenant plus désarmant que jamais, ou dans mes traits chaleureux que je reconnaissais sans peine. Toutefois, ces derniers avaient gagné en finesse, leur dessin s'était à la fois précisé et appuyé. Mon nez était plus délicat, ses contours plus souples et plus fins, mes narines plus légères et plus pâles, presque argentées. Mes lèvres formaient un soyeux bouton de rose, charnu, le cœur sur la partie supérieure délicatement imprimé et l'ourlet inférieur épais et gracieux. Ma bouche tranchait sur ma peau devenue d'un blanc différent du maladif d'autrefois, c'était un ivoire immaculé, aux accents opalins, tel que le supposait le sang des azras.

Cependant, des reflets rosés parvenaient à égayer cet albâtre translucide, me permettant de conserver une allure, non pas humaine, mais vivante, féminine, une fraîcheur juvénile que l'on avait envie de cueillir telle une pomme brillante. Après tout, bien que leur sang fût pâle, Zefryam et Ana n'avaient pas l'aspect cadavérique que cela aurait pu supposer. Sans doute, la mutation prévoyait-elle que les tissus conservent quelques couleurs chaudes, pour que notre beauté n'en devienne pas effrayante au lieu de fascinante.

Malgré la crasse – la terre qui traçait des lignes sur les contours de mes joues et recouvrait mon décolleté, mes bras et mes jambes – je voyais aisément la clarté lunaire de mon corps, sa fermeté, ses os saillants qui se découpaient délicatement, harmonisés à des muscles fins et tendus. Je n'étais plus rachitique, abîmée, les chairs appauvries par l'épuisement, au contraire, une grâce sereine et puissante s'était comme emparée de mon corps. Les vides et les creux d'autrefois étaient pleins et fermes, les courbes arrondies et adoucies, la silhouette équilibrée à la perfection. Bien sûr, ma constitution générale n'avait pas changé, j'étais toujours d'une taille modeste et d'une corpulence très légère. Un être fluet et sensible, dont on devinait néanmoins qu'une puissance presque dangereuse sertissait les membres délicats et solides.

D'une main, j'achevai de déchirer ma chemise de nuit qui n'en avait plus l'apparence, un seul doigt suffit pour que le tissu s'évince comme si j'avais voulu découper du papier – du fait de ma nouvelle force, sûrement. Il n'y avait plus la moindre trace de mon accouchement. Mon ventre n'avait pourtant pas retrouvé son apparence d'avant ma grossesse : nombril enfoncé discrètement sous des côtes saillantes... Non, c'était un espace d'une grâce épurée, où l'on percevait les contours charmeurs d'abdominaux discrets et solides. Mes jambes laiteuses présentaient la même harmonie, des cuisses légères et toniques, les os délicatement ciselés de genoux pâles et des mollets tonifiés jusqu'à la cheville par des muscles souples. Davantage féminines, enracinées, aériennes, ces jambes semblaient pouvoir me conduire au bout du monde.

J'étais hébétée par ce spectacle déroutant où je reconnaissais mes gènes, néanmoins amenés à leur perfection. Mes cheveux semblaient plus sombres, plus bouclés, même si quelques reflets ambrés s'étaient logés dans leur fibre. Mais leur teinte et leur poids

– qui semblait avoir doublé – devaient être faussés par les feuillages et la terre qui les alourdissaient. Ils paraissaient plus longs aussi, caressant le bas de mon dos. Je les repoussai pour mieux observer mes épaules, étonnée de voir que la finesse pauvre qui les caractérisait autrefois avait été remplacée par une féminité athlétique. Un changement discret, et pourtant, profond, qui prendrait sûrement de l'ampleur quand j'aurais retrouvé une alimentation à la mesure de ma nouvelle nature.

Plus je m'observais, plus je reconnaissais en moi ce que j'avais aimé chez les autres azras, ou semi-azra de ma connaissance. Par exemple, la grâce sauvage de Fay, qui m'avait captivée au premier instant, était présente dans l'expression naturelle de mon visage, dans le velouté de mes lèvres, dans l'étincellement impérieux de mes yeux. La noblesse de nymphe que j'avais tant admirée chez Ana était visible dans ma nuque longue et gracieuse. La suavité pétillante du regard de Manoa était rappelée par la brillance nouvelle qui rayonnait dans mes yeux tout comme la douceur rassurante de James. La malice d'Allan se logeait dans la jeunesse de mes traits, amplifiée par cette mutation qui avait développé tous mes attraits.

J'avais déjà entendu dire que ce qui nous attire chez les autres, c'est une part de soi. Une sorte d'égocentrisme affectif qu'on reporte sur son entourage. Peut-être avais-je fait l'objet de ce schéma et aujourd'hui, je faisais enfin la connaissance avec l'être que ma faiblesse d'humaine avait privé d'épanouissement.

J'avais toujours été belle, j'en étais consciente, d'une beauté déformée par mon appréciation d'humaine en mal d'elle-même et parfois retenue par la crainte d'un orgueil mal placé. Pourtant, il n'y avait aucune prétention à reconnaître aujourd'hui que j'étais superbe, cela était le propre des azras et ça ne m'empêchait pas de remarquer mes faiblesses et tous les domaines sur lesquels j'allais vivement devoir me pencher. Comme de ne pas me laisser distraire d'une minute à l'autre par mes changements brutaux d'émotions.

Je poussai le haillon, qui m'avait servi de vêtement jusqu'alors, du bout des pieds et me ruai sous la douche pour en finir avec cette crasse qui m'avait vue renaître. Il était temps que je passe à la vitesse supérieure si je voulais revoir ma fille et apaiser mes amis de leurs tourments. Me croire morte ne devait pas être agréable pour eux... Mais je comprenais désormais que Zefryam ait tenu à ce que je change de vêtement avant mon retour. Il avait souhaité les préserver d'un choc supplémentaire à celui que ma « résurrection » inattendue ne manquerait pas de leur provoquer. Mes habits boueux avaient fait de moi une créature d'une beauté délicieusement sauvage, qui n'avait rien à voir avec la Lisor qu'ils connaissaient. Mieux valait que j'arrange les choses un minimum.

Force était de constater que, malgré tous les changements que j'avais subis, je pensais toujours comme une humaine, car tout ce que je savais demeurait programmé par l'ancienne version de moi. Et cela me rassurait. Même si je parvenais à me reconnaître, je craignais de perdre la Lisor que j'avais été. Car, dans la beauté impérieuse que j'avais détaillée dans le miroir, j'avais aussi entraperçu des ressemblances avec d'autres azras de ma connaissance... Les sept figures glaciales du Conseil d'Olyméa, par exemple. Des êtres déshumanisés. Et vu les émotions troubles qui commençaient à me remuer depuis ma sortie du coma, je comprenais comment on pouvait en arriver là.

L'eau chaude me fit un effet nouveau. Je sentais plus nettement chaque changement de température et le massage adéquat que les degrés supplémentaires apportaient à mes muscles tout neufs. Il fallut patienter longuement pour que l'eau élimine toute la saleté qui me collait à la peau et la voir enfin se clarifier. Lorsque je fus propre, emportée par ma hâte, j'arrachai sans m'en rendre compte la porte de la cabine de douche, qui valdingua dans la pièce.

Zefryam, qui avait perçu le bruit, me demanda si tout allait bien, je percevais sa voix avec une grande netteté, bien que je sois persuadée qu'il se trouvait toujours dans le salon... Mes nouveaux sens d'azra... Je n'étais pas certaine de m'y habituer un jour. Je le rassurai d'un « oui, oui » enthousiaste en m'enroulant dans une serviette pour me jeter sur mon sac à dos, avec des gestes plus mesurés cette fois, histoire de mieux doser mes nouvelles forces. Passer de la faiblesse incarnée à une puissance grisante me laissait sans voix.

Mes doigts fouillèrent le contenu de mes affaires, passant en revue toutes les robes de grossesse pour enfin trouver quelques vêtements que m'avait offerts Manoa et que je n'avais pas manqué d'ajouter à mon bagage. J'optai pour un chemisier en soie, confortable, surmonté d'une jolie veste cintrée bleu marine et d'un leggins noir. Une tenue que j'aimais porter avant que mon ventre ne s'élargisse. Les vêtements tombèrent sur moi avec une élégance bien supérieure à leur effet d'antan. Même s'ils avaient toujours su mettre en valeur ma silhouette fluette et la finesse de mon corps, ils exaltaient désormais l'harmonie de mon apparence, la noblesse de ma beauté à la fois plus solide et aérienne.

Je démêlai mes cheveux aussi vite que possible, mais leur longueur et leur masse me rendit la tâche difficile, heureusement qu'ils étaient robustes et résistèrent à mes gestes empressés dont je ne mesurais pas encore la puissance. Quand leur lustre me parut satisfaisant – et ce n'était pas peu dire car ils avaient gagné en beauté – je les répartis sur ma poitrine, aménageant des doigts leur position autour de mon visage, profitant qu'ils furent encore humides pour les dompter à ma guise. Lorsque je fus satisfaite, je me reculai de quelques pas pour mieux admirer le résultat. Il était tel que je l'espérais. Malgré la force féline qui se dégageait de cet être à la peau irradiante de vénusté, je rappelais sévèrement l'ancienne Lisor. J'étais toujours mince et il suffisait de me trouver une position plus nerveuse et timide pour ressembler à s'y méprendre à l'humaine que j'avais été. Je souris à mon reflet, rassurée de me reconnaître beaucoup mieux. Certes, mes yeux pailletés étaient troublants pour qui s'approcherait de moi, mais dans l'ensemble, je me sentais la même. Juste plus belle. Ce qui n'était pas pour me déplaire.

Lorsque je débarquai dans le salon, je trouvai Zefryam en grande réflexion, une main posée sur la cheminée. Je pressentis de manière confuse que quelque chose, qui n'avait rien à voir avec ma petite existence, l'inquiétait. Mais il se tourna vers moi, surpris de mon retour, et je vis aussitôt son visage se fendre d'un sourire.

— Lisor, déclara-t-il, comme si lui aussi était rassuré de me reconnaître tout à fait.

— C'est bien moi, répondis-je d'une voix que je travaillais légèrement pour la rendre mal assurée.

— Je n'en ai jamais douté, assura-t-il.

— Moi si, avouai-je en souriant à mon tour.

Zefryam s'approcha de moi.

— Lisor, tu es toujours la même.

Il posa ses mains sur mes épaules pour me raffermir par la proximité de son regard confiant sauf que ce geste, que je n'avais pas appréhendé, me fut désagréable. En tant qu'azra je percevais trop de choses, la chaleur que dégageaient ses mains, les odeurs imprégnées dans ses vêtements, sur sa peau, dans ses cheveux, et celles même de son souffle. Même si Zefryam n'exhalait que des parfums naturellement délicats et apaisants, je vivais l'explosion d'autant de détails comme une agression. Il eut la présence d'esprit d'ignorer mon mouvement de recul et me sourit avec une sorte d'admiration.

— Je n'aurais jamais pu imaginer que tu deviennes une azra, je n'étais même pas préparé à cela et j'en suis d'autant plus fier...

— Mais ?

— Il faut que tu sois consciente que le monde auquel tu viens d'accéder n'a rien de simple. Au contraire, tout y est plus compliqué.

— Néanmoins pas plus difficile que d'être une humaine à l'agonie, je peux te l'assurer, répondis-je, sûre de moi.

Il ôta ses mains et me le concéda d'un sourire, pourtant il semblait songeur.

— Je suis né azra, reprit-il, je ne peux donc pas comprendre pleinement ce qu'implique un tel changement au cours d'une vie... Ceci dit, je sais parfaitement comment Ana a décrit cette époque la concernant.

Il releva les yeux vers moi.

— C'était bouleversant pour elle. Je présume qu'elle t'en parlera bien mieux que je ne le pourrais. Je peux au moins te conseiller de ne jamais oublier qui tu es, ou plutôt : n'oublie jamais celle que tu souhaites être. Tu es la même, n'en doute pas, mais l'azra en toi, les gènes animaux... tout cela pourrait te perdre. Nous avions prévu tout un protocole d'apprentissage à l'époque où j'espérais encore faire muter des humains. Cette formation était censée préparer les jeunes azras à leur nouvelle condition en douceur. Avec ce monde en guerre et les circonstances si compliquées, ce n'est pas ce que je peux t'offrir aujourd'hui.

— Je sais, fis-je. J'ai compris que j'ignorais tout des azras. Et je compte m'adapter en étant soucieuse de bien faire. Seulement, pour le moment, je ne veux qu'une seule chose : je veux voir ma fille.

La forêt me parut inédite lorsque nous la traversâmes en courant, les arbres fusaient autour de moi et pourtant, je pouvais en étudier chaque détail. Le jour était en train de se lever, adoucissant les contours des feuillages d'une pâleur duveteuse, humidifiant chaque brin d'herbe, créant un support féerique idéal pour la curiosité de mes nouveaux yeux. Les senteurs de la nuit qui m'avaient fascinée s'évaporaient pour laisser place à celles éveillées par la chaleur des premiers rayons.

Je ne sentais pas la moindre trace de fatigue. Zefryam tâcha néanmoins de freiner mon ardeur en m'apprenant rapidement à caler ma respiration sur ma course, histoire de ne jamais être essoufflée. Même les azras avaient des limites, les dépasser ne posait pas de problème à court terme, c'était même délicieux, cependant, sur de longues distances, cela faisait finalement perdre du temps.

Or la route était longue, la chaumière d'Ana était loin, cachée profondément dans les bois. Nous traversâmes des hectares de forêts de résineux ; pins, épicéas, cyprès, cèdres mais aussi de feuillus ; chênes, érables, hêtres, peupliers, saules... Je pouvais tous les identifier d'un simple regard et étonnamment me rappeler de chacune de leurs propriétés, de leurs vertus antiseptiques ou expectorantes. Rémanence d'un savoir que mes parents m'avaient prodigué avant mes dix ans et que je pensais avoir enterré avec eux. Cette mémoire plus claire était aussi utile que déroutante et quelques larmes s'arrachèrent à mes yeux que je mis sur le compte du vent.

Zefryam s'employa à nous faire prendre quelques détours, nous faisant longer des falaises, contourner des monts, et traverser les nombreuses rivières qui découpaient les bois, espérant brouiller notre piste. Ana avait enseigné le même chemin aux hybrides qui nous attendaient chez elle, préservant ainsi la sécurité de son antre secret. Les retrouver devenait une telle urgence pour moi que la folie de cette course, la facilité avec laquelle je me déplaçais, mon instinct réceptif à chaque brise, à chaque odeur et battement d'ailes, devenaient secondaires pour moi.

Soudain, elle apparut au creux d'un vallon, bordée d'arbres, posée dans une clairière verte et dorée, une chaumière large aux grandes fenêtres à tréteaux, construite sur plusieurs étages et couverte de lierre. Mon cœur se serra en devinant que ma fille était là. Qu'ils étaient tous là.

Zefryam croisa mon regard et je ne lui laissai pas le temps d'un mot. Je pris les devants et fonçai sur la porte, bien différente de l'ancienne Lisor qui soupesait tout, je fus néanmoins suffisamment habile pour ne pas démolir l'entrée par mes forces mal contrôlées.

Je me retrouvai dans un petit vestibule qui sentait bon la cannelle, la lavande, le bois et d'autres délicates fragrances qui virevoltaient dans cette ambiance tiède et confortable. Je pris conscience de la sauvage que j'étais, cheveux ébouriffés par une course folle sur des kilomètres. Cette sauvage que rien n'épuisait et qui n'avait rien d'humain. Je peignis vaguement mes cheveux avec mes doigts et laissai tomber mon sac à dos lentement sur le sol. Je percevais des voix, ou plutôt désormais, des souffles suspendus. Ils avaient dû entendre la furie que j'étais, entrer en trombe dans la maison et se demandaient sûrement pourquoi Zefryam avait un tel comportement.

Je posai la main sur la porte derrière laquelle je les devinais, puis, lentement, je la poussai... Quatre visages se tournèrent immédiatement vers moi. Ana se tenait debout, près de la fenêtre, Allan portait Joy dans ses bras, Fay était avachie sur un canapé, James à ses côtés. Leurs mines s'avéraient livides, leurs yeux hagards. Même Ana avait perdu de sa beauté sereine, ses cheveux – boucles blondes d'or liquide – enroulés dans un chignon mal négocié, ses mains crispées sur l'accoudoir d'un des larges canapés. La pièce chaleureuse me parut sombre, ce qui créait un contraste apaisant avec les rayons solaires du matin, qui la traversaient dans des faisceaux pailletés de poussière. Le plafond était bas et l'ambiance générale des lieux se voulait décontractée. Les dimensions semblaient plutôt petites comparées à la villa de Zefryam.

Outre tous ces détails, ce fut l'expression de Fay qui attira mon regard, elle paraissait plus déchirée que les autres, les traits plus tirés, plus pâles, maladifs. Même si les traces évidentes des violents combats qu'elle avait subis s'étaient évaporées grâce à sa nature d'hybride, son corps n'était peut-être pas complètement remis du carnage qu'il avait affronté. Et son esprit encore moins...

Je perçus dans ses yeux une palette d'émotions se succéder. La certitude que je n'étais pas réelle, que je ne pouvais pas l'être, le refus d'y croire pour ne pas souffrir. La déchirure que lui provoquait la vision de ce fantôme... L'horreur de m'avoir perdue, d'avoir appris que je m'étais sacrifiée pour elle, pour eux... Le martyre de me savoir seule, vulnérable, en train de mourir loin d'eux dans des conditions terribles... La fragilité de son propre corps en guérison qui l'avait empêchée de tenter de me retrouver.

Par la main ferme que James avait posée sur son poignet, je devinai qu'il avait dû déployer ses trésors de patience habituelle pour la garder en sécurité. Pour l'empêcher de mettre mon plan en péril. De rendre mon sacrifice vain.

Finalement, les traits de Fay se crispèrent dans une grimace de chagrin, qui me renvoya immédiatement à l'intensité de ce que je ressentais déjà. J'avais moi aussi été arrachée à eux et cru les perdre pour toujours. J'avais dû faire le deuil de leurs visages, de leurs sourires, de leur amitié, mais jamais de l'espoir. Jamais le perrestre ne m'avait atteinte complètement par le venin qu'il avait tenté de m'instiller avant que je ne mute. J'avais toujours souhaité croire en leur survie, ce qui rendait plus facile ma mort. Légèrement plus facile.

Revivre cette terrible déchirure sur son visage, par mon empathie, me fit prendre conscience du lien qui nous unissait tous, et que ces événements avaient renforcé. Au lieu de nous détruire, au lieu de nous séparer, au lieu de nous effacer, nous étions là plus que jamais vivants, réunis, ensemble, plus forts, devant composer avec ce que nous pensions impossible.

Je devinais aisément que mon expression devait rappeler celle de Fay, au bord des larmes, alors je levai légèrement les bras, comme dans le désir de toucher Fay, néanmoins pas certaine d'en avoir seulement le droit. N'allais-je pas briser cet instant digne de l'impossible ? J'aurais dû être morte et même moi, je peinais encore à y croire.

Fay se leva et accourut vers moi, j'en fis de même et je la pris dans mes bras avec une vigueur que seule ma nature d'azra me permettait désormais. Je sentis que mon amie hybride me serrait elle aussi avec la force de son désespoir ébranlé.

Je fermai les yeux et caressai ses cheveux presque plus broussailleux que les miens, et je souris de la retrouver et de la découvrir comme pour la première fois. Je sentais pleinement son odeur qui me rappelait nombre d'instants vécus en sa compagnie, que je n'avais pas pu apprécier à leur juste valeur.

Zefryam était entré, il se tenait juste derrière moi dans un silence respectueux. Fay et moi relâchâmes notre étreinte, mais gardâmes nos mains liées. Je vis la couleur étrange des yeux de mon amie avec une précision que les larmes qui s'y trouvaient rendaient plus lumineuse. C'était une magnifique palette qui allait du vert le plus cristallin au brun le plus inquiétant. Je lui souris, heureuse de la découvrir, y compris dans ses traits que je percevais enfin nettement, qui me parurent plus ravissants et qui révélaient une âme plus profonde encore.

Elle secoua la tête d'hébétude. C'était étrange comme elle me paraissait jeune et fragile tout à coup. Un peu comme tous les membres de cette pièce qui nous observaient, totalement immobiles, soufflés par mon arrivée, au point qu'ils étaient incapables de parler.

— J'ai muté, Zef m'a aidée en m'injectant une dose d'Imative A au bon moment, décidai-je de déclarer pour troubler ce silence dramatique de manière naturelle.

Fay secoua encore la tête, comme si cette explication était loin de lui suffire et j'entendis mon bébé gémir vaguement dans son sommeil, comme gêné par la raideur subite qu'elle avait dû percevoir dans l'ambiance.

Je lâchai les mains de mon amie pour m'avancer vers l'objet de toutes mes pensées. Allan m'observa avec un mélange d'euphorie et de peur. Ce qui était très étrange et presque agréable. Il sembla hésiter, seulement je ne lui laissai pas le choix et tirai délicatement de ses bras ma Joy.

Joy.

Mon sourire s'agrandit en retrouvant son minuscule visage poupin, ses lèvres roses, son nez mutin. Ses paupières papillonnèrent et ses yeux bleu sombre – comme le sont ceux de tous les nourrissons – me jaugèrent un instant. La sensation étrange que j'avais éprouvée à sa naissance, comme une délicieuse onde qui me submergeait des pieds à la tête, assiégeant tous mon être du délice de l'aimer, de la savoir dans ma vie pour toujours, ma fille... mon trésor... Cette sensation revint. Elle épousa mes sens puissants d'azra au point de m'ébranler profondément, me tirant de nouvelles larmes. L'une tomba, s'échoua sur la joue chaude de ma fille avant que je n'y prenne garde. Cela la surprit, la fit sursauter et ouvrir plus grand les yeux. J'essuyai de mon pouce, aussi délicatement que j'eus effleuré un papillon, cette petite goutte sur la peau de mon amour.

— Je suis là et je t'aime.

Je posai mes lèvres sur son front, fermai les yeux sur la pluie qui en débordait, sentant mon cœur vibrer à un rythme étrange. Mon palpitant était fort désormais, solidement ancré dans ma poitrine, lorsqu'il s'emballait, pour une quelconque émotion, c'était agréable. Le parfait contraste avec mon état d'humaine, où chaque revirement me faisait craindre un infarctus. Là, j'aimais le sentir, j'aimais sentir les battements sourds s'enthousiasmer, car je pressentais toute la puissance dont il était capable et à quel point ces merveilleux bouleversements étaient loin de l'éprouver. J'avais échangé un moteur minuscule et épuisé, contre un mécanisme d'une robustesse insoupçonnable, qu'il serait merveilleux de tester, de pousser dans ses retranchements, de muscler davantage.

La plénitude qui était mienne de les avoir tous retrouvés, de porter ma fille dans mes bras, de sentir son poids chaud contre moi, presque irradiant d'une énergie que j'étais incapable de remarquer autrefois, était si ardente, si pleine, qu'elle se renversa brutalement, laissant place à une haine brutale, terrible. Le perrestre avait voulu me priver de ces êtres, de tout cet amour, et l'envie de lui faire ravaler ses phrases et ses actes en lui arrachant la tête ne fit pas que m'effleurer. Puis, je songeai aux azras du Conseil, qui avaient tout fait pour régenter la parodie de vie que j'avais eue en tant qu'humaine, ces mêmes azras qui avaient condamné l'homme que j'aimais. Ces mêmes azras devaient payer.

— Je vais massacrer ces saletés d'azras du Conseil, déclarai-je hargneuse.

Chapitre 10

Zefryam fronça légèrement les sourcils et ma fille émit un gémissement qui attira immédiatement mon attention. La tendresse me reprit d'assaut et j'en oubliais presque mes intentions de meurtres...

— Attendez... Vous... vous ne pensez tout de même pas que l'on va se contenter de ces explications ? intervint Allan hésitant et toujours blême.

Zefryam révéla brièvement les origines de l'Imative A et raconta la façon dont il avait enfin pu en faire usage lorsqu'il m'avait retrouvée en plein coma, le corps gris et veiné. Entendre sa version, reformulée pour nos amis, était étrange et je m'installai dans le canapé avec ma délicate petite fleur entre les mains, refusant de perdre une miette de ces retrouvailles, mais néanmoins accaparée par la description que mon ami, et presque père, faisait de l'humaine en passe de mourir que j'étais il y a quelques heures de cela...

Il acheva son récit en parlant de moi comme d'une beauté surgie de la terre elle-même et qui, même avec l'Imative, n'avait pas conscience d'avoir réalisé l'impossible. Tandis que les regards se tournaient à nouveau vers moi, je continuai de contempler Zefryam avec une immense affection.

— Tu m'as sauvée, par le biais de ce que tu m'as injecté et par tes paroles..., dis-je. Sans ton arrivée, je serais morte... Et tu le sais parfaitement. Je ne suis pas plus forte qu'une autre, j'ai juste les bons amis.

Je le remerciai d'un large sourire et en profitai pour poser les yeux sur chacun des membres de la pièce.

— Vous avez tout sacrifié pour me sortir d'Olyméa, tout sacrifié pour moi... Je vous dois tout.

— C'est nous qui te devons tout, Lisor, déclara Fay qui parlait pour la première fois. Tu es exceptionnelle, je le savais déjà mais maintenant... Maintenant, c'est différent... Je le vois.

Son ton n'avait rien de froid ou de moqueur, d'impérieux ou de distant comme autrefois, c'était une Fay plus petite, plus pâle et gorgée d'une admiration profonde et solide que je voyais naître sous mes yeux. Mon amie. Je lui souris particulièrement.

— Si ça peut te faire plaisir de me croire exceptionnelle, je ne vais pas m'en plaindre, plaisantai-je, ravie. Alors, disons simplement que Zefryam et moi avons su réaliser l'impossible ensemble. Cela me convient.

— Oh Lisor ! soupira Allan comme s'il réalisait enfin que j'étais bien là, comme s'il se l'autorisait enfin.

Il s'approcha, mû par un geste de sympathie naturelle, mais s'arrêta à quelques centimètres de moi, craignant que ma réaction soit différente.

— Je peux ? demanda-t-il paralysé dans une amorce pour me serrer contre lui.

— Bien sûr, souris-je.

Ses bras se refermèrent autour de moi, de nous – ma fille toujours blottie contre ma poitrine – avec une grande douceur et je sentis toute l'angoisse qu'il avait endurée, le calvaire de ces dernières heures retomber en lui.

— J'ai cru te perdre et tu étais là... Lisor...

Son soulagement gagna James dont je croisai le regard. Il semblait néanmoins encore habité par une raideur légitime : il avait eu un rôle détestable dans cette affaire, je l'avais obligé par mon sacrifice à m'abandonner, à trahir sa promesse faite à Manoa selon laquelle il était censé me protéger. Je devinai aisément que cette journée et cette nuit entière avaient dû être horribles pour lui. Pour Ana également dont la ride soucieuse n'arrivait pas à s'effacer.

— Le Conseil ne doit surtout pas l'apprendre, murmura-t-elle avec angoisse en se tournant vers Zefryam qui était resté impassible.

— Comment ça, il ne doit pas l'apprendre ? m'exclamai-je. Je me moque de son opinion, tout ce qui m'importe, c'est Manoa !

Ana s'approcha de moi et posa une main tendre sur mon épaule.

— Lisor, avant que nous quittions Olyméa, la rumeur de ton existence commençait à circuler. Des habitants ont dû t'apercevoir, lorsque tu fuyais la ville... Tu n'imagines pas tout ce que cela implique...

— Ça n'a aucune importance ! Je n'ai pas peur d'eux !

Ana m'accorda un bref regard d'indulgence et d'inquiétude avant de poursuivre :

— De plus, Zefryam et moi sommes bannis définitivement d'Olyméa pour avoir organisé ton évasion. Si nous tentons d'y remettre les pieds un jour, nous serons immédiatement exécutés. Quant à James, Fay ou Allan, ils ne seraient probablement pas tués. Mais en tant que traîtres, ils seraient condamnés à l'esclavage et leur mémoire effacée. Ce qui les placerait dans la même situation que Manoa...

Cette nouvelle jeta un froid brutal. Fay s'assit sur le canapé, étrangement affaiblie, me rappelant l'humaine que j'avais été et James accourut auprès d'elle, comme s'il craignait qu'elle ne perde connaissance. Allan, lui, posa une main sur mon épaule, en guise de réconfort. J'appréciais cette marque d'affection, digne du frère qu'il était pour moi et dont j'avais horriblement besoin, tout à coup.

Nous étions tous conscients que notre plan impliquait que mes amis azras et hybrides perdent leur vie à Olyméa. Cependant, apprendre qu'ils seraient tués ou emprisonnés, s'ils tentaient quoique que ce soit, suffit à calmer un instant mon humeur vengeresse.

Ana me considéra avec une grande tendresse. Je compris alors ce qu'elle tentait de me faire comprendre.

— Ce que tu essayes de me dire, repris-je lentement, c'est que tu ne vois aucun moyen de récupérer Manoa ?

Son silence me servit de confirmation. Je me tournai immédiatement vers Zefryam.

— Lorsque je me suis réveillée, après la mutation, tu semblais avoir de l'espoir pour Manoa..., m'efforçai-je de dire très calmement. Tu ne m'as pas menti, n'est-ce pas ?

— En effet, je ne t'ai pas menti, j'ai de l'espoir, assura Zefryam. Mais il est vrai que les choses sont... très compliquées.

Mes yeux se remplirent de détermination et – je devais l'avouer – d'une petite dose de haine.

— Peu importe que ce soit compliqué. Si vous ne pouvez pas m'aider, je le ferais. J'irais moi-même sauver Manoa.

L'assurance venimeuse présente dans ma voix me gorgea d'un sentiment de plénitude et d'un désir intense d'agir sur le champ. Je déposai ma fille dans les bras d'Allan pour éviter qu'elle ne soit contaminée par cette rage nouvelle. J'étais tout à fait consciente de céder facilement à mes pulsions d'azra mais après une vie à n'avoir été qu'une ombre, je considérais être en droit de m'accorder quelques libertés émotionnelles.

— Notre bannissement n'est pas la seule chose qui pose problème, ajouta Ana avec empressement. Tu n'imagines pas les bouleversements politiques qu'implique ta mutation dans le monde des azras... De plus, je sais ce que cela fait de changer de nature. Cela m'est arrivé, il y a deux millénaires. Je connais la versatilité de nos émotions, la puissance des sensations qu'on éprouve... La situation actuelle est grave, tu ne pourras pas gérer tes nouvelles aptitudes *et* tes ennemis en même temps. C'est trop risqué.

Elle avait parlé vite, le regard suppliant, comme si elle craignait que je m'emporte et que je prenne une décision vive et irréfléchie. Elle me guettait tel un baril de poudre près d'une flammèche.

— Tu penses que je suis instable, m'agaçai-je, parce que j'ai l'air en colère. Mais cette fureur est légitime. Et, pour une fois, si j'ai l'énergie de l'exprimer, ça ne signifie pas que je compte réellement y céder et faire n'importe quoi. Tout ce que je souhaite, c'est Manoa, je n'y renoncerai jamais.

— En fait, je pense que tu as raison, Lisor, intervint Zefryam, à mon plus grand étonnement. Tu es la plus qualifiée pour cette mission.

Un soulagement fou gagna mes veines et je ne pus m'empêcher de sourire.

Zefryam se tourna vers Ana et les autres.

— Ils ne la tueront pas, assura-t-il. Aucune loi, hormis celle du bannissement, ne justifie l'exécution d'un azra. Et Lisor n'est pas bannie, après tout ! Elle vient, pour ainsi dire, de naître et aucun texte ne prévoit ce genre de situation.

— Les enjeux seront trop grands, on ne peut absolument pas estimer leur réaction ! intervint Ana, effarée par l'opinion de son ami.

— Peut-être, répondit Zefryam avec l'expression calme d'une personne profondément inspirée. Cependant, si nous jouons finement – très finement –, Lisor pourrait tirer avantage de sa situation tout en ménageant leur susceptibilité.

Son assurance me fit un bien fou.

— Je vais partir immédiatement pour Meliocor, ajouta mon père azra. C'est la ville la plus proche sans compter Olyméa. Je trouverai le matériel dont j'ai besoin là-bas. À mon retour, j'aurais eu le temps d'affiner mon plan, ce sera donc le moment idéal pour vous l'exposer.

Ana ne répondit rien, trop perturbée.

— Pardonne-moi, Ana, ajouta-t-il doucement. J'ai conscience que je t'en demande beaucoup trop... J'ai encore besoin de ta confiance et de ton aide. Pendant mon absence, pourrais-tu entraîner Lisor un minimum ? Il faudrait bien sûr que tu puisses également continuer de veiller sur la chaumière. Mais avant toute chose, pense à te reposer. James et Allan pourront prendre le relais au moins quelques heures et Fay pourrait commencer à briefer notre élève, n'est-ce pas ?

Fay sembla ragaillardie par sa mission, ainsi que ses amis hybrides que je vis se redresser.

Zefryam ne lâchait toutefois pas des yeux Ana, dont le regard clair retrouva enfin la sien. Elle semblait s'être radoucie, faisant un effort pour que leur confiance mutuelle soit ravivée.

Ou peut-être avait-elle envie de le laisser espérer, de le laisser croire que tout était encore possible alors qu'elle n'en était plus capable pour le moment. La compassion que j'éprouvais pour elle calma mon désir insatiable d'agir. Elle s'était fait bannir de la ville qu'elle avait conçue il y a 2000 ans, m'avait crue morte pendant pratiquement 24 heures, avait dû redoubler de vigilance pour protéger les seuls amis qui lui restaient et ma fille, la dernière humaine, et voyait désormais notre parodie de sécurité remise en question par l'évocation d'un plan peu raisonnable...

— Très bien, je vais aller dormir, j'en ai grand besoin, avoua-t-elle finalement.

Je ne pus cependant m'empêcher de réaliser que je ne lui avais jamais vu cette vulnérabilité. Depuis quand les azras avaient-ils besoin de repos ? J'avais toujours eu le sentiment qu'ils étaient des créatures sans la moindre limite. De toute évidence, bien des informations avaient dû m'échapper à cause du voile incertain qu'avait déposé ma souffrance d'humaine sur tout ce qui m'entourait jusqu'alors. J'étais satisfaite que cela prenne fin.

— Ai-je ta confiance, Lisor ? demanda Zefryam en se tournant vers moi.

— Évidemment ! répondis-je aussitôt.

Il s'approcha de moi, posa une main contre ma joue et me regarda avec beaucoup de tendresse.

J'étais désormais habituée à son contact et n'en étais plus choquée. À vrai dire, lui plus que nul autre, me paraissait familier. De ma mutation, de sa présence essentielle durant celle-ci, était né un lien entre nous que personne ne pouvait briser, un lien que je ne pouvais m'expliquer. C'était comme si, main dans la main, nous avions traversé la mort puis la vie. J'aurais suivi Zefryam au bout du monde, tel un apôtre fervent et j'avais le sentiment que c'était pareil pour lui.

— Lisor...

— Garde-toi bien du danger ? finis-je à sa place.

Il sourit davantage.

— J'allais te dire de veiller sur eux.

Mon sourire se décupla aussitôt, j'étais fière de la mission qui était réservée à la nouvelle version de moi.

— Je vais essayer d'être rapide, pas plus de deux jours, m'informa-t-il.

— Deux jours ?! m'inquiétai-je.

— Deux dodos, si tu préfères, renchérit Fay qui avait retrouvé sa bonne humeur et s'était approchée de nous.

Son visage semblait plus serein désormais qu'elle avait intégré la réalité de ma résurrection et l'espoir que Zefryam puisse sauver Manoa.

Je la poussai du coude en maugréant, vaguement vexée qu'on se moque de mon statut de « bébé azra ». Mais ce qui ne devait être qu'une légère tape sans le moindre effet lui fit presque perdre l'équilibre.

— Oh pardon ! m'exclamai-je gênée en la tirant vers moi avant qu'elle ne chancelle.

Son visage encore pâle me rappela qu'en plus d'être une hybride – et donc techniquement moins forte que moi désormais – elle était aussi encore un peu faible depuis son combat violent avec le perrestre.

Que s'était-il donc passé ? Avait-on secoué les cartes de nos destins et redistribué les rôles ?

— En deux jours, il pourrait arriver n'importe quoi à Manoa ! ajoutai-je vivement avant que Zefryam ne profite de ma distraction pour fuir.

— Et qui sait ce qui lui arriverait si je mettais une semaine ! Alors, il faut que je parte au plus vite ! trancha-t-il sans appel. Tout ce temps ne sera pas de trop pour que tu domptes un minimum tes capacités.

Il serra mes doigts, me sourit puis salua rapidement tout le monde et disparut par la porte.

***

J'étais assise sur une banquette confortable, le regard perdu dans le plus beau jardinet du monde. Une profusion de feuillages et de fleurs enchevêtrées qui se disputaient un espace d'autant plus intimiste qu'il était restreint, entouré d'une palissade en bois où le lierre s'étalait sans vergogne ainsi que des glycines et autres grappes de bourgeons étourdissants de senteurs.

Entre mes mains, Joy s'était rendormie, pour mon plus grand plaisir.

— Elle a beaucoup pleuré pendant... ton absence. Évidemment, elle dort toujours mieux le jour, m'informa Fay, assise à mes côtés.

J'avais frôlé de près, de si près la mort que la relation avec ma fille ne pouvait pas en rester indemne. J'avais failli la laisser orpheline de mère et je n'avais aucune certitude qu'Ethiel fut encore vivant, quelque part sur cette terre. J'avais un peu honte de me rendre

165

compte que le sauver ne faisait même pas partie de mes aspirations. Le revoir, oui. Lui permettre de rencontrer sa fille, très certainement. Néanmoins, le tirer des griffes des perrestres, assurément pas. Peut-être parce que j'avais la conviction qu'il était là où il avait toujours souhaité être. Auprès des siens.

Ana s'était isolée à l'étage pour se détendre sitôt Zefryam éclipsé. James et Allan s'étaient aussitôt consacrés à la protection de la chaumière, en faisant les cent pas aux alentours.

De ce fait, Fay m'avait entraînée sur cette charmante terrasse, espérant ainsi que le silence total dans la maison puisse apaiser l'azra qui s'y reposait. Je n'étais pas enchantée de devoir refréner mon désir de sauver Manoa sur le champ, mais je savais que cette pause auprès de mon trésor, ma petite fille qui ronronnait entre mes bras, était plus que nécessaire. J'avais besoin de retrouver une part de moi-même à la faveur de sa quiétude. Une part de la Lisor que j'avais toujours été, de ma fraîcheur d'humaine, qu'aucune mutation ne pouvait me prendre. J'espérais que rien ne puisse endiguer l'intense lien qui s'était scellé entre nous, lentement et sûrement durant les mois de ma grossesse et plus sensiblement quand je l'avais mise au monde. Quelques minutes dans ce jardin suffisaient à calmer mes ardeurs, à me recentrer sur l'essentiel. Débarquer à Olyméa sur le coup de la colère pourrait signer mon arrêt de mort et pire que cela, celui de Manoa.

Fay remit en place une toute petite mèche de cheveux de Joy avec un geste tendre.

— Merci d'avoir pris soin d'elle, murmurai-je. Ça n'a pas dû être facile pour toi... Pour vous tous.

Elle eut un rictus désabusé, qui trahissait à peine le cauchemar qu'ils avaient enduré puis ses yeux illuminés par le soleil matinal se posèrent sur moi.

— ...Je ne devrais pas me plaindre, tu as dû souffrir nettement plus...

Je souris tristement, me souvenant de ma mutation, du calvaire, des hallucinations, de la certitude de les avoir perdus à jamais, des pleurs de Joy imaginés par mon esprit, de ces multiples adieux à la vie... Tout cela me paraissait tellement étrange maintenant. Le sursis inespéré que j'avais eu après l'accouchement était loin de ressembler à l'impression surréelle qui m'habitait désormais. C'était comme si on avait brutalement changé les règles du jeu macabre qu'était ma vie.

— Je crois que je ne suis pas prête à repenser à tout ça, avouai-je. Pourquoi est-ce qu'Ana semble si fatiguée ? Je comprends bien qu'elle a vécu des horreurs ces derniers temps, comme nous tous à vrai dire, mais... je ne savais pas que les azras pouvaient s'affaiblir à ce point.

— Ana protège la chaumière depuis presque 24 heures. Les azras ont la capacité de départager leur esprit. Ils peuvent décupler leurs sens au point de capter des sons anormaux, des odeurs, une présence, à plusieurs mètres, voire kilomètres, à la ronde. Dès que nous nous sommes réfugiés ici, Ana n'a pas cessé de veiller sur nous, au cas où le perrestre se présenterait, lui ou d'autres ennemis. De plus, elle était particulièrement effondrée par la nouvelle de ton sacrifice. Zefryam avait choisi d'aller chercher... ton corps. Et elle ne semblait pas croire qu'elle le reverrait un jour. Je ne sais pas... peut-être avaient-ils eu une conversation dont j'ignore la teneur, reste qu'elle semblait désespérée. Et comme je l'étais horriblement de mon côté, je n'ai pas vraiment prêté attention à son état. Ainsi qu'aux efforts terribles qu'elle a dû fournir pour utiliser ses capacités tout en faisant face à ses émotions.

— Suis-je capable d'une telle prouesse ? m'informai-je, trop égoïstement curieuse de mes nouvelles dispositions pour m'attarder davantage sur Ana.

— Je présume que oui, sauf qu'il va te falloir un entraînement sévère auprès d'un vrai azra. Et tu ne pourras pas apprendre du jour au lendemain ce qu'ils ont acquis sur des siècles... Pendant qu'Ana se repose un peu, James et Allan font en quelque sorte « manuellement » ce qu'elle faisait avec son esprit. Ils nous préviendront au moindre doute.

— Eux aussi doivent-être épuisés, remarquai-je.

— Nous le sommes tous.

— Pas moi, sûrement pas moi !

Fay me jaugea un instant et sembla mesurer l'incidence de ses propos avant d'ouvrir la bouche à nouveau.

— Sois prudente, Lisor. Tu devras te ménager, toi aussi. Apprendre à écouter tes nouveaux sens et ton nouveau corps, mais pas la versatilité de ton cœur.

Je me levai pour mieux bercer Joy qui venait de se réveiller et s'était mise à gémir.

— Voilà un conseil qui manque d'originalité, Fay, m'amusai-je. Depuis quand te montres-tu aussi raisonnable ?

— Depuis que j'ai cru te perdre, répondit-elle en me regardant intensément. Depuis que notre aventure s'est transformée en cauchemar. Malgré le miracle de ton retour, je n'oublierai jamais le choc que ça a été.

Nos regards restèrent soudés un instant sur cette authenticité émotionnelle. Puis, je brisai le sort, je ne voulais pas m'appesantir sur les mauvais côtés, même s'ils faisaient briller la force de nos liens, je voulais avancer.

Je fis quelques pas, espérant calmer Joy qui chouinait légèrement moins fort.

— Zefryam a parlé de mon « instruction », me faire la morale devait sûrement en faire partie et vous avez tous rempli votre rôle à ce niveau, ironisai-je. N'avais-tu pas autre chose à m'apprendre ?

Fay détacha son regard de moi et réfléchit un instant.

— Les azras ont de nombreuses capacités, des dons qu'ils peuvent réveiller et améliorer sur des siècles, expliqua-t-elle. Il est vrai que certains hybrides de haute lignée, du fait de leur génétique favorisée, peuvent eux aussi en développer certains. Zefryam devait penser que je pourrais commencer à t'éclairer à ce sujet, sauf que je n'ai jamais voulu m'entraîner dans ce domaine. Tout ce que je pourrai t'apprendre, c'est le combat.

Je levai un sourcil, jaugeant de l'utilité de la manœuvre.

— Ne serait-ce pas risqué de me donner des techniques pour mieux boxer les azras ? plaisantai-je.

— J'imagine que t'enseigner quelques parades de défense pourrait être important pour te protéger. Des azras, des perrestres... de qui que ce soit.

— Les perrestres... je suis leur ennemie naturelle maintenant, réalisai-je.

— Tu es surtout en mesure de te défendre d'eux.

— Va pour quelques exercices défensifs, conclus-je, presque excitée à cette idée.

Néanmoins, Joy se tordit dans mes bras, reprenant ses pleurs là où elle les avait laissés.

— En voilà une qui n'est pas de cet avis.

Je me rendis compte que j'étais désarmée, je ne savais pas pourquoi elle pleurait. Nous n'avions eu que quelques jours pour faire connaissance, quelques jours où mon entière dévotion pour elle avait décuplé mon instinct maternel. Mais je pris conscience que, malgré tous mes espoirs, il avait pris un coup dans l'aile avec ma mutation. Certes, j'aimais toujours ma fille, plus intensément et voracement que jamais, seulement, j'étais comme déconnectée de la sensibilité patiente nécessaire aux nourrissons. Et puis je ne savais rien de sa vie durant ces dernières heures. Du rythme de ses repas et de ses sommeils.

— Elle doit avoir faim, décela Fay. Viens.

Nous pénétrâmes à nouveau dans la chaumière, un petit couloir nous permettait d'accéder au salon proche de l'entrée et à une pièce vers laquelle Fay se dirigea. Plusieurs grandes bibliothèques remplies de livres aux couvertures élimées réchauffaient l'ambiance des lieux, d'étroites fenêtres à tréteaux laissaient passer les rayons solaires, un grand bureau rustique était recouvert d'ustensiles pour enfant, dont des biberons et des sachets de poudre de lait synthétique, venus tout droit d'Olyméa. Fay attrapa une cruche d'eau et prépara avec des gestes assurés le mélange pour ma fille. Joy se débattait dans mes bras et je n'avais plus l'impression d'avoir les bons gestes pour la rassurer. Quand mon amie me tendit la préparation, ma fille refusa la tétine. Je ne savais plus comment la lui présenter. Fay prit doucement Joy et parvint à lui donner son lait presque aussitôt.

— Elle ne me reconnaît plus, m'inquiétai-je.

— Impossible, tu n'as pas perdu ton odeur, Lisor, elle s'est juste légèrement modifiée, affirma Fay.

En voyant qu'entre ses bras, ma fille semblait tellement plus détendue, je ressentis un terrible pincement au cœur. Nous avions été séparées si tôt après sa naissance et si cet abandon avait brisé quelque chose entre-nous ?

— Je crois que c'est toi, Lisor, qui ne te reconnais plus, reprit mon amie. Fais-toi un peu confiance, tu n'es plus humaine mais tu es plus que cela... Tu es sa mère, sa mère qui a défié la mort pour la retrouver.

Elle m'adressa un doux sourire et, pendant que Joy buvait goulûment, avec des gestes discrets, elle s'arrangea pour me la passer. Je repris ma fille, attrapai lentement le biberon que Fay avait bien maintenu jusqu'alors et pris le relais en essayant d'intérioriser cette réalité : j'étais sa mère et même s'il allait falloir nous réapprivoiser, personne, jamais, n'allait pouvoir changer cela.

Fay s'employa ensuite à me faire visiter la maison. De l'autre côté du hall d'entrée, je découvris une cuisine surannée toute en boiserie ; des torchons pendaient nonchalamment sur le plan de travail, des conserves étaient abandonnées à moitié ouvertes sur la table. Une porte menait au jardinet. Derrière l'escalier, on pouvait accéder à la pièce du séjour où une très large table entourée de chaises dépareillées semblait prendre toute la place. Comme toutes les salles de la maison, celle-ci était petite, n'offrant pas une grande latitude pour accéder à sa place, et aux divers buffets que surmontaient les nombreuses fenêtres. Mais j'aimais ce concept. Je comprenais qu'Ana ait eu le désir de construire ce lieu réconfortant, loin de la beauté froide qu'était Olyméa.

Tandis que nous prenions l'escalier, Fay m'apprit que la maison comportait plusieurs étages offrant de nombreuses chambres de dimensions différentes. Elle ouvrit quelques portes sur des pièces chaleureuses, aux motifs fleuris, aux édredons épais. On sentait la richesse du concepteur des lieux, qui avait soigné le moindre détail pour évoquer des vacances à la campagne à ses pensionnaires. Et, bien que l'impression générale fût à une décontraction authentique, on devinait le raffinement et le coût certain de chaque soierie, de chaque bibelot, et de chaque vase que, dans leur hâte et leur deuil, mes amis n'avaient pas encore eu le temps de garnir.

— Les pièces sont insonorisées, même pour des oreilles d'azra, on ne devrait donc pas gêner Ana qui dort au deuxième étage. Viens.

Elle me fit alors pénétrer dans une petite chambre, légèrement mansardée, qui s'ouvrait sur un agréable balcon. Elle était ensoleillée, claire, meublée d'un lit simple et d'une commode.

— Quand je la vois, je la trouve parfaite pour devenir la chambre de Joy. Qu'en dis-tu ?

— C'est vrai, répondis-je étonnamment sous le charme, moi aussi.

Cette visite des lieux avait eu le mérite de provoquer le rot de Joy, elle était désormais entre mes bras, en passe de céder à ceux de Morphée.

Fay m'attira dans la salle juste à côté et je fus aussitôt conquise par son gros lit duveteux qui semblait remplir totalement la pièce, laissant peu de place pour la commode et les tables de chevet. Cela mettait en valeur la luminescence des cinq fenêtres qui donnaient l'impression que la chambre était suspendue dans la forêt, parmi les arbres qu'on pouvait sûrement toucher aisément en ouvrant les fenêtres.

— Celle-ci a l'avantage d'être toute proche de la chambre de Joy. Cela dit, elle est vraiment petite…, commenta Fay.

— Ça ne me dérange pas du tout, je m'y sens en sécurité, avouai-je immédiatement. Personne ne l'utilise ?

— Non, elle est à toi si tu le souhaites.

Je souris, entrai et arrangeai une couverture au milieu du lit où j'y installai Joy en attendant que nous ayons un vrai lit à lui proposer. Fay s'approcha et bâilla ostensiblement.

— Tu peux aller te reposer, je vais me débrouiller, lui accordai-je. Encore merci pour tout ce que tu as fait.

Elle secoua la tête.

— Je n'en ai pas envie.

— Pourquoi ? Tu es épuisée ! C'est même bien la première fois que je te vois dans cet état.

— Je sais, répondit Fay, mais…

Ses yeux me jaugèrent avec une sorte de timidité qui lui était toute nouvelle et qui m'amusait un peu. Maintenant que j'étais une azra et même une mère, je sentais que l'on me considérait autrement.

— Je n'arrive pas encore à réaliser que tu sois là. Je n'ai pas envie d'aller dormir, j'aurais trop peur…

— Que je disparaisse ? Très bien, ce lit est énorme.

Je tapotai l'emplacement vide à la droite de Joy pour l'y inviter et, après avoir ouvert une fenêtre pour laisser passer un filet d'air parfumé par le printemps, je me couchai de mon côté. Fay obtempéra et nous entourâmes ma fille qui semblait déjà dans un autre monde. Rapidement, mon amie hybride se recroquevilla contre la couverture qui bordait le nourrisson et ferma les yeux.

— Il y a combien de chambres dans cette maison ? demandai-je, la tête posée sur un coude pour mieux les contempler toutes les deux.

— Neuf chambres, murmura-t-elle en gardant les yeux fermés. Nous avons opté pour les plus grandes... Tu n'as toujours pas des goûts de luxe, Lisor...

— Ce n'est pas parce que je suis devenue une azra que je suis obligée d'être snob, remarquai-je.

Fay eut un sourire dans son demi-sommeil.

— Je veux juste me sentir en paix, ajoutai-je doucement en effleurant les minuscules doigts de ma fille.

Chapitre 11

Cela n'avait pris que quelques minutes avant que je ne perçoive un mouvement dans la maison. Aussitôt, je m'étais redressée. Je gardais un souvenir cuisant de l'arrivée surprise du perrestre dans la villa de Zefryam, aussi, j'étais déterminée à lui réserver un accueil particulièrement *chaleureux* s'il parvenait à refaire surface.

Néanmoins, ce fut Ana qui passa sa tête par l'entrebâillement de la porte. Je lui souris et elle répondit par un frémissement des lèvres bien plus apaisé qu'il y a quelques heures. Elle s'était ressourcée.

— Vous vous reposez, réalisa-t-elle. Je ne vais pas vous déranger.

— Non, je ne dors pas, fis-je en me levant silencieusement.

Fay remua.

— Allez dehors, je m'occupe de Joy, grommela-t-elle en s'enroulant autour de ma fille.

J'obtempérai après avoir chatouillé des lèvres le front de mon petit trésor, consciente que j'avais réussi la prouesse de ne penser qu'à elle durant ce moment de détente.

Rien. Rien ne pouvait empoisonner mon esprit quand je décidai d'y faire le vide. Pourvu que cette décision fût très ferme. Or, elle l'était. Ma vie d'humaine m'avait appris que, même quand le ciel nous tombe sur la tête, cogiter ne permet pas de trouver une solution. C'est la quiétude dans la tempête, celle que l'on peut trouver au plus profond de soi, qui peut nous éclairer, ou tout au moins, nous permettre de mieux accéder à nos ressources.

Je suivis Ana à l'extérieur de la chaumière, dans la petite prairie qu'un peu d'entretien pourrait transformer en superbe devanture fleurie. Pour autant, l'isolement de ce lieu l'avait rendu quelque peu négligé.

— Quand as-tu fait bâtir ce cottage ? demandai-je, alors.

— Il y a quelques années..., répondit Ana en marchant. J'avais besoin d'un endroit au calme. Personne n'en connaissait l'emplacement jusqu'à ce que je vous en parle.

— Il y a beaucoup de chambres pour une retraite solitaire, remarquai-je.

— J'ai tout construit de mes mains, expliqua-t-elle. Je voulais faire durer le plaisir. Et peut-être espérais-je au fond y abriter un jour toute la famille que je me serais constituée...

Elle s'arrêta à quelques pas de la forêt qu'elle sonda de son regard très clair, trop clair. Éblouissant sous ce soleil de fin de matinée. Je l'observais un instant, méditant sur ses derniers mots. Malgré la ville qu'elle avait bâtie, les azras du Conseil dont elle avait fait partie, je réalisais qu'elle semblait seule. Simplement seule.

Comme Zefryam, qui avait construit une maison pour y protéger l'humaine dont il rêvait, elle avait sûrement élaboré un plan pour cette chaumière. La beauté d'Ana n'était pas la seule à justifier le fait qu'elle ait pu aimer ou déjà dû être aimée. Ana avait un cœur magnifique, impossible qu'un homme ne s'en soit pas ému en deux mille ans.

— Ils ne sont pas loin, décréta-t-elle, me ramenant sur terre, loin de ses amours potentiels.

— James et Allan ? Tu peux détecter leur présence ? fis-je.

— Oui.

— Merveilleux. Tu peux m'apprendre ?

Elle se tourna vers moi.

— Fais le vide. Ferme les yeux, cela t'aidera.

Je me plantai solidement sur mes jambes minces et fermes, qui brûlaient de s'enflammer dans un petit marathon, histoire de tester mes nouvelles capacités. Toutefois, je m'enjoignis à la digne patience dont je faisais brillamment montre depuis toute à l'heure et je repris calmement ma respiration en baissant les paupières.

— Maintenant, ressens en toi... ressens l'indescriptible, ressens l'énergie des arbres autour de toi, écoute leurs mouvements, perçois cette dimension, au-delà de tes sens, c'est comme une force, un magnétisme qui nous relie tous…

— Oui, je le vois, murmurai-je fascinée par l'écoute de ce sens supplémentaire.

Il avait toujours été présent, endormi, mais malgré tout existant lors de mon humanité, il était de l'ordre de l'intuition. Cette assurance que l'on a d'avoir perçu le retour d'une personne ou qu'un danger guette. Néanmoins, si ce n'était qu'une impression floue et étrangement impérieuse lorsque j'étais humaine, c'était une force désormais, réelle comme une couleur, comme si je pouvais capter ce qui rayonnait autour de moi, arbre, faune, flore, créatures vivantes. Mes cinq sens incroyablement affûtés mariés à cette dernière perception, pour laquelle je n'avais pas de nom, me permirent de saisir la présence de plusieurs écureuils, un oiseau qui s'ébrouait dans une flaque, le pétillement d'une rivière non loin et enfin, Allan et James, leurs pas à quelques mètres, la main de l'un d'entre eux qui s'était emparée d'un bâton pour gratter le sol et même… leur souffle…

Cette précision m'impressionna, m'arrachant brutalement à ma concentration. Je rouvris les yeux, avec le sentiment d'avoir réintégré le présent, que je n'avais pourtant pas quitté. Ana m'adressa un sourire en réponse au mien qui s'était décuplé.

— C'est juste incroyable, déclarai-je.

— Nous appelons cela l'Écoute. Elle peut nous permettre de parcourir plusieurs kilomètres sans bouger d'un pouce. Avec le temps, tu seras capable d'user de l'Écoute même en vaquant à tes occupations, seulement, cela demande beaucoup d'énergie et d'implication.

— C'était pour ça que tu étais épuisée ?

— En partie, oui.

— Je ne savais que tu pouvais…

— Avoir des limites ? sourit-elle.

— C'est ça, avouai-je à mi-voix, craignant de la vexer.

— Nous avons besoin de dormir comme tout le monde ! s'amusa-t-elle. Il est vrai qu'en tant qu'azras, nous sommes par nature plus résistants, mais aussi plus sensibles. Nous avons la capacité de nous impliquer émotionnellement dans nos choix plus intensément que nul autre. Voilà pourquoi un azra calme te paraîtra infiniment détendu et l'indifférence d'un autre presque glaçante. Lorsque nous changeons d'opinion, ou subissons quelque chose qui remet en cause nos fondements, nous pouvons nous sentir hautement perturbés car tout est plus violent pour nous. Et lorsqu'on est un jeune azra, c'est encore pire.

C'était donc peut-être pour cette raison que je me découvrais presque sereine. Depuis que Zefryam avait évoqué son plan, même si j'en ignorais la teneur, j'avais la certitude d'avoir en main tous les éléments pour retrouver Manoa. Cette idée me rassurait. Je n'osais cependant pas imaginer ce qu'il pourrait en être si mes projets étaient encore contrariés.

— Il y aurait tant à dire, soupira Ana, visiblement toujours contrariée par la décision de Zefryam concernant ma mission chez l'ennemi. Il me semble utopique d'espérer pouvoir t'enseigner quoique ce soit en si peu de temps.

Je devais bien avouer qu'elle n'avait pas tort : deux jours pour appréhender mes nouvelles aptitudes, contre les deux millénaires qu'avaient eus les azras du Conseil, je ne ferai pas le poids. Mais ce laps de temps s'avérait une éternité dans la vie de l'homme que j'aimais et qui, en ces temps troublés, était en proie à un danger de tous les instants.

— D'ailleurs, ce n'est pas l'Écoute qui te sera la plus utile lorsque tu iras à Olyméa, reprit-elle, déterminée à s'investir dans le rôle auquel elle s'était résolue. Certains azras ont développé la capacité de lire dans les pensées, de percevoir les désirs, voire de les influencer. Il faudrait que tu apprennes à utiliser un Bouclier Émotionnel.

— En quoi ça consiste ?

— Il peut s'agir d'une image, un souvenir, un lieu – réel ou imaginaire – pourvu que l'émotion qui l'accompagne soit suffisamment puissante pour que, si quelqu'un tente de pénétrer dans ton esprit, il n'accède qu'à cette vision.

— Intéressant...

— Avant toute chose, il te faut être en mesure de détecter quand quelqu'un essaye de pénétrer dans ton esprit. Par exemple... Maintenant...

— Comment ça *maintenant* ? demandai-je embrouillée.

— Je viens de le faire, sourit-elle.

— Et ? Tu viens d'y lire que je ne comprends rien ?

Elle secoua la tête, ce qui remua ses belles boucles blondes.

— On ne lit pas vraiment des pensées, précisa-t-elle. La littérature a souvent enjolivé ce don, fantasmé depuis longtemps. Or, il est de loin le plus compliqué de tous. Je ne l'ai pas développé pour ma part, car cela peut vite devenir criminel à mon avis. Toutefois, je m'y suis suffisamment intéressée pour m'en défendre. Le cerveau est composé de nombreuses couches de conscience. Les pensées, les sensations fusent et se mélangent. On ne peut donc capter parfois que des images, des impressions, des émotions, des souvenirs. J'ai juste eu le temps de percevoir un visage dans ton esprit, qui prend toute la place. Un beau visage avec des yeux bleus...

— Manoa ? Je n'étais pourtant pas en train de penser à lui.

— Une part de ton esprit doit y penser sans cesse. Surtout si tu es actuellement focalisée sur le but de le retrouver.

— Cela ne me dérangera pas que les azras voient Manoa quand ils liront dans mon esprit, assurai-je, car ce sera l'objet de mon unique requête quand j'irai les voir. D'ailleurs, il pourrait être tout à fait approprié de l'utiliser en guise de Bouclier Émotionnel, souris-je en imaginant qu'il était facile de me laisser totalement remplir par son souvenir.

Elle pencha la tête sur le côté et fit quelques pas, je la suivis, appréciant la chaleur du soleil qui se répandait sur ma peau toute neuve d'azra.

— Justement, il est ton but, sauf qu'il est aussi et surtout ta faiblesse.

Elle s'arrêta et se planta bien en face de moi.

— On pense souvent qu'utiliser une vision des gens qu'on aime pourrait protéger nos pensées, seulement, il faut un grand niveau de lâcher-prise pour y parvenir. Car les souvenirs d'amour, aussi forts soient-ils, comportent souvent des peurs d'égale mesure. La peur de perdre l'autre, la peur que l'on nous l'arrache... Si tu utilises Manoa, alors que tu es présentement inquiète pour lui, la crainte associée à l'amour instillera du doute en toi et ton Bouclier sera facilement contournable par un azra expérimenté – voire une occasion de t'inspirer plus d'anxiété à ce sujet.

— Alors quel genre de souvenir ? Je n'ai rien d'aussi fort... à part ma fille. Évidemment, je présume que fissurer un tel Bouclier serait facile. J'ai tellement peur pour sa sécurité... Et puis, j'aimerais que les azras ignorent tout d'elle.

— Il te faut un souvenir ou une image de confiance. Un instant où tu as été plus sûre de toi que jamais. Tu peux même l'inventer. Imaginer une telle situation. Pourvu qu'elle t'inspire une grande détermination.

— Hum... Intéressant...

— Prends ton temps pour concevoir cette vision. Plus elle sera précise, plus la sensation que tu éprouveras sera forte et donc plus elle sera efficace. En attendant, je vais t'apprendre à capter ma présence dans ta tête.

Elle posa sa main sur mon poignet et je sentis une sorte de confusion désagréable dans mes pensées ; des idées dont je n'étais même pas sûre qu'elles m'appartenaient se mélangeaient dans mon esprit.

— Tu l'as senti ?

— Oui. Qu'est-ce que... ?

— Je viens de pénétrer dans ton cerveau de manière très brutale. Un azra ne procéderait jamais comme ça, nous savons le faire très discrètement. Néanmoins, la sensation de base reste la même : une légère confusion.

Nous nous installâmes dans l'herbe et consacrâmes une bonne partie de la journée à mon entraînement. Ana utilisa le toucher plusieurs fois pour accentuer l'intrusion puis se contenta bientôt d'un simple regard. Capter sa présence et même me rendre compte des images dont elle s'emparait était étrange. Je prenais conscience par la même occasion de l'immensité nouvelle de mon esprit. Des souvenirs emmaillotés les uns dans les autres que chaque agression venait réveiller. Mais aussi des zones d'ombre. Celles que mon subconscient avait éteintes pour me protéger émotionnellement.

C'était comme un pare-feu naturel qui s'était érigé doucement lors de ma mutation. Il me protégeait des événements brutaux de mon existence, qui me revenaient régulièrement en tête lors de ma vie d'humaine, et que je vivais comme une agression supplémentaire. Mon intelligence supérieure d'azra avait abrité ces moments sous une indéfinissable surface floue. Je savais qu'il suffisait d'un effort pour déterrer tous les détails, toutes les sensations, seulement, je n'avais aucune envie de me prêter à cet exercice, trop heureuse d'être protégée de la douleur. De la sorte, certains instants terribles de ma mutation étaient confus. Or, je gardais l'impression générale, la meilleure : celle que j'avais dépassé les limites du possible. C'était sur cette fierté que je comptais bien bâtir mon Bouclier Émotionnel.

Ana ne m'autorisa pas à m'entraîner aussi longtemps que je m'en sentais capable. Elle voulait que mon cerveau puisse avoir le temps d'intégrer l'apprentissage dont il faisait l'objet. Elle insista pour décharger Allan et James de leur ronde et ainsi reprendre le contrôle de la maison en utilisant l'Écoute.

Nos amis ouvrirent des boîtes de conserve en guise de repas et je pris conscience de l'explosion culinaire à laquelle j'avais toujours échappé, du fait de mon palais bien trop imparfait. Les mets pourtant des plus précaires me parurent délicieux et il fallut me contrôler pour ne pas rafler toutes les portions. Mon appétit légendaire d'humaine avait survécu à ma transformation, pire, il semblait s'être accru.

Fay se permit même d'en rire, arguant que la mutation amplifiait les aptitudes naturelles. Or, il était évident que ma faim était ma plus grande caractéristique !

L'après-midi, je fus très heureuse de pouvoir lui faire ravaler ses moqueries : Fay m'enseigna quelques gestes de défense. Ma robustesse, ma rapidité et ma motivation firent de moi une élève plus que parfaite. J'apprenais très vite, mon corps n'exprimait aucune trace de fatigue et, si je commettais une erreur, c'était mon amie qui en payait les frais ; mes forces supérieures la mettaient à terre aisément. Je fus d'ailleurs très peu attentive sur ce point, c'était trop agréable de la dépasser et puis elle guérissait vite après tout !

Nonobstant, Fay aurait sûrement pu me régler facilement mon compte, compensant en adresse ce que j'avais en puissance. Après tout, elle avait tenu tête à des perrestres et pour ma part, je n'avais aucune expérience. Malgré cela, elle s'avéra être une professeure excellente et pas rancunière pour un sou.

Le soir sembla tomber trop vite à mon goût. Je m'en réjouis toutefois immédiatement en songeant qu'une seule journée me séparait du retour de Zefryam, s'il parvenait à tenir le délai prévu.

Fay, qui ne s'était pas lassée de moi, retrouva sa place sur notre grand lit. Pour faire taire ma fille, je la gardais dans mes bras une bonne partie de la nuit, puis la posais auprès de mon amie hybride le reste du temps. Cette trêve me permit de reprendre un exercice à peine effleuré lors de mon entraînement avec Ana : explorer mes souvenirs. Je pris un soin tout particulier à me repasser tous ceux qui avaient trait à Manoa. Je revoyais même des instants de nos conversations, de ces regards à la dérobée que je n'avais pas clairement perçus étant humaine. Comme j'aurais pu lui tenir tête autrement s'il m'avait connue en tant qu'azra... Je me concentrai pendant plusieurs heures sur la forme de son visage, sur la couleur surnaturelle de ses yeux... Le petit matin vint et je réalisai que je n'avais pas dormi une seconde, ponctuant mes errances mentales de soins à ma fille : biberons, changement de couches, balancements tendres dans mes bras.

Elle dormait profondément maintenant que les tout premiers rayons, sûrement invisibles à l'œil humain, remplissaient la pièce d'une mouvance très pâle. Fay était elle aussi dans un profond sommeil, finalisant la guérison de tous les bleus que je lui avais infligés la veille. Je pris donc la décision de m'accorder une pause loin d'elles. Je descendis les escaliers et fis quelques pas dans le jardin jusqu'à ce que j'y surprenne Ana, assise confortablement derrière une table en bois, en train de travailler sur ce qui me semblait être un plan.

— Déjà réveillée ? me demanda-t-elle en souriant.

— Je n'ai pas dormi, avouai-je presque mal à l'aise. Et je ne me sens même pas fatiguée.

— C'est normal, les premiers jours en tant qu'azra perturbent totalement le corps, répondit-elle en posant son crayon. Il va te falloir un petit moment pour apprivoiser de nouveaux cycles.

— Sur quoi travailles-tu ?

Elle soupira et avala une gorgée du verre d'eau posé près d'elle.

— J'essaye de trouver un moyen de sécuriser davantage la chaumière, expliqua-t-elle. Lorsque je l'ai construite, j'ai choisi un endroit reculé, parfaitement oublié, et géographiquement protégé par plusieurs reliefs – histoire que ma présence soit difficile à percevoir, même avec l'Écoute. Il y avait bien une zone encore plus appropriée, enfoncée dans la forêt, sauf que je ne voulais pas m'isoler à ce point... Or, les choses ont changé, c'est la guerre, nous devons protéger la dernière humaine... et même la dernière azra – vu que nous avons le Conseil et les perrestres, peut-être à nos trousses... Je ne peux pas me contenter de sécuriser les lieux par mon esprit... Il faut plus.

Je m'assis près d'elle, réalisant qu'elle avait raison. Sauver Manoa était mon but, mais ensuite ? Quelle vie lui offrirai-je si ce n'est celle d'un groupe traqué de toutes parts ? Il fallait plus, c'était le mot.

— Pourquoi ne pourrait-on pas construire ensemble quelque chose de plus solide encore que la chaumière dans cet endroit plus sûr dont tu parlais ? hasardai-je.

Elle leva les yeux vers moi et sembla étudier un instant la question.

— Zefryam avait lui aussi évoqué cette possibilité, avoua-t-elle finalement, seulement, je trouvais son idée un peu précaire... Sauf que quand c'est la guerre, c'est la guerre ! soupira-t-elle. Eh bien, nous lui en parlerons dès que l'occasion se présentera.

Elle repoussa sa feuille et son crayon puis m'adressa un sourire avant de conclure :

— En attendant, nous avons un entraînement à reprendre, n'est-ce pas ?

***

Joy était allongée sur moi, la tête contre ma gorge, recroquevillée comme la charmante petite créature qu'elle était, aux longs cils châtains et dorés. Je la regardais avec une certaine admiration tout en écoutant mes amis bavasser. Nous étions dans la chambre immense qu'avait choisie Allan, chacun d'entre nous installé sur le large lit éclatant. Fay, la plus proche de moi, avait aussi les yeux posés sur ma fille.

— Tu ne trouves pas qu'elle est plus calme en ma présence ? osai-je me vanter avec un petit sourire malicieux.

Fay eut un air dédaigneux.

— Évidemment, tu la prends sans arrêt dans tes bras. N'importe quel bébé en serait enchanté, tu en fais déjà une enfant pourrie gâtée !

Allan rit, amusé et à moitié gêné qu'elle ne m'épargne pas. James s'était levé et inspectait la fenêtre, comme s'il regrettait de ne pas être en train de faire la ronde autour de la propriété. Ana le lui avait interdit, arguant qu'il ne serait pas compliqué pour elle de se servir de l'Écoute tout en faisant un peu de ménage dans la cuisine. Nous avions tous compris qu'elle désirait être seule.

Durant la matinée, elle avait peaufiné mon apprentissage relatif au Bouclier Émotionnel. L'après-midi, Fay avait entrepris de m'enseigner encore quelques gestes protecteurs. Ensuite, Ana avait accepté de perfectionner légèrement ma connaissance de l'Écoute. Mais j'étais toujours incapable de maintenir ma concentration plus de quelques secondes. Il ne fallait donc pas espérer que je puisse sécuriser la maison comme elle le faisait avant longtemps...

Finalement, elle nous avait tous chassés gentiment, retrouvant dans sa solitude un moyen d'affronter le retour de Zefryam, dont j'étais certaine qu'il l'effrayait, sans savoir pour quelle raison.

— N'ai-je pas le droit à quelques erreurs ? arguai-je malicieusement à Fay à propos de ma tendance à trop choyer ma fille.

— Ça dépend... C'est nous qui allons récupérer les pots cassés quand tu seras partie à Olyméa.

Au même instant, je perçus une présence et, usant de l'Écoute une brève seconde, je sus en confirmer l'identité.

— Zefryam ! m'exclamai-je en me redressant devant mes amis incrédules qui n'avaient rien remarqué.

Ma fille émergea du sommeil et se mit à bâiller. Je l'embrassai et la déposai dans les bras de Fay. Puis, j'ouvris la porte qui donnait sur le balcon. En contrebas, j'aperçus Zefryam qui s'approchait d'Ana, elle-même déjà sur le perron pour l'accueillir.

Je souris, posai une main sur la balustrade et, en un instant, me retrouvai sur le sol. Je pris conscience que j'avais sauté deux étages sans réfléchir, comme si je n'avais franchi qu'une simple marche.

Mon père d'adoption se tourna vers moi, heureux de me voir.

— Lisor, tu as l'air en forme, commenta-t-il avec tendresse.

— Je le suis et toi, comment vas-tu ?

— Très bien.

— Tu as été rapide, qu'est-ce que tu nous amènes ? demandai-je empressée.

Il portait un sac de voyage distendu sur ses épaules.

— Entre, fit Ana.

Le reste de notre groupe était en train de descendre les escaliers. Même Fay qui tenait précieusement ma fille contre elle.

Ana proposa qu'on s'installe dans la salle à manger. Une délicieuse odeur de cuisine se répandait dans toute la maison. Elle partit chercher une assiette remplie de haricots et de morceaux de viande qu'elle déposa devant Zefryam. Il ne semblait pas fatigué mais j'imaginais qu'il n'avait pas dû dormir ni vraiment se sustenter pendant ces deux jours – le trajet à pied lui prenant tout son temps.

— J'ai ramené quelques vivres, nous informa-t-il aussitôt. Cela nous changera des conserves.

Ana eut un sourire entendu et s'installa devant lui. Fay s'était assise elle aussi. Personnellement, je tenais difficilement en place. Zefryam dut s'en apercevoir et ne s'autorisa aucun repos. Il vidait déjà son sac.

Ce qui prenait le plus de place était une énorme boîte rectangulaire et la nourriture, légumes et viandes fraîches dont il avait fait l'acquisition.

— C'est un Landera ! s'exclama Fay.

James attrapa la boîte en question et l'ouvrit. Il appuya sur une petite télécommande fournie avec le matériel et je compris immédiatement l'usage de cet appareil qui, sans bruit, se convertit en poussette.

— Il n'a que les options élémentaires, expliqua Zefryam. Les modèles avec table de change intégrée sont plus rares et je n'ai pas pris le temps d'en chercher.

— Tu n'avais jamais vu ça, n'est-ce pas, Lisor ? remarqua James. Un appareil qui se transforme en lit pour bébé, en poussette ou en nacelle sur commande.

— Effectivement, remarquai-je. Tu as pensé à tout. Merci, Zefryam.

— Personne ne t'a suivi ? s'inquiéta Ana. Personne n'a posé de questions sur cet achat ?

Zefryam décida de s'asseoir et je remarquai même qu'il ressentit le besoin d'étirer un peu ses muscles. J'ignorais à quelle distance se trouvait la ville où il s'était rendu, néanmoins, j'étais certaine qu'il avait dû courir pendant de longues heures.

— Non, personne ne m'a reconnu. Il faut dire, j'ai fait un petit détour avant d'aller à Méliocor et j'ai pris ceci dans mon laboratoire.

Il sortit de sa poche une fiole rappelant celle de l'Imative A, toutefois, son contenu était violet.

— Qu'est-ce que... ?

— C'est l'Imative B, Lisor, répondit-il avec une sorte de fierté.

J'étais la seule que cette fiole intriguait. James, Allan et Fay étaient autour de Joy, qu'on venait de déposer dans le Landera version nacelle, et qui découvrait son nouvel environnement sans se rendre compte qu'il allait la priver de nos bras, de leur chaleur et de leur confort qu'elle trouvait tout à fait à son goût. Puis, Ana, en bonne hôte de maison, entreprit d'aller mettre les viandes au frais.

Je m'assis en face de Zefryam et me penchai pour saisir la bouteille.

— Tu avais déjà évoqué l'existence de l'Imative B, bien que j'ignore à quoi il peut servir.

Il sourit.

— Tu devrais plutôt demander *à qui* il peut servir ! C'est le premier Imative que j'ai élaboré. J'ai remarqué que certains azras désiraient se faire passer pour des hybrides, histoire de surveiller le fonctionnement de leur entreprise, ou simplement pouvoir se déplacer incognito à Olyméa. Les colorations pour iris ne sont pas suffisantes pour effacer les pigments dans les yeux des azras et aucune teinte pour peau n'arrive à faire disparaître les reflets de la nôtre. J'ai donc créé une formule très efficace à ce niveau. Je l'ai surnommée l'Imative Bêta. J'ai offert à plusieurs azras le loisir de la tester, ils l'ont immédiatement adorée. Peu à peu, la formule a été surnommée l'Imative B. Je n'ai pas eu besoin de la retravailler. Plus tard, j'ai fabriqué l'Imative C. De ce fait, il n'existait pas d'Imative A, j'ai donc pensé que ce serait un nom parfait pour la formule que j'avais prévue pour ta grand-mère dans le but de l'aider à muter... et qui lui a finalement permis de se faire passer pour une hybride...

— Une sorte de pied de nez secret adressé aux azras, souris-je.

J'avais très envie de le questionner sur l'usage de l'Imative C, mais il y avait tellement plus urgent que je pris la décision de reporter cette question à plus tard.

— Tu as donc consommé de l'Imative B pour te faire passer pour un hybride, repris-je.

— C'est bien ça, rétorqua Zefryam qui s'autorisa une cuillère de son repas. Et c'est également ce que j'aimerais que tu fasses.

Il sortit plusieurs petites boîtes de son sac ainsi que ce qui me semblait être un TS.

— Avec l'aide de ceci.

Je pris les cartons. Il s'agissait de colorations pour les cheveux et pour les yeux. J'avais découvert ce type de produit lors de mon arrivée à Olyméa. Il suffisait de les introduire dans son TS personnel, logiquement fixé au poignet, qui comportait un réservoir à cet effet, afin que les substances soient injectées lentement dans le sang. Le sujet bénéficiait ainsi d'un regard et d'une chevelure de la teinte qui lui plaisait. La marque n'était pas celle d'Opra, puisqu'il n'avait pas acheté ces produits à Olyméa, mais la qualité semblait équivalente.

— Tu veux que je me fasse passer pour une hybride blonde aux yeux verts ? dis-je avec surprise en voyant les coloris qu'il avait choisis.

Joy se mit à pleurer, ayant sûrement compris qu'on l'avait lésée dans cette affaire. Mes mains se crispèrent naturellement. Je me sentis alors tiraillée entre mon besoin de la materner et celui, puissant, de connaître chaque détail du plan de Zefryam. Je me levai donc et interdis d'un regard sévère quiconque le désirait de la sortir de sa coque. Elle devait apprendre à l'apprécier. Je caressai le front de ma fille, lui glissai deux mots chaleureux à l'oreille et la berçai doucement en posant une main sur l'engin dans lequel elle trônait, évidemment posé sur la grande table. Mes amis hybrides se rangèrent à ma décision, soulagés de voir Joy se calmer et sûrement impressionnés par mon autorité – alors que j'étais moi-même effarée par ce beau résultat.

— Lisor, quand Ana t'a dit que ton départ d'Olyméa avait été remarqué, et fort probablement celui d'Ethiel également, tu n'as pas réalisé ce que cela impliquait et c'est normal, reprit Zefryam. Pourtant, je peux te dire que deux humains en cavale capables de déjouer la vigilance du Conseil, alors même que leur existence est punie par la loi... cela a forcément dû provoquer de fameux troubles parmi les nobles, des doutes concernant les agissements de leurs dirigeants...

Ana revint dans la pièce, elle venait de préparer une petite salade fraîche qu'elle déposa près de nous. Elle semblait tendue. Et pour cause, nous abordions un sujet qui l'inquiétait au plus haut point.

— Dans ce climat de guerre, ces simples informations pourraient suffire à provoquer un chaos politique, continua Zefryam. Les azras d'Olyméa et les hybrides de hautes lignées pourraient remettre en cause les décisions du Conseil, prétendre, pourquoi pas, que c'est cette même défaillance qui vous a permis de vous échapper et qui les a empêchés de mieux défendre la cité.

— Ce qui n'est pas tout à fait faux, intervint Ana tristement. Je les avais prévenus lors du procès de Manoa...

— Si tu débarquais à Olyméa en tant qu'azra fraîchement transformée, reprit Zefryam à mon intention, tu serais immédiatement reconnue. Ta seule présence confirmerait toutes les rumeurs et ta mutation... impliquerait que le Conseil ne contrôle plus rien, ni la formule AZ, ni son usage et qu'il a peut-être menti ou caché des choses à ce sujet également...

— Ce serait le coup de grâce pour Olyméa, réalisai-je.

— Oui, rétorqua Zefryam.

J'entrevoyais enfin les bouleversements qu'avait évoqués Ana. En débarquant à Olyméa avec ma mutation récente, non seulement ma présence ne ferait qu'aggraver les tensions pour les raisons que Zefryam venait de citer, mais je serais également détentrice d'un pouvoir certain. Je pourrai dénoncer toutes les horreurs inutiles perpétrées dans l'ombre par ces dirigeants méprisants. Il était évident que dans cette ville fragilisée, les habitants n'auraient pas besoin de grand-chose pour remettre en cause leur gouvernement. Comme cette idée était séduisante...

Je les regardais tour à tour. N'était-ce pas tentant ? Le Conseil nous avait traités avec un tel mépris et même avec cruauté... Ma famille... Leur mort, c'était leur œuvre. À cette pensée, mes yeux se voilèrent de haine.

Zefryam attrapa aussitôt l'une de mes mains.

— Lisor, comme tu le comprends, cela ferait de toi une figure politique, ajouta-t-il, conscient de ce qui se tramait dans ma tête. Des gens t'écouteraient et pourraient se ranger derrière toi, certes...

Seulement, tu n'es pas formée pour le monde qui s'ouvrirait à toi. Tu serais en danger. Manoa serait le seul moyen de pression dont pourrait user le Conseil pour se défendre de toi. Il l'utiliserait sans hésiter. Ta fille serait en danger.

Je sentis une sorte de chaleur, de douceur même, gagner mes sens. Une sensation que j'avais déjà ressentie par le passé, lorsque, arrivée récemment à Olyméa, j'avais supplié Zefryam de me donner un espoir concernant la survie de mes amis. J'ôtai immédiatement ma main d'entre ses doigts.

— C'est l'un de tes dons, n'est-ce pas ? m'informai-je aussitôt.

Il m'étudia, surpris.

— Tu peux influencer légèrement les émotions ? constatai-je, sûre de moi. Tu as déjà utilisé cette capacité, dans cette taverne, lorsque j'étais humaine et que je pleurais...

Zefryam eut un sourire un peu triste.

— Oui, tu souffrais, alors j'ai apaisé ton cœur. C'est un don que je travaille depuis quelques années. Visiblement, je ne suis pas très doué pour l'utiliser puisque tu t'en es rendu compte très facilement.

— Tu m'apprendras ? le priai-je.

Il sembla soulagé que je semble intéressée par un sujet autre que le désir de représailles.

— Bien sûr. Quand tu reviendras avec Manoa, par exemple, plaida-t-il discrètement.

Je me levai et repris ma respiration en faisant quelques pas. La riposte... Je pouvais l'obtenir. J'étais l'humaine qui avait muté, celle qui pouvait semer la discorde chez ses ennemis. À vrai dire, ce n'était pas vraiment la vengeance qui m'animait, elle faisait partie de mes nouveaux sens d'azra, sûrement aggravée par les gènes animaux qui me rendaient plus colérique, plus féline. Mais elle n'avait jamais fait partie de l'humaine que j'étais. Je ne lui voyais aucun intérêt, surtout en ayant son opposé : c'est-à-dire tout cet amour dans ma vie. Ma fille. Manoa. Mes amis.

Ce qui me plaisait, c'était ce pouvoir tout neuf. Cette sensation que je pouvais influencer le cours de l'Histoire. Ce qui était étourdissant en soi. La seule revanche que je prenais était relative à ma vie d'antan, celle où je n'étais qu'une faible humaine. La plus faible d'entre toutes. Désormais, je pouvais influer sur la vie de milliers de personnes. J'étais forte. Je pouvais user de cette force, même pour faire le mal. Ou pour faire le bien, car libérer Olyméa de l'emprise de ces azras et y asseoir Ana et Zefryam à sa tête n'étaient pas sans me tenter.

C'était donc ça... La tentation. Les êtres forts, les êtres à qui tout réussi, avaient eux aussi leurs épreuves. Le danger de céder à l'orgueil. Le risque de vouloir faire mieux que les Grands de ce monde.

Même Ana et Zefryam me craignaient. Ils me regardaient, essayant de savoir si je me préparais à ce coup d'État. Ils échangèrent un regard, semblant réfléchir à comment me faire changer d'avis. Ils avaient légèrement peur de la machine qu'ils avaient créée.

Je savais très bien qu'il fallait mettre un terme à leur tourment. Ils ne méritaient pas ça. Mais c'était une sensation tellement différente de tout ce que je connaissais.

— C'est donc pour cela que tu souhaites que j'arrive déguisée en hybride, remarquai-je enfin. Tu veux que je montre que je suis consciente de tous les bouleversements que je pourrais engendrer à Olyméa, mais que je suis venue en paix et en toute discrétion, pour obtenir en contrepartie Manoa, et la promesse qu'ils ne nous poursuivront pas !

Le visage de Zefryam se détendit.

— Exactement, dit-il.

Je me tournai vers Ana, qui s'était assise à côté de Zefryam.

— Je ne comprends pas pourquoi tu sembles tellement craindre que je me rende à Olyméa, lui fis-je remarquer, alors que, de toute évidence, je serais en position de force.

— D'une certaine manière, oui, répondit-elle en levant les yeux vers moi. Cependant, provoquer le Conseil serait très risqué. Qui joue avec le feu peut se brûler. Si tu le souhaitais, tu pourrais sûrement bouleverser le pouvoir à Olyméa, c'est vrai. Cependant, tu pourrais tout aussi bien t'exposer suffisamment pour te faire assassiner sans délai.

— Ne serait-ce pas tout aussi risqué si je me rends à Olyméa incognito ? Le Conseil aurait l'occasion rêvée de me faire disparaître dans le plus grand secret... !

— Je ne suis pas pour, non plus, fit Ana. Or, comme il semble impossible de vous faire entendre raison sur ce point, à Zefryam et toi, j'estime que ce sera un moindre mal.

Zefryam intervint :

— J'avoue que je ne suis pas complètement détendu à l'idée que tu te rendes là-bas, Lisor. Seulement, si tu suis mon plan, toutes les chances seront de ton côté.

Son regard avait quelque chose de suppliant qui m'amusa. Même si la tentation était là, je n'avais jamais compté y céder. Je n'avais pas une âme de rebelle ou de politicienne. Je voulais juste la vie. Celle de Manoa. Préserver celle de Joy et celles des amis. Et injecter dans la mienne la paix que je méritais. Aussi je me tournai vers eux, décidée à les soulager enfin :

— Alors je veux connaître tous les détails de ton plan, Zefryam, répondis-je avec un sourire en les voyant s'apaiser.

***

Des yeux verts et de longues boucles blondes ; ma peau lunaire, diaphane, ondoyante, s'associait bien à ces couleurs claires. Il suffisait de coller une moue supérieure sur mes lèvres aux formes gourmandes et je ressemblais à l'une de ces mannequins aux traits fins idéaux, au long corps gracieux, à la chevelure éclatante, qu'on affichait sur les publicités des produits d'Opra. Je portais une longue tunique émeraude parcourue de fils argentés qui mettait en valeur la cambrure de mon dos, la finesse de mes épaules, la délicatesse de mes bras, en somme, qui sublimait mes formes féminines sans les mouler. Un raffinement jusque dans le pantalon de soie sombre qui collait à ma peau et dans ces bottes hautes, dont le rebord était lui aussi agrémenté de décorations couleur argent.

— Manoa ne pourra pas me reconnaître, réalisai-je.

Et l'expression de cette blonde aux traits aussi beaux que graves se durcit dans le miroir. C'était moi pourtant, il faudrait m'y habituer.

Ana s'approcha et me tendit l'Imative B.

Un peu plus tôt, elle m'avait accroché le TS dont Zefryam avait fait l'acquisition à Méliocor. J'avais senti un très léger picotement, le temps que le dispositif se mette en place sous ma peau. Désormais, le minuscule réservoir placé dans ma chair sous le bracelet que je portais, permettait aux produits que j'y verserai de s'écouler lentement dans mon organisme. Un mécanisme qu'il m'avait été impossible d'utiliser du temps de mon humanité du fait de sa dangerosité. En tant qu'azra, je ne courais aucun risque, pire, mon sang se régénérait si vite qu'il faudrait emporter avec moi un maximum de colorations pour que les effets dont je profitais actuellement puissent perdurer.

Cela dit, si les teintures que nous venions de tester opéraient brillamment pour le moment, elles ne pouvaient guère camoufler les paillettes dans mes yeux, qui donnaient une aura surnaturelle à mon regard pétillant. Elles ne pouvaient pas non plus affadir cette clarté, cette lumière que dégageaient mes pommettes ; ma peau d'azra était toujours dotée de cette couleur indéfinissable qui me rendait aussi sublime qu'inaccessible.

J'attrapai la fiole qu'Ana me tendait et observai son étrange couleur mauve.

— N'oublie pas, indiqua Ana. L'Imative B a beau avoir été conçu pour les azras, tout comme les colorations, il faudra en absorber régulièrement pour qu'il continue d'agir.

— Je n'ai pas oublié, fis-je en portant la boisson à mes lèvres.

Ce fut immédiat, la sensation physique qu'il provoqua fut pratiquement imperceptible, mais je vis clairement l'effet du produit sur le miroir devant moi : les étoiles dans mes yeux s'éteignirent, laissant place au vert doux qui remplissait désormais mes prunelles, grâce à la coloration distillée lentement dans mon sang par le TS. La couleur de ma peau perdit immédiatement de son éclat, sa luminescence surnaturelle remplacée par une teinte plus douce, plus rose, plus vive et légèrement plus halée.

— Parfait, déclara Ana en me regardant par-dessus mon épaule, dans le grand miroir sur pied devant lequel nous nous tenions.

Nous étions toutes deux dans sa chambre. Elle m'avait dégoté, dans les profondeurs de ses armoires, ces vêtements raffinés qu'elle n'avait jamais portés à Olyméa et dont elle s'était pourvue dans une autre ville du Cercle – un regroupement commercial des Mégapoles alentour.

— Tu es très belle en blonde, ajouta-t-elle.

— Tu prêches pour ta paroisse ? m'amusai-je.

Avec son joli visage encadré de boucles blondes un peu plus courtes que les miennes, je ne pouvais nier une certaine ressemblance. Surtout notable avant que je prenne l'Imative B, lorsque ma peau paraissait tout aussi sylphide que la sienne.

Elle eut un sourire amusé. Pour ma part, je devais avouer que ce changement m'allait bien, se mariant idéalement à mes traits délicats et à mon côté ingénu. Mais cette blondeur me donnait un air plus doux, plus serein et passablement plus détaché... À l'opposé des émotions que je ressentais réellement. Nonobstant, c'était peut-être tout indiqué pour jouer un nouveau rôle. Ne pas être moi pour pénétrer à Olyméa. Une fois de plus.

— Zefryam t'a acheté une fausse identité qui est enregistrée dans ton TS, m'informa Ana. Tu t'appelles Eleanor Wardell.

— Vraiment ? m'étonnai-je.

— Oui, qu'est-ce qui te chiffonne ?

— Lorsque j'étais humaine, j'avais également une fausse identité à Olyméa. J'étais Eléa Wilson. C'est ressemblant, non ?

Ana se mit à replacer mes cheveux machinalement, appliquant un mouvement plus gracieux à ma tignasse épaisse et... dorée.

— Zefryam aime les clins d'œil de la vie, murmura-t-elle un peu songeuse. Peut-être est-ce l'occasion pour toi de faire les choses autrement, ajouta-t-elle en me regardant avec attention. De faire les choses à *ta* manière cette fois.

Cette idée me plut. Je me redressai légèrement, toisant le miroir d'un petit sourire malicieux. Finalement, cette jolie Eleanor Wardell, à l'allure princière avec son pourpoint à la fois médiéval et moderne, me plaisait.

Ana avait raison, c'était une occasion de mieux faire. Eleanor n'était pas Eléa. Elle n'irait pas à Olyméa pour y sauver sa peau. Elle allait à Olyméa pour affronter ses ennemis et sauver l'homme qu'elle aimait.

Chapitre 12

Olyméa. Lorsque Zefryam et moi nous arrêtâmes brutalement à la limite des arbres, je fus frappée par ce que je vis. La ville avait souffert odieusement de l'attaque qu'elle avait subie. Certes, elle était toujours formée de cet impressionnant amoncellement de bâtiments stupéfiants, juchés sur une haute colline. Mais nombre de ses structures avaient été défoncées par endroits, les superbes châteaux présentaient des pans totalement délabrés, des gravats autour desquels voletaient des cendres. Les magnifiques murailles éclatantes étaient elles aussi souillées par les débris et percées gravement où avaient eu lieu les pires impacts.

Olyméa était toujours belle. Une beauté qu'on avait tenté de piétiner, d'abîmer, à qui on avait de toute évidence voulu faire ravaler son orgueil. Et sous ce soleil éclatant, des centaines d'hybrides grouillaient sur les remparts et les façades, tâchant de réparer ce qui pouvait l'être, de mesurer l'ampleur des dégâts. Olyméa était une beauté qui ne s'avérait pas seule, affaiblie, elle tentait de se relever.

J'étais venue ici, il y avait presque un an, en me faisant passer pour plus forte que je ne l'étais. En ayant bu de l'Imative A pour devenir l'hybride que j'aurais, à l'époque, rêvé d'être. Aujourd'hui, je me déguisais toujours en hybride, avec l'Imative B cette fois. Je devais feindre d'être moins forte que je ne l'étais. La situation ne manquait pas d'ironie.

— Heureusement, les combats sont finis depuis longtemps, remarqua Zefryam.

Durant tout le chemin, ces heures où j'avais suivi mon mentor en courant, ce dernier n'avait pas cessé de craindre que nous fassions une mauvaise rencontre. Je le voyais prévenant et soucieux de ma sécurité comme jamais.

— Est-ce que tu te sens prête ? demanda-t-il finalement en me jetant un œil inquiet.

Nous étions cachés à la lisière de la forêt, penchés derrière des buissons épais. Je percevais une quantité impressionnante de protecteurs – ces hybrides censés sécuriser la ville – affluer aux abords de la cité, pour tâcher d'en préserver l'accès. Il faudrait jouer intelligemment, mais concrètement, j'avais toutes les cartes en main pour entrer.

— Et toi, est-ce que tu l'es ? répondis-je finement.

Il baissa les yeux, comme pris en défaut pour son manque brutal de foi.

— Pour être honnête, je n'ai pas envie de te confier à eux.

— C'était pourtant ton idée.

— N'oublie pas de bien vérifier que tous les produits font effet, et surtout, de t'isoler pour le faire.

J'avais hâte. Hâte d'entrer dans cette ville, non pas pour subir, mais pour agir. J'étais pressée de prendre les choses en main et je ressentais même un certain plaisir à le faire seule, parfaitement seule.

À cette idée, je relevai le menton, mes cheveux blonds s'agitèrent autour de mon visage, me rappelant toute l'ampleur de la mascarade. Il y avait bien un peu de peur, là, présente dans mes entrailles. Sauf que l'énergie me donnait surtout le goût de ce jeu. Ce nouveau jeu.

— Lisor, est-ce que tu m'entends ? se troubla Zefryam qui n'était visiblement pas enchanté de laisser sa protégée entre les mains de ses nouveaux ennemis.

Toutefois, il me le permettait justement parce qu'il m'aimait. Il tenait suffisamment à moi pour savoir que je ne survivrais pas sans avoir tout tenté pour Manoa. C'était un sacrifice de sa part, j'en étais consciente, et je devais lui rappeler pourquoi il avait été capable de le faire. Pourquoi il croyait en moi.

Aussi, je tournai la tête vers lui et le regardai avec l'intensité et la froideur de cette créature « magnifique » qu'il avait vue naître dans les bois.

— Non. Je ne suis pas Lisor, déclarai-je, je suis Eleanor, et je viens fourrer mon nez de petite hybride noble dans les affaires de cette ville qui me fait pitié.

Zefryam esquissa un sourire en voyant que j'avais tout à fait saisi le personnage. Il me serra contre lui, un peu plus longtemps que nécessaire. Lorsqu'il me relâcha, il ne me conseilla pas d'être prudente même si cela se lisait dans son regard, il se contenta de sourire encore et plaisanta :

— Ne sois pas trop dure avec eux.

— Je vais essayer..., promis-je en sortant ma jolie veste longue de mon sac.

Je l'avais épargnée durant le voyage, désormais je devais m'afficher dans toute ma splendeur de petite riche aux allures de générosité.

Dans ce monde-là, tout était politique. Je n'avais connu que celui de la survie et de l'espoir. Ici, malgré la guerre, l'art de la manipulation était de mise et je fus rassurée de savoir que ma mémoire d'azra me permettrait de garder en tête tous les conseils que m'avaient donnés mes amis avant mon départ.

***

— Eleanor Wardell de Méliocor, lut l'hybride qui se tenait sur une pile de gravats après avoir scanné mon TS. Pourquoi voulez-vous entrer à Olyméa ?

J'étais déconcentrée par tout ce que je voyais. Je me trouvais à deux pas de la ville, de ses premières ruelles pavées, de ses rivières et de ses habitants très occupés ou complètement hagards.

Il m'avait fallu parcourir la distance qui me séparait de la cité à découvert, en plein milieu des champs et – en me souvenant des conditions de mon départ – ma confiance avait tout de même eu quelques ratés. Je m'étais donc astreinte à penser qu'avec ma blondeur et mon pas svelte, personne ne me reconnaîtrait. Nul n'irait imaginer que je pouvais être cette petite humaine, enceinte jusqu'aux yeux, qui avait quitté de nuit une ville en flammes.

195

Ces souvenirs dérangeants, à la fois lointains et si présents, avaient vite été chassés de mon esprit lorsque j'avais pu être assez proche pour mieux discerner l'agitation qui régnait ici.

Mon regard avait naturellement été attiré par les hybrides qui travaillaient à consolider les murailles et les premiers bâtiments que je voyais. Manoa était peut-être parmi eux. Là, tel un robot désincarné, prêt à travailler des heures. Pourtant, aucun de ces visages ne me rappelait le sien. Et si lui aussi avait changé ?

— Je suis ici pour aider, bien entendu ! m'exclamai-je en me tournant finalement vers le protecteur, presque outrée qu'on me demande des comptes à moi, une hybride de la noblesse !

Il eut une sorte de moue dubitative. Depuis l'attaque d'Olyméa, la ville la plus puissante du Cercle, les gens devaient sûrement se retrancher derrière leurs murs. Aucune bonne âme ne prendrait de tels risques, à moins quelques opportunistes, et c'était probablement la seule carte que je pouvais jouer.

— De plus, j'ai des informations importantes que j'aimerais remettre aux membres du Conseil, insistai-je avec une dignité surjouée.

L'hybride observa son scanner et dut voir que mon rang, inventé par Zefryam, était important, à l'équivalence de ma richesse présumée.

— Je vois, déclara-t-il d'un ton presque neutre.

Il eut un geste légèrement empreint d'agacement pour m'indiquer que je pouvais entrer.

J'enjambai les décombres au pied desquels je m'étais présentée et pénétrai dans la ville sans plus un regard pour cet individu.

L'ambiance n'était plus à une riche sérénité, comme j'avais pu l'apprécier lors de mes premiers jours à Opra. Même les rues qui n'avaient pas souffert le moins du monde des combats semblaient plus austères, moins fleuries malgré la fête du printemps qui aurait dû assommer les passants de couleurs et de feuillages. Je ne savais trop pourquoi – au vu de mes relations plutôt tendues avec les azras fondateurs – cela me fit mal au cœur. Je passai près d'une rivière et fus presque certaine que c'était l'une de celles que j'avais traversées avec Manoa, sur une petite barque. Il me manquait. Toute cette ambiance me manquait. Ce souvenir où j'avais goûté pour la première fois à la liberté des sens me faisait mal par sa beauté. Sa beauté perdue.

Les gens étaient tristes ou pressés. Personne ne faisait attention à moi. Je parcourus toute la ville, montai chaque marche en revisitant mes souvenirs d'humaine par la même occasion, en écoutant le souvenir du rire de Manoa carillonner à mes oreilles. Puis bientôt, le palais des azras fut devant moi. Je pris une forte inspiration avant d'entamer l'ascension des marches qui menait au repaire de mes ennemis.

Arrivée près des portes gigantesques, un protecteur s'arracha de son poste et me barra la route.

Cette fois, je n'avais pas peur. Je n'avais pas la tête basse. Je savais que ma tenue étincelait au soleil, que mes cheveux accrochaient pareillement la lumière et que mes yeux nouvellement verts faisaient de moi une autre, une autre au regard tout aussi désarmant. Je ne laissais donc pas l'hybride me prendre à défaut. Je franchis la dernière marche pour me hisser à sa portée.

— Je suis Eleanor Wardell de Méliocor, j'ai des informations importantes à livrer au Conseil.

Je tendis naturellement mon bras ainsi que me l'avaient conseillé mes amis. L'hybride scanna mon TS. Les informations qu'il lut sur son appareil lui confirmèrent mes dires. Il passa aussitôt un appel avec son propre TS réclamant l'ouverture des portes et s'effaça respectueusement pour laisser passer la noble que j'étais à ses yeux.

Assurément mieux protégé que les autres édifices, le Palais était semblable à lui-même lorsque j'y pénétrai, toujours aussi immense, pompeux, aux dimensions carrément abyssales. La quiétude d'autrefois, l'agitation sereine qui régnait la première fois où j'avais mis les pieds dans ce lieu en tant qu'humaine, n'était plus au goût du jour cependant. Les nobles marchaient plus vite, se frôlaient dans des bruissements de tissus et parlaient à voix basse. Certains semblaient affairés à de sérieuses occupations, d'autres devaient deviser lourdement sur l'avenir de leur ville. Plusieurs visages se tournèrent vers moi. Je fus jaugée de la tête aux pieds. Eléa, l'hybride qui cachait sa nature d'humaine, était passée inaperçue. Pas Eleanor.

Je gardais la tête fièrement levée, en les détaillant tous moi aussi, leurs robes, leurs toges, les couleurs douces et dorées qui rappelaient leur richesse. Tous ces hybrides me parurent minables. Parce que tous, ici, n'étaient pas des azras, et pourtant ils consacraient leur temps à lécher les pieds de ces derniers pour obtenir les miettes de leur pouvoir. Et ils appelaient cela une ville juste ? Pour les esclaves, l'injustice était flagrante ; pour ces nobles, elle était écœurante, méprisable parce qu'ils semblaient s'y complaire.

Et si je leur disais ? Et si je laissais les effets des produits s'estomper et que je devenais sous leurs yeux l'azra que j'étais, la jeune azra, la dernière ? Depuis deux mille ans, on leur racontait que toute mutation était impossible. Cela pourrait passer pour un mensonge supplémentaire de la part du Conseil, qui en subirait les conséquences...

Cette vaste salle était le théâtre parfait d'un coup d'État. Je sentais la peur dans les mines, l'incertitude dans les jolies mises, les gens doutaient de leurs dirigeants, c'était le moment idéal pour oser un soulèvement. Mon regard franc et froid croisa celui de quelques hybrides qui me jaugèrent presque étonnés. Ils vivaient ici depuis des siècles et se demandaient sûrement qui j'étais. La tentation de leur faire savoir était grande, peut-être parce qu'il y avait toute cette colère qui bouillait dans mes trop jeunes veines d'azra.

Mais il y avait Manoa. C'était pour lui que j'étais là, pour lui que je m'étais déguisée en l'un de ces parasites de la société.

Une jeune femme s'approcha de moi. Vêtue d'une longue toge plus discrète, elle devait servir au palais et avait été prévenue de mon arrivée par l'hybride situé à l'entrée.

— Madame Wardell, vous pouvez me suivre, s'il vous plaît ? demanda-t-elle très respectueusement.

— Bien sûr.

Nous fîmes quelques pas vers un couloir large et cependant plus discret, quittant ainsi l'immense hall ponctué de colonnes. Je me sentis absorbée par la masse des hybrides qui parcouraient ces murs. J'étais moi aussi l'une de ces pauvres créatures venues pour quémander l'attention des azras.

— Madame, nous venons de soumettre votre requête à l'intendante du Conseil, reprit la jeune hybride qui portait ses longs cheveux bruns brillants noués en tresse derrière sa nuque. Malheureusement, de nombreux nobles ont déjà réclamé un entretien. Vous êtes sur liste d'attente et il se pourrait que vous ayez à patienter longtemps...

— Avez-vous indiqué que je dispose d'informations importantes ?

— Oui madame, bien entendu, répondit-elle poliment.

C'était donc pour cela qu'elle m'avait entraînée à part ; m'opposer un refus discrètement pour ménager ma susceptibilité de riche créature.

— Enfin, je ne comprends pas, fis-je mine de m'agacer. N'ont-ils pas même envie de savoir ce que j'ai à dire ?

— Madame, tous les hybrides de la noblesse affirment apporter des renseignements de la plus haute importance en ces temps de guerre...

— Tous les hybrides ont-ils des informations sur l'humaine qui a fui Olyméa le soir de l'attaque ?

À ma plus grande surprise – bien que je n'en laisse rien paraître – l'hybride ne fut même pas étonnée.

— Beaucoup de personnes prétendent avoir vu cette jeune humaine enceinte prendre la fuite, effectivement, répondit-elle en parlant plus bas. Les pistes sont nombreuses et, bien entendu, nous mettons un point d'honneur à les étudier consciencieusement mais cela prend du temps.

Avec les récents événements, la peur qui s'immisçait dans l'esprit de leurs sujets, les azras du Conseil devaient être sollicités de toutes parts au sujet de mon existence. Zefryam et Ana avaient raison. J'étais célèbre désormais.

— Je viens expressément de Méliocor, je ne peux pas me permettre d'attendre plus longuement, insistai-je.

— En effet, je le conçois. Nous ne logeons plus personne au palais pour des raisons évidentes en ces temps troublés, mais nous avons des hôtels parfaitement sécurisés encore à disposition.

Je n'avais plus d'autres options que de m'isoler pour contacter Ana sur son TS sécurisé, c'était notre plan en cas d'échec des premières tentatives. Cela me mina. Perdre encore du temps...

— À moins que vous ne connaissiez *quelqu'un* qui puisse vous loger sur place, un noble vivant au palais, ajouta doucement l'hybride.

Je la toisai, un peu songeuse. Elle venait de me suggérer de faire jouer mes relations, peut-être même pour obtenir de rencontrer le

Conseil plus rapidement ? C'était une possibilité que nous avions aussi envisagée sans grand espoir : tous les alliés d'Ana et de Zefryam allaient se défiler si je venais en leur nom. Ils étaient désormais bannis et peut-être même tenus pour responsable de la guerre... De plus, attirer l'attention sur mon lien avec eux pourrait aiguiser la méfiance... Mais avais-je le choix ? Avais-je des relations à Olyméa ? Je faillis me ranger à l'idée évidente que non, lorsque je me souvins brutalement d'une information. Il y avait peu de chance qu'elle me mène quelque part et pourtant, j'allais la tenter. Parce que c'était mon tempérament désormais de tenter l'impossible. Jusqu'à maintenant, ça m'avait plutôt bien réussi.

— Oui... Oui, effectivement je connais bien quelqu'un, assurai-je. Madame Delambrosio, mais elle ne doit plus porter ce nom désormais.

La jeune hybride chercha immédiatement dans les fichiers de sa tablette tandis que je me souvenais du magnifique visage de Manoa, lorsque, dans un restaurant, il m'avait confié tristement que sa mère l'avait rejeté, qu'elle avait fondé une nouvelle famille et qu'elle vivait à la Cour.

— Madame Leyna Arimald vous voulez dire, effectivement, elle s'est remariée.

— C'est bien ça, Leyna, confirmai-je en priant pour que ce soit bien elle.

— Dois-je la prévenir de votre désir de la voir ?

— Oui, s'il vous plaît. Toutefois, ne précisez pas mon nom. Dites-lui simplement que je suis une amie de son fils. Elle comprendra.

Je m'improvisais « reine du bluff ».

— Très bien, je vais la prévenir de ce pas.

L'hybride me désigna un confortable salon devant lequel nous nous étions arrêtées.

— Pouvez-vous m'attendre ici pendant que je la contacte ?

— Bien entendu, souris-je en joignant le geste à la parole.

Leyna avait deux fils, cela laissait une marge importante de choix. Peut-être que la curiosité l'emporterait et qu'elle accepterait de me recevoir. Ensuite... ensuite, je lui dirais la vérité, au moins en partie. C'était son fils, et même si – de toute évidence – leurs relations n'étaient pas au beau fixe, il était de sa chair. J'étais mère, moi aussi.

La sécurité de ma fille était ce qui m'importait le plus au monde. Cette femme pouvait ne plus être proche de Manoa pour des raisons de style de vie. Cependant, le savoir en danger pourrait changer son opinion... Elle réagirait forcément. Et elle m'aiderait. Du moins, je l'espérais.

J'en profitai pour vérifier le dosage de mes colorations sur les jauges de mon TS. Il ne restait plus grand-chose. L'appareil diffusait naturellement les liquides dans mon sang à mesure que celui-ci les éliminait. Mon corps faisait un travail de nettoyage très rapide. C'était peut-être le moment d'en profiter.

L'hybride revint brutalement.

— Madame Arimald est prête à vous recevoir.

Je souris, soulagée, tout en veillant à ne pas trop le montrer. Tout restait à jouer de toute façon. Je fus accompagnée dans une série de couloirs et de volées de marches jusqu'à une zone très pompeusement décorée, fontaines et fenêtres s'ouvrant sur des jardins ; de toute évidence, nous étions dans l'aile où vivaient nombre d'hybrides de la noblesse. Mon cœur battait plus fort. Mais rien d'inquiétant. Jamais plus ses battements ne le seraient. Ce rythme ne faisait que son boulot : améliorer mes capacités cérébrales pour mieux répondre à la situation stressante.

L'hybride frappa pour moi à une porte et s'effaça lorsque cette dernière s'ouvrit. Un esclave me fit pénétrer dans un magnifique salon baigné de soleil, avec une vue impressionnante sur la cité meurtrie. L'appartement n'était pas aussi somptueux que celui d'Ana, moins grand peut-être, simplement plus chaleureux.

L'esclave était une hybride, aux prunelles douces, au corps très fin. Mes lèvres se crispèrent légèrement en imaginant que Manoa avait pu faire ce genre de choses. Mais sûrement pas chez sa mère qui devait tout ignorer de sa situation.

Une femme d'une grande beauté entra subitement dans la pièce. Je n'eus aucun doute sur son identité en constatant la vénusté de ses longs cheveux noirs contrastant avec sa peau de porcelaine. Cela me troubla. Elle lui ressemblait. Elle avait un visage d'une finesse exemplaire, une grâce sans pareille et un regard... un regard plus argenté que le bleu cruellement délicieux de Manoa. Un regard plus froid. Elle me jaugea, d'abord avec un sourire poli et curieux puis bientôt avec une sorte d'inquiétude qui fit retomber les commissures de sa bouche. Elle semblait si jeune. Humaine, il aurait été impossible qu'elle soit la mère d'un jeune homme tel que Manoa. Elle pouvait tout à fait passer pour sa sœur. Elle s'efforça d'être polie et de reprendre contenance en m'adressant un geste pour m'inviter à m'asseoir tandis qu'elle prenait place gracieusement dans un canapé recouvert de soieries.

— Êtes-vous une amie de Menotti ? demanda-t-elle avec espoir.

Menotti... Sûrement son deuxième fils.

— Non, fis-je en m'asseyant pour paraître moins envahissante. Je suis une amie de Manoa.

Son visage se glaça instantanément.

— Qui êtes-vous ? demanda-t-elle froidement.

— Quelqu'un qui tient à votre fils. Savez-vous où il se trouve actuellement ?

— Non, et cela ne m'intéresse pas.

Elle eut un bref regard vers la porte, sûrement vers laquelle elle espérait que je me rende.

Je me penchai doucement.

— Leyna, il a été condamné injustement.

— Je sais très bien tout ça, fit-elle, il a protégé cette saleté d'humaine. Peut-être est-il même à l'origine de cette guerre...

Je la contemplai, surprise.

— Comment pouvez-vous penser cela ?

— N'avez-vous pas entendu ce que l'on raconte ? s'indigna-t-elle, gênée par ma présence et néanmoins, quelque part troublée que nous abordions ce sujet qui l'ébranlait d'une certaine façon. L'ébranlait de honte.

Elle soupira devant mon air incrédule.

— Manoa a eu beaucoup de femmes dans sa vie, expliqua-t-elle. Je présume que vous êtes l'une d'entre elles. C'est un séducteur. Un manipulateur, tout à fait comme son père, qui n'a aucun sens du respect. J'espérais que le temps le changerait jusqu'à ce que j'aie eu vent de cette rumeur. Il aurait fait entrer une humaine à Olyméa, et les perrestres nous ont déclaré la guerre pour la récupérer.

— Mais ce n'est pas du tout ça ! m'exclamai-je, ahurie.

— Ah bon ? Qu'en savez-vous ? Sûrement ce qu'il vous a raconté avant d'être condamné et à juste titre ! Je ne veux plus entendre parler de Manoa. C'est un traître et je ne supporterai pas que son nom porte préjudice à ma famille.

Je ne savais pas par quoi commencer. Que les faits aient été déformés à ce point n'avait rien d'étonnant. Ceci dit, lui expliquer toute l'histoire pourrait tout empirer...

— Mais il *est* votre famille ! m'indignai-je finalement. Et je vous supplie de me croire, il est innocent. Il n'est pas à l'origine de cette guerre, ni lui ni cette humaine.

Elle se leva, comme trop dérangée par toutes les émotions que cette conversation remuait.

— Comment pouvez-vous en être si certaine ? Parce que quoi ? Vous *l'aimez* peut-être ?

Elle était partagée entre irritation et mépris. S'il y avait de la colère en elle, c'est qu'elle ressentait encore quelque chose pour lui, quelque chose de fort... Parce que c'était sa mère.

— Et vous ? demandai-je. Ne l'aimez-vous pas ? Il a besoin de vous.

— Même si j'en avais envie, comment pourrais-je intervenir ?

— Aidez-moi à obtenir une audience avec l'un des membres du Conseil. Vous avez une position importante au palais et depuis longtemps.

Je m'étais levée, et m'avançais lentement vers elle, avec toute la douceur dont j'étais capable.

— Comment pourriez-vous espérer que le Conseil vous écoute ? Il ne prendra jamais en compte les dires d'une des proies de Manoa, assez stupide pour le croire innocent qui plus est !

— Je ne suis pas une proie de Manoa..., dis-je en m'approchant. J'ai des arguments qui pourraient les faire plier, les pousser à le libérer. Vous êtes sa mère. Malgré toute la déception qu'il représente à vos yeux, rien, jamais, ne vous empêchera de l'aimer. Parce que vous êtes une bonne personne. Une personne suffisamment intuitive pour sentir que je peux agir en sa faveur.

— Qui êtes-vous ?

J'étais tout près d'elle et je savais que les colorations ne feraient bientôt plus effet, tout comme l'Imative B. La légère sensation qui avait parcouru mon organisme lors de son absorption revint. Je vis les yeux de Leyna s'écarquiller à mesure que les miens s'étoilaient à nouveau, à mesure que ma peau reprenait sa teinte lunaire éblouissante... et que mes cheveux s'assombrissaient tout comme mon regard, redevenue une pure nuit dans l'espace.

Elle fit un pas en arrière, choquée, terrifiée.

— Qu'est-ce que... Comment est-ce possible ?

— Leyna, Manoa ne m'a pas aidée à entrer dans Olyméa, mais il m'a sauvée. Et aujourd'hui, je suis plus vivante que jamais. Je suis là et je pourrais plonger cette ville dans le chaos si je le souhaitais. Seulement, tout ce que je veux c'est le sauver, lui, le sauver parce qu'il le mérite. Parce qu'il a une âme magnifique et vous, sa mère, vous le savez plus que nulle autre.

— Qu'est-ce que vous racontez... vous... qui...

— Je comprends que vous ne vouliez pas vous mêler de cette histoire et moins vous en saurez, mieux vous vous porterez. Tout ce que je vous demande, c'est un tuyau, n'importe quoi qui me permettrait de parler aux azras du Conseil.

Je me tenais juste devant elle, j'étais brune, j'étais une azra désormais, et je savais que je l'impressionnais. Elle devait comprendre sans le vouloir que tout un pan de cette histoire lui échappait, que la situation était grave et que son choix pourrait sauver son fils. Je pris doucement ses mains.

— Leyna, vous l'avez tenu entre vos mains, quand il était tout bébé. Vous avez touché sa peau et senti sa chaleur. Ce jour-là, vous avez su que c'était l'un des plus grands amours de votre vie, murmurai-je en ressentant en moi ce délice relatif à la naissance de Joy.

Ce délice que toute mère devait avoir ressenti, au moins un quart de seconde, au moins un bref instant.

Ses yeux papillonnèrent, elle avait la bouche entrouverte et me regardait avec une sorte d'hébétude. Je vis des larmes s'amonceler dans son regard très clair. Avais-je réussi ? Avais-je su lui rappeler qu'entre Manoa et elle, il y avait un lien qu'aucune force de l'univers ne pourrait jamais atomiser ?

Il y eut un bruit dans l'appartement, le grincement d'une porte, un souffle. Cela sembla rompre le charme. Leyna se tourna brutalement vers la source présumée de ce son.

— Non, murmura-t-elle en me regardant à nouveau. Vous n'arriverez pas à me manipuler. Je ne sais pas qui vous êtes. Je n'ose pas le savoir. Je ne veux pas le savoir ! Sortez ! Sortez immédiatement de ma vie ! Je ne veux plus jamais entendre parler de Manoa et encore moins de vous !

— Mais...

— SORTEZ ! hurla-t-elle, les yeux emplis de rage.

Qu'avais-je fait ? Quelle erreur avais-je commise pour la mettre dans cet état ?

Elle était si bouleversée que je pris la porte immédiatement, craignant qu'elle ne réclame aux protecteurs de venir me chercher. J'avais pris de gros risques...

Je me retrouvai seule dans le couloir et activai le pas immédiatement, espérant retrouver l'un de ces petits salons réservés aux visiteurs où je pourrais reprendre mes colorations.

Ce n'était pas simplement une rumeur, tout le monde semblait au courant qu'une humaine avait quitté Olyméa, même si les faits avaient été gravement déformés. De nombreux hybrides pourraient donc me reconnaître. Or, j'étais redevenue Lisor, une brune au teint d'azra...

Je fus rapidement certaine que quelqu'un me suivait. Pas un protecteur. Quelqu'un qui tâchait de se montrer discret tout comme je l'étais. Lorsque j'aperçus quelques canapés au détour d'une porte ouverte, je pénétrai dans la pièce sans plus attendre et courus vers les toilettes attenantes. Je me hâtai alors de sortir les colorations de mon sac, les décapsulant dans des gestes empressés avant de les faire couler dans mon TS. Sauf qu'avant d'avoir pu activer quoi que ce soit, la porte s'ouvrit et celui qui la passa me stupéfia.

Il ressemblait à Manoa. Pas de manière évidente cependant. Il y avait juste quelque chose, dans son aspect, dans son allure qui rappelait le grand brun ténébreux que j'aimais. Toutefois, cet hybride-là était un peu plus jeune. Ses cheveux plutôt châtains. Ses traits plus doux. Plus discrets. Sa beauté – réelle, ardente – plus froide, tout comme ses yeux, lumineux comme de la roche éclaboussée par les embruns d'une mer déchaînée. Il ferma la porte derrière lui et resta contre elle, à me détailler. Ses yeux se posèrent sur ma peau diaphane, sur mes sombres cheveux épais, sur ma main gauche figée autour de mon TS, puis ils remontèrent lentement vers les miens.

— Menotti ? demandai-je.

— Et toi ? demanda-t-il. N'es-tu pas censée être humaine ?

Sa voix était froide, ferme et posée. Il se détacha lentement de la paroi contre laquelle il se tenait et s'approcha en gardant une distance très réglementaire entre nous. Son port était gracieux bien que très raide. Sa veste sombre élégante au possible, au col haut, accentuait la rigidité de sa posture.

Je faillis ouvrir la bouche mais il me coupa immédiatement d'un geste de la main, assez sec sans être agressif pour autant.

— Non, ne me dis rien. Je ne préfère pas savoir qui tu es réellement. Je pense que ça vaut mieux pour ma sécurité, n'est-ce pas ?

Je fis lentement oui de la tête.

— Est-ce que Manoa est vraiment en danger ? ajouta-t-il.

— Oui, murmurai-je, enfin j'ignore totalement où il est... et même si...

— S'il est encore en vie ?

— Oui, avouai-je dans un souffle.

J'étais moi-même, je ne lui cachais rien de ma détresse. J'avais parfaitement compris que c'était ce qu'il voulait. La vérité. Ou tout au moins une partie de cette vérité.

— Tu connais bien mon frère, n'est-ce pas ? m'interrogea-t-il.

— Oui, je crois que je le connais bien.

Nous restâmes silencieux un moment et je sus que Menotti tâchait de comprendre. Je correspondais sûrement à la description de l'humaine dont tout le monde parlait. Cependant, j'étais une azra. Ce qui était techniquement inconcevable.

— Tu es capable de te faire passer pour une hybride à ce que je vois, déclara-t-il en désignant tout mon matériel d'un geste. Alors, tu as très bien pu te faire passer pour une humaine... Tout ceci est-il seulement un jeu politique ? Je ne veux pas en savoir trop, certes... Peux-tu me dire au moins si mon frère s'est retrouvé mêlé à une sombre affaire... qui visait à faire tomber le Conseil ?

C'était ingénieux d'imaginer que je pouvais être une intrigante et pas une simple humaine, ballottée par les événements complètement dingues de sa vie. Cette version-là de ma personne, qu'il regardait d'un œil à la fois soupçonneux et craintif, me plaisait beaucoup.

— Non… je n’ai jamais…

Je réfléchis un instant, estimant qu’il était inutile de lui rétorquer que j’avais joué bien des rôles, mais celui de la fragile humaine était malheureusement le seul que la nature m’avait imposé. Je repris plus doucement, haussant le menton avec foi et sincérité :

— Je l’aime, j’aime Manoa, rétorquai-je simplement.

Ces mots qui agaçaient sa mère avant même que j’aie eu le temps de les prononcer n’auraient pas le même effet sur lui. Il voulait la vérité. Au moins une part de la vérité.

— Et je peux t’assurer que Manoa n’a trempé dans aucune manœuvre politique visant à renverser le pouvoir. Moi non plus, d’ailleurs. Tout ce qu’il voulait, c’était protéger ma vie. Et il m’a sauvée. C’est à mon tour de le sauver. Est-ce que tu peux m’aider ?

Je voyais sur son visage, malgré le masque de froideur derrière lequel il s’était retranché, qu’il me croyait, qu’il pressentait mon honnêteté et la gravité d’une situation dont il ignorait tout.

— Je le connais à peine, finit-il par répondre en baissant les yeux. Je l’ai juste entraperçu à de rares événements et nous n’avons jamais souhaité nous parler.

Puis il releva les yeux.

— Mais c’est quand même mon frère, affirma-t-il avec une sorte de ferveur, voilée de noblesse. Quand j’ai appris qu’il était condamné, cela ne m’a pas plu.

Il sembla hésiter puis tira subitement quelque chose de sa poche.

— Prends ceci, ajouta-t-il en me tendant une sorte de petite carte blanche.

— Qu’est-ce que c’est ?

— Un pass qui te permettra d’accéder à l’aile réservée exclusivement aux azras.

Je poussai un soupir, partagée entre étonnement, incertitude et soulagement. C’était beaucoup trop beau pour être vrai. Il m’expliqua alors brièvement par quels couloirs j’accèderais le plus rapidement à la zone que ce pass déverrouillait.

— Ne reprends pas ce produit qui fera de toi une hybride, m’indiqua-t-il. En tant qu’azra là-bas, tu auras beaucoup plus de chance de rencontrer ceux du Conseil.

— Comment est-ce que tu as fait pour obtenir un tel pass ? lui demandai-je.

— J'ai mes entrées auprès d'une azra... fit-il.

Cela ne dura qu'un instant, néanmoins je reconnus sur son visage l'ombre du sourire séducteur de Manoa et cela me fendit le cœur. Il dut le percevoir car son expression se troubla quand il croisa mon regard. Pendant quelques secondes, nous fûmes mal à l'aise.

— Merci, murmurai-je finalement. Merci. Cela pourra peut-être lui sauver la vie.

— Je l'espère, répondit-il en ayant retrouvé toute sa froideur naturelle.

Il fit un geste pour amorcer son départ. Je m'avançai d'un pas pour le retenir.

— Je ne voulais pas importuner ta mère, je suis vraiment navrée si je lui ai fait du mal. Elle s'est subitement mise en colère et je ne comprends pas pourquoi...

Il eut un sourire.

— Oui, je sais, j'étais là, j'ai espionné la scène, avoua-t-il. Ma mère... Elle ne supporte pas quand les azras utilisent leur pouvoir sur nous. Quand elle s'en rend compte, elle se met en colère.

— Mais je n'ai pas utilisé mes pouvoirs... ! J'ai juste tenté de lui faire ressentir...

Je m'arrêtai net. J'avais ressenti intensément l'amour que j'éprouvais envers ma fille et je l'avais transposé à Leyna. J'avais tout fait pour réveiller chez elle son amour maternel. Comme je l'aurais fait en tant qu'humaine. Mais désormais, j'étais une azra. Mon influence naturelle sur les autres avait dû s'intensifier avec la mutation. Peut-être avais-je réellement utilisé une partie de mes nouveaux pouvoirs, sans même m'en rendre compte.

— Tu l'as fait, je peux t'assurer que tu l'as fait, rétorqua Menotti après m'avoir considérée avec perplexité. Ma mère ne t'aurait jamais laissée parler aussi longtemps si tu n'avais pas usé de tes dons sur elle et assez puissamment il me semble, car elle ne l'a pas détecté tout de suite – elle s'est beaucoup entraînée pour y parvenir. Tu as l'air surprise par ce que je te dis...

J'étais un peu perdue. Avec Menotti, je n'avais pas cherché à remuer ses bons sentiments, j'avais juste fait part des miens. De toute évidence, c'était la clef pour ne pas user de dons qui me dépassaient.

— Je le suis, dis-je en relevant les yeux. Seulement, te dire pourquoi, ce serait te révéler des choses que tu ne veux pas savoir.

— En... en effet, dit-il lentement, le front barré par la réflexion. Je ne veux pas savoir.

Je fus malgré tout certaine qu'il se demandait si j'étais réellement la jeune azra que je semblais être et si cela impliquait donc tout ce qu'il imaginait... Une mutation récente... Il me jaugea encore un instant, tenté de me demander la vérité. Toute la vérité. Je n'allais pas la lui cacher, je sentais que je pouvais avoir confiance en lui. J'attendis donc, le regardant patiemment, cherchant encore dans ses traits, le reflet de ceux de Manoa. Il baissa finalement les yeux, il ne voulait pas perdre toute la vie qu'il s'était construite ici et peut-être même mettre en danger sa mère.

— Bonne chance à toi, alors...

— Lisor, je m'appelle Lisor.

— Bonne chance à toi, Lisor. Qui que tu sois réellement, j'espère que tu sauveras mon frère. Et que tu m'oublieras ! ajouta-t-il en me souriant.

— Promis, je vais t'oublier, Menotti, plaisantai-je avec dans les yeux la promesse inverse : celle que je n'oublierais jamais l'aide qu'il m'avait apportée en ce jour.

Il la reçut d'un hochement de tête amical et disparut par la porte.

Je revis Eleanor surgir sous mes yeux, sa blondeur effaça mes cheveux sombres et la nuit dans mes yeux fut balayée par l'émeraude vivante qui y prit place. Je venais de m'injecter à nouveau des colorations. Même si j'allais suivre le conseil de Menotti et me présenter en tant qu'azra parmi ces derniers, je ne comptais pas leur permettre de me reconnaître immédiatement. Cela ne correspondait pas au plan que j'avais monté avec Zefryam.

Je ramenai mes longs cheveux blonds sur mes épaules, les restructurai un peu, amusée de devoir m'approprier un tel changement dans de si bonnes conditions et envoyai un sourire confiant au miroir. J'étais ravie de m'être fait un allié de choix.

Je quittai les toilettes et le salon privé pour suivre les indications données un peu plus tôt par Menotti. Je marchai d'un pas serein, mais tâchai de ne pas croiser le regard des quelques hybrides que je rencontrai dans les couloirs. Mon sens de l'orientation déjà bien affûté par mes années d'errance dans les bois en tant qu'humaine, s'était perfectionné avec la mutation. J'aurais peut-être même pu dégoter le quartier des azras par ma seule intuition, ne serait-ce que grâce au décor qui rappelait davantage un pied-à-terre pour les dieux. N'était-ce pas dans cette illusion qu'avait été créée Olyméa… Un nom qui rappelait celui de l'Olympe ? Mes hôtes n'avaient absolument pas de problème d'estime d'eux !

Lorsque mon pass ouvrit soudainement la porte que j'espérais – assez discrète mais dont les indications tacites (mots en latin gravés sur son pourtour et autre décor prétentieux) en avaient révélé l'usage – je ne pus m'empêcher de retenir un sourire. Je touchais enfin au but. Le pire restait à venir. Convaincre les azras ne serait pas une mince affaire. Mais j'allais tout tenter.

Le couloir dans lequel je débouchai et sur lequel se referma aussitôt la large porte coulissante était magnifique. Les murs étaient parcourus de décors luminescents représentant une nature irréelle, comme une peinture vivante, dont les couleurs changeaient selon mes mouvements. Le silence était doux, serein, des bustes antiques décoraient habilement les lieux. Je m'arrêtai devant une arcade qui donnait sur une immense salle où trônait une fontaine. Même les esclaves semblaient plus beaux et plus richement vêtus dans cette partie du palais. Un puits de lumière faisait pénétrer les rayons naturels du soleil qui tombaient sur toutes les frondaisons aménagées autour du bac d'eau, comme un jardin intérieur. Des hybrides riaient aux éclats auprès de quelques azras qui m'étaient inconnus. Ce fut l'Écoute qui me permit de percevoir plus aisément les azras, dont les yeux brillants et la peau se confondaient avec ceux des hybrides dans cette ambiance lumineuse et décontractée.

Une servante s'approcha de moi avant que je ne pénètre dans les lieux. Pour le moment, personne ne m'avait vue et je ne voulais pas que les choses changent à ce propos.

Elle s'inclina et me demanda comment elle pouvait m'être utile.

— Je souhaite voir Julian, répondis-je simplement, sûrement comme l'eût fait l'une de ces créatures qui se prenaient clairement pour des divinités.

— Qui dois-je annoncer ?

— Une vieille amie, inventai-je en souriant.

Je vis un homme au fond de la salle somptueuse, se redresser et me regarder avec attention. Je perçus brièvement l'éclat dans ces prunelles. C'était un azra, l'un de ceux qui vivaient à Olyméa sans présider pour autant le Conseil. Peut-être le fondateur de la lignée d'Allan ou de tout autre hybride que j'avais croisé... Un de ces êtres qui vivaient pour son bon plaisir, sans se fatiguer à gouverner, mais pas davantage à travailler pour gagner son pain. Il s'approcha rapidement et m'adressa un sourire très intéressé en me détaillant.

— Impossible, je ne vous ai jamais vue, déclara-t-il tandis que la servante s'effaçait avec la promesse de voir si Julian était disposé à me rencontrer.

Il tendit le bras dans le dessein de me faire un baise-main, je ne vis pas comment me dérober et le laissai faire.

Malgré sa peau lumineuse, son teint était légèrement voilé, ses cheveux noirs bouclés, son long nez typé. Magnifique, bien entendu, comme l'étaient tous les azras, il avait un côté chaleureux qui déteignait avec sa race.

— À qui ai-je l'honneur ? demanda-t-il, plein de curiosité et d'espoir.

Tellement de siècles à ne faire que parader. Je comprenais qu'un visage inconnu devait lui paraître hautement distrayant.

— Monsieur va vous recevoir dans son bureau, vous pouvez l'y attendre, déclara subitement la servante qui était revenue sans bruit.

Je souris et fis un signe de tête sympathique à l'azra sans pour autant lui répondre.

Le bureau de Julian était magnifique, vaste, tapissé d'étagères sculptées, elles-mêmes couvertes de livres. De grandes vitres au style vitro-moderne filtraient la lumière de manière étrange, emplissant les lieux de rayons pâles. Je me tournai vers les livres, les observai et sus qu'il serait bientôt là. Je le sentis par l'Écoute, je reconnaissais son pas et sa présence. Mes poings se crispèrent. Heureusement, Julian n'était pas l'azra qui m'avait le plus agacée. Au contraire, c'était bien pour cette raison que je l'avais fait demander, lui, plutôt qu'un autre.

J'effleurai mon poignet d'une main distraite... Et si j'usais du même stratagème sur lui ? Celui avec lequel j'avais impressionné la mère de Manoa ? Je n'avais rien à cacher à Julian. Le prendre au dépourvu, par contre, me donnerait peut-être un léger avantage. Il avait deux mille ans, se servait de ses pouvoirs d'azra depuis autant de temps... Le moindre de mes plans pourrait être aisément déjoué. Alors, j'avais le loisir de soigner mon entrée, de tout tenter.

Quand il pénétra dans la pièce, je demeurais de dos, faisant mine d'observer les livres. En réalité, je tapotai le cadran de mon TS pour désactiver l'usage de toutes mes colorations. Ensuite, je me tournai doucement vers Julian. Il n'avait pas changé, ce magnifique azra aux cheveux blonds foncés, aux yeux incroyablement clairs et dangereux, au sourire séducteur et inquiétant. « Le psychopathe », comme je l'avais surnommé lorsque je l'avais rencontré en tant qu'humaine. Étrangement, il ne me faisait plus peur. Pas parce que j'étais une azra. Simplement parce que tout était possible maintenant. Je le savais.

Il venait de s'appuyer sur son bureau, comme pour mieux apprécier la visite surprise de la « vieille amie » dont il n'avait pas encore deviné l'identité. Des jeux comme ceux-là devaient être nombreux parmi les azras qui, parfois, ne se voyaient pas pendant des siècles. Mais son sourire s'effaça soudainement, laissant place à la stupéfaction, à mesure que je devinais mes cheveux reprendre leur couleur marron sombre sur toute la longueur de leurs épaisses boucles, à mesure que mes yeux se voilaient d'une teinte châtaigne, ponctuée d'éclats argentés et dorés, à mesure que mon visage aux traits délicats – ceux de l'humaine qui s'était perfectionnée, dont la beauté s'était vue sublimée au possible par la mutation – étaient identifiés par sa mémoire, à mesure que je devenais enfin moi-même, Lisor, l'azra, celle que rien ne pouvait arrêter. Mes sourcils aussi avaient sûrement récupéré leur teinte sombre, je les fronçai, jaugeai durement Julian et levai légèrement le menton, trop tentée de lui confirmer d'un regard comme c'était bon pour moi d'avoir réalisé ce que le Conseil n'aurait jamais cru possible, ce qu'il n'aurait pu imaginer, d'être celle qu'il ne pourrait plus contrôler.

— Non, non, murmura-t-il, totalement abasourdi. C'est impossible... Lisor ?

Chapitre 13

— C'est bien moi, répondis-je avec sobriété.

Julian et moi nous toisâmes un moment. Je n'étais plus l'humaine terrifiée qui se recroquevillait contre Manoa dans la salle du procès, le premier lieu où nous nous étions confrontés. Ici, les choses étaient différentes. Ma vue, mille fois meilleure, me permettait de voir ce que je n'avais jamais perçu ; la forme des commissures de ses lèvres, la délicatesse des ailes de son nez, le rayonnement de ses cheveux châtain clair, la gourmandise de son regard bleu. J'avais conclu qu'il était peut-être le plus beau spécimen du Conseil à l'époque, j'étais toujours de cet avis. Même si les six autres magnifiques azras n'étaient pas là pour défendre leur place.

Pendant que j'observais Julian, lui aussi continuait de me détailler. L'étonnement s'était vite mué en un léger sourire sur son visage parfait, il était de ces personnes pour qui tout semblait un jeu. Il étudiait déjà les implications politiques de ma mutation, et voyait sûrement plus loin que je n'en étais capable, tout en s'attardant sur le tour plus délicat qu'avait pris chacun de mes traits, chacun de mes membres. Puis son regard se posa sur le mien. Ce fut un étrange affrontement. Celui de deux azras qui se voyaient pour la première fois. Il voulait jauger celle que j'étais devenue, conscient que les règles du jeu avaient changé, que nos rapports n'étaient plus aussi inégaux qu'avant, et c'était bien ma mission que de le lui rappeler.

— Lisor, murmura-t-il finalement en retrouvant toute sa superbe. Tu me surprends comme j'aime être surpris.

Il y avait bien des choses que je souhaitais lui dire. Mais j'étais ici pour Manoa. Pour sa vie. Mon orgueil et ma rancœur n'avaient pas leur place dans ces circonstances.

Je pris donc soin de me calmer avant de prendre la parole, de ne pas laisser ma jeunesse, l'impétuosité et l'instinct vorace de mes nouveaux gènes prendre le dessus, faisant de moi cette azra instable que craignait tant Ana.

Julian fit quelques pas à nouveau vers moi.

— Ce que je ne comprends pas... Au-delà de toutes les questions que je me pose concernant ta mutation, c'est... pourquoi être venue ici ?

Il me regarda, m'étudia, et je sus que je ne devais pas parler immédiatement, mes poings se serraient déjà trop à mon goût, le souvenir des paroles de Marion, cette azra infecte et méprisante, résonna à nouveau à mes oreilles. Je devais me contrôler.

— T'ai-je manqué à ce point ? s'amusa-t-il.

— Manoa. Je suis venue pour Manoa, répondis-je simplement.

— Mano... quoi ?

Il poussa un soupir et s'assit sur le rebord de son bureau.

— Oh oui, le bel hybride ! se souvint-il avec une moue expressive.

Il m'observa à nouveau très songeur.

— Je ne comprends toujours pas. Tu dois savoir où se trouve Zefryam, que nous avons bêtement banni alors que, de toute évidence, il détient enfin ce dont nous rêvons : une formule remaniée efficace. Et puis, il y a aussi ton enfant... Ces informations pourraient changer l'issue de cette guerre. Penses-tu sincèrement que nous allons te laisser repartir avec ton bellâtre sans contrepartie ?

— Je ne vous donnerai pas ces informations.

— C'est bien ce que j'imagine. Cependant, je pourrais les prendre par la force...

Il souriait, comme si cette idée le mettait en appétit.

— Vous n'en ferez rien, objectai-je encore avec certitude.

Il soupira, même si je savais que cette conversation l'amusait. Je lui enviais presque son lâcher-prise.

— Parce que si vous me faites le moindre mal, repris-je, Zefryam ne vous le pardonnera pas. Vous n'aurez jamais plus aucun espoir d'accéder à la formule remaniée.

— Très intéressant ! me coupa Julian avec les yeux élargis de curiosité. Tu joues sur plusieurs tableaux !

— Pardon ?

— Ah, Lisor... Tu m'as plu dès que je t'ai vue, et tu me surprends de plus en plus. J'avoue que vous allez bien ensemble : Zefryam, l'azra froid et sérieux avec toi, la plus jeune azra qui soit, bouillante de vie et d'espoirs...

— Non, non... intervins-je, écœurée par ce qu'il sous-entendait.

Mais il ne prêtait pas attention à moi, poursuivant son délire.

— ...cela dit, ton nouvel amant a vraiment confiance en mes manières pour t'envoyer chez moi, toute seule, telle une délicieuse sucrerie emballée dans des airs de chaton indigné, ajouta-t-il avec une œillade gourmande.

— Vous faites fausse route ! le coupai-je fermement. Zefryam m'aime comme un *père,* et moi je l'aime comme une *fille* !

Il parut déçu.

— Évidemment, j'oublie que Zefryam préfère pouponner plutôt que conquérir !

— Tout ce que je souhaite, c'est Manoa. Ce n'est qu'un esclave parmi tant d'autres pour vous. Laissez-nous partir et je vous promets que je ne causerai aucun des problèmes que je serais en mesure de vous poser.

Il arqua un sourcil.

— Tu me menaces ? demanda-t-il comme si cela lui faisait plaisir.

Il se détacha de son bureau et s'approcha de moi. Je restai bien droite dans mes bottes.

— Non, je hisse le drapeau blanc, malgré tout ce qui s'est produit.

— Tu es jeune... Il y a en toi une certaine force qui me fait l'oublier..., répondit-il songeur.

Il était plus près de moi désormais. Toutefois, il n'empiétait pas sur mon espace vital.

— Oui, tu es juste très jeune et ils sont ainsi, les premiers amours... Ils valent tous les sacrifices lorsqu'on les vit. Ils font oublier la sécurité élémentaire, parce qu'ils nous font éprouver un sentiment au-dessus de tout autre. On s'y noierait volontiers... Manoa, c'est juste un hybride. Pourtant, il est tout pour toi...

Pendant un vague instant, je faillis tomber dans le piège ; exactement le même que j'avais tendu, sans vraiment m'en rendre compte à Leyna, en éveillant son instinct maternel. Julian essayait de remuer les sentiments que j'éprouvais pour Manoa afin de me faire baisser la garde. Sauf que j'étais plus forte que cela, pas dépendante de cet amour comme il le croyait, comme on risque de l'être quand on tombe dans cette joie trop jeune, pas prêt.

J'étais prête, moi, je m'étais battue, j'avais survécu à coup de griffes mentales et j'allais récupérer celui que j'aimais avec la même détermination. Aussi, quand Julian pénétra dans mon esprit, délicatement, insidieusement, comme Ana m'avait prévenue qu'il le ferait, je fus parfaitement en état de déployer le Bouclier Émotionnel que j'avais préparé.

C'était une forêt superbe, éclairée par les reflets de la lune emprisonnée dans chaque gouttelette, sur chaque feuille. La nuit où je m'étais éveillée en tant qu'azra, cette nuit que je ne pourrai jamais oublier parce que j'y avais pris vie.

Elle était là, au milieu de ce spectacle naturel époustouflant : une chasseresse aux longs cheveux châtain sombre, ondulant sous une brise tiède, sa peau d'albâtre luisant à la lune, son corps parfait vêtu d'une tunique de feuillages ambrés, et son regard noir, piqueté de lumière, de vie et de puissance, qui toisait rudement tout intrus. Un fin sourire s'imprima sur sa bouche délicate. Elle avait mes traits. Mon aspect. Mon odeur et mon aura. Ma force aussi. Elle leva lentement son arc, prête à expulser de manière immédiate quiconque oserait prétendre lire dans mes pensées.

— Manoa n'est pas tout pour moi, affirmai-je en regardant Julian les yeux dans les yeux, certaine qu'il venait de se heurter à cette vision quand il avait essayé de lire en moi, en vain.

Il ne fit aucune allusion à ce qu'il venait de voir, seul un petit sourire me révéla qu'il avait apprécié l'accueil.

— Je l'aime, je veux le sauver comme il m'a sauvée, ajoutai-je très dignement. Je veux être avec lui. Mais ni lui, ni personne, ne détermine qui je suis.

Julian reçut bien le message et se recula vaguement.

— Amusant, tu es en pleine psychothérapie ? se moqua-t-il.

— Vous connaissez tous les enjeux, conclus-je en ne prêtant pas attention à ses moqueries. Mieux que je n'en suis capable. C'est à vous de faire votre choix, ajoutai-je honnêtement.

J'attendis donc, sans faux semblants, sans chercher à entrer dans son jeu de pouvoir ou de séduction. J'étais juste moi-même, cette fille qui, humaine ou azra, aimait et voulait échapper à la guerre.

Julian fit quelques pas dans son bureau, s'arrêta, essuya ses mains l'une contre l'autre dans un geste de réflexion avant de parler à nouveau :

— Soyons clairs. Tu prétends que si je te fais le moindre mal, je m'attirerais les foudres de Zefryam, puisqu'il t'aime, lui aussi, de la manière pathétique qu'il a choisie. D'ailleurs, je sais que Zefryam... Je le connais très bien, quand il aime, il ne cesse jamais d'aimer. C'est même sa malédiction. Mais encore une fois, ai-je vraiment des raisons de le craindre ? C'est un des azras les plus brillants que je connaisse, certes...

Il me regarda longuement et je ne dis pas un mot.

— De son côté, reprit-il, Zefryam t'a envoyée ici en étant certain que j'apprécierais le message sous-entendu. Il me déclare la paix, en t'envoyant de manière discrète, au lieu de te laisser déclamer sur la place publique que tu es cette fameuse humaine que nous n'avons pas su contrôler... et désormais cette fameuse azra qui a su changer le cours de notre Histoire en mutant... Il sait très bien que c'était risqué, alors il compte sur mon fair-play. De plus, je présume qu'il a remarqué à quel point tu es encore plus craquante en tant qu'azra... Et il imagine que je ne vais pas résister à ça...

Il me sourit.

— Et il a tout à fait raison. C'est cette option que je choisis. Vois-tu Lisor, la guerre m'ennuie. J'ai deux mille ans, je ne dirais pas que je suis vieux, j'ai plutôt le sentiment d'avoir vécu plusieurs vies. J'en connais les cycles par cœur. Moi aussi, j'étais un humain affaibli qui, par sa détermination, a su muter en azra. Moi aussi, j'étais à part, comme tu l'es toi. Et moi aussi, je suis tombé amoureux. J'aurais déplacé des montagnes de mes mains pour celle que j'aimais. Et puis c'est arrivé, le temps a fait ce qu'il fait de mieux. Il nous apprend à relativiser. Il va t'apprendre à relativiser, Lisor, et quand ce jour viendra, nous en discuterons tous les deux, avec une grande sincérité.

— Je ne suis pas sûre de vous suivre...

— Bien sûr que si, Lisor, tu vois parfaitement où je veux en venir. Tu es une azra, éternelle. Tu crois que ça ne fait aucune différence, que Manoa est suffisamment magnifique et ingénieux pour te combler pourtant... Un jour, tu saisiras qu'il va mourir et toi, non. Cela adviendra même avant le moindre signe de vieillesse. Ce sera dans un détail, insignifiant, mais qui prendra des proportions insupportables. Tu comprendras que tu as besoin de goûter à autre chose. Je ne dis pas que tu cesseras de l'aimer puisque cette idée doit te sembler inenvisageable. Je dirais plutôt que l'amour n'empêche pas la lassitude. L'amour n'empêche pas les différences. Et quand ce jour viendra, je serais là.

— Vous plaisantez ?

— Bien sûr, tout pour moi est une farce et tu le sais. Parce que si je prenais la vie au sérieux, mes vies devrais-je dire, je prendrais conscience de l'énorme néant qui m'aspire, qui nous aspire tous.

— C'est vous, qui aurez besoin d'une thérapie !

— Je te propose un marché, Lisor. Je te laisse partir saine et sauve aujourd'hui avec possiblement ton esclave. En échange... je te propose un rendez-vous, dans cent ans, avec moi.

Je ris, trop incrédule pour le prendre au sérieux.

— Alors, affaire conclue ? insista-t-il.

— Vous libéreriez Manoa contre la promesse d'un rendez-vous dans un siècle ?

— Le libérer est un grand mot. Nos troupes sont éparpillées et il a peut-être passé l'arme à gauche. Je l'ignore, ce n'est pas moi qui m'occupe des hybrides enrôlés. Mais je vais t'aider. Je t'en fais la promesse solennelle.

Je réfléchis très vite. Ce n'était pas ce que j'espérais, seulement, je ne pouvais pas me montrer trop gourmande.

— Ce rendez-vous... ? m'inquiétai-je, ne sachant comment formuler ma demande d'éclaircissement.

— Tu ne feras rien que tu ne souhaites faire, répondit-il avec un large sourire, tout à fait conscient de mes réticences. Disons que ce sera un thé. Nous prendrons un simple thé au cours duquel nous aurons l'obligation de parler en toute franchise.

— D'accord, ça me va.

Je m'approchai de lui et lui tendis la main pour sceller notre pacte mais il se contenta de saisir mes doigts et de les effleurer de ses lèvres.

— J'ai hâte que ce moment arrive, Lisor.

Intérieurement, je le traitai de parfait abruti, de cinglé d'azra antique... À la place, je me contentai de lui adresser une parodie de sourire qui ne le laissa pas dupe.

Nous étions tout à fait conscients que son petit manège visait surtout à éviter tout conflit entre les deux camps. Même si le clan de Zefryam semblait maigre et désorganisé comparé à celui des azras du Conseil, Julian devait sûrement se douter que, dans cette guerre, nous pouvions avoir un rôle décisif.

Il s'éloigna, s'installa derrière son bureau et se mit à pianoter sur une petite tablette transparente.

— Manoa Delambrosio, murmura-t-il pour lui-même en farfouillant les données.

Je sentis mon cœur battre plus vite.

— Hum..., fit-il embêté. Manoa a été déclaré inapte récemment...

— Comment ça *inapte* ? m'écriai-je en me retrouvant d'un bond juste devant son bureau.

Il leva les yeux vers moi, quelque peu ennuyé.

— Eh bien, cela signifie qu'il est soit... mort, ou... fait prisonnier par les perrestres.

Je vis rouge néanmoins, je tâchai de garder mon calme. Je n'allais pas perdre mon self-control maintenant, pas après tous ces efforts.

— N'êtes-vous pas capable de vérifier exactement où se trouve l'un de vos esclaves ?

— C'est la guerre, les choses sont compliquées.

Je me penchai vers lui en posant une main sur son bureau.

— Elles pourraient l'être tellement davantage, sifflai-je entre mes dents.

Mon regard noir, fauve et menaçant, lui provoqua un léger sourire de plaisir. Il crispa toutefois la mâchoire pour le retenir. Malgré le divertissement que j'étais pour lui, il se doutait bien que ce n'était pas le moment de me provoquer.

— Il semblerait qu'on ait arraché son TS, poursuivit Julian en étudiant la tablette, car ses constantes ont cessé brutalement. À moins qu'il ait péri dans une explosion, mais aucune déflagration n'a été enregistrée dans cette zone.

— N'y a-t-il pas une possibilité qu'il ait lui-même retiré son TS ? espérai-je.

— Les esclaves reçoivent en permanence une injection pour parfaire leur conditionnement à l'obéissance. Ils ont la mémoire effacée, on leur procure simplement quelques souvenirs fictifs pour donner un sens à leur travail. Il est impossible qu'un esclave ait l'idée d'ôter son TS, même dans les pires conditions. Ce serait contraire à tout ce pour quoi ils sont programmés.

— Donc ce serait l'œuvre des perrestres selon vous ?

— Effectivement, nous avons remarqué que certains de nos soldats esclaves s'étaient fait enlever par ces créatures. Le fait qu'on ait dépourvu Manoa de son TS est peut-être le signe qu'il a subi le même sort, puisque les perrestres n'ont sûrement pas envie qu'on puisse les pister informatiquement jusque dans leur base...

Je ne sus si je devais être soulagée ou totalement terrifiée.

— Alors, il y a un espoir que Manoa soit vivant ?

Julian me regarda droit dans les yeux.

— Même s'il est encore en vie, envoyer une équipe en pleine zone ennemie serait du suicide. Et je ne peux pas sacrifier des hommes alors que nous commençons à peine à consolider nos murailles.

Je plongeai mon visage dans mes mains, le temps de reprendre ma respiration, de me connecter à la sérénité, tout au fond de moi, à la douce certitude que je tâchais de cultiver depuis longtemps, celle que j'aimais Manoa et que cet amour était l'ancre d'une quête que je n'abandonnerais jamais. Jamais.

— Donnez-moi toutes les informations que vous possédez, ses dernières constantes, sa dernière localisation... tout ce que vous avez, finis-je par dire d'une voix neutre.

— Lisor, murmura Julian.

Cette fois, il ne me regardait pas avec hauteur ou amusement, il fronçait les sourcils et dans ses yeux clairs s'était imprimée une forme d'inquiétude.

— Donnez-moi-ces-informations, répétai-je avec détermination.

D'un geste, il déposa sa tablette sur une sorte de large boîtier blanc qui trônait sur son bureau, et appuya sur un bouton, tout ceci, en ne me quittant pas des yeux. L'instant d'après, une feuille couverte de chiffres s'imprimait sans bruit.

— Lisor, les perrestres ont dû se replier parce que nous étions à forces égales. Je suis sûr qu'ils préparent leur nouvelle offensive. Ils ne se serviront pas des hybrides qu'ils ont enlevés pour nous attaquer, car, sans injection pour obéir, un hybride conditionné est plus ou moins un corps sans âme. Je crains que les prisonniers soient simplement des trophées de guerre pour eux...

Il me donna la feuille tandis que j'évitais soigneusement son regard. Je parcourus ces lignes en tâchant de ne montrer aucune émotion.

— Nous savons tous les deux qu'il y a peu de chances que Manoa soit encore en un morceau, ajouta-t-il.

— J'apprécie vos encouragements, grinçai-je sans le regarder, surtout quand on sait que tout ceci est de votre faute.

Julian se leva et attrapa ma main, celle qui tenait la feuille.

— Même un azra à part, aussi déterminé soit-il, ne peut rien contre une armée de perrestres, me dit-il avec ce qu'il espérait sûrement être de la douceur.

— Alors je ne serai pas une azra, répondis-je en pensant à l'Imative B.

***

Des chiffres. De simples chiffres qui retraçaient de manière cruellement froide les derniers instants de Manoa.

Je m'étais adossée à un arbre, en plein cœur de la forêt, après avoir quitté cette maudite ville – aussi discrète qu'une ombre – et après m'être débarrassée du TS de Méliocor, au cas où les azras du Conseil auraient détecté sa fréquence et désireraient me traquer par ce biais. Désormais, le vent empli des senteurs apaisantes de la forêt me ramenait chez moi. Dans ce royaume de verdure et d'humidité où je me sentais en sécurité. Là où j'étais née... deux fois. Une fois humaine. Une fois azra.

Lors de ma préparation, j'avais insisté pour que Zefryam ne m'attende pas pour le retour. Il devait protéger ma fille, c'était tout ce qui importait. Je lui avais même fait promettre de disparaître dans la nature pour sauver Joy, si jamais je tardais trop à revenir.

Heureusement, il n'aurait pas à en arriver là. J'allais rentrer. Mon esprit avait imprimé le chemin pour les retrouver. Je prenais conscience que la disposition aléatoire des arbres, des sentiers improvisés par les déplacements des animaux, des odeurs accrochées aux fougères, formait des indications tellement plus claires pour moi que de simples noms de rues. Oui, j'étais vraiment chez moi. Mais je revenais sans Manoa. Une fois de plus.

J'avais hâte d'agir, hâte de toucher le petit nez trop délicat de Joy et de m'apaiser au contact de son trop délicieux minois. Pourtant, je m'accordai un instant. Un simple instant à parcourir des yeux et du bout des doigts les séries de chiffres qui éclairaient une part du mystère qui entourait Manoa.

Sa disparition remontait à une semaine. Le jour précis où je m'étais réveillée de mon léger coma après l'accouchement. Le jour où un véritable bien-être s'était répandu en moi, provoqué par Joy et par le soulagement d'avoir survécu à la guerre ainsi qu'à l'accouchement... Le jour même où j'avais goûté chaque instant, effarée de ma chance inespérée, de ce sursis imprévu. Ce jour-là, Manoa avait peut-être perdu la vie.

Ces chiffres, si simples, si stricts malgré leur courbe légère, disaient la température de son corps, chaude, ainsi que la température extérieure qu'il avait subie aux derniers instants, froide, tout comme les battements de son cœur, rapides – ils avaient atteint un pic avant que toutes données ne disparaissent. Avant qu'on ne lui ôte son TS ou avant... qu'il ne meure...

Je devinais dans cette série de nombres implacables, qu'il s'était mis à courir, que son souffle s'était tari, que sa pression artérielle avait augmenté, que, malgré le froid ambiant de la nuit, sa température avait grimpé et que son cœur avait bondi.

Je rouvris les yeux vers les cimes des arbres qui se tordaient lentement pour ne plus voir les images qui s'étaient imposées à moi.

Manoa… poussé, acculé dans les bois par les perrestres sous forme animale… traqué… chassé et tué.

Je me souvenais parfaitement de ces énormes rapaces ou de cet homme au regard loup qui avait pris d'assaut la villa de Zefryam et qui aurait pu tuer rapidement Fay et James s'il n'avait pas pris le temps de s'amuser avec eux auparavant. Les perrestres n'avaient aucune pitié. Et ils auraient encore moins d'égards pour un hybride, esclave, manipulé chimiquement pour ne plus rien ressentir d'autre que son devoir envers Olyméa.

J'approchai le morceau de papier, grimé par ces chiffres qui pouvaient suggérer tant d'horreurs, je l'approchai de mes lèvres et j'y déposai un simple baiser.

Si je pouvais voir la mort de Manoa dans ces données, je pouvais aussi y lire son courage, malgré sa soumission au conditionnement, son dernier combat pour résister à cette attaque. Je pouvais y deviner les gouttes de transpiration sur sa nuque parfaite et solide, dans ses cheveux bruns comme une nuit d'un dangereux velours, la pression des battements de son cœur que j'aurais pu sentir en posant ma main sur son torse ferme – cet enchevêtrement de muscles qui l'habillait naturellement de splendeur. Oui, dans tous ces chiffres terribles, je pouvais voir la vie qui pulsait en Manoa, jusqu'à ce que le contact fût coupé.

Il n'était pas mort. Il n'était pas mort, pas tant que j'aurais décidé de le rechercher.

Il y avait des indications sur cette fiche pour le localiser, un point dans la forêt, et c'était par amour pour mes amis que je n'étais pas déjà en train d'enquêter dans cette zone. Je devais d'abord leur dire que j'avais pris ma décision, celle de tout risquer pour le sauver.

***

— Je viens avec toi, décréta Fay avec cette insoumission dangereuse qui logeait parfois au plus profond de ses prunelles.

Cela me plut et me fit sourire bien que je n'avais aucune envie de lui faire risquer sa vie pour mon amour, mon amour à moi.

— Moi aussi, fit James.

223

Nous étions réunis autour de la large table dans la chaumière d'Ana. Je venais de leur raconter l'intégralité de ma discussion avec Julian tout en jetant parfois un œil à ma Joy – elle dormait paisiblement dans son berceau high-tech, visiblement résolue à se passer de nos bras.

Mes amis avaient accueilli dans un silence respectueux le déferlement de mes explications. Ils s'étaient montrés tout aussi polis lorsque j'avais conclu mon récit en plaquant sur la table la feuille que m'avait remise Julian et ajouté que j'allais me rendre sans tarder dans cette zone pour débusquer Manoa.

— Lisor, intervint Zefryam, qui, cette fois-ci, n'avait plus de plan salvateur et d'assurance galvanisante pour moi, la piste que tu veux suivre va te conduire directement dans la base des perrestres. Même si Julian est rarement franc, je pense que son pronostic est digne de foi. De toute façon, nous n'avons pas besoin d'être experts en guerre pour savoir qu'une azra seule ne peut rien contre une colonie de perrestres. Même si vous l'accompagnez, ajouta-t-il à l'adresse de mes amis hybrides.

— Manoa a été comme un frère pour moi, il n'est pas question que je l'abandonne une fois de plus, plaida James dignement.

— Il a fait partie de ma vie pendant trente ans, soupira Fay. On est tout aussi concernés que Lisor.

Zefryam secoua la tête et fit quelques pas dans la pièce, s'approchant des fenêtres qui donnaient sur le magnifique jardin. La salle était trop petite pour qu'il puisse s'éloigner véritablement et faire de la place à ses pensées agitées.

Ana, elle, ne disait rien. Sans doute pensait-elle que c'était du suicide, tout comme elle avait détesté l'idée que je parte à Olyméa. Peut-être même se servait-elle savamment de son silence pesant pour appuyer le malaise qu'éprouvait Zefryam.

— Je comprends toutes vos motivations et je ne veux pas abandonner Manoa, moi non plus, finit par dire Zefryam. C'est pourquoi j'estime que c'est à moi de le sauver.

Ana redressa la tête.

— Et à moi aussi, dit-elle doucement.

— Non ! m'exclamai-je, surprise. Vous savez parfaitement que c'est impossible ! Vous avez fait partie du Conseil d'Olyméa pendant des siècles, vos visages sont célèbres. Même en colorant vos cheveux et vos yeux, les perrestres qui vous font la guerre depuis des siècles vous reconnaîtront, ils ne seront que trop heureux de vous pulvériser sur le champ.

Zefryam baissa la tête avec une tristesse détestable car j'y lisais sa certitude que, peu importait lequel d'entre nous irait sauver Manoa, cela se solderait par sa mort. De ce fait, il préférait être celui qui se sacrifie.

— Zefryam, commençai-je en m'efforçant d'être un peu plus posée, même si mes yeux s'étaient enfiévrés de colère, si tu comptes par cette tactique mourir à notre place dans cette quête, tu fais erreur. Une fois mort, je t'assure que rien ne nous retiendra de reprendre cette mission ! La vengeance ne nous en rendra que plus imprudents.

— Tout à fait vrai, surenchérit Allan en croisant les bras.

Je fis moi aussi quelques pas pour me calmer et poursuivis :

— Alors que mon visage inconnu chez les perrestres et l'Imative B pourraient faire de moi une parfaite hybride innocente. Les perrestres semblent s'amuser à collectionner les prisonniers en ce moment, je serais une candidate sans défense idéale pour eux ! De cette façon, ils me conduiront eux-mêmes dans leur base !

— Intéressant, déclara Fay. J'aime beaucoup son plan.

— Ce qu'il me faudrait, dis-je avec fermeté, c'est une formation un peu plus poussée, histoire que mes talents d'azra puissent faire la différence parmi mes ennemis. S'ils me croient hybride, ils ne me surveilleront pas comme ils le feraient pour une azra, et, avec mes dons, je parviendrais peut-être à trouver Manoa et à nous sauver dans la plus grande discrétion.

— Je t'accompagnerai, assura Fay, je jouerai moi aussi la prisonnière hybride. Je couvrirai tes arrières pendant que tu chercheras Manoa.

— Je ne peux pas te demander ça, lui dis-je avec calme.

— Tu ne peux pas me le refuser, non plus ! assura-t-elle. Je décide de sauver Manoa à tes côtés. Et je suis têtue. Tu le sais.

— Nous aussi, assura Allan qui venait de s'enquérir de la détermination de James par un simple coup d'œil. Nous t'accompagnerons. Nous le sauverons ensemble.

— Lisor, les perrestres pourront tout aussi bien vous tuer immédiatement, fit Zefryam. Tu es consciente du nombre de chances que ce plan a de réussir ?

— Oui, affirmai-je en lui adressant un grand sourire. Presque aucune.

Je posai le regard sur chacun des membres de cette pièce et puis sur Joy, dont la vision paisible m'arracha le cœur. Pourtant, je me fis violence et plongeai à nouveau mes yeux dans ceux de Zefryam.

— Et donc beaucoup plus que le nombre de chances que j'avais de survivre en arrivant à Olyméa, lorsque j'étais humaine, rappelai-je avec éloquence, et aussi infiniment plus que le nombre de chances que j'avais de survivre à la mutation... Puisque c'était censé être impossible. Alors, c'est décidé, je vais tenter de survivre à une rencontre avec les perrestres... !

***

— Je suis la pire des mères qui soient, constatai-je en regardant Joy, endormie dans mes bras.

Ana, qui était en train de ranger du linge dans une armoire, referma doucement un tiroir et se tourna vers moi.

— Pourquoi dis-tu une chose pareille ?

Pendant ma courte absence, mes amis avaient commencé à aménager la chambre de Joy pour enjoliver mon retour. James et Allan avaient conçu un magnifique berceau en bois, qui trônait désormais sur un épais tapis de coton. Un gros fauteuil avait été récupéré dans une autre pièce et installé près de la fenêtre. J'y avais bercé ma fille un long moment avant qu'elle ne s'abandonne au sommeil et désormais, il me semblait impossible de la quitter un jour.

— Tu le sais pourquoi, rétorquai-je en jetant un œil vers la fenêtre.

Le ciel, enflammé par le soleil couchant, abondait d'une lumière presque dorée. Tout le monde était sur le pied de guerre. L'heure que nous avions fixée pour notre grand départ approchait. J'étais moi-même parée pour ma mission ; je m'étais accordée une nuit et une journée entière pour tenter d'améliorer vaguement l'usage de mes capacités et j'avais désormais revêtu un pantalon et un blouson sombres qui se fondraient dans le décor.

Ana s'assit sur un tabouret entreposé en guise de décoration.

— J'ai beau avoir retourné la situation dans tous les sens, repris-je pensive, je ne vois pas de meilleure solution.

Elle eut un sourire dénué de joie.

— J'ai fait la même chose, avoua-t-elle avec tristesse. L'idée de te laisser affronter les perrestres m'est insupportable…

— …mais personne ne pourrait mieux protéger Joy que vous ne le ferez, Zefryam et toi, terminai-je à sa place.

Elle ne put répondre. Chacun de nous avait eu le temps de réfléchir encore longuement à la question, tandis que nous préparions cette ultime mission suicide. Pendant que Zefryam et Ana s'organisaient des conciliabules pour essayer de nous faire changer d'avis, j'avais réalisé à quel point j'étais sûre.

À Olyméa, ma décision de sauver Manoa, en dépit du danger, s'était érigée en moi comme une certitude nourrie de colère. Depuis mon retour, elle était scellée dans mon cœur comme un devoir alimenté par l'amour.

— Il faut être réaliste, c'est ma mission, repris-je. Seulement, la simple idée d'abandonner ma fille, sans savoir si je pourrais la revoir un jour… Tout à coup, cela me paraît impossible. Je ne suis même pas certaine d'être capable de me lever de ce fauteuil.

J'entendais les voix de mes amis me parvenir depuis le jardin, grâce à la fenêtre ouverte sur les effluves sucrés du soir. Ils s'entraînaient, échangeaient leurs derniers conseils, leurs derniers gestes élémentaires pour se protéger et même leurs dernières boutades… Tout ceci avait un goût d'adieu mais aussi la saveur de l'action. Je percevais leur hâte de reprendre les choses en main, de se battre pour retrouver Manoa, que je n'étais pas la seule à avoir abandonné.

De mon côté, depuis que je me trouvais dans cette pièce, je me sentais comme figée. Totalement figée comme la lâche que j'étais parce qu'il y avait une autre force d'attraction dans ma vie. Si différente de Manoa et pourtant si puissante… Joy. Ma Joy.

Ana posa une main compatissante sur la mienne.

— C'était moins dur quand il a fallu partir à Olyméa, avouai-je, parce que Zefryam y croyait. Il savait que je pouvais m'en sortir. Il y croyait à ma place. Comme il a cru que je pouvais survivre à la mutation... Même si je n'en reviens toujours pas que Julian m'ait laissée en liberté ou même en vie. Je ne réalise toujours pas qu'il m'a pratiquement déclaré l'amour plutôt que la guerre.

Ana rit légèrement, se remémorant certainement le récit précis que j'avais fait de mon entretien avec le fameux azra.

— Julian est intelligent, commenta-t-elle en retrouvant un air songeur. Il a compris que, malgré ta situation incertaine, ta position te donne un grand potentiel et qu'il vaut mieux te laisser libre plutôt que de chercher à t'emprisonner, ce qui ferait de toi une bombe à retardement. En fait, il faut t'attendre à ce que tous ceux qui apprendront ton identité te fassent ce genre de proposition et tentent ainsi de jouer sur ta seule faiblesse apparente...

— Quelle faiblesse ? m'indignai-je presque.

— Tu es la plus jeune des azras. Une jeune femme inexpérimentée qui aura sûrement besoin d'être rassurée et valorisée comme un homme croit qu'il peut le faire... D'autant que tu es une mère qui veut protéger son enfant.

C'est moi qui eus un petit rire.

— Julian croit sincèrement que je vais me jeter dans ses bras dès que je me sentirai un peu seule ? m'étonnai-je. Il est indirectement responsable du massacre de ma famille. Je ne crois pas que c'est chez lui qui j'irais chercher la sécurité.

— Ah bon ? Pourtant, moi aussi je suis indirectement responsable du meurtre des tiens. Je faisais partie du Conseil quand ces décisions ont été prises.

Je fus mal à l'aise.

— Pardon, Ana. Ce n'est pas ce que je voulais dire. C'est différent pour toi, tu n'as jamais aimé l'idée de tuer des humains. Tu pensais protéger ton peuple.

— C'était exactement pareil pour Julian. Et si tu as décidé de me faire confiance, il peut escompter obtenir le même traitement de faveur un jour.

Ce fut moi, qui, désormais, posai une main sur celle d'Ana.

— Tu as sacrifié toute ta vie à Olyméa pour moi. Tu te mets perpétuellement en danger pour moi. Tu mérites toute ma confiance. Mais Julian n'en a pas fait autant. Il m'a juste filé des coordonnées pour localiser le lieu où a disparu l'homme que j'aime, en assurant que c'était peine perdue !

— Voilà pourquoi Julian a prévu de te laisser du temps. En cent ans, il peut se passer beaucoup de choses. Tu n'as pas idée comme le temps peut changer quelqu'un...

— Tu parles... d'expérience ? m'informai-je timidement.

Elle sourit, eut un bref regard vers la fenêtre qui trahissait une souffrance dont j'avais déjà perçu l'ombre sur ses beaux traits, puis elle soupira.

— Oui, j'ai été le témoin de bien des changements, éluda-t-elle. Comme de la mutation la plus inattendue qui soit ! ajouta-t-elle en souriant. Je suis enchantée que tu m'offres ta confiance, c'est un immense cadeau.

Elle avait un grand sourire chaleureux auquel je répondis volontiers.

— Effectivement, dis-je lentement, c'est à toi que je confie ma fille... Il n'y a pas plus grande preuve de confiance. Tu veilleras sur elle, n'est-ce pas ? Comme si c'était ton enfant ?

Je vis ses yeux se troubler et elle serra mes doigts.

— Oui, Lisor, plus encore..., dit-elle émue.

Je sentis les muscles de mon visage se crisper dans les prémices d'un sanglot involontaire.

— Crois-tu qu'elle pourra me pardonner ? fis-je en observant ma fille qui ronronnait doucement contre moi.

La vision de son petit visage, d'une finesse extrême, me tordait les entrailles. Je pris soin d'imprimer chaque détail. Ses longs cils recourbés, fournis, piquetés de fils dorés. Son petit nez mutin. Ses lèvres, toutes roses, entrouvertes. Elle était d'une beauté stupéfiante. Pas seulement parce que c'était mon bébé et que je l'aimais, aussi parce que c'était évident.

— Te pardonner de quoi ? demanda Ana.

— Eh bien... Nous savons que je risque de la laisser orpheline.

— Lisor...

— Si je meurs, pourra-t-elle me pardonner de ne pas être là ? insistai-je.

— Est-ce que tu as pardonné à ta mère ? murmura Ana.

Je réfléchis un instant.

—Même si son sacrifice m'a sauvé la vie, avouai-je, parfois, je lui en ai voulu d'avoir choisi de mourir avec mon père. De ne pas avoir fui avec moi...

— Lisor, intervint doucement Ana, c'était la guerre. Et cette guerre ne s'est jamais arrêtée. Les décisions qu'on prend pendant la guerre ne sont jamais les meilleures, ce sont juste les moins mauvaises...

Je la regardai, réalisant qu'elle avait raison. Ne pas chercher à sauver Manoa ne garantissait pas que je pourrais protéger ma fille de ce monde, mais cela m'assurait que je ne reverrais jamais plus celui que j'aimais. Partir à sa recherche en laissant deux azras puissants sécuriser la vie de ma Joy, c'était l'option la plus garante de résultat. Même si elle me provoquait un cruel déchirement. Même si je m'en voudrais de toute manière.

— Tu ne pourras pas protéger ta fille de toutes les blessures que lui infligera ce monde, ajouta sagement Ana, ni même de tes erreurs, de tes imperfections, de la limite de tes capacités... même en tant qu'azra. En fait, tout ce que tu peux, c'est faire la même chose que la plupart des mères de ce monde...

— C'est-à-dire ?

— ...de ton mieux.

Son sourire me réchauffa le cœur et je plongeai mon visage vers celui de Joy pour déposer sur son front un baiser plein de chaleur.

Tout à coup, je sus que je lui devais un cadeau, même s'il n'était fait que de mots. Un cadeau qu'Ana lui remettrait quand ma fille serait en âge de le comprendre, en âge de comprendre combien je l'aimais et combien, si je mourais, j'aurais voulu qu'il en soit autrement.

Lundi 28 Mars 4116,
Chaumière d'Ana.

Ma chère Joy,

Je t'imagine. Je vois ton sourire immense. Tes pommettes claires. Je devine tes grands yeux dorés. Je peux te voir. Je sais que tu seras magnifique. Parce que tu l'es déjà. Parce que je t'aime. Plus que je m'en croyais capable. Plus que le soleil peut briller. Plus que la nuit peut étinceler. Tu es cette flamme qui a pris d'assaut mon cœur, qui l'abreuve de douceur. Tu as changé le cours de ma vie, tu l'as parée de magie ! Je t'aime, Joy.

Si tu lis ces mots, ces mots que j'écris le cœur déchiré par ma décision mais aussi grisé de la joie que tu me procures, si tu parcours ces lignes, c'est que je n'ai pas survécu.

Je t'aime si puissamment que j'imagine malgré tout qu'une part de cet amour doit encore exister, quelque part dans cet univers. Il ne peut que m'avoir survécu, car il est plus fort, pratiquement plus consistant que ne l'est ma propre chair. Il a dû s'imprimer sur ce papier. Dans la chaleur de cette chaumière où je me trouve. Entre les arbres centenaires de cette forêt que je peux voir par la fenêtre et que tu connais peut-être. Je suis sûre que, dans les murmures de leurs ramures, on peut entendre combien je t'aimais. Combien je t'aime. Et j'espère, je souhaite et je veux que cet amour se soit fondu en toi. Tu es exceptionnelle, Joy. Pas seulement parce que nous pensons que tu es la dernière de ton espèce. Pas seulement pour être née en pleine guerre. Pas seulement pour toutes les raisons ahurissantes qui t'ont amenée à la vie. Tu es exceptionnelle, à la mesure de l'amour dont tu fais l'objet.

Joy, je veux que tu sois certaine de combien je suis fière de te regarder dormir, comme j'aurais été fière, si j'avais pu, de te regarder grandir.

C'est vrai, je n'ai pas choisi ta venue. Je suis d'autant plus satisfaite de t'aimer. Parce que ce fut un véritable coup de foudre lorsque je t'ai vue. Même si ces mois où tu as vécu en moi, ces mois où je t'ai tant parlé, ont fait naître entre nous une intimité et une chaleur que ta seule présence m'a apprises. Tu m'as tant enseigné sur ce monde, sur l'art d'aimer et de se laisser aimer. Tu m'as changée. L'univers me paraîtrait vide sans ta présence, pire, il serait dépouillé de sa lumière.

Tu es la vie, Joy. Tu es ma joie.

Je ne sais pas s'il est possible que tu me pardonnes. Mais Joy, j'espère que tu le feras. Parce que ta vie sera plus libre si tu permets à tes fantômes de ne plus te peser. Je combats les miens depuis si longtemps. Et c'est dans l'amour, encore une fois, que j'espère voir mourir mes remords, que j'espère préserver ceux que j'aime, juste dans l'amour, juste dans mon cœur. Joy, tu remplis le mien, abondamment. Tu l'as rendu plus grand.

Tout comme Manoa. Je t'ai parlé de lui mille fois lorsque tu étais dans mon ventre. Tu as partagé la dévotion que j'avais pour lui et la meurtrissure de notre séparation.

Il a été le premier astre de ma vie. Lorsque je l'ai rencontré, il a changé quelque chose en moi. Une mutation bien plus profonde, plus lente et plus pure que ne le fut celle que j'ai vécue. Il est une part de moi. J'ai vu dans son regard briller mon âme. J'ai compris quelle personne j'étais grâce à lui. Et grâce à toi, j'ai su à quel point je voulais continuer d'être cette personne. Quelqu'un prêt à mourir pour les êtres aimés. Quelqu'un qui n'abandonnerait jamais ce qui est juste.

Je suis la seule en mesure de le sauver. J'ai eu beau retourner la question un milliard de fois dans mon esprit neuf d'azra. Je suis la seule qui puisse le tenter. Je suis la seule qui a la détermination d'essayer. Je suis la seule qui l'aime assez pour m'y risquer. La seule azra, j'entends. Car Allan, James et Fay, qui ont tout fait pour te protéger, qui étaient prêts à sacrifier leur vie pour toi, m'ont accompagnée. J'ignore s'ils auront survécu. Je l'espère de toute mon âme, car ils le méritent plus que moi encore.

Oh, ma Joy, t'écrire cette lettre est une torture. Et en même temps, elle me permet de verser sur un support tangible tout l'amour que je te porte. D'y mettre des mots. Cet amour est si immense, cependant, que les phrases me paraissent trop limitées pour le contenir.

Je ne veux pas que tu t'attristes en lisant ces lignes, même si c'est bien hypocrite de ma part.

Je veux que tu saches que, lorsque j'étais prête à mourir durant la mutation, je me suis parée de la joie de t'avoir offerte à ce monde. J'ai su que j'avais goûté, par la tiédeur de ta peau et la chaleur de ta vie, à ce qu'il y a de plus pur en ce monde. Tu m'as tant donné. Par ta simple venue...

Assure-toi de cela Joy, peu importe la vie que tu mènes, et tes choix, ta seule présence m'a tout donné. Et Manoa m'a comblée. J'étais prête à mourir, rassasiée de vous avoir eus. Ainsi que rassérénée par le souvenir de tous ceux qui m'ont tant choyée ; Zefryam, Ana, Fay, Allan et James, tout comme ces êtres de ta famille que tu n'as pu connaître : mes parents, ma grand-mère, mon amie Emmy. Et enfin, ton père, dont l'abnégation m'a sauvée plus d'une fois.

C'est pour cette raison que je dois sauver Manoa. Contrairement à la plupart des personnes que j'aimais et que la mort m'a ravies, il se peut qu'il vive encore. Je dois le sauver comme il m'a sauvée.

De plus, il ne peut s'évanouir dans l'univers sans qu'une part vitale de mon cœur ne s'effondre. J'espère que tu es en mesure de le comprendre, ma fille. Même si la lecture de cette lettre suppose que j'ai échoué...

Je ne suis pas bien placée pour te faire des leçons, je souhaite cependant que tu n'oublies jamais d'user de tout cet amour que tu as reçu et que ton corps contient forcément, tel le réceptacle prodigieusement délicat de ma tendresse. N'oublie jamais d'en user et d'en abuser. Pas seulement envers les enfants que tu auras peut-être et l'homme que tu choisiras. Surtout envers tous ceux que tu rencontreras. Donne et plus tu donneras, plus cet amour foisonnera, te changera, te fera briller de l'intérieur.

Mourir par amour, c'est mon choix. J'aurais voulu qu'il ne m'éloigne pas de toi. J'aurais voulu qu'il ne m'arrache pas à toi.

Mais toi, vis, je t'en supplie, vis selon tes valeurs profondes. Démène-toi pour correspondre à la personne lumineuse que tu souhaites devenir. Parce que la quête pour se trouver, pour se combler et pour s'épanouir, est la meilleure.

Tu m'as permis de réaliser la mienne, Manoa m'a sûrement permis de l'achever.

Je pars apaisée. Apaisée d'avoir tant reçu et tant essayé de donner.

Ma Joy, ma joie, ma fille, ma flamme reçois ces mots comme un sourire, pas comme une larme. Malgré leur maladresse, laisse-les tapisser ton âme, t'assurer de combien tu es parfaite dans ton imperfection, car sertie d'amour. Tu es ce joyau que peut devenir tout être humain qui s'autorise à donner ce qu'il a reçu et surtout à donner ce qu'il n'a pas reçu. Accepte mon amour. Et sois plus heureuse encore.

Je t'aime.

Ta mère, Lisor.

Chapitre 14

La nuit nous avait enveloppés brutalement, ne laissant sur nos visages que les lueurs éparses de la lune qui, parfois, osait dispenser un rayon pâle au travers des feuillages. Les données transmises par Julian nous avaient amenés dans une partie de la forêt qui semblait repue de vie animale et désertée d'êtres humains depuis des siècles. Les arbres centenaires s'érigeaient, se déployaient autour de nous dans toute leur splendeur et leur senteur sauvage, paraissant eux-mêmes surpris de nous voir oser pénétrer dans ce sanctuaire naturel, que nul être n'avait foulé depuis très longtemps.

Nos pas ne faisaient aucun bruit, totalement assourdis par le sol de mousse tandis que le plafond de feuilles et d'épines, très haut, immense, nous donnait l'illusion d'arpenter une cathédrale aux murs inaccessibles.

Même si je n'ignorais pas les frissons qui s'accumulaient sur ma peau, parée d'une teinte naturelle grâce à l'Imative B, je me laissais guider par la seule émotion que j'estimais utile. C'était une détermination nimbée d'amour qui vivait en moi, et permettait d'éteindre le déchirement que j'éprouvais à la pensée de ma fille. Avoir écrit et mis des mots sur ma possible fin et sur mon inépuisable amour, avait ouvert un pan terrible de mon cœur. Il fallait combler ce vide et j'y versais toute ma certitude. J'allais sauver Manoa ou périr en essayant. Mais dans un cas comme dans l'autre, ce serait bientôt fini.

Et Joy serait en sécurité.

J'avais réussi à convaincre Zefryam et Ana de quitter la chaumière – au moins durant notre dangereuse escapade – vers l'endroit plus sûr dont Ana m'avait parlé et que Zefryam semblait trouver inspirant. Au demeurant, j'étais incapable de localiser cette zone et c'était exactement ce que je voulais. De la sorte, je ne serais pas amenée à les trahir d'une manière détournée ; par exemple, si quelqu'un se hasardait à lire dans mon esprit.

Ana nous avait néanmoins donné le code permettant de la joindre sur son TS sécurisé qu'elle ne manquerait pas d'emporter avec elle. Pour les contacter, il nous suffirait de mettre la main sur un transmetteur basique ou de récupérer l'un des vieux appareils abandonnés dans les tiroirs de sa chaumière. Une fois tout danger écarté, ils pourraient ainsi nous révéler leur cachette.

Car si nous échouions, j'étais certaine que les perrestres étaient suffisamment futés pour débusquer nos traces afin de remonter jusqu'au cottage. En s'y mettant à plusieurs, ils viendraient à bout d'Ana et de Zefryam, et ma mort – notre mort à tous – leur livrerait de surcroît ma fille sur un plateau.

— Vous avez entendu ? demanda James.

Silence. Ou seulement le bruissement étrange des arbres qui commentaient dans leur langue notre venue incongrue. Et, aussi, le léger craquement d'une branche sur laquelle venait de se poser un oiseau. Cela résonna très étrangement sous la voûte feuillue qui nous surplombait.

— Entendu quoi ? interrogea finalement Allan, tendu.

— Le mieux, c'est qu'on se sépare, plaisanta Fay.

J'eus un léger rire, comme si nous faisions une simple randonnée entre amis, bravant certes, la frayeur naturelle de la nuit, des bois et de l'inconnu mais je fus vite rattrapée par la réalité.

— Qu'indiquent les données ? demanda James sans se dessaisir de ses craintes.

Je consultai la carte que m'avait remise Julian, y deviner à chaque fois la présence de l'être aimé me rassurait, me remplissait de foi.

— Nous y sommes presque, constatai-je.

Aussitôt, le sérieux revint totalement dans notre troupe. Cela faisait des heures que nous marchions. Nous ne comprenions pas, pourquoi, une semaine auparavant, Manoa avait été envoyé ici, aussi loin. Impossible d'imaginer quelle angoisse avait pu être la sienne en côtoyant ces mêmes arbres, ce même tapis de mousse, impossible car, était-il toujours Manoa ou simplement un être privé de son âme comme Julian semblait considérer les esclaves ?

Nous réajustâmes notre pas sur les données que j'avais en main, plus attentifs encore à notre environnement. La forêt autour de nous s'étoffait à mesure que nous abordions une pente douce, les racines noueuses rendaient plus difficile notre progression.

J'essayais de rester ferme dans ma décision que j'estimais la meilleure et je savais que mes amis s'y attelaient tout autant, chacun mû par des convictions qui lui étaient propres. Pourtant, aller au-devant d'une mort presque certaine ne me rendait pas fanfaronne.

Je ne connaissais rien de l'univers des perrestres, juste des espoirs échangés lors de ma vie d'humaine et des visions terrifiantes lors de l'attaque d'Olyméa. Je ne savais rien d'eux. Et eux ne sauraient de moi qu'une seule chose : j'étais une ennemie naturelle.

Heureusement, grâce à l'Imative B, je ne serais qu'une hybride, moins dangereuse, moins digne de haine à leurs yeux.

— C'est ici qu'il a disparu, informai-je mes amis, à voix très basse.

J'avançai seule vers le lieu estimé, le cœur battant d'y deviner, d'y chercher, d'y espérer la présence de Manoa. Je stoppai net, entre deux énormes chênes qui, comprimés dans cette forêt dense, avaient replié leur feuillage telles des ailes sombres autour des secrets qu'ils ne trahiraient pas. Je posai les doigts sur leur écorce, en respirai toute la fragrance délicate sans rien percevoir de plus que leur sérénité. Je me tournai vers mes amis qui s'étaient tous arrêtés, davantage pour me contempler avec compassion que pour inspecter les lieux. Malgré la nuit, mon regard d'azra percevait ce que le vent frais amenait sur nous comme des lacets argentés qui se mouvaient lentement ; une brume lunaire qui sentait l'adieu.

Nous avions tous constaté l'évidence : il n'y avait pas la moindre piste, pas la moindre branche cassée, pas de trace du TS potentiellement brisé de Manoa, rien. Et si ces empreintes avaient pu exister, en une semaine, cette nature fournie avait pu tout effacer.

Malgré cela et pour cela, je redressai le menton. Jamais, jamais je n'abandonnerai.

— Continuons, me contentai-je de déclarer. Enfin, si vous le souhaitez toujours.

Fay attrapa brièvement mes doigts, ce qui me surprit, mais j'avais mis à profit ces derniers jours pour apprendre à accepter les contacts au lieu d'être troublée par la violence sensitive qu'ils me provoquaient.

— Ne crois pas te garder les perrestres pour toi toute seule, dit-elle à mi-voix dans un sourire. J'ai hâte de leur botter les fesses, j'ai plus d'une revanche à prendre.

Je souris et avançai, laissant mon instinct à lui seul guider mes pas. Je passai au peigne fin chaque brin d'herbe, chaque feuille, tombée ou abîmée, et inspirais l'air pour mieux en détacher chaque pigment. Je repérai non loin du lieu présumé de l'enlèvement de Manoa, une petite rivière qui ondulait entre les arbres en brillant de mille feux. Je m'approchai et sentis l'espoir renaître. Il aurait été aisé d'éparpiller les morceaux du TS de mon hybride pour qu'ils soient emportés par le flux et disparaissent à jamais.

Je marchai plus vite, sinuant entre les arbres en quête d'un autre indice, d'un autre espoir. Mes amis me suivaient comme ils pouvaient, étant naturellement doués et entraînés pour tout affronter, mais n'ayant tout de même pas la capacité de saisir autant de détails.

Fay m'arrêta d'un geste.

— Et si tu te servais de l'Écoute ? suggéra-t-elle tandis que je m'étonnais de ne pas y avoir pensé.

Je laissai immédiatement mon instinct me guider, comme il l'avait si bien fait sous les conseils d'Ana, vers cet autre sens si étrange qui me déroutait toujours. Je traversai la forêt en voyant s'ériger autour de moi les ondes lumineuses des énergies qu'elle abritait, animaux, arbres, ruisseaux – tout s'harmonisait dans un ballet à la fois anarchique et si bien orchestré que j'étais toujours émue de pouvoir y assister.

Ana m'avait appris à repérer les perrestres, au moins autant que des mots le permettent, à remarquer l'énergie plus intense qui se dégage d'eux : ce bouillonnement régulier lié à cette régénération constante, plus ardente que celle des azras, car leurs corps se préparent sans cesse à une mutation.

Maintenant que je m'attelais à la pratique, tout devenait plus confus. Il y avait dans ces bois une quantité astronomique d'animaux en tout genre. La vie pullulait. Du plus infime insecte au plus gros gibier, ils rayonnaient littéralement dans cette nuit parfaitement animée, dans ce lieu si propice à leur épanouissement. Il y avait bien des créatures qui me semblaient briller plus que d'autres, seulement, comment m'assurer qu'elles fussent des perrestres ?

— Il y a quelque chose là-bas, déclara James.

Cela me sortit brutalement de ma concentration. Je tournai la tête et vis qu'il s'éloignait. Je le suivis, nous le suivîmes tous, courant presque pour ne rien manquer. J'essayai d'activer mes sens à nouveau, cherchant la moindre piste. Plus nous nous enfoncions dans ces bois humides et tièdes, plus je percevais que nous n'étions pas seuls. Ou tout au moins, que nos ennemis avaient foulé le même sol que nous. Je pouvais discerner leur parfum parce que je le reconnaissais. C'était un souvenir très fragile d'humaine, qui prenait toute sa proportion maintenant que j'étais à nouveau confrontée à cette senteur en tant qu'azra. Les perrestres sentaient la terre, le sous-bois, une légère pointe épicée, pratiquement agressive cependant pas le moins du monde désagréable. Ils avaient laissé une part de leurs particules imprégner ces lieux et peut-être nous conduire jusqu'à eux. J'ignorais ce que James avait perçu, mais bientôt, mes sens, sans avoir réellement besoin de l'Écoute, me permirent de prendre la tête de notre convoi. Cette traque me plaisait, m'excitait, elle passait même au-delà de mon désir de retrouver Manoa, je l'en oubliais presque tellement j'étais emportée par l'instinct de chasse.

— Lisor, tu vas trop vite pour nous, me rappela à l'ordre Allan avec discrétion.

Je ralentis, réalisant que je ne devais pas prendre le risque d'être démasquée. J'étais une hybride, et, le visage entouré de mes longues boucles brunes, le corps frêle, et ma taille discrète, pouvaient me faire passer pour la plus faible de nous quatre. C'était notre plan. J'avais toujours été douée pour m'effacer, je n'avais pas perdu ce don, plus qu'inné, c'était pratiquement ma devise autrefois.

Allan m'attrapa le poignet tandis que je ralentissais et je vis une réelle inquiétude se loger dans ses yeux qui fouillaient l'obscurité – plus sombre pour lui qu'elle ne l'était pour moi – jusqu'à ce qu'il m'observe à nouveau.

— Reste toi-même, Lisor, s'il te plaît, implora-t-il comme s'il avait senti plus que les autres que ma nature d'azra avait pris le dessus un bref instant, nous mettant tous en péril.

— Oui, soufflai-je.

— Par ici, intervint Fay.

Nous la devinions à quelques arbres de distance même si dans cette nuit de verdure devenue d'encre, même moi n'y voyais presque plus rien.

Nous nous hâtâmes de la rejoindre. Elle tenait ce qui me semblait être des poils bruns dans ses mains.

— Je suis sûre que ça provient de l'un d'entre eux.

— Nous sommes sur la bonne piste, souris-je presque malicieuse.

— Et c'est une si bonne nouvelle ? ironisa Allan dont la frayeur me fit presque rire.

Je sentais mes muscles s'enflammer, mon instinct rugir au plus profond de moi, et, il fallait l'avouer, je ne maîtrisais pas réellement toutes ces sensations. Pourtant, je les aimais. Depuis combien de temps Lisor rêvait-elle d'exister ? À la faveur de ces nuits d'insomnie où elle se tordait de douleur parce que sa jambe la torturait, sans compter ses deuils qui l'accablaient, elle avait espéré mourir ou devenir une autre.

C'était arrivé. J'avais muté depuis trois jours seulement et je n'avais pas réalisé ô combien j'avais changé.

J'usai de l'Écoute une brève seconde, trop pressée de goûter à ce combat que je désirais, presque prête à en oublier ma quête de départ.

Ils étaient là. Les perrestres. Bouillonnant d'énergie. Tapis dans l'ombre.

Cette terreur, cette certitude que ce jeu n'en était plus un, m'épouvanta, me fit sortir de ma visualisation quand, au même instant, je croisai le regard de James, qui brillait d'effroi.

— Ce n'est pas nous qui les pistons, c'est eux qui nous ont pris en chasse depuis longtemps, réalisa-t-il.

Aussitôt, ils tombèrent tous sur le sol, les uns après les autres, crevant les feuillages. Ils fusaient autour de nous et je n'eus pas d'autre réflexe que de crier :

— COUREZ !

De toute façon, cela correspondait au naturel de l'hybride que j'étais censée être. Nous nous éparpillâmes aussitôt dans l'obscurité. À mon plus grand regret, je ne percevais plus nettement la présence de mes amis et, bien que tâchant d'user de l'Écoute tout en courant, j'étais trop perturbée par l'éclat des perrestres qui pullulaient plus que les véritables animaux pour les localiser.

Étaient-ce nos ennemis que j'avais identifiés par l'Écoute quelques minutes plus tôt, les prenant pour de simples animaux ? Difficile à dire, d'autant qu'ils nous poursuivaient actuellement sous forme humaine. J'étais une azra jeune, trop jeune, emportée aisément par ses sens, trop stupide pour réaliser que c'était nous, les proies, depuis le début. Nos ennemis avaient pris leur temps, nous laissant les traquer, parce qu'ils aimaient cette chasse à l'issue tout à fait évidente. Mais après tout, c'était parfait, notre plan fonctionnait, nous étions des appâts. Ils devaient nous vouloir. Nous enlever. Et nous rapprocher de Manoa...

Contrairement à la traque que j'avais vécue des mois auparavant, lorsqu'humaine, des hybrides me poursuivaient pour me tuer, je ne boitais pas. Je ne boitais plus. Au contraire, je devais restreindre mes capacités pour ne pas dévoiler qui j'étais. Et c'était plus dur que ce que j'aurais pu estimer. Mes poings fermés, mes sens affûtés, mon cœur tout en appétit d'être la proie prête à reprendre ses droits, tout ceci devait cesser. Je n'étais pas en mesure de leur tenir tête et, quand bien même l'aurais-je été, je ne pouvais pas, je ne devais pas, pour Manoa. Je n'étais pas devenue une autre en mutant, j'avais juste obtenu de pouvoir enfin agir pour défendre mes valeurs et les êtres aimés. Alors, il ne fallait surtout pas me perdre, me laisser étourdir par mes aptitudes incroyables, telle l'enfant que j'étais parmi les azras.

J'espérais que malgré l'afflux plus rapide du sang dans mon cœur, l'Imative B puisse continuer suffisamment longtemps d'alimenter mes veines. Je devais me calmer pour l'y aider. Je ralentissais légèrement, mimant dans mes gestes une fatigue légitime. Si les perrestres ne m'avaient pas encore bondi dessus, c'était pour le pur plaisir de la traque. J'allais leur en donner pour leurs frais, leur faire désirer davantage cette proie qui se perdait, qui s'apeurait.

J'entendis soudainement un hurlement de rage. Je reconnus, à plusieurs mètres dans ce noir touffu, la voix de Fay. Je ne jouais donc pas la comédie quand je me figeai, effrayée. C'est là qu'un perrestre m'attrapa, surgissant brutalement de nulle part. Un autre s'activa dans le sens opposé, et nous heurta. Parce que j'essayais d'imiter la faible résistance d'une hybride apeurée, je fus projetée sur le sol dans cette rencontre.

Je brûlais de rejoindre Fay, au moins son cri n'était pas celui d'une victime, elle combattait peut-être. Une prisonnière qui se révoltait un peu était un rôle qui lui allait comme un gant.

Le mien consistait à supplier. La lune traça bientôt les contours des deux hommes qui m'avaient attaquée. Ils semblaient pourvus d'une jeunesse solaire, comme celle des azras, mais d'un teint plus vivant et d'une musculature plus évidente, plus tonique, vêtus par des habits simples, un peu élimés. Ils avaient l'apparence de mannequins d'Opra à qui on aurait brutalement ébouriffé les cheveux épais et déchiré les vêtements.

Ils se tournèrent vers moi. J'étais toujours sur le sol, je me reculai vers les buissons qui m'entouraient, espérant leur échapper, évitant leur regard, comme la créature paniquée que j'étais censée être. Un jeu qui me rappela celui auquel je m'étais adonnée lors de ma première prise de l'Imative A.

Ils s'approchèrent.

— Enchanté, déclara l'un d'eux avec appétit.

L'autre m'attrapa par la tignasse et me releva sans ménagement par ce biais. Je serrai les dents pour ne pas crier.

— Beurk, elle sent l'azra à plein nez ! fit-il en me tenant toujours par les cheveux et en m'agitant presque comme une souris débusquée.

Je vis mieux le visage du premier qui avait parlé, un jeune homme brun au teint hâlé et aux yeux luisant de malice.

— Que fais-tu ici, ma jolie ? Tu en avais assez de servir les azras ?

— Bon, Aaron, je la relâche et on la tue ? demanda celui qui me tenait.

Me tuer ? Pourquoi ? Ne pouvais-je pas devenir l'une de leurs prisonnières ? Heureusement, le dénommé Aaron ne me quittait pas des yeux, pas pressé d'en finir.

— Il y a quelque chose chez elle qui m'interpelle, ajouta-t-il lentement.

Il voulut soulever mon menton pour que j'affronte son regard mais j'évitai ses yeux. Il attrapa une de mes boucles et en caressa la soie avant de la respirer.

— Étrange, étrange...

— C'est une hybride, on ne la touche pas, c'est écœurant, commenta l'autre qui me maintenait désormais par la taille avec une poigne si ferme et si brutale qu'il m'aurait sûrement fait mal si j'avais réellement été la mi-azra qu'il pensait.

Pendant ce temps, tout mon corps rêvait, brûlait de se révolter. C'était pour cette raison que je ne devais surtout pas tomber dans son regard qui cherchait celle que j'étais vraiment. Avait-il deviné ce que la teinte naturelle de ma peau et de mes yeux ne pouvait guère révéler pour le moment, grâce à l'Imative B ?

— Ce n'est pas ce que je fais, rétorqua calmement Aaron en me jaugeant toujours.

Il attrapa mon poignet et je sus qu'il tentait d'estimer mes battements de cœur. Fort heureusement, la colère, la fièvre d'user de mes capacités faisaient battre mon palpitant aussi bien que l'eût fait la peur.

Pendant un bref instant, pourtant, j'essayais d'estimer ce qu'il en concluait, mes yeux croisèrent les siens. Mon anxiété était réelle malgré l'intense désir d'agir comme une azra, et j'espérais qu'il ne lise qu'elle. Mieux encore, qu'il ne perçoive dans mon regard que la prière muette de m'épargner. Mais je n'osais pas le supplier. Je craignais trop qu'ouvrir la bouche ne leur donne matière à me faire davantage parler, matière à me démasquer.

— On l'embarque, décréta Aaron.

— Quoi ? Non ! s'agaça l'autre.

— Je veux que Priam la voie, assura-t-il.

— Priam est sûrement en train de buter les autres à l'heure qu'il est et tu nous prives de celle-ci !

Aaron m'attrapa soudainement, me plaqua dos contre lui, en pressant une main sur mon front pour me forcer à pencher la tête en arrière afin de présenter ma gorge parfaitement dégagée à son congénère.

— Alors, vas-y, Niall, tue-la ! le provoqua-t-il.

J'osai contempler mon ennemi qui était lui aussi surpris par ce geste. Il semblait légèrement plus jeune que son acolyte. Ses prunelles étaient grises, mais dans la nuit, je ne pouvais pas en voir grand-chose. Ses traits paraissaient doux, ce qui me surprit au vu de son si grand désir de me voir périr !

Il me regarda et détourna vaguement les yeux.

— Non, tu sais bien que je n'aime pas comme ça, avoua-t-il sombrement.

— Ah bon et pourquoi donc ? insista Aaron d'une voix pleine d'insinuations.

Pour ma part, je ne savais plus comment résister à mon instinct. J'étais collée contre le corps d'un ennemi, je sentais toute l'énergie fourmiller en lui. J'avais déjà quelques difficultés à être trop proche de mes alliés, plus que de cela, des gens que j'aimais... Là, c'était plus que je ne pouvais en supporter. Heureusement, on pouvait mettre ma rigidité sur le compte de la terreur. Et après tout, elle avait bien sa place elle aussi, car j'étais mortifiée à l'idée que mes amis se fassent tuer et que, pour m'en tenir à notre plan stupide, je ne fasse rien pour l'empêcher.

— Parce qu'elle a l'air humaine, n'est-ce pas ? reprit insidieusement Aaron. On dirait une femme, une humaine, une perrestre ou même une azra. Elles ne sont pas si différentes.

Niall réagit enfin et le regarda avec dégoût et consternation.

— Pourquoi tu me racontes une chose pareille !?

Il lui répondit d'une voix très calme :

— Juste pour te faire comprendre qu'il faut parfois savoir se poser, la guerre n'excuse pas tout.

— Mais qu'est ce qui te prend de me faire un cours de moralité alors que tu es le pire d'entre nous ! Tu adores la chasse ! s'emporta Niall en s'approchant d'un air presque menaçant.

Mes ongles s'enfoncèrent dans mes poings, pareils à des griffes qui rêvaient de lui renégocier les traits du visage.

— J'aime la chasse sauf que je ne tue pas forcément toutes mes proies, l'informa calmement Aaron.

Niall se lassa et reprit sa route d'un pas mou en maugréant.

— Franchement, qu'est-ce que tu peux être soûlant parfois ! Allez, viens, on rentre au camp.

Il s'éloigna entre les arbres.

Aaron adoucit sa poigne et ne me garda prisonnière qu'à l'aide d'une seule main.

— Surtout, ne me remercie pas ma jolie, me murmura-t-il d'une voix douce.

Cette étrange gentillesse me glaça. Puis je me souvins que, si j'avais été humaine et que j'avais rencontré Aaron dans ces circonstances, ma confiance en lui aurait été naturelle et immédiate.

Nous progressâmes dans les bois sombres qui n'étaient désormais plus mes alliés, mais semblaient être connus d'eux à la perfection. Je suivais mes « hôtes » en priant pour que mes amis soient vivants, pour que notre plan puisse fonctionner.

Nous marchâmes ainsi pendant ce qui me parut une éternité, tant je gardais les sens aux aguets, tant il fallait me concentrer pour garder ma contenance, pour demeurer fixée sur mon objectif et ne pas laisser la moindre pulsion d'azra me dépasser. Jusqu'à maintenant, j'avais agi avec brio, que ce soit avec Julian ou tous les autres, je m'étais contentée de faire ce que j'avais toujours pensé être juste et de rester moi-même. Toutefois, dans cette profusion de sensations, dans cette tension presque palpable, dans cette nuit même, parfait décor pour faire de moi une autre, les contours de mon identité devenaient flous.

Soudain, alors que mon pied venait de se poser sur une forme plus dure que j'identifiais comme un pavé, vestige d'une de ces villes abandonnées, j'entendis un hurlement. Il déchira la nuit et toutes mes résolutions, je me tendis, totalement déroutée, cherchant à percer ces ténèbres et cette distance. C'était la voix de Fay. Et ce n'était plus un cri de guerre, plutôt un cri de douleur. Aaron eut plus de mal à me maintenir contre lui. Un deuxième hurlement me fit trembler des pieds à la tête et il grogna tant il avait des difficultés à me garder prisonnière.

Je ne devais pas franchir la limite, quitter mon rôle. Cela mettrait totalement en péril mon plan, ils me tueraient. Ils nous tueraient.

— Qu'est-ce que tu as ? demanda soudainement Niall qui, ayant entendu glapir son congénère, avait fait demi-tour.

Il se mit à rire en voyant Aaron se débattre avec moi.

— Tu as dû mal à contrôler ta *jolie* prisonnière... Pourtant, elle *n'est pas si différente* d'une humaine ? le cita-t-il très amusé.

Il fallait que je tienne bon. Ces cris prouvaient que Fay vivait, après tout. Et nous étions là pour Manoa. Si j'abandonnais maintenant... tout serait perdu.

— Très drôle ! éructa Aaron en prenant la décision de me tourner brutalement vers lui. Calme-toi, maintenant ! m'ordonna-t-il.

Niall s'approcha, buvant du petit lait.

— Tout à fait, *ma jolie*, calme-toi, nous n'allons pas te tuer..., commença-t-il en parodiant la voix suave de son ami. Ah, mais si ! J'oublie ; nous allons te tuer. Seulement, pas tout de suite. Parce que tu sais, Aaron est un grand homme, il a des principes. Il ne tue pas une femme sans façon, comme ça, dans la forêt, il faut d'abord qu'il la montre à son chef !

— La ferme ! Tu l'énerves encore plus ! s'agaça Aaron en essayant de me maintenir face à lui et de croiser mon regard.

Pour ma part, j'étais ailleurs, je m'enfouissais dans ce sens des plus difficiles à utiliser en étant dans les bras d'un ennemi. L'Écoute. Je traversais les bois à une vitesse démesurée pour retrouver mes amis. Difficile cependant de capter leur présence avec ces dizaines de perrestres qui arpentaient les lieux. Nous étions en plein territoire adverse.

Allan. Je le sentis subitement, il était lui aussi prisonnier d'un perrestre et entouré d'au moins trois d'entre eux. Terrorisé. Mais il vivait. Fay... où était Fay... Mon Écoute me conduisit loin et – alors que j'effleurais l'énergie étourdissante des bois – je me heurtai à des murs. Difficile de les comprendre, je ne voyais pas réellement, je sentais à peine les contours des éléments, il était bien plus facile de distinguer les êtres vivants qui dégageaient une aura particulière. Surtout les perrestres, un véritable bouillonnement en mouvement. Cependant, j'étais trop inexpérimentée pour comprendre tout ce que j'essayais de voir et mon attention était sans cesse entrecoupée par la présence – horriblement incisive – de mes ennemis, là, juste avec moi.

Je fus secouée brutalement.

— Qu'est-ce que tu as ? m'aboya Aaron qui ne comprenait pas mon apathie soudaine.

— De toi à moi, elle est cinglée, ton hybride ! intervint Niall, toujours très amusé.

Un nouveau cri qui déchira l'espace me fit reculer si puissamment qu'Aaron faillit perdre sa prise. Il me rattrapa, ne comprenant pas d'où je tirais toute cette force.

— Remarque, c'est sûrement pour ça qu'elle t'a plu, continua Niall qui n'avait rien saisi de ce qui se tramait.

Trop effrayée, je repartis dans l'Écoute, mieux valait qu'il pense que j'étais demeurée plutôt que de trahir tout de suite mes capacités. Je furetai, cherchai, tentai de m'accrocher dans cet univers de lumière et d'onde que je ne saisissais pas tout à fait. Je retournai là où mon instinct m'avait amenée, écumai cet étrange lieu, peut-être une ruine de l'Ancien Monde.

C'est là que je la vis, ou plus précisément, je discernai sa présence, sa lumière qu'aucun mot ne pouvait qualifier, mais que mon inconscient identifiait immédiatement. Fay était entourée par plusieurs perrestres – des dizaines pour être plus précise – elle éructait, à bout de souffle, je percevais très nettement les sons.

— *Tu te bats bien*, commenta un perrestre non loin d'elle. *Voyons si tu peux mourir avec autant de panache...*

Cette simple phrase me sortit de ma vision.

Mon regard désincarné par l'effroi croisa celui d'Aaron qui me tenait toujours dans ses bras. En un quart de seconde, je pris ma décision.

Je repoussai brutalement le perrestre et assortis mon geste d'un coup de pied violent en direction de son abdomen, ce qui le projeta à plusieurs mètres de moi. Ensuite, je fis volte-face sans que Niall ait eu le temps de réagir et me ruai dans la direction présumée de Fay. Derrière moi, j'entendis Aaron, qui avait dû se relever, hurler :

— C'EST UNE AZRA !

Cela avait le mérite d'être clair. Sauf que j'étais déjà loin. Je fusai entre les arbres comme une tornade, ne retenant plus mes capacités ; au contraire, je les poussai à leur paroxysme, ne prenant même pas le temps de respirer comme me l'avait enseigné Zefryam.

Fay et Allan pouvaient être tués d'une seconde à l'autre et James était introuvable...

Mon plan ne tenait plus la route, s'ils préféraient nous tuer plutôt que de nous faire prisonniers ! Et je n'osai pas m'attarder un instant sur ce que cela signifiait concernant Manoa... Il ne fallait pas cesser de courir, sans quoi, les dizaines de perrestres qui étaient informés de ma présence pourraient me pulvériser sur le champ. Être une pauvre hybride en territoire ennemi m'assurait quelques centilitres de pitié. Être une azra, c'était du suicide pur et dur. Tout ce que j'avais pour moi, c'était une légère avance produite par l'effet de surprise.

Je courais, toujours plus loin, et m'étonnai de ces quelques nouveaux pavés que je remarquai sous mes pieds tout à coup, recouverts de mousse. Peut-être les vestiges d'une ville de l'Ancien Monde sur lesquels cette forêt se serait érigée ? Cela expliquait le bâtiment dans lequel j'avais deviné Fay, des décombres quelconques.

Plus je suivais le chemin qu'avait tracé pour moi l'Écoute et plus j'avais le sentiment de m'éloigner des perrestres, de retrouver le calme et la sécurité de la nuit et des bois. Je ne ralentis pas l'allure néanmoins, ou juste parce que le terrain difficile, ponctué d'arbres noueux et de rochers, m'y obligea.

Fay était en danger. Ils l'étaient tous et même en courant, même en me hâtant, que pourrais-je contre eux tous ? Mon corps obtenait pourtant enfin ce qu'il désirait. Plus rien d'autre ne comptait que cette course. Je laissais la rapidité épouser chacun de mes mouvements, c'était presque une transe de goûter à un tel déploiement d'énergie, jusqu'alors étouffée, reléguée sagement aux tréfonds de mon corps depuis ma mutation. Les branches se brisaient net sur mon passage.

Soudain, je fus stoppée par une volée de marches, envahies de fougères et de mousse, et pourtant suffisamment nombreuses pour appartenir à un bâtiment imposant. Je levai les yeux et vis aussitôt, malgré les ramures entremêlées, un vaste monument de l'Ancien Monde, redessiné par des siècles d'abandon.

Les arbres avaient tout assiégé, crevant l'énorme toit et les larges fenêtres, rehaussant la façade d'enluminures naturelles faites de racines torsadées et de lierre.

Difficile de discerner ce que cette construction avait été, un musée, peut-être ? La forêt l'avait littéralement avalé, l'agrippant entre ses doigts noueux pour, paradoxalement, la préserver de l'oubli, la figer dans son état éternel de mémorial d'un monde déchu.

Peu importait, la porte avait été à moitié arrachée, laissant une ouverture béante. J'y pénétrai sans tarder.

Ce que je vis me stupéfia.

Chapitre 15

C'était une bibliothèque. Du moins autrefois. Aujourd'hui, ce lieu ressemblait à l'antre d'un artiste capable de mêler un univers studieux et fier au chaos incomparablement exquis de la forêt. Un artiste ne sachant créer que dans la démesure et la beauté suprême. Cette artiste, la nature, n'avait pas fini de me surprendre aux instants où je m'y attendais le moins.

La salle était immense, circulaire, les arbres avaient épousé ses formes, s'agrippant aux murs et aux centaines de rayonnages, emprisonnant les livres dans des serres d'écorces, s'enroulant autour de l'énorme escalier, perçant les fenêtres, s'extirpant par la partie du toit qui s'était effondrée et où la lune brillait d'un œil complice. Lierre, fougères, mousses, arbustes, buissons, recouvraient les murs et le sol, peignant dans d'étonnantes et doucereuses teintes d'émeraude et d'ocre cette pièce majestueuse, adoucissant les angles du mobilier.

Des arbres, aux longs feuillages abondants, avaient ajouté des allées supplémentaires à celles que les étagères subsistantes créaient déjà et je remarquai qu'un cours d'eau scintillant s'était frayé un chemin sur le sol moussu.

Je pénétrai dans ce lieu, partagée entre la fascination qu'il me procurait et l'empressement que j'avais de retrouver Fay. Pourquoi ne la voyais-je pas ? J'étais trop méfiante pour me rendre vulnérable en m'investissant à nouveau dans l'Écoute.

J'aperçus les restants d'un feu de camp dont une faible fumée s'évacuait par le plafond troué. Je progressai lentement sur le sol duveteux et, arrivée au milieu de la salle circulaire, remarquai les berges d'un petit lac étincelant, non visible depuis ma position lors de mon entrée.

Le silence était pesant, factice, je sentais, sans avoir besoin d'utiliser mes capacités, qu'ils étaient là, que j'étais regardée, ma peau en brûlait presque. Même si chacune de mes cellules attendait avec impatience ce combat qui me guettait, même si j'étais perturbée par l'émoi de mes gènes d'azra tout neufs, je savais que je n'y survivrai pas. Je savais qu'ils pouvaient me tuer en un clin d'œil. Je savais qu'ils se jouaient de moi.

J'aperçus un chat noir, allongé nonchalamment sur une étagère croulant sous la végétation, me regarder d'un œil brillant.

J'étais désormais au centre de ce lieu improbable, le clapotis délicat de l'eau se mêlait à merveille aux battements d'ailes des oiseaux nocturnes qui résonnaient sous la voûte immense et sublime. Les rayons lunaires, s'infiltrant de toutes parts, recouvraient les lieux d'une aura blanchâtre et pailletée. Au milieu de ce décor détonant, je m'arrêtai net, fatiguée de ce jeu.

— Montrez-vous, demandai-je simplement d'un timbre fané par la tristesse de ce combat perdu d'avance.

L'Imative B continuait d'alimenter mes veines mais cela ne durerait plus longtemps et il suffirait d'un choc supplémentaire pour emballer mon cœur et évacuer le produit hors de mon système sanguin. Peu importait de toute façon, parce qu'ils savaient tous déjà ce que j'étais.

— Ce n'est pas très juste, articula calmement une voix masculine derrière moi.

Je me tournai et vis un perrestre tenir Fay contre lui. Elle était échevelée, couverte de bleus, et des traces de sang sur ses pommettes et ses bras m'alarmèrent au point que j'eus un geste naturel pour aller à sa rencontre, motivée avant tout par l'apaisement de la retrouver vivante. Toutefois, je me retins d'approcher car, peu à peu, les créatures qui m'entouraient quittaient leur cachette, sortant de l'ombre des arbres et des recoins de ce parc intérieur. Je reconnus alors Allan, prisonnier tout comme l'était Fay de la poigne solide d'un ennemi, mais il ne semblait pas blessé. James, pareillement cerné, semblait presque indemne, lui aussi. J'aurais fermé les yeux de soulagement si je n'étais pas moi-même tenue en joug par le regard de tous ces êtres qui dégageait une sensation de puissance inégalable... et aussi une notable dose de haine...

— Tu veux que l'on se montre, pourtant tu n'es pas sous ton vrai jour, azra, reprit l'homme qui détenait Fay.

Il était grand, doté d'une stature solide néanmoins pourvue d'une certaine finesse, détectable jusque dans son visage. La couleur de ses yeux était indéfinissable, tandis que ses cheveux arboraient un étrange châtain qui hésitait entre le blond foncé et le roux. Il avait des traits gracieux, comme tous les êtres génétiquement modifiés de ma connaissance, possédait une certaine félinité, inhérente à sa race, mais également dans son expression peu aimable. Pourtant, je percevais une sorte de fragilité chez lui, peut-être dans ce nez un peu trop retroussé, pas à son désavantage certes, qui mettait en valeur sa bouche, légèrement plus rouge et gourmande que la normale. Un restant de cet enfant qu'il avait dû être et dont je devinais aisément la moue durant les bouderies. Je fus certaine, par sa présence et sa manière de me parler, qu'il était le chef. Peut-être ce fameux Priam qu'avait évoqué Aaron.

Un grand brun se tenait juste à côté de lui. Sa tignasse à lui aussi était légèrement bouclée et son nez, à la fois droit et court, était la parfaite réplique de celui du chef. Il devait être son frère, assurément. Pour sa part, il n'avait aucune animosité particulière en posant les yeux sur nous, sur moi, seulement une inquiétude teintée de méfiance.

— Maintenant, explique-nous ce que tu fais ici, azra, déguisée en hybride avec trois d'entre eux ! m'ordonna le chef, lassé de mon silence.

Je craignais trop que le moindre de mes gestes signe l'arrêt de mort brutal de mes amis.

Je croisai brièvement le regard de chacun d'entre eux. J'optai pour la vérité et plongeai mes yeux dans ceux du présumé Priam.

— Nous sommes venus pour un ami, déclarai-je. Manoa, un hybride qui aurait été enlevé par des perrestres. Nous espérions le sauver.

Il y eut quelques rires et Priam se fendit lui aussi d'un sourire mais préféra d'abord éclaircir cette affaire.

— Le sauver, dis-tu ? En vous jetant dans la gueule du loup ?

Son expression amusa ses congénères qui rirent de plus belle. Humour spécial perrestre – de toute évidence.

— Nous espérions devenir des prisonniers à notre tour, le retrouver et nous échapper..., poursuivis-je.

J'enfonçais mon cas, certains explosèrent de rire. Peut-être que cet instant de détente leur donnerait le goût de nous épargner ?

— Vous échapper ? demanda le chef d'une voix partagée entre l'incrédulité et l'hilarité.

J'aperçus, un peu derrière lui, une jeune femme que je n'avais pas encore remarquée, assise sur une vieille desserte de la bibliothèque. Contrairement aux autres, il n'y avait aucune hilarité méprisante sur son visage, seule une curiosité certaine miroitait dans ses grands yeux sombres. Ses cheveux, noirs, lisses et brillants étaient coiffés en un carré long, qui lui tombait un peu en dessous des épaules. Son visage légèrement rond, à la peau d'un pâle caramel, semblait ingénu, presque enfantin. Sa façon de me scruter me fit un drôle d'effet et je m'arrachai à sa contemplation pour faire front à mes détracteurs de nouveau.

— Nous ne faisons pas de prisonniers, m'informa d'une voix dure celui que j'estimais être le frère de Priam. Si un hybride ou un azra aborde notre territoire, nous le tuons, plus ou moins rapidement certes, mais nous le tuons...

Je déglutis difficilement.

— Allons, Solal, sois plus sympathique ! s'amusa Priam en maintenant plus difficilement Fay contre lui.

Je voyais que ces moqueries emplissaient mon amie d'une nervosité amère. Pourtant, il fallait qu'elle tienne bon, qu'elle reste calme. J'allais devoir jouer la carte de la vérité, la totale vérité, même s'il y avait très peu de chance que les perrestres puissent croire à mon histoire.

— Pourquoi ne pas nous raconter la vraie raison de votre présence ici ? ajouta le chef à mon intention.

— Et pourquoi aurait-elle droit à un procès ? intervint une perrestre aux cheveux blonds. Tu crois que les hybrides laissaient les humains s'expliquer avant de leur tirer dessus ?

— C'est vrai ! renchérit un autre.

— Ils doivent mourir !

— On aurait dû les tuer tout de suite !

— C'est une espionne qui travaille pour Olyméa !

— Les hybrides n'étaient-là que pour brouiller les pistes pendant qu'elle récolterait des informations !

— Elle a sûrement des capteurs sur elle, affirma une dernière personne.

Solal et Priam échangèrent un regard.

— Rassurez-vous, personne n'ira dénoncer notre position, assura le frère du chef. Cette azra ne pourra rien révéler, nous nous en assurerons.

— Et dire que tu m'as fait tout un cours sur savoir quand épargner une victime ! commenta une voix que je connaissais derrière moi, alors que tu as précisément épargné une véritable ennemie !

Je jetai un œil par-dessus mon épaule et reconnus immédiatement le visage d'Aaron, le perrestre qui m'avait interceptée dans la forêt. Il baissa les yeux sous la remarque de son ami Niall, qui affichait pour sa part un sourire triomphant.

— Tuons-les ! exigea quelqu'un.

Cette proposition fit mouche, déclenchant un brouhaha colérique qui emplit l'assemblée autour de nous. Je n'avais même pas eu le temps de tenter de m'expliquer. La communauté de perrestres se massa autour de nous. Que faire devant la mort ? Qu'avais-je fait à chaque fois ?

Ne jamais abandonner. Jamais.

— Lisor !

Cette voix me déconnecta immédiatement de mon environnement. Je ne mis qu'un instant à percer des yeux la foule, étonnamment calmée par l'intervention du nouvel arrivant.

Ethiel. Suivi de près par la jeune femme brune qui avait retenu mon attention un peu plus tôt et que je n'avais même pas vue disparaître. Le soulagement de reconnaître mon ami et de le voir progresser tout à fait librement m'empêcha presque de remarquer à quel point il était différent. Ma première réaction avait été de foncer vers lui. Pourtant, mon geste s'était figé à peine amorcé. Déjà parce que les perrestres me surveillaient de près, tous crocs sortis, mais surtout parce que... lui aussi était un perrestre désormais.

Son visage, sa façon de marcher, son regard, tout cela n'avait pas changé. C'était l'Ethiel que je connaissais, doté d'une beauté presque brutale, d'une expression d'être trop abîmé par la vie. Cependant, son corps s'était légèrement épaissi, avait gagné en muscles et en puissance. En me concentrant davantage, je remarquai que ses traits s'étaient à la fois affinés, perfectionnés, mais aussi durcis. Son côté farouche et sauvage vivait ses heures de gloire dans la peau de la créature puissante qu'il était devenu. Une sorte de fièvre relative à sa mutation toute récente collait légèrement ses cheveux hirsutes sur son front.

Fendant la foule, Ethiel s'avança vers moi naturellement, instinctivement, de la même manière qu'il l'avait fait lorsque je l'avais retrouvé dans l'appartement d'Ana. Cela datait d'un peu plus d'une semaine, pourtant, j'avais le sentiment qu'une éternité nous séparait de cet événement.

Peut-être parce que j'avais changé au-delà du possible entre temps.

Ethiel ne me détailla pas. Ne prenant pas davantage le temps de chercher mon approbation, il m'attira contre lui, me serra si brutalement qu'il m'aurait brisée si j'avais été humaine. Seulement, je ne l'étais plus. J'étais son ennemie naturelle désormais. Et il l'ignorait. Déjà parce qu'il me voyait pour la première fois depuis sa propre mutation en perrestre. S'il avait eu le temps de percevoir des changements, dans mon port plus altier, dans mes traits plus affinés, dans mes cheveux plus denses, il avait dû mettre ces détails sur le compte de ses yeux de perrestre, qui lui offraient une meilleure vision du monde. Et l'Imative B avait achevé de me faire passer pour l'humaine que j'avais toujours été pour lui. Ce produit vivait néanmoins ses dernières secondes dans mon sang. Je devinais que mon cœur, battant la chamade à ces retrouvailles inespérées, achevait de le diluer.

Ethiel avait réfugié son visage dans ma chevelure, inspirant intensément mon parfum comme autrefois, et ceci, devant les mines dégoûtées de ses congénères. Ces derniers étaient immobilisés devant ce spectacle improbable, qui avait annihilé – pour mon plus grand soulagement – tout désir de nous éradiquer.

Soudain, dérouté par ce qu'il venait de flairer, mon ami se raidit. J'étais de marbre moi aussi. Incapable de lui rendre son étreinte, incapable de lui en faire remarquer la violence, parce que j'étais malgré tout véritablement apaisée de l'avoir retrouvé, de le savoir vivant, même s'il était... différent.

Il me relâcha lentement, devint hésitant et quand il osa à nouveau me regarder, son visage se décomposa tout à coup. L'Imative B avait cessé de faire effet pendant qu'il m'enlaçait. Ce qu'il avait perçu dans mon attitude rigide et dans mon odeur lui sauta tout à coup à la figure. Ma peau venait de reprendre sa teinte d'albâtre lumineux et mes yeux marron s'étaient rehaussés d'une myriade d'étoiles.

Il recula d'un pas, comme s'il avait reçu un coup sur la tête.

— Lisor, murmura-t-il, totalement dépassé par ce qu'il réalisait.

Sa voix avait légèrement changé. Son timbre avait toujours ce côté rauque, mais il avait gagné en puissance, comme plus habité que jamais par la chaleur de la terre, de la réalité, de sa nouvelle réalité.

— Ethiel, lui répondis-je d'une voix timide et profondément troublée.

J'attrapai ses mains dans un sursaut d'espoir, entrelaçai mes doigts de porcelaine entre les siens, naturellement plus hâlés et qui me parurent étrangement rugueux un bref instant, avant qu'ils ne reprennent la douceur originelle de sa peau. Je relevai les yeux vers lui et vis dans son regard comme l'ombre d'un voile sombre qui se retirait, révélant l'or habituel qui y résidait, plus éblouissant que jamais. Son corps subissait une mutation perpétuelle maintenant qu'il était un perrestre, une mutation qui lui permettait de s'adapter à son environnement. Or, moi, le premier azra qu'il touchait, j'avais réveillé son instinct de chasse. Pourtant, il continuait d'examiner intensément mes traits et mes prunelles sincères. Et, dans son désir de se réapproprier celle que j'avais été, l'humaine à qui il tenait tant, je vis qu'il trouvait les ressources nécessaires pour ne pas avoir à me repousser.

— Ce n'est pas possible, murmura-t-il d'une voix lointaine, toujours comme s'il venait de recevoir un choc sur le crâne.

Étonnamment, sa nature de perrestre ne me rebutait pas. Elle ne rendait pas les choses faciles certes, car mes sens d'azras étaient aiguisés par sa présence, mais l'importance que je lui conférais me permettait tout à fait de me contrôler. Rien ne pouvait changer ce passé que nous avions en commun et la gratitude que j'éprouvais à son égard.

— Priam, c'est elle ! s'enthousiasma une perrestre à quelques mètres de nous.

— Comment ça ? répondit le chef.

Hormis cet échange que je perçus vaguement, un silence planait que seul le bruissement de l'eau venait abîmer. Le calme olympien de cet étrange jardin, témoin de ces retrouvailles atypiques, me paraissait tout à coup plus accueillant tandis que je continuais à fouiller les yeux de mon ami. Je le redécouvrais, étrange et plus fascinant qu'autrefois, tout en me demandant quelles seraient les conditions de notre nouvelle relation. Me pardonnerait-il ? M'accepterait-il telle que j'étais ? Ma mutation aurait-elle au moins le mérite de le guérir de cette affection trop débordante qu'il semblait me porter ? Après tout, je perdais tout ce qui faisait de moi sa propriété. Je n'étais plus la douce humaine affaiblie qu'il fallait protéger.

— C'est elle, n'est-ce pas, Ethiel ? ajouta une jeune femme en s'approchant de nous.

Un bref coup d'œil vers elle m'apprit que c'était la petite brune qui avait eu la prescience de ramener Ethiel dans la salle. Sa bienveillance déroutante me toucha immédiatement.

— Oui, Penina, murmura Ethiel sans quitter des yeux nos doigts entrelacés qui illustraient cet étrange et profond lien entre un perrestre et une azra. C'est Lisor, c'est... c'était... l'humaine dont tout le monde parle, celle qui a quitté Olyméa.

Le silence se mua en tension presque palpable tandis que tous me détaillaient. Après un instant de réflexion, Priam relâcha Fay, qui lui accorda un regard dont je n'aurais pas voulu être l'objet : mélange de profond mépris et de haine, et il se fraya un chemin parmi ses troupes pour nous rejoindre.

— Je ne comprends pas, déclara-t-il, c'était une humaine enceinte qui a fui la Cité, pas une azra...

— Pourtant, c'est bien elle, répondit calmement Ethiel en levant les yeux vers moi. Lisor, il faut que tu nous expliques.

J'osai un regard vers la communauté de perrestres qui nous entourait, hommes et femmes aux visages éblouissants d'intelligence et de détermination, leur hostilité venait de baisser d'un cran appréciable devant la tournure – pour le moins déroutante – des événements. James et Allan n'étaient plus maintenus violemment et Fay s'était approchée d'eux. La situation avait changé grâce à Ethiel et il m'était impossible de qualifier l'ampleur de mon soulagement.

— J'ai bien quitté Olyméa pendant la guerre, répondis-je finalement en m'adressant à Priam, grâce à la protection de ces hybrides et de deux azras. Nous nous sommes réfugiés dans la villa de l'un d'entre eux, en pleine forêt. Sauf qu'un perrestre nous y a suivis et a menacé de tuer tous ceux qui me protégeaient.

Un murmure – mélange de désapprobation et de curiosité – parcourut l'assistance, mais je tâchais de ne pas y prêter attention. Priam avait ses yeux clairs posés sur moi avec une grande attention. Son frère, Solal, s'était rapproché lui aussi et m'écoutait respectueusement. La dénommée Penina, délicate brune au caractère rayonnant, était la seule à sourire en écoutant mon récit.

— Alors, j'ai...

Comment expliquer ce geste, qui, hors contexte, pouvait paraître complètement fou malgré son résultat incontestable aujourd'hui ?

— Lisor a voulu nous sauver au péril de sa vie, intervint Fay dont les blessures avaient guéri, mais dont le regard franc et étincelant pouvait tout à fait rivaliser avec ceux des perrestres. Elle a fait la seule chose qui était susceptible de détourner l'attention du perrestre : elle s'est injectée elle-même la formule AZ.

— C'est impossible, fit Priam à mon adresse, tu ne peux pas avoir muté... Aucun humain n'a muté depuis 2000 ans...

Je le regardai avec une grande sincérité, me plantant avec calme et détermination dans le sol. La vérité était peut-être en train de tous nous sauver.

— C'est ce que je pensais aussi. J'ai cru simplement me sacrifier en le faisant.

— Comment as-tu pu mettre la main sur cette formule ? demanda Penina. Je doute que les azras en laissent des échantillons traîner dans la forêt.

— Cette formule se trouvait dans la villa de l'azra qui me protège, expliquai-je. C'est un brillant scientifique qui s'est révolté contre Olyméa pour m'éviter la mort. En m'injectant ce produit, j'ignorais que cet ami viendrait à mon secours et me ferait bénéficier de ses dernières recherches pour me permettre de survivre à la mutation...

— Impossible, répéta Priam qui n'en était pas moins impressionné.

Les perrestres échangeaient à mi-voix entre eux, notablement soufflés par ce qu'ils apprenaient. Mon corps se détendait à mesure que je réalisais notre chance. Mes doigts n'étaient plus logés dans ceux d'Ethiel mais son regard ne me quittait pas. Il était indéfinissable, une lave sombre qui me jaugeait de manière étrange. Comment me considérait-il désormais ?

— Il existerait donc une nouvelle formule ? demanda Solal.

— En quelque sorte, mais elle n'a rien de stable, j'ai eu... de la chance.

— Pas seulement de la chance, me coupa Fay en s'adressant vivement à Priam. Lisor est la personne la plus déterminée que je connaisse. C'est pour cette raison qu'elle a su muter.

Fay se tenait droite en plein milieu des perrestres, ne les craignant pas le moins du monde, fière et sublime, les traces de sang, demeurées sur son visage malgré la cicatrisation, ne la rendant que plus crédible dans son assurance.

— Vous venez de rencontrer l'humaine qui a su changer le cours de l'Histoire par sa seule volonté, ajouta-t-elle dignement. C'est la plus jeune azra désormais, et pourtant, elle détient les preuves et les moyens de bouleverser la souveraineté de tous les autres !

À ces mots, je vis une lueur briller dans le regard de Priam.

— Sans compter l'enfant, murmura-t-il en achevant de mesurer tous les enjeux.

Je me raidis. Je ne voulais pas qu'on mêle Joy à cette histoire. J'avais tout fait pour ne pas l'évoquer durant mes explications.

— Où se trouve-t-il ? me demanda-t-il avec franchise.

Je sentis qu'Ethiel partageait ma tension.

— Elle est en sécurité, répondis-je.

— Une fille donc, susurra Priam tandis que je regrettais déjà d'avoir livré cette information. Je présume que tu l'as confiée à ces deux azras dont tu parlais... Juste deux azras pour protéger la dernière humaine ? ajouta-t-il, dubitatif. Tous les azras doivent vouloir se l'arracher, tout comme les perrestres. Et qui sait, si nous parvenons à mettre la main sur un dernier humain... Ils pourraient devenir l'espoir d'élever une nouvelle génération.

— Si les êtres humains sont si importants à vos yeux, pourquoi avoir transformé Ethiel en perrestre ? demandai-je dans l'espoir de détourner leur attention de Joy.

Priam soupira et je vis que Penina faisait quelques pas discrets pour s'éloigner de lui. Il lui adressa un regard plein de reproches.

— Ce n'était certainement pas mon désir, avoua-t-il, mais c'est ce qu'il souhaitait et *quelqu'un* a assenti à sa requête sans m'en avertir au préalable...

Penina regarda ses pieds comme une enfant prise en faute. Je saisis néanmoins que Priam n'avait pas de réelle colère envers elle, une ambiance familiale, un lien déroutant dans ce contexte, et que pourtant que je connaissais bien, régnait entre eux. Je me tournai vers Ethiel.

— C'était mon seul espoir de pouvoir te protéger un jour, me dit-il avant que je n'aie le temps de parler. Devenir perrestre est tout ce dont j'ai toujours rêvé. J'espérais te retrouver dès que je serais en mesure de contrôler mes capacités. J'ignorais que tu... que toi aussi...

Nous nous regardâmes, touchés par cet étrange destin qui nous avait séparés. Je tenais à Ethiel. Pas comme à Manoa certes, mais je tenais à lui, ne serait-ce que pour tout ce qu'il m'avait offert. Ma vie, quand il avait mis en péril la sienne pour me préserver... Joy, même s'il n'avait pas eu voix au chapitre ; elle aurait certainement ses yeux, elle arborait sa beauté et elle avait tout mon amour. Ce que nous partagions, c'était peut-être ce que j'avais de plus pur dans ma vie. Cet échange visuel, troublé, n'échappa à personne, surtout pas au chef qui se permit de commenter :

— Le dernier couple d'humains devenus des ennemis naturels... C'est tellement triste ! ironisa-t-il. Je comprends pourquoi tu étais si mystérieux quand nous t'avons récupéré, Ethiel, tu es le père de la dernière humaine. Et tu comptais nous fausser compagnie dès que possible pour retrouver ta moitié. Pendant ce temps, cette dernière inventait une stupide histoire d'hybride à sauver pour pouvoir te retrouver aussi. Dommage que vous ayez la gâchette facile quand vous rencontrez une seringue !

Il y eut quelques rires et moi, je me sentis infiniment mal à l'aise.

— Cette histoire d'hybride est réelle, répondis-je. Nous sommes venus sauver Manoa. Je ne m'inquiétais pas pour Ethiel. J'étais certaine, qu'en tant qu'humain, il serait en sécurité auprès de vous.

Ce dernier parut affecté par cette révélation et je vis son visage se rembrunir tandis qu'il reculait d'un pas. Souffrait-il encore que je fasse passer Manoa avant lui ? J'étais une azra maintenant, pouvait-il encore éprouver quelque chose à mon égard ?

— C'est l'histoire la plus compliquée que je n'aie jamais entendue, conclut Priam.

— Moi, j'adore ! commenta Penina.

— Tu as tout de même pris des risques inconséquents, Lisor, remarqua Priam. Juste pour un hybride ! Tu as eu de la chance que nous ne vous ayons pas tués immédiatement... Heureusement, j'ai eu une intuition bienheureuse à votre égard...

— Et moi de même, fit discrètement Aaron.

Lorsque je posai les yeux sur lui, il m'adressa une sorte de sourire auquel je me surpris à répondre. Puis, il leva un peu le menton en regardant du coin de l'œil son ami Niall qui n'en menait pas large.

— Nous n'abandonnons aucun des nôtres, se justifia Fay au sujet de notre sauvetage mal organisé de Manoa. Nous formons une famille. Et nous sommes prêts à mourir les uns pour les autres.

Sa fierté m'amusa et me toucha. Nos regards se croisèrent et je sus qu'elle accentuait le côté dramatique dans ses paroles pour que les perrestres oublient leurs intentions de meurtre au profit des perspectives que ma mutation ouvrait. Peut-être espérait-elle même transformer le mépris, dont nous faisions l'objet, en admiration. Je n'osais pas en attendre autant.

— Vous êtes jeunes, fit remarquer Priam en observant un instant Fay puis en se tournant vers moi. Particulièrement votre chef de clan, la plus jeune d'entre toutes, ajouta-t-il avec un léger accent de fascination dans la voix. Je respecte le fait que tu te mettes en danger parmi tes hybrides, en te faisant passer pour l'une d'entre eux, Lisor... Moi aussi, je serais prêt à mourir parmi mes frères d'armes. Néanmoins, je pense que tu devrais réfléchir davantage à la protection de ta fille...

Je faillis lui faire remarquer que je n'étais le chef de personne pourtant, je m'en abstins, trop préoccupée par le sujet qu'il venait d'aborder.

— Nous sommes des perrestres, poursuivit-il. Nous avons été créés pour protéger les humains.

— Priam a raison, intervint Solal avec foi. Peu importe à quoi ressemble ton clan, Lisor. Il ne peut pas être aussi puissant qu'une troupe de perrestres telle que la nôtre. Ta fille serait en sécurité parmi nous.

Il fit un geste pour englober ceux qui l'entouraient et mes yeux suivirent ce mouvement tandis qu'un brouhaha approbateur emplit l'assemblée des perrestres, êtres à la puissance et à la beauté sauvage irréfutables. La proposition de Solal n'avait rien d'une menace. Dans sa bouche, elle était presque une invitation. Contrairement à mes entrevues avec les azras puissants, je n'avais pas l'impression de mener un double jeu ici. Personne ne cherchait à lire dans mes pensées. Tout le monde me regardait, attendant ma réaction.

— Je dois vous avouer que je suis très impressionnée de vous voir enfin, vous tous, les perrestres, commençai-je. J'ai rêvé de vous rencontrer pendant toute ma vie d'humaine. Vous étiez mon seul et unique espoir. Malheureusement, vous n'êtes jamais arrivés. Tous mes proches sont morts juste sous mes yeux... Vous n'étiez qu'un rêve, qui a perdu toute réalité à cet instant...

Ma sincérité évidente me valut un grave silence. C'était tellement étrange d'être en plein centre de leur base étincelante et mystérieuse, en pleine nuit, moi l'azra, et même d'être écoutée par ces êtres centenaires qui me dépassaient en tout point, juste moi, Lisor. Je regardai tous les perrestres qui m'entouraient tour à tour et osai poser cette question qui me consumait depuis si longtemps.

— Vous étiez le peuple qui aurait pu sauver les êtres que j'aimais, le peuple que je voulais... mais où étiez-vous ?

Dans les regards que je croisai, l'animosité naturelle, la méfiance ancrée, commençait à laisser place à une autre émotion chez certains, un lien inattendu qu'il me tardait d'étoffer. Mes yeux se posèrent sur Aaron et je sus qu'il percevait ma sincérité.

— Nous étions poursuivis, traqués avec plus d'acharnement que les humains, expliqua Priam, crevant ce silence étrange, ce silence suspendu par ce pont qui se créait à la faveur de notre passé commun. Nous avons fini par cesser de nous rebeller et avons simulé notre disparition pour pouvoir reprendre des forces. Ensuite, nous nous sommes alliés entre clans de perrestres survivants et avons organisé cette attaque.

— Nous rêvions de vous sauver et d'arriver à temps pour chacun d'entre vous, intervint Solal, sincère. Les humains sont aussi notre peuple, nous sommes liés depuis toujours.

— Sauf qu'il est trop tard pour moi..., répondis-je tristement. Je suis désolée pour ce que vous avez enduré, mais pour ma part, je ne suis plus humaine. Vous voulez protéger ma fille... Seulement, elle sera toujours *ma* fille, à moi, *l'azra*. Et où elle vivra, je vivrai. Le supporterez-vous ? Supporterez-vous une azra parmi vous ? Ne serais-je pas toujours votre ennemie ?

— C'est différent pour toi, objecta lentement Priam, tu es la dernière azra, totalement innocente des horreurs perpétrées par tes congénères. D'ailleurs, ils doivent déjà te considérer comme une ennemie... En fait, nous pourrions plutôt envisager une alliance.

Il avait dit ces derniers mots en plongeant très sincèrement ses yeux intelligents et clairs dans les miens. Je me sentis troublée et émue par ce qui se produisait. Ce dont j'avais toujours rêvé. Les perrestres. Ils étaient là, m'entouraient... Toutefois, pas du tout de la manière dont j'avais pu l'imaginer.

Priam avait saisi ce que Fay lui avait brillamment fait miroiter, je n'étais pas de mèche avec les dirigeants azras, j'étais plutôt leur talon d'Achille. Il était intelligent, sa capacité à voir où seraient ses intérêts allait au-delà de ses scrupules envers les autres races.

Néanmoins, était-ce le cas de tous ses compagnons ? Ils se connaissaient depuis des siècles, avaient échappé aux azras ensemble, les avaient attaqués ensemble. Ils avaient survécu à la chaleur des uns des autres. Priam était leur chef, mais simplement parce qu'il en fallait un. Cette décision dépendait d'eux tous.

— Est-ce vraiment possible ? Seriez-vous vraiment capables de pactiser avec une azra ? leur demandai-je.

Certains me contemplèrent avec une froideur, voire une répulsion, qui confirma mes doutes. D'autres semblaient attirés par cette nouvelle aubaine, par les possibilités que mon concours pourrait leur apporter. Mais pour que tous partagent un tel avis et pour que je sois capable de leur confier ma fille, autrement dit, ce que j'avais de plus précieux, il faudrait un temps immémorable... Je ne venais pas de quitter une mégapole aux dirigeants tyranniques pour me soumettre à un nouveau peuple, même s'il « paraissait » meilleur, il n'en restait pas moins composé de guerriers. Des guerriers qui avaient failli nous tuer, quelques minutes plus tôt, de surcroît. Évidemment, je ne comptais pas le leur faire remarquer. Je devais les ménager au maximum pour avoir une chance d'obtenir leur aide.

— Je ne crois pas que vous soyez prêts à cela, conclus-je, et je ne le suis pas non plus. J'ai appris à ne faire confiance qu'aux êtres qui étaient disposés à se sacrifier pour moi autant que je l'étais pour eux. Peu importe la race. Et je présume que c'est pareil pour vous tous.

— Tu as raison, fit Priam à mon plus grand étonnement. La confiance se gagne dans les deux sens.

Il me regardait avec une telle intensité que je devinais le danger que j'encourrais si je le trahissais d'une manière ou d'une autre.

— Justement, il se pourrait que j'aie de quoi gagner la tienne, Lisor, intervint Penina.

Priam soupira.

— Tu ne crois pas en avoir déjà assez fait ?

— Non, justement, sourit-elle en se plantant juste devant nous. Si nous voulons de cette alliance, autant nous mettre tout de suite au boulot, non ? ajouta-t-elle ses grands yeux en amande brillant d'excitation.

Penina était petite, bien plus petite que moi. Cela ne semblait pas entamer le moins du monde sa beauté, sa présence à la fois déroutante et reposante, ni réduire son sourire déconcertant, qui s'agrandit quand elle s'adressa personnellement à moi :

— Je sais où se trouve l'hybride que tu recherches : Manoa.

Chapitre 16

— Lisor, tu trembles.

Je baissais les yeux vers mes paumes, étranges et longues apparitions fantomatiques dans ce lieu éclairé par la lune, les étoiles et leurs maints reflets qui étincelaient dans l'eau du ruisseau et du lac, non loin de nous.

Allan avait raison. Mes doigts étaient parcourus par de légères vibrations. Il les attrapa et les contempla comme un véritable sujet d'étude.

À peine Penina s'était-elle exprimée que Priam, sûrement effrayé à l'idée qu'elle fasse une promesse qu'il ne pourrait tenir, avait exigé de lui parler en comité restreint tout en ordonnant aux autres perrestres de reprendre leurs occupations.

D'un seul geste, le chef nous avait invités à patienter, quand tout mon corps bouillonnait de quitter ce lieu, d'attraper Penina, de la supplier ou de lui arracher ses confidences.

J'étais là. Proscrite. Silencieuse. Quand je n'étais que rage et désir d'agir.

Les perrestres s'étaient soumis à l'ordre de Priam de mauvaise grâce, s'enfonçant dans la faune ambiante, certains – visibles depuis ma position – trempaient déjà leurs pieds dans le lac en devisant sombrement entre eux sans me quitter des yeux, d'autres s'étaient allongés avec indifférence, en hâte de reprendre cette nuit que notre arrivée avait troublée.

Ce groupe était divisé. Il y avait ceux qui étaient foncièrement hostiles à l'idée répugnante de pactiser avec nous, plus précisément avec moi, une azra ; créature au sang d'une autre couleur, à l'âme d'un autre genre. Puis il y avait ceux qui avaient su lire mon honnêteté et voir en moi les prémices d'un espoir, d'un changement dans cette guerre sans âge qui faisait trop de morts depuis tant de siècles. Le dernier type de perrestres était composé des individus méfiants et dubitatifs, ne sachant pas dans quel camp verser.

Pour ces raisons, je sentais le regard de cette communauté peser sur moi depuis ces quelques minutes où Priam s'était retranché avec ses proches pour deviser de manière animée.

— *Hors de question de générer un conflit entre nos clans !* l'avais-je entendu s'exclamer.

Je remarquai le calme olympien avec lequel Penina lui répondait, sans se démettre de sa bonne humeur.

— *Vous me connaissez*, avait-elle affirmé en les prenant tous à témoin, *vous savez que je n'agirais jamais de manière à porter préjudice au groupe. Laissez-moi intervenir, faites-moi confiance comme vous l'avez toujours fait...*

Allan m'avait alors parlé, m'empêchant d'en écouter davantage. Il étudiait mes mains avec une grande attention et lorsqu'il croisa mon regard, je sus quelle était sa véritable intention. M'éviter d'épier la conversation de nos « hôtes » grâce à mes sens affûtés, m'éviter de commettre un impair de plus si j'étais surprise...

S'il pouvait passer pour jeune et discret, Allan était tellement plus. Il était modéré et savait faire profil bas quand c'était nécessaire, tout comme se mettre en danger quand la situation l'exigeait. Je me rendais compte de toutes ces qualités, qui l'avaient amené jusqu'ici, à mettre sa vie totalement en péril.

— Tu as remarqué ? me demanda-t-il en évoquant toujours mes tremblements.

— Non, avouai-je. Est-ce que c'est normal pour un azra ? lui demandai-je.

— Ça, je l'ignore.

James et Fay étaient sur le qui-vive, incapables de se détendre une seconde, entourés comme nous l'étions par nos « ennemis », totalement vulnérables.

— Je n'avais jamais eu de meilleure amie azra jusqu'à maintenant, ajouta Allan avec un demi-sourire. Cela dit, il ne me semble pas avoir observé ce genre de manifestation chez Ana ou Zef.

Il semblait inquiet.

Je me mordis la lèvre. Me contrôler pour ne pas imposer mes désirs, pour ne pas hurler que je désirais récupérer Manoa et que, leurs petits tourments interclans n'avaient aucune importance pour moi, tenait de l'impossible.

Il était peut-être en vie. Tout ce combat. Cette longue... inlassable lutte, qui datait d'avant même mon accouchement aurait une fin. Une véritable fin.

Patience...

Impossible de l'imposer à mon corps qui hurlait l'inverse. À mes veines qui brûlaient, bouillaient, comme si je n'avais été faite que par des litres d'Imative A.

— Lisor, calme-toi, me rappela doucement à l'ordre Allan. N'oublie pas qui tu es. N'oublie pas, comme je te l'ai dit dans la forêt...

Il me fallut un gros effort pour cesser de fixer Priam et ses comparses et tourner la tête à nouveau vers mon ami.

Ses grands yeux sincères me rappelèrent qu'il avait toujours était là pour me repêcher lorsque je me noyais dans les pires émois.

Je me fis violence pour me concentrer sur le sujet qu'il avait choisi pour me distraire. Mon état. Ce qui n'était pas tant distrayant que ça pour le coup.

— Je n'ai pas dormi depuis ma mutation, dis-je lentement en observant mes mains qu'Allan avait libérées. Tu crois que c'est lié ?

Depuis que j'étais devenue une azra, je n'avais pas prêté la moindre attention à mon corps, si ce n'était lorsque j'avais découvert sa beauté et ensuite, dans le désir d'exploiter mes capacités. Pour le reste, je n'avais plus eu le sentiment d'avoir le moindre rythme biologique. Ce n'était pas comme si je m'étais immédiatement habituée à être en forme – et même plus que cela, à avoir des capacités surhumaines – c'était plutôt comme si j'avais vu ces instants comme une parenthèse bien méritée. À la force de ma volonté, j'avais obtenu ce dont je rêvais : ne plus dépendre d'un corps épuisé, éreinté et de ce fait, naturellement attiré par l'apaisement que confère la mort. J'avais l'impression d'avoir gagné le loisir d'être libérée de toute entrave physique et de faire ce que je souhaitais. Même si cela ne durait pas, tout ce qui importait était de retrouver Manoa. D'ailleurs, je m'attendais presque à ce que cet interlude de bien-être cesse dès que j'aurais mis la main sur lui. Je souhaitais tant le revoir, que j'étais prête à l'échanger contre ma mauvaise santé d'antan.

Seulement, force était de constater que j'avais une biologie. Comme tout être vivant. J'avais besoin de manger, ce dont je ne m'étais pas privée, cela dit ; de dormir, ce que je me refusais peut-être ; d'évacuer la tension, ce qui était impossible dans les circonstances actuelles.

En croisant le regard inquiet qu'Allan m'accorda pour toute réponse, je regrettai de ne pas pouvoir questionner Ana ou Zefryam. Cela ne faisait que trois jours et trois nuits que j'étais privée de sommeil. J'étais sûre qu'un azra pouvait tenir bien plus longtemps. Mais il y aurait des symptômes à affronter parallèlement. Le manque de contrôle de soi devait s'aggraver dans ce cas. Sauf que mon inexpérience évidente empirait déjà les choses.

— Je pense qu'un peu de lâcher-prise te ferait du bien, avoua Allan.

— Lâcher-prise ? m'emportai-je en tâchant de garder le contrôle du volume de ma voix. Comment pourrai-je lâcher-prise... ici ?! Et... en sachant que Manoa...

Je me tus en croisant le regard de James non loin de moi et en voyant que Fay avait tourné la tête. Pour eux. Pour nous donner toutes les chances de nous en sortir vivants.

— C'est justement dans les pires moments qu'on a besoin d'un peu de recul. Viens t'asseoir, proposa Allan qui, pendant ma crise, s'était posé sur une roche plate.

Étonnée par ma propre docilité, je le rejoignis.

— Comment peux-tu être aussi calme ? lui demandai-je.

— Je ne sais pas. Je crois que je suis sûr qu'on peut avoir confiance en eux, en Penina, rétorqua-t-il songeur.

Je détournai les yeux pour observer le groupe qui échangeait à quelques mètres de nous. La jeune femme étrange de par tant de générosité continuait de plaider sa cause avec flegme. Qui était-elle au juste ? Un ange venu pour nous sauver ? Une diablesse qui nous manipulerait et nous trahirait ?

— Nous sommes bien loin du temps où tu venais d'arriver à Olyméa et où je t'expliquais comment la ville fonctionne, dit Allan presque amusé. Aujourd'hui, c'est plutôt toi qui vas m'expliquer comment tu vas la détruire !

Je fus surprise, et compris qu'il faisait allusion à ma conversation avec les perrestres.

— Ce n'est pas ce que je compte faire !

— Pourtant, c'est ce qu'ils espèrent, ajouta-t-il en me montrant du menton toutes les créatures qui paraissaient occupées à leur besogne coutumière bien que plus d'un œil et d'une oreille devaient s'attarder sur nous.

— Je n'ai fait aucune promesse à ce sujet, répondis-je fermement. J'ai même dit que je n'étais pas prête pour une alliance. Je suis venue pour sauver Manoa. S'ils peuvent m'aider et si cela peut ouvrir une porte entre nos deux clans, c'est tout ce qui est à souhaiter.

Allan sourit, comme fier de m'avoir ramenée à cette conclusion, à moi-même, à la patience que m'inspirait la certitude d'aller dans le bon sens.

À force de tragédies, il avait gagné en psychologie de manière déconcertante. Je faillis le lui faire remarquer lorsque je vis que Penina s'approchait de nous tout sourire. Elle était suivie par Ethiel, Aaron et Niall.

— Lisor, si tu es prête, nous partons sur le champ pour sauver Manoa, scanda-t-elle.

Elle avait obtenu gain de cause. Priam, à quelques mètres de là, nous adressa un regard pour nous enjoindre à la prudence et s'attarda sur moi pour me rappeler par son expression dure que je ne devrais pas les trahir.

Je lui répondis d'un hochement de tête et fus debout, prête à partir, prête à agir, plus vite qu'il ne le faut pour le dire.

***

— Dès que tu as évoqué l'enlèvement d'un hybride, j'ai tout de suite su, affirma Penina qui marchait d'un bon pas et que je suivais sans me faire prier. J'ai remarqué que le clan de Tialo faisait des prisonniers depuis l'attaque. Si ce Manoa est toujours en vie, il est sûrement là-bas.

Nous étions en pleine forêt, formant un groupe des plus atypiques. Malgré l'avis contraire de Priam, Ethiel avait insisté pour être des nôtres. Un coup d'œil m'avait informée qu'il arborait toujours cette expression froide, née sur ses traits, dès l'évocation de Manoa. Comptait-il nous accompagner pour avoir enfin l'occasion d'étriper son rival ?

C'était à se demander, car il ne pouvait pas prétendre encore tenir à moi malgré toute la négligence dont il avait fait l'objet ? J'en avais presque honte.

Dès que Penina s'était élancée dans la forêt, je l'avais suivie avec un enthousiasme difficile à contenir, ne refrénant mon allure que par égard pour Fay, Allan et James qui devaient pratiquement courir pour se maintenir à notre niveau.

Aaron et Niall nous avaient également accompagnés, peut-être mandatés par Priam pour vérifier que, malgré toute notre sincérité apparente, nous n'allions pas immédiatement révéler la situation de leur base secrète à Olyméa – dans le cas où nous aurions réellement été des espions. Ou Aaron s'était-il porté volontaire parce que sa curiosité évidente l'y poussait ?

Penina était la plus naturelle d'entre nous. Elle me parlait, agissait et se comportait, comme si elle n'était pas une perrestre, comme si je n'étais pas une azra. Quasiment comme si j'étais sa meilleure amie. Cette authenticité me déroutait, mais elle m'arrangeait trop pour que je puisse m'en soucier.

— Vous formez plusieurs clans ? répondis-je parce qu'elle venait d'évoquer celui de Tialo, dont j'ignorais s'il était un perrestre ou non.

— Oui, parce que nous étions éparpillés dans le monde, nous nous sommes divisés en clans de perrestres. Récemment, nous avons fait des alliances afin d'attaquer les azras. Enfin « nous »... Je n'étais pas personnellement pour cette démarche...

Elle soupira.

— Tialo est un perrestre un peu cinglé, qui n'en fait qu'à sa tête. Son groupe est loin d'être organisé comme nous le sommes et ils n'ont aucun respect pour les autres. Si Priam a passé un accord avec ce clan, c'est uniquement parce qu'il n'avait pas le choix.

— Tu sembles certaine que Manoa est là-bas. Pourquoi ?

— Le fait que tu n'aies pas retrouvé le corps de ton hybride est un indice évident. Et puis, il est plutôt beau gosse, j'imagine ?

— Manoa ? Oui, enfin, pour moi, c'est peu dire... Mais quel est le rapport ?

— Le rapport, c'est qu'ils n'enlèvent pas n'importe qui, répondit-elle en affrontant mon regard avec une sincérité mêlée de compassion. Ils ne vont pas s'encombrer du plus minable des esclaves...

Malgré mon désir de ne pas perdre un instant, je ralentis légèrement. La nuit était tout aussi délicieuse et pullulante de vie, dans cette zone de la forêt qui nous était inconnue. Pourtant, plus rien n'avait de saveur ou de couleur maintenant que je me savais si proche de toucher au but... Au but ou à la réalité. Celle d'une vie sans Manoa.

— Qu'est-ce qu'ils leur font ? demandai-je, consciente que Penina ne faisait que sous-entendre quelque chose qui n'allait pas me plaire.

— Ce que l'on fait à des prisonniers de guerre, répondit-elle évasive, pas des choses gentilles...

Je mis un instant à accuser le coup. Après tout, je le savais, Julian m'avait prévenue. Cependant, cette information commençait à prendre une tout autre dimension maintenant que l'espoir se heurtait à la réalité. Il ne suffirait pas de retrouver Manoa. Il ne suffirait pas qu'il soit vivant. Encore faudrait-il savoir dans quel état.

— Pourquoi est-ce que tu nous aides ? Pourquoi est-ce que tu es si gentille avec nous ? l'interrogeai-je finalement.

Penina sembla surprise un vague instant, elle répondit cependant très rapidement.

— Parce que je ne vois aucune raison de ne pas l'être. J'ai 723 ans, je n'ai pas voulu de cette nouvelle guerre, mais j'ai suivi mes amis simplement parce que j'avais envie de me dégourdir les pattes. Et j'espérais aussi atténuer les dégâts... Quand Ethiel a été amené dans notre campement et que j'ai pressenti toute l'originalité de son histoire, j'ai su que j'allais avoir de quoi agir dans un domaine qui me plaît réellement. Je ne suis l'ennemie de personne. J'en ai assez de ce monde. J'attendais avec impatience des êtres qui ont le potentiel de changer les choses. C'est arrivé, je suis enchantée de pouvoir vous aider.

Elle me sourit. Malgré toutes mes incertitudes, je ne pus m'empêcher d'en faire de même.

— Avoue que c'est surtout parce que tu es une insupportable mêle-tout, rétorqua Aaron qui n'avait pas manqué un mot de notre conversation.

Il souriait, comme si, lui aussi, appréciait cette escapade à nos côtés.

— Mêle-tout, oui. Insupportable, non, affirma-t-elle, rieuse.

— Tu as un plan ? m'enquis-je, trop angoissée pour pouvoir plaisanter.

— Pas vraiment, avoua-t-elle. Tu as toujours de quoi te faire passer pour une hybride ?

— Oui, affirmai-je en cherchant dans ma veste la fiole d'Imative B.

— Alors nous pourrions simplement nous inviter dans ce clan. Avec quelques hybrides supplémentaires, nous serons bien accueillis, fit-elle souriante. Une fois qu'on aura retrouvé votre ami, on trouvera une solution pour se faire la malle.

J'osai un regard par-dessus mon épaule. Fay, Allan et James marchaient derrière nous en silence, sans paraître plus choqués par cette suggestion qu'ils avaient forcément dû entendre.

— C'est trop dangereux, intervins-je cependant. Y a-t-il un moyen pour que mes amis hybrides puissent nous attendre en sécurité quelque part, pendant que nous irons dans la base de Tialo ?

Penina croisa le regard d'Aaron afin qu'ils évaluent la situation tous les deux.

— Vous êtes en territoire perrestre, la sécurité ici est toute relative, déclara finalement Aaron.

— À part si on fait un petit détour par Méréa, objecta Niall dont l'intervention m'étonna.

— Bonne idée ! le félicita Penina. C'est une ville d'azras, ajouta-t-elle à mon intention. Elle est hors des conflits et libre d'accès. Ils pourront nous y attendre.

— Comment ça, hors des conflits ? m'informai-je.

Les perrestres, à défaut d'Ethiel qui en savait encore trop peu, échangèrent des regards éloquents.

— C'est une ville neutre, les perrestres ne l'attaquent pas, tout simplement, intervint Niall qui s'adressait à moi comme si j'étais un véritable être à part entière pour la première fois.

Je me demandai s'il avait été volontaire pour cette mission ou s'il devait composer avec un ordre qui le répugnait. Après tout, il n'avait souhaité qu'une chose à notre rencontre : me tuer. Aaron, lui, semblait enchanté.

Nous marchions déjà depuis un long moment, et, à mes diverses questions, Penina me confirma que nous étions encore bien loin de notre destination. Méréa se situait en bordure de mer. Tout comme le clan de Tialo qu'elle avait entraperçu lors de ses rondes dans le secteur.

— Si on mutait, on serait tellement plus rapides, se plaignit Niall.

— Et si Lisor usait de ses capacités, elle le serait aussi, objecta Fay comme piquée au vif.

Il ne répondit rien, ne lui accordant pas même un regard. La belle hybride en profita pour ajuster son pas sur le mien tandis que Penina prenait ses distances, s'autorisant une petite discussion avec Aaron afin de me laisser une certaine intimité avec mon amie.

— Il est hors de question qu'on te laisse avec eux.

— Fay, dis-je doucement, surprise qu'elle ne m'ait pas fait cette réflexion plus tôt, je ne peux pas vous laisser m'accompagner dans la base de ces perrestres... La première fois, c'était déjà du suicide. Cette fois-ci, je ne serai pas seule et donc, plus la peine de risquer vos vies !

— Je crois que toutes ces discussions de clan te montent à la tête, murmura-t-elle afin que je sois la seule à l'entendre. Tu oublies que nous ne sommes pas sous tes ordres. Si nous sommes ici, c'est pour Manoa, par notre propre volonté.

— Je ne risque pas de l'oublier, Fay ! Je n'aurais jamais exigé que vous vous mettiez à ce point en danger ! Mais enfin, tu crois vraiment que je me prends pour votre chef ? m'exclamai-je bien que cette idée grotesque n'était pas sans m'amuser. Franchement, je me moque de ces histoires de clans, tout ce que je veux, c'est qu'on rentre chez nous. Chez nous, en l'occurrence, c'est là où seront Manoa et... ma Joy.

J'avais osé prononcer son prénom dans le silence de la forêt et j'eus peur, une peur idiote, que cela puisse la mettre en danger. Aussi, j'osai un regard autour de moi et croisai immédiatement celui, incisif, d'Ethiel. Son père. Qui ignorait jusqu'alors comment j'avais prénommé sa fille. Notre échange visuel fut indéfinissable. Mais l'émotion qui me submergea m'informa que nous allions avoir des choses à régler... beaucoup de choses à régler.

Je fis cesser ce lien la première en détournant la tête.

— S'il te plaît, ajoutai-je en m'adressant à Fay. Je t'en supplie, accepte de rester à l'écart pour cette fois. Ce clan me semble tellement pire que celui de Priam... J'aurais besoin de toi vivante pour m'aider. J'ai besoin de toi vivante, Fay. Surtout si les choses tournaient mal pour moi, tu imagines si... si ma fille se faisait élever par Ana et Zefryam ?

— Elle deviendrait une intello totalement coincée ! intervint Allan qui s'était immiscé juste derrière nous pour percevoir notre échange.

Fay ne résista pas à la boutade et s'autorisa un sourire.

— Effectivement, conclus-je satisfaite de son intervention. Elle aura besoin de quelqu'un pour lui apprendre à se rebeller un minimum, j'aimerais que ce soit toi, Fay.

Elle coula un regard de reproche dans ma direction.

— Je vois. Tu me prends carrément par les sentiments !

— Nous n'avons que cela, n'est-ce pas, des sentiments ? Nous sommes une famille... pas un clan.

Après des heures de marche, le jour se leva sur un décor fabuleux qui nous cueillit dès que nous eûmes franchi les derniers arbres de la forêt.

Une cité portuaire, d'or et de pourpre, s'érigeait au bord de l'eau, brillant sous l'éclat rosé des premiers rayons. Dans des teintes chaudes et solaires, elle semblait sans âge et pouvait rivaliser par sa beauté avec Olyméa même si sa taille, très humble, la rendait hors compétition. Des dizaines de navires à voiles, éblouissants de splendeur, se détachaient du port. Au premier plan s'étendaient des kilomètres de champs vallonnés, arborant toute une palette de teintes douces, du plus délicat des verts au plus chaleureux des bruns. Les espaces cultivés étaient délimités par les falaises d'une beauté abrupte, que venait lécher une eau d'un bleu très pur.

Je fus émue par ce spectacle. Cela me renvoyait à des années en arrière, lorsque, humaine, j'avais vu la mer pour la première fois. J'avais pris la main de ma meilleure amie, Emmy, pour partager avec elle cet instant qui m'avait fauchée par sa force et sa plénitude.

Aujourd'hui, si tant est que j'en aurais encore ressenti le besoin, je me voyais mal saisir les doigts d'Ethiel qui se trouvait juste à mes côtés, figé dans sa beauté farouche ou ceux de Fay toujours de mauvaise humeur à l'idée de ne pas m'accompagner jusqu'à la base de nos ennemis.

— C'est Méréa, décréta Penina pour parfaire la découverte de cette nouvelle splendeur construite par des mains d'azras. En tant qu'hybrides, vous serez très bien accueillis, assura-t-elle à l'adresse de mes amis.

Je me tournai vers eux. James et Allan m'avaient rejointe auprès de Fay qui était déjà postée près de moi.

— Vous savez comme moi que c'est la meilleure chose à faire, plaidai-je doucement.

De vrais hybrides vulnérables dans un nid de perrestres détestables ne nous seraient d'aucune aide. Pire, je ne cesserais de craindre pour leur vie.

Étonnamment, Allan et James semblaient avoir compris et n'eurent aucune objection, même s'ils s'inquiétaient légitimement pour moi.

James posa une main sur mon épaule.

— Lisor, je n'ai pas envie de te laisser partir, mais je sais que tu as toujours été la plus solide d'entre nous... Même en tant qu'humaine.

Je vis dans son regard qu'il faisait allusion à ces instants qui l'avaient stupéfié. Ma capacité à être restée en vie après un accouchement difficile, par exemple. Ou, accessoirement, l'épisode où j'avais défié la mort en devenant une azra.

Il me serra brièvement dans ses bras. James était souvent avare de gestes affectueux, du fait de son caractère plutôt distant, aggravé par une malheureuse aventure avec une injection qui ne lui était pas destinée... Mais il détenait une réelle douceur, une réelle sensibilité, qui, j'espérais, pourrait s'exprimer davantage un jour.

Son contact fut bref ; lorsqu'il me lâcha, il me regarda avec sincérité et foi :

— Sauve mon frère, s'il te plaît.

Je vis dans ses yeux, toute la douleur qu'il éprouvait d'avoir abandonné Manoa à son sort, une douleur sans âge que je n'avais pas estimée si profonde. Cela me noua la gorge un bref instant avant que je ne reprenne mes esprits.

— J'y compte bien, assurai-je.

Allan m'enlaça contre lui et me glissa dans l'oreille :

— N'oublie pas de rester centrée...

— Bien, coach, lui répondis-je en le lâchant, triste et sûre à la fois que notre choix était le bon.

Fay boudait, ce qui était amusant, parce qu'en général, elle n'en faisait qu'à sa tête et ne se soumettait pas à ce qui ne lui convenait pas. Je la pris d'autorité dans mes bras.

— Je t'aime, ma sœur, alors attends-moi, s'il te plaît, lui murmurai-je à l'oreille.

Je la lâchai et je vis que, malgré son air renfrogné, ses yeux brillaient bien plus qu'à l'accoutumée.

— Quand tu seras de retour, fit-elle d'une voix où perçait son désir d'être courageuse, tu seras avec Manoa, et nous ne penserons plus qu'à tourner la page.

— Oui, dis-je, gagnée par sa conviction qui me rassura. Nous ferons tout pour y parvenir.

Je reculai d'un pas qui me rapprocha de mes nouveaux alliés, jusqu'alors occupés à contempler ces adieux avec des expressions disparates : Ethiel glacial, Penina compatissante, Aaron curieux, Niall dubitatif.

Nous regardâmes un instant les trois hybrides traverser les champs pour gagner la somptueuse ville qui les attendait. J'enviais le calme et la beauté auxquels ils allaient être exposés. Mais je n'aurais échangé ma place pour rien au monde. Car elle signifiait le mot le plus beau qui puisse être prononcé : Manoa.

***

— C'est ici, décréta Penina.

Par sécurité et bien que nous longions toujours le littoral, nous avions retrouvé l'ombre des bois afin de poursuivre notre route. Après de nouvelles heures de marche, nous venions de déboucher dans une crique ensoleillée lorsque Penina nous indiqua d'un geste ce que nous n'aurions pu manquer.

Un superbe bateau, semblable à ceux que j'avais aperçus aux abords de Méréa, était amarré sur la petite plage envahie de végétation. Contrairement à ceux de la superbe cité, son panache s'en était allé, ses voilures étaient déchirées et sa teinte affadie. Nous nous approchâmes lentement, restant à la lisière de la forêt dont nous appréciions la protection. Ce qui m'avait paru être un somptueux navire du XVIIIe siècle, tels que j'avais pu en admirer sur les gravures de mon enfance, était en réalité un mélange de matériaux mêlant style ancien et moderne. Pas surprenant, s'il avait été conçu par des azras. Cependant, les structures étaient vieillies, abîmées, striées. Il avait, de toute évidence, été abandonné là il y a longtemps. D'après Penina, le clan de Tialo en avait profité pour s'y installer.

— J'ai l'impression... qu'on est suivis, déclara Niall en regardant derrière nous, vers les arbres animés par le fracas des oiseaux en cette aube très claire.

— Un perrestre ? demanda Aaron.

— Non... non, je dirais plutôt un hybride ou un azra, répondit Niall les yeux perdus dans les frondaisons. J'ai eu plusieurs fois cette sensation depuis que nous avons démarré.

— Étrange, répondit son comparse. Ne tardons pas.

Tandis que mes alliés s'apprêtaient à quitter l'ombre des arbres, j'avalai une gorgée d'Imative B. Il ne fallut qu'un instant pour que le produit fasse effet, je croisai aussitôt le regard d'Ethiel. Je vis son expression se modifier légèrement lorsque mes yeux retrouvèrent une coloration plus naturelle, lorsque ma peau parut plus humaine... plus « Lisor ».

Peut-être était-ce toujours déplaisant de poser les yeux sur moi et de voir à quel point j'étais devenue une autre. Peut-être que l'Imative lui procurait une impression de nostalgie aussi douloureuse qu'apaisante.

Nous marchâmes sur la plage, le long des roches impressionnantes sur lesquelles poussaient des touffes épaisses.

Le vent salé anima mes cheveux et mon cœur tambourina tandis que nous approchions du bateau.

Patience...

C'était possiblement l'un des derniers instants. J'étais crispée au possible et je vis qu'Ethiel, qui marchait à mes côtés, l'était tout autant.

Penina, qui dirigeait le convoi, s'arrêta tout près du bateau, se calant contre sa coque immense et écouta.

— Il est tôt, murmura-t-elle en bougeant à peine les lèvres, histoire d'être le plus discrète possible. Ils dorment encore. Venez !

Elle longea le navire, silencieuse, adroite, écoutant et étudiant son environnement pour mieux agir.

Je me sentais totalement dépassée par les sensations qui s'accumulaient en moi. Je remarquai que mes mains tremblaient à nouveau. Expérience étrange que d'être derechef en proie à ce trouble, si fréquent lorsque je consommais de l'Imative A et qu'il tirait sur mes forces. Cette fois, j'avais plus l'impression que c'était le résultat de m'être trop contenue, ces trois derniers jours... ces deux dernières décennies.

L'accès menant au navire était praticable, nous grimpâmes silencieusement, puis nous nous retrouvâmes sur l'immense et somptueux pont crasseux. Je faillis glisser dès mon arrivée, toutefois mon adresse d'azra n'en laissa rien paraître. Je remarquai alors que j'avais traversé une flaque de sang. Je fis mon possible pour en faire abstraction, suivant mes compagnons là où leur instinct les conduisait.

Tout était calme et silencieux, vide aussi. Mais cela pouvait être une simple illusion. Les longues voiles déchirées du bateau volaient au grès du vent, changeant d'axe à tout instant et cachant à nos yeux des pans entiers de la surface sur laquelle nous nous tenions. À chaque fois que l'une d'entre elles retombait sur le sol, je craignais de découvrir un perrestre se tenir derrière, tous crocs sortis.

Personne pourtant.

Patience encore...

Nous approchâmes bientôt d'une large trappe, un escalier se perdait dans l'ombre, menant assurément aux divers niveaux du bâtiment flottant. Une odeur terrible s'en dégageait.

Penina, Ethiel, Aaron, Niall et moi l'entourâmes automatiquement, puis échangeâmes un regard, estimant mutuellement que la voie était libre. Peut-être qu'une bonne partie des membres de ce clan se promenait actuellement dans les bois.

— Qu'est-ce que vous fichez là ? tonna une voix derrière nous, surgie de nulle part.

Seule Penina parvint à garder une posture naturelle. Elle s'avança vers l'individu.

— Je suis une amie de Tialo, je viens lui apporter un cadeau.

Elle m'attrapa sans ménagement et je me laissais faire, tout comme une hybride l'aurait fait, soumise à une force supérieure à la sienne.

Le perrestre qui apparut à mes yeux, aux détours d'un cordage, me surprit. Il était sale, crasseux même, son visage strié de sang. Son expression n'était pas celle d'un mannequin quelque peu incommodé comme j'aurais pu qualifier celle de tous les perrestres de ma connaissance. Non, il y avait une nuance de folie dans son regard.

Il me détailla des pieds à la tête et ramena une bouteille d'alcool à ses lèvres avant de s'enfiler une longue rasade. Bien sûr, son corps était parfaitement proportionné, du peu que j'en apercevais entre les guenilles qu'il portait, mais son attitude ne respirait en rien la bonne santé.

— Laissez-la en bas, déclara-t-il simplement.

Nous pénétrâmes dans les entrailles du bateau sans poser davantage de questions. Après tout, mes compagnons n'étaient autres qu'un groupe de perrestres parmi les perrestres. Des alliés. Cet homme n'avait pas à se méfier et la boisson avait l'avantage d'amoindrir son jugement.

Une senteur horrible, que je refusais d'identifier, me tira immédiatement de mes réflexions. Mes yeux d'azra s'habituèrent vite à l'obscurité, tout comme au tangage du navire sous mes pieds. Je pus alors discerner à loisir la crasse qui recouvrait les lieux et distinguer la nature des larges taches qui couvraient le sol : du sang, du sang et encore du sang.

Cette violence visuelle et olfactive empira la tension dans mon corps et les battements de mon cœur. Nous continuâmes lentement notre progression dans le couloir principal du navire. Nous n'osions pas parler de peur de réveiller les potentiels propriétaires. Il me sembla en apercevoir plusieurs dans les cellules devant lesquelles nous passions, certains nus, sales, allongés à même le sol, d'autres sous forme animale, dormant paisiblement.

— Il a dû y avoir une sacrée beuverie hier, suggéra Aaron à voix très basse.

Nous avisâmes un nouvel escalier ; n'ayant rien trouvé d'intéressant à ce niveau, nous l'empruntâmes. Je crus distinguer des dormeurs dans le premier cachot visible, jusqu'à prendre conscience que leur position était trop inconfortable pour cela. Je me détachai de mon groupe pour m'approcher de ces créatures, submergée par un doute affreux. Les corps étaient enchevêtrés les uns contre les autres, couverts de sang, de saletés et ponctués de blessures à vif. Lorsque je vis les yeux voilés, grands ouverts, de l'une des victimes, je reculai d'un pas et pris conscience que cette pièce était pleine de cadavres d'hybrides.

— Non, non, murmurai-je, totalement dépassée par l'horreur.

Je fus prise d'un réflexe un peu fou ; je me jetai sur les corps et les retournai pour en examiner chaque visage aux traits figés dans une douleur permanente. Plus je fouillai le tas de victimes, plus l'odeur s'aggravait, plus mon cœur s'enflammait.

Manoa, ne sois pas là, ne sois pas là... Je t'en supplie ! pensai-je fermement.

Patience.

Impossible d'en faire preuve, j'étais secouée, effrayée. Si je le retrouvais là, maintenant, en cadavre... Je le retrouverais et le perdrais pour de bon. Je voyais dans tous ces visages qui avaient été magnifiques, le masque fétide de la mort qui avait tout pris de leur personne, tout pris de leurs espoirs et de leurs rêves, tout pris de la chaleur qui avait pu se glisser sur leurs lèvres lorsqu'ils avaient assuré à leurs proches qu'ils les aimaient. Tout ce qui les caractérisait était perdu. Perdu. Je pouvais le perdre lui aussi, s'il était là, s'il était mort.

N'oublie pas de rester centrée.

Quand tu seras de retour, tu seras avec Manoa, et nous ne penserons plus qu'à tourner la page.

Les injonctions de mes amis tambourinaient à mes oreilles tandis que j'étais encore habitée par cette fièvre incontrôlable qui me faisait toucher les morts sans aucune réserve.

Je quittai la pièce dans la même transe et me jetai dans la suivante pour y découvrir pratiquement le même calvaire.

Tous les prisonniers étaient morts. Nous arrivions trop tard.

Mes alliés avaient disparu. Peut-être étaient-ils occupés, comme je l'étais, à déterminer l'ampleur du drame survenu. Mais en était-ce un pour eux ? Eux aussi avaient tué des hybrides lors de la guerre.

J'étais seule dans un charnier. Seule entourée de guerriers, de meurtriers...

Je soulevai le corps d'un jeune homme brun à la peau blanche, mon cœur s'embourba dans sa propre douleur.

Ne sois pas Manoa. Pitié. Ne sois pas Manoa.

Son visage était couvert de boue, il fallut le dégager tandis que les mots résonnaient toujours à mes tempes. Mes souvenirs s'entremêlaient et semblaient vouloir donner raison à la fatalité.

Tu pourras m'apprendre, ma Lisor, tu pourras m'apprendre comment tu fais... quand survient l'impossible...

Patience...

...nous ne penserons plus qu'à tourner la page...

Ce n'était pas lui.

Je sentis des mains m'empoigner avec force. Dans un geste qui me rappelait, dans sa puissance et dans sa prévenance, le jour où Ethiel m'avait rattrapée alors que je sombrais d'avoir vu mourir Emmy...

C'était lui, encore une fois. Il me prit dans ses bras, me serra contre lui.

— Lisor, calme-toi, ils sont tous morts, maintenant.

— Non, non, murmurai-je, rassurée malgré moi par son odeur douce et aromatisée par les bois, une vraie bouffée d'air frais dans ce cauchemar. Non, je dois le retrouver.

Je me débattis et il me laissa partir. Je ne le regardai pas, je filai à travers les cellules, passai devant chacune d'elles. Cherchant la vie. L'espérant. Quelque part.

Les autres membres de notre convoi s'étaient évaporés dans les autres étages, cherchant, tout comme moi, un espoir. Je descendis les escaliers, voyant l'omniprésence du sang s'accentuer. Je sentis qu'Ethiel me suivait.

Une salle plus large s'offrit à moi vers l'un des derniers niveaux. Au centre se trouvait une jeune femme à la peau d'un blanc presque étincelant. Elle était allongée sur le sol, les vêtements déchirés. Sa splendeur m'étonna. Contrairement à tous les autres cadavres, il émanait d'elle une telle candeur, une douceur lunaire, comme si sa peau avait encore conservé la chaleur de la vie, la brillance de celle-ci, comme si la tuer n'avait fait qu'aggraver sa beauté, sa pureté.

Je me penchai sur elle, des larmes plein les yeux et remarquai ses cheveux, d'un roux éclatant, bien qu'assombri par le manque d'éclairage : seuls quelques faisceaux solaires traversaient les lattes de bois. Sa chevelure était si lisse et brillante qu'avec ce peu de lumière on aurait dit du sang. Un sang de la même matière que les roses rouges, de la même beauté, de la même pureté dans son ardente couleur. Je les touchai, ils semblaient presque propres, la fragrance des parfums qu'avait pu porter la jeune femme en avait imprégné la fibre.

Mon cœur se brisa de constater chez elle ce que je ne supporterais pas de réaliser chez Manoa. Je ne voulais pas voir une même splendeur étalée sur le sol, vidée de sa vie, plus belle encore dans sa mort. Car je savais qu'il serait semblable. Je vis mes larmes tomber sur le reste de la tenue qu'elle portait, sur sa peau blanche laiteuse néanmoins troublée par le sang collé et les effroyables traitements dont elle avait pu faire l'objet. Je n'osai pas regarder son corps en détail, de peur d'en avoir une image trop évidente, trop choquante.

Quand une de mes larmes coula par mégarde sur ses lèvres, j'eus l'impression de les voir s'entrouvrir. Je me statufiai. Un faible son sortit de sa bouche.

Je la pris contre moi, la remuai, posai sa tête sur ma poitrine.

— Tu es vivante ? Tu es vivante ? m'ébahis-je.

Elle éructa et un filet de sang quitta ses lèvres. Ses cils papillonnèrent. Ses grands yeux clairs s'ouvrirent sur moi mais elle peinait à les maintenir dans cet état. Belle parce qu'elle était vivante. La mort n'avait rien sublimé, car elle ne l'avait pas atteinte. Mon soulagement accentua mon émoi.

— Est-ce qu'il y en a d'autres ? Est-ce que tu as vu un jeune homme brun aux yeux bleus ?

Son regard étrange, aimanté vers le monde des morts mais ramené grâce à moi vers celui des vivants, essayait de tenir bon.

Je vis alors sa main blanche se lever lentement et, avec une faiblesse incroyable, elle indiqua un pan de mur plongé dans l'ombre.

— Là-bas ? demandai-je.

Elle perdit force et s'évanouit. Ses yeux, d'un turquoise déroutant furent remplacés par la nuit.

— Ethiel ! Ethiel ! Elle est vivante ! Fais quelque chose ! Aide-moi, je t'en prie !

Je tournai la tête et vis qu'il était là, et depuis un moment même, complètement figé, le visage blême, les yeux fixés sur la mourante.

— Qu'est-ce que tu as ? le questionnai-je.

À son expression, la réponse me vint.

— Tu la connaissais ?

— Oui, avoua-t-il. Elle fait partie de ceux qui ont fouillé ma mémoire à Olyméa, quand j'étais prisonnier dans leurs labos.

Je ne savais pas si cela signifiait qu'il la haïssait ou non, mais j'étais mue par une mission qui dépassait toutes les autres.

— Viens, sors-la de là ! Il est exclu qu'on la laisse mourir ici !

Je la soulevai et la mis d'autorité dans ses bras, il la reçut, encore abasourdi. Quant à moi, je filai vers le recoin qu'elle m'avait désigné. J'effleurai le pan de mur de mes mains, cherchant, ayant foi en cette beauté mourante dont la survie inattendue avait été comme un signe pour moi. Elle avait survécu. Elle n'était peut-être pas la seule.

Je trouvai enfin. Mes doigts se posèrent sur une encoche et je sus qu'elle avait dit vrai. Je l'enclenchai et une porte s'ouvrit sur une petite pièce sombre, vaguement éclairée par les rayons qui perçaient jusque-là.

Il était là. Manoa. C'était bien lui.

Chapitre 17

Les bras de Manoa étaient entravés par de lourdes chaînes qui le maintenaient à moitié debout, ses jambes molles, retombées sur le sol, étaient dans une position dénuée de confort. Il était couvert de sang et il ne restait de ses vêtements que de larges lambeaux. Il avait maigri, sûrement dénutri depuis plusieurs jours, son corps tuméfié et blessé de toutes parts, n'avait plus les ressources pour cicatriser. Sa peau était aussi blafarde que celle des cadavres qui jonchaient le bateau.

Je fus secouée, incapable d'avancer, à la fois pétrifiée, glacée de l'intérieur par cette vision terrible qui m'arrachait le cœur et totalement abrutie par l'empressement, l'envie de le sauver, l'envie de l'emporter, l'envie de l'aimer pour le réparer, de l'aimer comme je n'avais jamais pu l'aimer.

Après cet instant d'arrêt, de pause, avec ce néant qui nous séparait, comme l'avaient été ces six mois infernaux que j'avais vécu à le rêver, à espérer des retrouvailles si différentes ou encore ces derniers jours où je l'avais désiré plus fort que nul autre, après ce cauchemar qui s'était étalé si longuement sur le temps. Il était là. Au fond de cette cave puante.

Je courus soudainement vers lui, comme si quelque chose s'était enclenché en moi, peut-être le désir de briser toute cette horreur qui nous avait séparés. Le désir, inimaginable, de le retrouver.

— Manoa, Manoa, pleurai-je en essayant de l'attraper, de lui permettre de quitter ce lieu, de l'arracher à cet enfer.

Je saisis les chaînes et tentai de les dénouer à la force violente de mes bras, mais le plafond auquel elles étaient suspendues grinça ; j'eus l'impression qu'il allait céder. Il allait falloir mieux doser ma force.

— Manoa, c'est moi, je suis là, Manoa... c'est moi ! m'écriai-je tout en triturant ses liens comme une damnée, trop encombrée d'émotions pour être rapide et efficace à l'image d'une vraie azra.

Je m'assis sur le sol, je saisis son visage amaigri entre mes paumes, une vibration sembla passer sous ses yeux mi-clos, un éclat de bleu apparut qui me rappela une ivresse de souvenirs merveilleux. Le Manoa dont j'étais amoureuse. Le Manoa auprès de qui j'étais prête à mourir, lorsque, durant ma mutation, je m'étais inventé un monde où lui seul existait, lui et Joy. Mes amours. Mes aimés.

Le Manoa de mon illusion était différent. Plus beau, plus fort et plus rassurant que jamais. Un visage crépitant de force et de beauté.

Le vrai Manoa, celui que je venais de retrouver, était son parfait inverse. Affaibli, affamé, déchiré.

Mais il vivait. Et il était réel.

— Manoa, murmurai-je en collant mon visage contre le sien, ne prêtant pas attention au sang caillé qui humectait ma peau. Manoa, je suis là, maintenant. Et plus jamais on ne se séparera.

Je sentis qu'il respirait, faiblement mais encore. Encore et toujours. Alors je me fis violence pour cesser de le toucher, de vouloir par mes mains et mes promesses le ramener, je me fis violence pour détacher nettement ses chaînes. Elles se soumirent à ma rage, à mes larmes qui s'y mêlaient et tombèrent dans un fracas auquel je ne pris pas attention.

Manoa s'écroula sur le sol mais je le rattrapai avant que sa tête ne le heurte. Malgré l'ombre, j'étais capable de tout voir : ses blessures terribles, des crevasses rougeoyantes qui ne guérissaient pas, ses brûlures aussi, les morceaux crasseux qu'étaient devenus ses vêtements. Pourtant, je ne m'attardais sur rien de tout cela, car chacun de ces détails horribles me détruisait.

— Manoa, je t'en prie, bats-toi encore un peu, bats-toi pour moi. Je t'aime.

J'embrassai son front, j'embrassai ses lèvres : tout avait un goût de rouille et de terre. Il n'était plus là. C'était difficile de retrouver dans cet être grandement abîmé, l'hybride solaire qu'il avait été, qui m'avait sauvée, fort et impétueux.

Je l'attrapai, le soulevai dans mes bras comme s'il n'avait été qu'une plume, déroutée par la violence de ce que je ressentais, mon amour et ma détresse qui se mélangeaient, ma douleur et mon soulagement qui s'affrontaient.

Il vivait, mais il souffrait. Je l'avais retrouvé. Seulement, une part de lui était perdue. Cette part avait coulé dans les interstices du sol en bois sur lequel il gisait, s'était épanchée avec son sang qui avait repeint les lattes. Cette part de lui que j'aimais. Une part de lui que je refusais d'abandonner semblait s'en être allée.

Je calai sa tête contre mon épaule. J'étais très forte, il ne pesait rien pour moi – ou seulement le poids de mes remords pour ne pas avoir été là plus tôt – cependant, il était difficile de maintenir confortablement son corps plus grand que le mien dans mes bras.

J'y parvins néanmoins, tant bien que mal, et je tentai de respirer encore ses cheveux, sauf que son odeur était partie. Je me concentrai sur le désir de le sauver de cet enfer, tâchai de quitter la cale. Son cœur très faible battait toujours.

Il vivait. C'était l'important. Il vivait.

***

— On ferait mieux de ne pas traîner, affirma Penina tandis que nous courions déjà sous la protection des bois.

Le peu de perrestres que nous avions croisés était trop éméché pour nous affronter et ceux qui nous avaient surpris, en train d'émerger des entrailles de leur repère avec des hybrides sous le bras, n'avaient pas fait long feu : Aaron, Niall et Penina s'étaient chargés de les assommer sans bavures supplémentaires.

Je n'étais pas d'humeur à la vengeance. Je voulais éloigner Manoa de cette tragédie. Encombrée par son corps qui ne me permettait pas de courir comme je le souhaitais, j'avais accepté qu'Aaron – autrement bâti que moi – le prenne dans ses bras. La confiance naturelle qui était née entre nous s'en trouva renforcée. Je courais à quelques millimètres de lui, incapable de ne pas détailler le visage de Manoa à chaque seconde.

Ethiel m'avait obéi, il tenait la beauté rousse entre ses mains, inconsciente comme l'était Manoa – j'espérais de toute mon âme qu'elle survive à cette course.

Mon cœur était une véritable flambée, emporté, tourmenté, où se nourrissait l'espoir fou que tout ceci aurait une fin. J'avais récupéré Manoa, n'était-ce pas ce que je souhaitais depuis toujours ? J'avais juste hâte de m'assurer qu'il survive.

Lorsque nous vîmes Méréa apparaître en cette superbe fin de matinée de printemps, le soulagement nous gagna brutalement.

Penina m'informa que je devrais m'y rendre seule. En dépit de son étrange neutralité, la ville n'accueillait pas les perrestres. Je regardais mes alliés un bref instant, remarquant les traces du sang des hybrides sur leur corps. Malgré ce que j'avais craint, le spectacle horrible du bateau ne les avait pas laissés indifférents, ils semblaient presque aussi choqués que moi. J'avais maintenant le sentiment que nous étions tous les mêmes. Peu importait la race. Face à la mort, face à l'horreur, nous avions été réduits au même silence, à la même douleur.

Je m'élançai dans les champs nimbés de lumière, pour rejoindre Méréa. Toutes mes pensées focalisées sur Manoa. Ce Manoa inconscient que j'avais abandonné à quelques mètres aux bons soins d'Aaron. Mes larmes se mêlèrent au vent qui lui-même portait les embruns salés de la mer.

Manoa...

Il était là. Mais pas encore tout à fait.

Soudain, je perçus une voix portée par la brise qui criait mon prénom.

Je tournai sur ma droite et vis James qui se précipitait vers moi, non pas depuis la ville, mais d'une zone de la vallée. Je ne me questionnais pas davantage car lorsque nous fûmes suffisamment proches pour discerner l'expression sur nos visages, il sut, il vit, il comprit que j'avais retrouvé Manoa. Alors, il courut et me serra contre lui tandis que mes sanglots explosaient.

— Il est là, murmurai-je. Il est là.

Il me maintint contre lui avec une force émue.

— Oh, Lisor, tu l'as ramené…

Je sentais qu'il était bouleversé lui aussi.

— Il va mal, objectai-je lorsqu'il me lâcha. Il est faible.

— Très bien, nous allons le sauver, assura-t-il la voix légèrement éraillée par l'émotion.

En voyant ses cheveux blonds éclatants au soleil, ses yeux verts réconfortants, je sus que tout irait. Parce que j'étais en famille. Ma famille m'aiderait. Le sauverait comme je l'avais sauvé. Je ne vivrais pas seule cette épreuve.

Alors que nous rejoignons à grandes enjambées les perrestres demeurés à la bordure des bois, James me fit un topo rapide de la situation :

— Nous avons cherché un hôtel à Méréa. Ils ont évoqué la possibilité de louer une maison de paysan, dans les champs, près de la forêt, pour avoir une vue sur la cité et plus d'intimité. Nous avons pensé que ce serait l'idéal.

— Excellente idée, le félicitai-je, les perrestres pourront aussi rentrer de ce fait. Comment avez-vous payé ?

— Fay et moi avions quelques écus sur nous, au cas où les perrestres seraient avides…

— J'aurais aimé qu'ils le soient, murmurai-je tandis que nous étions tout proches de mes alliés. J'aurais préféré que ces perrestres-là soient avides plutôt que… monstrueux.

Aaron, Niall, Penina et Ethiel nous attendaient, à moitié cachés dans les buissons. Ils avaient allongé les corps des deux hybrides dans l'herbe tendre pour mieux les ménager. Ils comprirent nos explications en quelques secondes et nous suivirent sans se faire prier vers le lieu que James nous indiquait. Ce dernier insista pour porter Manoa, celui qu'il considérait comme son frère et qu'il était profondément touché d'avoir récupéré. Je le laissais faire, le suivant à la trace.

Nous traversâmes les champs, longeant un peu le littoral, passant devant la superbe cité et finalement, la maisonnette apparut entre les premiers arbres de la forêt et les collines qui menaient aux falaises. Un point idéal pour tout voir sans être vus. Assez loin de la cité pour ne pas en être gênés, assez près pour bénéficier de sa protection.

Je fis pratiquement exploser la porte, nous entrâmes en trombe. C'était une fermette tout en rondins, chaleureuse, avec un grand salon pourvu d'une énorme cheminée. Fay et Allan vinrent immédiatement à notre rencontre. Je ne leur laissais pas le temps de se réjouir.

— Vite, s'il vous plaît, de l'eau !

Fay revint, les mains tremblantes, avec un pichet. Nous venions de coucher les hybrides sur les canapés.

Allan eut la présence d'esprit d'attraper des plaids et couvrit les corps dénudés et malmenés de chacun de nos blessés.

J'attrapai un verre et tentai d'en faire glisser quelques gouttes sur les lèvres sèches comme du papyrus de Manoa. Il fallut s'y prendre à plusieurs reprises, mais bientôt, sa bouche s'entrouvrit goûtant la douceur de l'eau. Je faillis en pleurer de joie tandis que, tournant la tête pour prendre à témoin mes amis, je croisai le regard de Fay et d'Allan, totalement ravagés par l'émoi. Je sentis que j'allais fondre. Que j'allais craquer encore. Pourtant, mes mains tremblantes continuèrent leur besogne.

— Bois, Manoa, bois, mon amour, je suis là... je suis là..., murmurai-je.

Un coup d'œil très bref m'indiqua que Penina s'occupait très délicatement de notre protégée, la sublime rousse qui semblait s'en sortir comme son compagnon de cellule.

Peu à peu, j'eus le sentiment que l'eau portait ses fruits, Manoa me parut légèrement moins faible. Son cœur retrouva un tempo plus viable. Je passai les doigts dans ses cheveux desséchés par la crasse mais tout aussi noirs qu'autrefois.

— Je t'aime, lui dis-je simplement en pleurant, incapable de me retenir.

Je sentis une main douce sur mon épaule, la sensation fluide de cheveux qui n'étaient pas les miens et qui m'effleuraient ; Fay s'était assise au pied du canapé à mes côtés et contemplait Manoa avec un immense soulagement.

Comme il réussissait à boire de plus en plus, je m'autorisai à regarder mon amie, elle pleurait, elle aussi. Alors, émue, je posai ma tête contre sa tempe et sa main attrapa la mienne – celle qui était libre, et la serra, la serra dans son amour et dans sa joie, la serra comme l'aurait fait une sœur, ce qu'elle était pour moi.

— Il a l'air d'aller mieux, remarqua James, au bout de quelques minutes. Il reprend des couleurs.

— Elle aussi, rétorqua Penina.

— C'était la seule autre survivante ? osa demander Allan qui avait respecté notre silence, seule cérémonie assez forte pour célébrer ces retrouvailles.

— Oui, rétorqua Aaron, qui, assis sur un fauteuil, semblait être parmi les siens.

— Ses blessures ne guérissent pas, ajouta James en parlant de Manoa. Certaines saignent toujours.

En effet, le plaid s'était imprégné de vastes taches de sang.

— Il faut le laver, décrétai-je, il faut lui ôter cette crasse pour y voir plus clair.

James posa les doigts sur la gorge de Manoa afin d'évaluer son pouls, jaugeant certainement s'il pouvait le supporter.

— Oui, concéda-t-il, c'est une bonne idée.

Il se pencha, attrapa délicatement le corps de son ami tandis que je dus me résigner à lui lâcher la main. Il s'avança vers l'escalier qui menait au premier étage de cette masure, je l'escortai aussitôt.

— Fais attention, lui recommandai-je, lorsqu'il passa trop près du mur.

Il rectifia son pas et me suivit dans la salle de bain, que j'avais déjà localisée. Je fis couler de l'eau dans la baignoire, avançai un tabouret et me demandai déjà comment nous allions procéder.

— Lisor, me fit très doucement James. Je vais m'en occuper.

— Mais...

— Je ne crois pas qu'il aurait voulu que tu le voies dans cet état.

L'idée de quitter cette pièce pendant les soins qui mettraient à jour toutes ses blessures me paraissait insupportable.

— James, je ne peux pas m'éloigner de lui.

— Je sais, pourtant, si la situation était inversée, tu préférerais que ce soit Fay qui te lave, pas Manoa, n'est-ce pas ? Non pas parce que tu ne l'aimes pas assez, mais justement parce que tu l'aimes.

— Oui, avouai-je.

Je sentis que quelqu'un posait une main douce sur mon épaule. C'était Allan.

— Viens, Lisor, nous allons lui préparer un lit.

J'obéis, quittant à regret la salle de bain au style suranné pour me retrouver dans le couloir, derrière la porte que James referma doucement sur cette dernière vision : Manoa à moitié inconscient, sale et plein de sang, posé sur le tapis duveteux.

Je ne sus pas suivre Allan et posai simplement la tête contre le mur, les mains à plat contre la paroi. Qui étais-je pour Manoa ? Pas sa femme, pas même sa fiancée. Je ne savais pas ce que j'étais, ni ce dont il se souviendrait s'il survivait pour de bon. J'étais loin de lui. Je me sentais loin de lui.

Fay me rejoignit silencieusement, ayant monté les escaliers sans que je l'aie perçue.

Elle me serra contre elle.

— C'est normal que tu te sentes mal Lisor, tu as pris sur toi longtemps. La pression retombe. Seulement, tu vas voir, ce sera comme je l'avais dit, Manoa est de retour. Nous allons pouvoir tourner la page, lentement, mais sûrement.

Cette phrase avait résonné en moi au pire moment, celui où j'avais cru l'avoir perdu pour de bon. Elle fit donc écho, un écho déchirant dans mon esprit. Je lui tombai dans les bras et pleurai. Moi qui me croyais guérie des pleurnicheries grâce à ma nature d'azra, je m'étais trompée. Personne n'est infaillible, pas même les créatures améliorées génétiquement. Pas même les êtres qui ressentent à peine la fatigue. Nous souffrons tous. Nous crevons tous de douleur quand les épreuves se font trop lourdes. Nous aimons tous de la même manière et nous sommes tous égaux face à la détermination ; elle paye, même si nous ne pouvons en faire preuve qu'à un simple niveau. La mienne était d'y croire encore. De me réchauffer à la douceur de l'espoir. Il était là. C'était tout ce qui importait.

— Viens, me dit Fay lorsque j'eus fini de pleurer.

Je la suivis mollement, elle m'amena dans une autre salle de bain, plus petite que la première. Elle me fit asseoir sur le rebord de la baignoire et fit couler de l'eau sur un gant de toilette. Malgré mon instant d'apathie, je finis par remarquer mon reflet. C'était celui d'une pauvre jeune femme aux cheveux totalement ébouriffés, au regard étoilé triste, lessivé, et au visage sali par des traces de sang : celui de l'être qu'elle aimait. Mes caractéristiques d'azra étaient de retour, pour autant, je ne semblais pas plus forte qu'une autre. Je paraissais épuisée. Même si je n'en ressentais pas tellement les effets.

Fay s'avança et nettoya doucement ma peau, écarta mes boucles pour mieux me parfumer de savon, et s'employa à coiffer mes cheveux avant de laver mes avant-bras et mes mains du sang qui les imprégnait. J'avais envie de lui dire ces mots qui nous harcèlent quand on va trop mal. Ma peur que Manoa ne soit plus jamais le même. J'avais envie de lui dire, mais peu à peu, sous ses doigts renaissait celle que j'avais été. Pas l'azra qui m'avait plu par sa force incroyable. Pas l'humaine qui avait su se montrer magnanime. Juste celle qui n'abandonnait pas. Jamais. Et je me surpris à sourire.

Fay le remarqua, elle sourit à son tour et je fus secouée d'un hoquet. Elle rit, elle aussi, et nous nous mîmes à rire à gorge déployée devant ce spectacle pathétique que nous formions ; elle qui me faisait ma toilette, moi, l'azra, qui me laissait faire. C'était l'angoisse qui s'exprimait, qui ressortait, le soulagement me submergea de la laisser s'évacuer ainsi.

Je n'avais pas besoin de mots tristes et de paroles rassurantes pour les contrer. J'avais besoin d'une sœur et de son sourire. Je les avais.

Allan frappa doucement à la porte restée entrouverte.

— Je peux ? demanda-t-il.

— Oui, répondis-je simplement.

Il entra et sembla un peu mal à l'aise de nous avoir entendues rire aussi fort. Comme s'il craignait de voir deux furies hystériques lui tomber dessus. Ce qui n'était pas impossible. Sauf que le calme était revenu dans nos cœurs.

— Vous vous amusiez sans moi ?

— Tu peux demander à rejoindre Manoa pour t'amuser avec James et lui, je suis sûre qu'en tant que *garçon,* tu pourras rentrer, remarquai-je, un brin sarcastique, même si je savais que c'était petit joueur.

— Justement, commença Allan, déterminé à nous donner gentiment des nouvelles, James s'est servi de la trousse de secours fournie avec la location et il a pu soigner un peu Manoa. Il a retrouvé des forces, mais il est agité. On a essayé de le mettre au lit pour qu'il puisse se reposer.

Je me levai d'un trait.

— Je te suis.

Allan m'indiqua la chambre de Manoa. C'était une salle joliment décorée à l'ancienne avec vue sur la mer qui brillait au loin et même une partie de Méréa, étincelante, étourdissante. Un havre de paix pour qui voudrait prendre un repos bien mérité.

Les murs et les décorations de la pièce étaient en bois. Un petit bouquet de fleurs attendait sur une desserte. Le grand lit était un baldaquin.

Manoa se trouvait allongé sous les draps, le visage propre, ayant retrouvé sa blancheur et sa douceur, même si les contours de sa figure restaient plus anguleux qu'autrefois. Bien qu'il ait les yeux fermés, son expression n'était pas détendue mais assombrie, troublée, traversée par l'ombre des souffrances morales et physiques qu'il avait vécues.

J'accourus près de lui, m'allongeai sur ce grand lit moelleux et l'entourai de mes bras en posant la tête contre la sienne.

— Je suis là, je suis là...

Sa peau était froide, je me glissai sous les couvertures avec l'espoir que ma présence le soulagerait. Mais il s'agitait, gémissait dans son sommeil tourmenté.

— Manoa, je suis là, calme-toi, je suis là.

Le soleil de la fin d'après-midi éclairait doucement cette chambre de vacances. Un mot qui n'avait jamais eu sa place dans ma vie. Et tout à coup, j'avais envie d'en prendre. Prendre des vacances avec mon passé, avec nos épreuves, prendre des vacances auprès de Manoa.

Comme il ne parvenait pas à se détendre, j'attrapai son visage parfait, somptueux, dont la délicatesse m'avait manqué plus que de raison, et calai mon front contre le sien.

Il se calma immédiatement. Parce qu'il avait senti la présence de celle qu'il aimait ? Ou parce qu'une présence tout court pouvait avoir ce pouvoir sur un être aussi blessé ?

Je l'ignorais. Mais je me sentis aussitôt apaisée, rassurée d'être contre lui, de pouvoir humer le délicieux parfum du gel douche qu'avait utilisé James et plus cette horrible odeur propre à la cale où il avait été torturé.

— Là, je suis là, je suis avec toi. Et je t'aime.

Je sentis qu'il s'était détendu, qu'il partait vers le monde plus apaisant du sommeil. Un sourire se traça sur mon visage et, tricheuse, je posai mes lèvres sur les siennes, lui volant un baiser que je me promis de lui rendre lorsqu'il serait en mesure de l'apprécier, si toutefois il le souhaitait toujours...

Ensuite, je fermai les yeux et, le front contre son front, je ne me sentis pas partir.

***

Il était là. Il était vraiment là. Il dormait toujours. Sa respiration s'était apaisée. Ce n'était plus des à-coups éreintés de sa cage thoracique. C'était une vague douce et fluide sur laquelle j'aurais aimé pouvoir flotter, moi aussi. Cela faisait plusieurs minutes que j'étais réveillée. Plusieurs minutes que je l'observais sans y croire vraiment.

J'émergeais de mon premier sommeil d'azra. Un sommeil qui n'avait pas son pareil. À peine abîmé par quelques rêves fiévreux où s'entremêlaient les horreurs que j'avais vues et le soulagement de l'avoir retrouvé. D'avoir retrouvé Manoa.

C'était un vrai sommeil. Un sommeil qui soulage et qui répare. Un sommeil qui réhabilite un sourire sur les lèvres et dans le cœur. Un sommeil qui harmonise le pire au meilleur pour apprendre à se connecter à la paix intérieure. Ce genre de sommeil que je ne connaissais pas. Tout comme le réveil qui l'accompagne ; serein, facile et agréable. Des paupières qui s'ouvrent sur la lumière et un sentiment de plénitude et de force suffisant pour affronter un siècle sans repos.

Je posai une main sur le bras de Manoa, pour être sûre que je ne rêvais pas, pour être sûre que toute cette force et cette quiétude qui étaient miennes n'étaient pas un songe supplémentaire. Pour rendre tangible cet instant.

Il était bien là.

Et mon sourire s'agrandit à cette réalité. Puis mes yeux se posèrent sur sa gorge où persistaient des traces violacées et la naissance d'une inquiétante ecchymose qui disparaissait sous les vêtements que James lui avait dénichés.

Je perçus alors que la couleur de ses joues, plus osseuses qu'autrefois, avait perdu de sa délicate luminescence, remplacée par des ombres jaunâtres, relief de quelques blessures qui guérissaient enfin.

Cela me renvoya à l'horreur que j'avais vécue dans le bateau, à l'odeur, aux visions terribles qui ne me quitteraient sûrement jamais. Qu'avait-il subi ? S'en remettrait-il un jour ?

Je choisis d'y croire, car c'était ma seule option, comme toujours. Je m'approchai et déposai un baiser sur sa tempe puis pris la décision de me lever sans plus attendre.

L'ambiance dans la maison me surprit aussitôt. Une délicieuse odeur de pain grillé et d'œufs brouillés flottait dans l'air, quelques conversations se faisaient entendre, s'ajoutant à cette ambiance tranquille. Après seulement quelques pas, je croisai Penina qui sortait d'une pièce. Elle bailla et me regarda avec bonne humeur, ses cheveux ébouriffés.

— Lisor ! Bien dormi ?

— Heu... oui.

Son naturel me déroutait toujours. Je remarquai alors, par la porte entrebâillée de sa chambre, l'hybride que nous avions sauvée en compagnie de Manoa, installée sur le lit, profondément endormie.

— J'ai voulu la veiller, mais le confort a vite eu raison de moi et j'ai sombré, expliqua Penina. Cela faisait une éternité que je n'avais pas dormi sur un vrai matelas. C'était merveilleux.

— J'imagine. Comment va-t-elle ?

— Elle récupère bien. Il faudrait qu'elle mange dès qu'elle sera en état. Et ton hybride ?

— Pareil... Tu... Merci, Penina... Merci d'avoir pris soin d'elle.

Elle sourit, révélant de magnifiques dents blanches qui tranchaient sur son teint olive.

— C'est normal ! fit-elle.

— Vraiment ? Vous n'êtes pas tout à fait dans le même camp...

— Vais-je devoir le répéter, Lisor ? Je n'étais pas pour cette guerre. Je n'y ai pas participé. Je n'ai pas tué d'hybrides ou d'azras depuis des siècles. Non pas que ça ne me manque pas de casser de l'azra, ajouta-t-elle taquine, seulement j'estime juste que ce n'est pas la solution.

— Alors, tes amis ne te méritent pas.

— C'est ce que je me tue à leur dire constamment ! s'amusa-t-elle. Viens. On déjeune ?

Sa bonne humeur me gagna. N'avais-je pas toutes les raisons d'être joyeuse, moi aussi ? C'était sans compter l'intervention d'Ethiel qui venait de grimper l'escalier. Penina comprit à son expression sérieuse et déterminée qu'il désirait m'entretenir d'un sujet précis. Elle s'éloigna non sans m'adresser des œillades à la fois complices et curieuses.

— On ne peut pas la garder ici… déclara-t-il immédiatement en désignant du doigt la pauvre rescapée auprès de qui Penina avait dormi. Sa place n'est pas parmi nous.

— Tu plaisantes ?! Tu voudrais la lâcher dans la nature à moitié morte ?

— Non, je peux la ramener aux abords d'Olyméa si tu le souhaites, ils la récupéreront.

— Si elle s'est retrouvée dans les mains des perrestres, c'est précisément parce qu'Olyméa a dû la condamner et peut-être l'y pousser comme ce fut le cas pour Manoa. Ce serait cruel de la ramener là-bas. On ne peut pas la juger sans savoir pourquoi elle était là-bas. Et tu ne peux pas la haïr simplement parce qu'elle était dans le mauvais camp et qu'elle pensait faire ce qui était bien. Tu ne peux pas la haïr parce qu'elle est d'une autre race que la tienne !

— Non, je ne peux pas, en effet. Comme je ne te hais pas, Lisor.

Son regard devint insistant et je le fuis délibérément.

— Il est là, mais tu sais qu'il n'est pas réellement là, ajouta-t-il sans que j'aie besoin de lui demander de préciser si ce « il » désignait bien Manoa. Je sais ce que l'on fait aux esclaves dans leur monde, même s'il se remet de ses blessures, il sera sûrement amnésique…

Je relevai un regard déterminé vers le sien.

— J'en suis consciente, je m'efforce simplement de traiter un problème à la fois.

Son sous-entendu m'avait fait très mal. Aussi, n'ayant pas envie d'en entendre davantage, je tournai les talons et descendis les escaliers, dans l'idée de retrouver les autres dans la cuisine, agréablement animée, semblait-il.

James était aux fourneaux ; Allan, Fay et Aaron assis sur des tabourets devisaient tranquillement tandis que Niall fouillait le frigo en compagnie de Penina. Cette vision me rassura. Comme si la normalité s'invitait peu à peu dans notre étrange troupe, prouvant que les choses allaient forcément s'améliorer.

Fay m'aperçut la première.

— Lisor, tu vas bien ?

Elle semblait inquiète, même si elle tâchait de le cacher.

— Oui, je vais bien, et j'ai faim !

— Parfait ! scanda Allan en me tendant une assiette déjà bien garnie par James.

Je m'installai à leurs côtés et donnai rapidement les nouvelles de Manoa qu'ils réclamaient. Manger me procura une satisfaction peu qualifiable. Je me rendis compte que je ne m'étais pas nourrie depuis longtemps et que j'étais véritablement affamée. Mon corps surpuissant n'en laissait rien paraître, se contentant d'amoindrir cette sensation tant que les circonstances n'étaient pas appropriées pour la satisfaire et que mes ressources le permettaient. Ces dernières semblaient infinies bien que je sois consciente qu'elles ne l'étaient pas.

Avoir dormi avait pourtant changé plusieurs choses en moi. J'étais plus claire avec ce que je voulais. Je n'avais plus aucun tremblement.

Tandis que perrestres et hybrides parlaient étonnamment de manière détendue et que j'avalais ma troisième assiette, je me tournai vers Fay :

— Est-ce que tu accepterais d'aller à Méréa avec moi ?

Elle assentit immédiatement, et je sus qu'elle était même satisfaite à l'idée que nous pourrions nous retrouver un peu seule à seule.

Niall s'était détendu, je le vis rire avec Allan, ce qui m'étonna. Que pouvaient-ils bien tous se trouver en commun ? D'après ce que j'étais en mesure d'entendre, ils parlaient de leur formation respective au combat. James et Fay étant pour le moins qualifiés en la matière. Et Allan soulignait d'un trait d'humour, sa totale maladresse. Ce qu'il n'avait pas en année et en expérience, il le compensait en naturel.

Une fois repue et de retour à l'étage, je jetai un œil à Manoa qui dormait encore profondément. Les battements de son cœur me parurent corrects, plus forts et plus lourds que la veille, ce qui me plut.

En m'éloignant, je réalisai que c'était de moi, autrefois, dont on surveillait le palpitant défectueux... Moi, dans un lit, couchée et affaiblie... Cette époque semblait appartenir à un autre monde... à une autre vie. Tout avait changé depuis. Y compris mes sentiments pour Manoa. Ils étaient plus forts. Plus vifs. Et plus sûrs que jamais.

Une fois dans la salle de bain, je remarquai des vêtements que Fay avait déposés sur une desserte, sûrement achetés à Méréa, dans un beau geste de prévoyance.

Je me glissai sous la douche. Grâce à la petite toilette que mon amie m'avait offerte la veille, je n'étais pas aussi sale que ce que mon séjour en enfer aurait pu supposer. Elle m'avait aidée à nettoyer le sang des victimes de mes mains, mais pas de mon cœur. Tandis que j'allumais le jet d'eau et que j'en appréciais la tiédeur, je repensais à tous ces hybrides qui avaient payé cher le prix de cette guerre. Tous des esclaves, peut-être tout aussi innocents que l'était Manoa. Tous morts dans des conditions atroces. C'était à se demander pourquoi j'en souffrais encore ? J'assistais à ce genre d'horreurs depuis toute petite. J'étais moi-même une rescapée des conflits. Une rescapée peu commune...

Et puis, force était de constater que je ne pouvais rien pour ces victimes. Je n'avais pas envie d'un nouveau combat, de toute façon. La seule manière de les honorer me semblait évidente : continuer, sans jamais faillir, ma quête pour la survie des êtres aimés.

D'ailleurs, maintenant qu'il était là, maintenant que j'avais retrouvé Manoa, je n'aspirais plus qu'à la paix. Et à Joy. Surtout à Joy.

Dans la buée qui m'entourait, dans le parfum du savon qui embaumait, dans la douceur de cet instant, je revis un souvenir qui me plaisait. Son visage rond et radieux. Je voulais retrouver ma Joy. C'était un besoin élémentaire, fait d'amour et d'urgence. C'était mon prochain but désormais ; la retrouver pour panser les plaies de Manoa auprès d'elle.

Chapitre 18

Méréa. Le calme et l'ambiance paisible qu'arborait la ville étaient un véritable bain relaxant pour mes sens. Après avoir traversé les champs lumineux et passé un énorme portique en pierre, Fay et moi avions débarqué dans ce dédale de rues pavées, cerné de hauts bâtiments en matériaux dorés. À l'image d'Olyméa, qui s'était inspirée de plusieurs époques, cette cité semblait refléter l'allure d'un Moyen-Âge revisité à la mode futuriste. Les rues étroites, irrégulières où s'entassaient des habitations dont les charpentes semblaient peu réfléchies, donnaient une impression de désordre joyeux et presque rassurant. L'odeur émanant des nombreuses échoppes étoffait cette atmosphère surannée.

Ici, les couleurs bleues et or s'affrontaient sur les pourtours des fenêtres et des portes, dans les soieries qui pendaient sous les voûtes, pour le plus grand plaisir de nos yeux. Tout était une ode à la mer dont la présence se sentait d'un bout à l'autre de la ville, ne serait-ce que par cette délicieuse brise marine qui apaisait les sens. Nous n'empruntâmes cependant que les accès principaux, là où les plus belles bâtisses avaient été construites et qui menaient tous, à un carrefour ou un autre, vers la prestigieuse demeure du roi, comme venait de me l'expliquer mon amie.

— Un roi ? m'étonnai-je tandis que nous dépassions quelques étalages de marchands.

— Oui, Méréa est une royauté.

— Et ce « roi » ne risque-t-il pas de nous dénoncer au Conseil d'Olyméa s'il découvrait notre présence ici ? demandai-je à voix basse.

— Ce roi est connu pour sa neutralité. Cette ville ne fait même pas partie de l'alliance commerciale que nous appelons le « Cercle ». Tu en as sûrement déjà entendu parler.

Je me souvins aussitôt de ma conversation avec Penina.

— C'était donc de cela que parlaient les perrestres... Mais je ne vois pas en quoi ça les empêche de l'attaquer.

— Je n'en sais pas davantage, avoua Fay, songeuse.

Notre marche nous amena dans les environs du port, près duquel s'érigeait un château somptueux aux mille et une glaces, achevant de rappeler l'omniprésence d'ingénieux azras.

Lorsque je discernai les immenses bateaux amarrés, j'eus une nausée. Même s'ils étaient dans un état de splendeur peu comparable à celui qu'avaient investi les bourreaux de Manoa, ils ne me rappelaient que trop bien ce sauvetage horrible. Fay, qui avait toujours un œil soucieux posé sur moi, ne manqua pas de remarquer mon trouble mais elle se garda de tout commentaire.

— C'est ici, m'indiqua-t-elle en désignant un commerce qui aurait pu tout aussi bien vendre des tabatières.

Nous pénétrâmes dans le lieu, plutôt sombre en opposition à la clarté des rues, et malgré les étalages en boiseries, je compris aussitôt que nous étions bien arrivées à destination. Chaque étagère présentait des appareils high-tech.

Fay, s'y connaissant bien mieux que moi, ne mit que quelques secondes à trouver le rayon des TS. Elle se saisit d'un appareil au hasard et donna quelques deniers à l'hybride derrière la caisse, avant de me l'offrir.

Mon cœur s'emballa. L'idée de pouvoir contacter Ana me provoquait un énorme soulagement, doublé d'une étrange sensation de déchirement. Ces derniers jours, nous avions parcouru de nombreux kilomètres. Ne serait-ce que pour rejoindre le camp de Priam, ensuite, il avait fallu au moins cinq heures de route au rythme des hybrides pour gagner Méréa. Cette ville se situait à environ deux heures de marche du clan de Tialo... Ce fameux horrible bateau. Dès que nous avions récupéré Manoa et fait une pause bien méritée dans la location, au bord de la magnifique cité portuaire, j'avais sombré dans ce profond sommeil tant désiré durant une après-midi et une nuit entière. Cela faisait donc deux nuits et une journée que je n'avais pas vu ma fille. Autant dire une éternité.

Fébrile, j'attrapai le TS et mon regard croisa celui de Fay qui saisit tout de suite ce que j'avais en tête : les appeler immédiatement.

— Viens, fit-elle en sortant du magasin.

Je la suivis dans les rues animées de Méréa où nous passions tout à fait inaperçues, vêtues comme nous l'étions de vêtements d'été fluides et discrets, achetés récemment par Fay.

Nous empruntâmes un joli sentier dans un parc à même la ville qui s'égarait vers la falaise. Des bancs nous accueillirent dans la sérénité qui régnait, loin du tumulte doux de cette ville qui ne semblait pas se soucier le moins du monde des guerres extérieures.

Je composai le numéro du TS d'Ana que j'avais mémorisé et, pendant que le contact se faisait, je me calmai en écoutant la mer, qui se fracassait sur les roches quelques mètres plus bas.

— *Lisor ?*

C'était bien la voix d'Ana. Nous émettions uniquement un appel, pas de contact en hologramme, pour éviter que je puisse discerner où elle logeait. Tant que je n'étais pas proche de rentrer, il fallait jouer de prudence et ne pas mettre dans mon esprit un moyen de localiser ma fille.

Tandis que je répondais par l'affirmative, j'entendis aussitôt des hurlements s'élever dans l'appareil, des pleurs. Paniquée, je suppliai Ana de répondre mais elle ne m'entendait pas, je perçus pourtant nettement sa propre voix :

— *C'est Lisor ! Zefryam, prends la petite, vite !*

Les cris qui retentissaient étonnamment forts autour d'elle s'apaisèrent ; elle s'éloignait.

— Est-ce qu'elle va bien ? demandai-je, paniquée.

Je crus entendre une porte se fermer.

— *Oui, elle va très bien*, assura la voix d'Ana qui résonnait tout aussi étrangement.

J'ignorais totalement où elle pouvait se trouver, et je pris soin de ne pas trop me concentrer sur ces détails, de ne pas chercher à les éterpréter.

— *Rassure-toi, c'est juste l'heure de son biberon !*

Je perçus dans sa voix l'épuisement propre à tous les jeunes parents confrontés, du jour au lendemain, à la tyrannie d'un nourrisson. J'eus aussitôt une vision d'Ana et de Zefryam, un peu échevelés, épuisés, dépassés... Ce qui me fit presque rire de soulagement. Je sentis les larmes me monter aux yeux. Ma fille était en sécurité. Et je pouvais entendre sa jolie voix, même si elle n'avait rien de mélodieux pour le moment...

— *Et toi, Lisor ? Comment se passent les recherches ?*

Je croisai le regard de Fay et un sourire se traça sur mes lèvres, plein de douceur, en écho au sien. Elle attrapa ma main en signe de soutien, de partage. Ces gestes chaleureux qu'elle avait parfois pour moi m'étonnaient toujours et me plaisaient beaucoup. Je maintins fermement ses doigts entre les miens en retour.

— Nous l'avons retrouvé, Ana, nous avons retrouvé Manoa, lui appris-je.

— ...

— Ana ?

— *...Je suis juste tellement soulagée*, dit-elle grandement émue.

Je souris davantage, sentant tout mon cœur rayonner d'émotion. Je revivais à travers cette annonce le soulagement qu'elle me procurait.

J'entendis une porte s'ouvrir et les braillements de Joy redoubler.

— *Zefryam !* s'indigna Ana. *Je n'entendrai rien si tu viens !*

— *Mais je veux savoir !* l'entendis-je vaguement se défendre.

Je ris avec Fay. La porte fut apparemment fermée d'autorité.

— Vous me manquez tellement tous les trois, murmurai-je.

— *Raconte-moi !* insista Ana.

J'évoquai très rapidement notre séance dans le clan de Priam, son aide déroutante, Penina... et enfin le bateau, le calvaire pour en tirer Manoa et je me rendis compte que Fay en découvrait les détails en cet instant seulement, par ma bouche. Ses yeux s'embuèrent, ses doigts serrèrent davantage les miens.

Ana resta un instant silencieuse.

— *Comment va-t-il maintenant ?* finit-elle par demander.

— Il est faible, mais il va reprendre des forces. Je l'ai laissé dans la maison que Fay et James ont louée aux abords de Méréa.

— *C'est très bien. Faites ce que vous pouvez et, dès qu'il sera en mesure de voyager, revenez à la chaumière. De là, nous vous indiquerons comment nous retrouver et nous le soignerons, Lisor. Il ira mieux*, assura-t-elle avec fermeté.

— Oui.

— *Ensuite, nous nous cacherons, nous serons en paix*, me réconforta-t-elle, devinant ma soif, mon immense soif de calme et de sécurité auprès des gens que j'aimais, auprès de mon bébé...

— Pour les quelques siècles à venir, surenchéris-je en souriant.

— *Oui !* rit-elle.

— Joy me manque.

— *Tu la reverras vite ! Actuellement, elle va très bien, elle est très occupée à malmener Zefryam.*

Nous rîmes toutes les trois. Je pris encore quelques nouvelles de ma fille sur ses habitudes et ses réactions, mais n'osai pas trop poser de questions, même si je brûlais de savoir où ils se trouvaient. Nous nous quittâmes avec la promesse de nous revoir très vite, de fêter ces retrouvailles comme il se devait.

J'avais le cœur étrangement remué lorsque l'appel s'acheva, lorsque mon regard croisa celui de Fay et qu'il fallut se décider à reprendre la route.

Mon amie effaça l'historique de notre TS, en piètre défense certes, et nous décollâmes aussitôt.

***

Une fois de retour à la maison, je n'avais qu'une hâte, retourner auprès de Manoa, l'aider à guérir, pour pouvoir partir au plus vite rejoindre Zefryam et Ana.

Fay retrouva les autres pour leur raconter notre escapade tandis que je filais vers l'étage. J'eus l'impression que James voulait me dire quelque chose, mais je ne lui en laissais pas le temps.

Je grimpai les marches quatre à quatre et me ruai vers la chambre de Manoa. Quelqu'un apparut à l'autre bout du couloir, sortant de la salle de bain, et je me pétrifiai lorsque je reconnus la silhouette d'un brun ténébreux.

Lui aussi s'était figé en me voyant.

C'était Manoa. Et il me regardait, avec ce regard... ce regard qui m'avait tant manqué. Ce bleu qui n'avait pas son pareil sur terre, cette harmonie qui me décomposait et me remplissait à la fois. Cette force d'attraction que nul autre ne pouvait exercer sur moi. Il était là. Manoa. Réveillé. Et je ne savais pas comment gérer ça, car je ne m'étais pas attendue à ce qu'il puisse l'être déjà. À ce qu'il soit déjà en mesure de marcher.

Nous nous étudiâmes l'un l'autre comme si chacun cherchait à comprendre, à deviner, qui nous étions l'un pour l'autre.

J'étais terrorisée. Je n'étais plus une azra, j'aurais pu tout aussi bien être une humaine à l'article de la mort, c'était la même chose. Je n'étais rien face à lui. Face à la peur de ce qu'il y avait entre nous. De ce qu'il n'y avait peut-être plus.

Il me regardait avec une sorte de douceur et d'inquiétude, ses beaux sourcils magnifiquement froncés, une expression qu'il avait souvent autrefois, quand il tentait de me percer à jour. Ses lèvres étaient légèrement entrouvertes sur une question qu'il n'osait pas formuler.

— Manoa, murmurai-je comme si je lâchais les armes la première, tandis que je sentais monter en moi une violente bourrasque d'émotion.

Le regarder, contempler sa beauté, le voir debout... respirer... penser... Depuis combien de temps rêvais-je de cela ? Je n'étais pas sûre que ce soit réel.

J'osai avancer de quelques pas vers l'hybride que j'attendais depuis des mois.

— Tu ne sais pas qui je suis, n'est-ce pas ? l'interrogeai-je.

En m'approchant, je réalisais que ses plus graves blessures et ecchymoses avaient disparu, son corps s'était régénéré, quelqu'un avait dû lui apporter de quoi manger. Un coup d'œil vers sa chambre, devant laquelle je me tenais, me le confirma : un plateau-repas vide demeurait posé sur une desserte.

Seulement, il faudrait du temps pour qu'il guérisse pleinement, pour qu'il retrouve des forces. Même s'il se tenait debout dans toute sa splendeur naturelle, ses traits étaient toujours amaigris, tirés, et son corps avait perdu une bonne partie de sa masse musculaire, sa position elle-même rappelait l'épuisement qui devait encore être le sien.

— Tu es Lisor, assura-t-il en me dévisageant.

Ce regard, cette voix... tout cela me tordit les entrailles. J'avançai d'un pas supplémentaire vers lui. Pourtant, j'avais l'impression que des kilomètres nous séparaient encore.

— Oui, je suis Lisor, murmurai-je, c'est à cause de moi que tu as vécu tout cela... Pardonne-moi, Manoa, pardonne-moi. Tout ceci est ma faute...

Je sentais les larmes affluer et je ne voyais pas comment les retenir.

D'un pas, il acheva de parcourir la distance entre nous et leva lentement une main afin d'essuyer l'une de mes joues. Je fermai les yeux. Ce contact-là me transcendait. Je posai les doigts sur les siens et me rassurai en sentant leur chaleur. Il était là. C'était lui. Peu importait le reste. Je m'autorisais à imaginer que nos retrouvailles soient parfaites. En quelque sorte, elles l'étaient. Parce qu'il y avait ce bleu incroyable qui se posait sur moi sans trêve et sans repos, et cette douceur dans son visage, dans sa façon de toucher ma peau comme pour me découvrir.

— Ce n'est pas ce qu'on m'a dit, répondit-il calmement.

Sa voix était troublante, parce que plus vraiment habitée par sa chaleur habituelle. Pourtant, c'était bien ses cordes vocales, son timbre qui réveillaient en moi mille et un souvenirs, surtout les premiers, quand nous étions des étrangers. Des étrangers qui avaient flashé l'un sur l'autre.

— Tes amis viennent de m'apprendre que tu m'as sauvé la vie, ajouta-t-il toujours en m'étudiant et en me désincarnant, me projetant ailleurs dans l'univers, au-dessus de tout, comme seule sa présence avait le pouvoir de le faire.

Il y avait un demi-sourire sur son visage parfait. Cela me troubla davantage, me donna l'impression qu'il suffirait d'un geste pour effacer cette frontière invisible entre nous afin que le vrai Manoa réapparaisse à nouveau. Mais je notai surtout combien il paraissait affaibli. Je ne devais pas abuser, pas l'épuiser. Il ne tiendrait pas debout des heures.

— Mais toi, de quoi te souviens-tu ? m'inquiétai-je.

Il me jaugea et réfléchit. Ses doigts n'étaient plus sur ma peau. Ils me manquaient comme le soleil manque à la fleur quand la nuit surgit.

— J'ai l'impression d'être sorti d'une transe brutalement, avoua-t-il. Je ne sais pas comment le décrire. J'étais un esclave, né pour servir Olyméa. Je me souviens de l'avoir fait pendant des mois sans me poser de questions. Même si une part de moi semblait souffrir. Semblait ailleurs. Je n'avais aucune prise sur elle. Dès que j'essayais de la comprendre, de m'en saisir, elle se dématérialisait.

Il reprit sa respiration et baissa les yeux.

— Et puis, il y a eu la guerre. Je devais défendre la ville et mourir en le faisant. C'était mon devoir. Alors je l'ai fait. J'ai été envoyé dans un groupe d'éclaireurs...

Il paraissait troublé par ce souvenir trop choquant. Il sortit de sa réflexion et me regarda.

— Ensuite, tout est flou. Je me souviens de peu de choses. Il y avait cette fille, rousse... J'ai souffert. J'ai eu mal... J'ai perdu beaucoup de sang. Je n'avais aucun contrôle. Je ne savais pas qui j'étais, je ne savais pas si j'étais réel... Je savais juste que j'allais mourir. Et je voulais mourir...

Il jeta un œil vers sa chambre

— Et puis, je me suis réveillé ici, reprit-il. Des hybrides sont arrivés et ils m'ont raconté brièvement mon histoire. Ils disent que je ne me souviens pas de mon passé car ma mémoire a été effacée. Et je ne me souviens pas des événements récents en raison de leur caractère traumatisant... En attendant, je ne suis donc plus personne. Plus rien...

Le fait qu'on lui retire son TS et qu'il ait été privé brutalement des substances censées le maintenir dans son conditionnement avait dû empirer la confusion dans son esprit. Cela expliquait sûrement les vides supplémentaires dans sa mémoire.

J'étais meurtrie par son récit. Profondément meurtrie par ce qu'il avait enduré.

— Manoa, murmurai-je sans savoir par quoi commencer, tu es tout sauf rien... Tu es... tu es tellement pour moi !

Il me regarda à nouveau, sembla m'analyser avec attention.

— C'est également ce qu'ils m'ont expliqué, fit-il doucement. Je ne sais pas qui je suis, mais je sais qui tu es... Lisor Gianello, la dernière azra, celle qui bouleverse le monde, celle qui... m'aime...

J'eus l'impression de rougir devant son regard d'une étrange insistance, d'une présence gênante. On aurait dit qu'il m'admirait encore. Mais comment ? Puisqu'il ne se souvenait plus de moi.

— Oui, avouai-je tristement, mais quelle importance, puisque ce ne sont que des mots pour toi...

Il réfléchit, m'étudia doucement et répondit :

— Non, pas que des mots. C'est difficile de savoir ce que je ressens. Ma vie n'a aucun sens, elle n'est que violence et vide. Seulement, depuis que j'ai posé les yeux sur toi, je ne me sens plus perdu.

Cette phrase me transperça le cœur.

— Et peu importe qui j'étais, peu importe ce que j'ai vécu, quand je te regarde, je constate que j'étais un sacré veinard, ajouta-t-il avec cette chaleur et cette certitude qui m'avaient séduite lors de notre rencontre.

Bouleversée, je lui souris.

— J'ai tellement hâte que tu te souviennes de moi, murmurai-je. Que tu te souviennes de *nous*...

— Tu en es sûre ? demanda-t-il. J'ai entendu l'un de tes proches dire que je ne te méritais pas.

— Quoi ? Tu es sérieux ? Qui a osé dire une chose pareille ?! m'exclamai-je, prête à arracher la tête de ce crétin.

— Je ne sais pas, répondit calmement Manoa, mais j'ai pensé qu'il n'avait pas tort. Tout ce que je vois, c'est que je suis un hybride, esclave et abîmé. Tu es une azra somptueuse. Pourquoi est-ce que je suis si précieux pour toi ?

J'attrapai l'une de ses mains et y mêlai mes doigts. Il regarda ce geste avec une sorte d'étonnement.

— C'est exactement ce que je me suis dit autrefois, expliquai-je. Je n'étais qu'une humaine affaiblie, et toi un hybride solaire, je ne comprenais pas pourquoi j'étais si précieuse à tes yeux...

Il semblait touché par ce contact, paralysé par mes doigts blancs immaculés entre les siens.

— Et pourtant, tu t'es sacrifié pour moi. Tu m'as tellement manqué, tu me manques tellement, murmurai-je toute proche de lui sans oser le regarder de peur d'être encore aspirée par sa beauté et par la tristesse qu'il ne soit plus tout à fait le même.

Au moment où j'osai le contempler à nouveau, je perçus une prière dans son regard intense.

— Je ne demande qu'à te combler, Lisor Gianello, je ne peux pas rêver mieux, murmura-t-il. Mais pour cela, il faut que je me souvienne au plus vite. J'en ai besoin. Est-ce que tu peux m'aider ?

Comment résister à une telle requête, prononcée par des lèvres aussi belles et soulignée par un regard aussi bleu ? Ce n'était pas ce qui était prévu. Je devais m'en tenir au plan. L'aider à se remettre de ses blessures physiques puis nous hâter de retrouver Zefryam et Ana. Manoa était encore faible, lui rendre sa mémoire serait une nouvelle épreuve pour lui, mes amis azras sauraient mieux que quiconque comment procéder. De plus, Joy me manquait horriblement.

Pourtant, le voir ainsi suppliant, sans repères, m'était insupportable. Il méritait qu'on mette rapidement fin à son calvaire, et au mien par la même occasion. Je méritais de le retrouver vraiment.

— Oui, promis-je, je vais t'aider.

Il eut une sorte de sourire, ses traits me parurent magnifiques, néanmoins épuisés. Il avait encore besoin de repos. Et moi, d'un peu de carburant pour me lancer dans cette nouvelle quête...

— Est-ce que je peux te demander une toute petite chose ? osai-je lui dire.

— Évidemment, fit-il doucement.

— Peux-tu me prendre dans tes bras ?

— Oui, répondit-il, partagé entre gêne et surprise.

Je me réfugiai contre lui, fermai les yeux et écoutai son cœur. Cette musique m'apaisa jusqu'aux confins de mon être. Je sus qu'il faudrait plus d'une armée pour m'éloigner de lui à nouveau. Pour m'empêcher de le ramener à lui-même. Et de le ramener à moi, si c'était toujours ce qu'il désirait.

— Que puis-je faire d'autre ? demanda-t-il en me serrant tendrement.

— Rien de plus, dis-je aussitôt, les yeux toujours fermés.

Malgré le fait que mon corps reconnaissait instinctivement le sien, l'impression floue de ne serrer qu'un étranger entre mes bras, de me montrer intime avec un pur étranger, se fraya un chemin en moi.

Je pris mon temps pour la combattre ; je respirai lentement, me détendis au contact de Manoa, me rappelai le meilleur de nos conversations, de ces instants où seuls lui et moi comptions dans l'univers, où il m'avait comprise et acceptée mieux que nul autre, où il avait déposé sa vie à mes pieds comme toutes les femmes pourraient en rêver. Ces seuls souvenirs, sublimés par mon esprit, ressuscités par ma mémoire d'azra, me semblaient de l'ordre de l'exceptionnel, et il était facile de m'y bercer en sentant Manoa tout contre moi.

Enfin, je le lâchai et le regardai avec infiniment de douceur. Je vis que ce contact l'avait à la fois perturbé et ému.

Il n'était pas tout à fait Manoa. Pas encore. Je comptais bien tenir ma promesse.

Je souris avant d'ajouter :

— Tu ne t'en souviens pas, mais tu m'as souvent demandé de me reposer. C'est à mon tour de le faire : repose-toi, Manoa. Je m'occupe du reste.

***

— Il y a une option, décréta James alors que je venais de leur faire part de mon désir d'agir immédiat pour sauver la mémoire de Manoa.

J'avais invité ce dernier à retrouver sa chambre et Allan venait d'accepter de veiller sur son repos.

Fay, James et les perrestres s'étaient naturellement associés à cette réunion sur le pouce. Seul Ethiel se tenait contre l'embrasure de la porte, vraisemblablement réfractaire à toutes décisions ayant trait à Manoa.

— Nous pourrions faire appel à un Injecteur de Méréa, suggéra James. Nous ne trouverons pas un matériel si complexe sans les services de l'un d'entre eux. On pourrait demander un rendez-vous à domicile.

— Il y a des Injecteurs aussi dans cette ville ? demandai-je.

— Bien sûr, il y en a dans à peu près toutes les villes d'azras.

— Ce ne serait pas dangereux ? intervint Ethiel.

— Si nous veillons à être discrets et naturels, ça ne devrait pas l'être, rétorqua James. Cependant, vous ne devez surtout pas être trouvés ici, ajouta-t-il à l'adresse des perrestres. Nous pouvons passer pour un groupe de rescapés d'Olyméa, mais la présence de perrestres ne serait pas tolérée...

— Sympa, fit Niall qui avait encore le nez dans le frigo.

— Nous irons nous planquer dans les bois pendant la visite de l'Injecteur, assura Penina avec un sourire réconfortant.

— Merci, répondis-je avant de me tourner vers James. Est-ce que la manipulation va être longue ?

— Quelques heures, déclara Fay.

— Douloureuse ?

Les deux anciens Injecteurs échangèrent un regard.

— Oui, finit par avouer James.

— Manoa a besoin de cette intervention, dis-je, même si l'idée qu'il souffre – encore – m'était insupportable. Il a le droit de reprendre le contrôle de sa vie et de sa mémoire.

Je quittai mon tabouret et repris ma respiration.

— Je vais partir immédiatement. Fay et James, pourriez-vous tenter d'effacer les traces des perrestres ? Leur odeur a imprégné toute la maison.

— Sympa ! répéta Niall, un peu plus outré mais avec une claire nuance d'humour.

Aaron eut un petit rire.

— Notre odeur n'est pas désagréable, tout de même, Lisor ? demanda-t-il.

— Non, vous sentez bon, sauf que vous sentez l'ennemi ! répliquai-je. Comment puis-je contacter un Injecteur ?

— Tu n'auras qu'à retourner dans le magasin où nous avons été ensemble, répondit Fay qui s'était immédiatement rangée à mon avis, toujours disposée à ce que les choses avancent. Ou même dans n'importe quel autre endroit, ils t'orienteront facilement.

— Très bien et peut-être que la *Belle aux Bois Dormant* sera réveillée à mon retour, et que nous pourrons nous occuper d'elle dans la foulée, suggérai-je en évoquant la jolie rousse qui n'avait toujours pas repris connaissance, contrairement à Manoa.

Allan avait pour mission de veiller sur elle également. Et il avait promis de s'y tenir. J'avais entièrement confiance en lui pour ce genre de mission. J'étais consciente de la chance infinie qui était mienne d'avoir de tels amis, des gens sur lesquels je pouvais compter sans me faire prier, qui étaient forts et futés. Le plus étonnant demeurait le concours des perrestres. Ces derniers se préparaient d'ailleurs à quitter la maisonnette.

— Merci, dis-je en me tournant vers eux. Ce que vous avez fait pour moi... C'est stupéfiant. Je ne sais pas comment vous montrer ma gratitude.

— Une place au palais quand tu auras renversé Olyméa devrait convenir, suggéra Penina en plaisantant.

— Ça risque d'être compliqué, je n'ai pas du tout envie de retourner là-bas...

— Alors, nous allons réfléchir à comment tu peux nous payer, jolie Lisor, fit Aaron avec un petit sourire malicieux.

Ethiel fronça les sourcils et lui adressa un regard un tantinet assassin.

— Lisor, sois prudente, me fit-il avant que je ne quitte la maison.

Il venait de me suivre sur le perron et semblait réellement soucieux.

— C'est toi, n'est-ce pas ? lui demandai-je légèrement acide. C'est toi qui as dit à Manoa qu'il ne me méritait pas ?

Il sembla ne pas comprendre puis fit le rapprochement.

— Ce n'est pas ce que j'ai dit. J'ai juste évoqué le fait qu'il ne payait pas de mine et j'en ai parlé dans une autre pièce. Il a entendu et fait les rapprochements qu'il a voulu.

— Tu ne payerais pas de mine non plus si tu avais été torturé pendant des jours et des nuits après des mois d'esclavage ! m'offusquai-je.

Il sortit dehors avec moi et parla aussi bas que possible en espérant que je sois la seule à l'entendre :

— Lisor, tu sais très bien ce que je ressens pour toi. Je suis là. Je t'ai aidée à plaider ta cause chez les perrestres. Je t'ai aidée à retrouver et à sauver cet hybride. Tout cela ne compte-t-il pas ?

— Évidemment que ça compte, rétorquai-je avec impatience. Et moi, je ne cesse pas de te décevoir... Alors, arrête d'attendre quelque chose de moi. Je suis infecte avec toi, c'est moi qui ne te mérite pas...

Le vent salé traversait les champs et gagnait mes narines. J'étais pressée d'agir. J'imaginais que cette conversation avait un but. Je lui devais bien cela. Pourtant, c'était beaucoup me demander. Manoa était là. À portée. Sans être vraiment là. Je n'en pouvais plus. Il était mon grand amour et c'était trop me demander que de ménager quelqu'un qui pensait m'aimer mais qui, j'en étais certaine, ne m'aimait pas réellement. En tout cas, pas pour qui j'étais. Il m'aimait pour *ce* que j'étais. La mère de sa fille. L'humaine qu'il avait sauvée et avec qui il aurait pu faire sa vie. Seulement, pas pour l'azra déterminée que j'étais devenue. Pas pour la Lisor pacifiste quand lui n'était que haine. Et sûrement pas pour la Lisor qui était prête à tout risquer par amour et par principe, cette Lisor-là était la plus belle et la plus forte à mes yeux. Toutefois, comme elle se réservait à un autre, il ne pouvait clairement pas respecter cela.

— Tu n'es pas infecte avec moi, répondit-il calmement. Tu te laisses juste un peu trop submerger par tes émotions.

J'arquai un sourcil, cela faisait un moment qu'on ne m'avait pas reproché ma légendaire inexpérience de jeune azra incontrôlable.

— Tu agis tellement dans l'émotion que tu oublies qui je suis. Tu oublies... Joy... Notre fille.

C'était la première fois qu'il prononçait son prénom et cela me troubla parce que je compris qu'il l'aimait. Je compris, au velouté perçu dans son timbre, qu'il éprouvait de profondes émotions à son égard, une vulnérabilité que seule l'évocation de notre fille pouvait apposer sur ses beaux traits tourmentés.

— Cette ville grouille d'azras et tu vas encore te jeter dans leur gueule, continua-t-il. Tu vas prendre le risque d'être séparée d'elle alors que tu as enfin retrouvé ton... hybride... Je peux comprendre bien des choses, je pense que j'ai été très patient. Mais rien ne pourra changer le lien que nous avons. Rien ne changera le fait que je fais partie de ta vie, car je ferai partie à jamais de celle de ma fille, auprès de qui je compte bien vivre.

Cette révélation me percuta un instant. Ethiel voulait demeurer auprès de sa fille. Il voulait prendre son rôle de père à cœur. Il avait enfin mis des mots là-dessus et j'en fus heureuse pour elle. Même si une sensation très désagréable se fit un chemin en moi : la jalousie. C'était la première fois que je la ressentais dans cette version. Je n'avais pas envie de « partager » ma fille. Jusqu'alors, les gens m'aidaient, néanmoins, j'étais sa mère, à même de prendre toutes les décisions cruciales la concernant et on me respectait dans ce rôle.

Maintenant, il y avait un père, un père qui n'avait pas été là à la naissance et sans lequel j'avais tout de même dû m'organiser, et il allait falloir s'y faire. Prendre des décisions avec son aval... Et surtout, ce serait un père qui ne serait pas mon grand amour. Un père avec qui je devrai m'accorder alors que nos âmes n'auraient pas trouvé le chemin pour y parvenir naturellement.

— Tu vois, fit Ethiel, comme s'il avait suivi mon cheminement de pensées, nous faisons partie de la vie l'un de l'autre, c'est un fait irrévocable. Et nous sommes tous deux éternels. Peut-être pourrions-nous nous donner une chance pour cette raison ?

Il tourna brièvement la tête vers la maison.

— Je ne dis pas de ne pas soigner ton hybride. Mais puisqu'il ne se souvient de rien, c'est peut-être l'occasion de lui rendre sa liberté.

Je sentis la colère monter en moi, cependant je fis un gros effort de contrôle. Le sommeil qui m'avait réparée m'y aidait grandement.

— Ethiel, je suis ravie pour Joy que tu veuilles t'impliquer dans sa vie. Et ma gratitude envers toi est immense. Mais je reste sûre de moi au sujet de Manoa. Je pense donc que tu devrais cesser de perdre ton temps avec moi, alors que tu as tellement mieux à disposition. Nous avons chacun notre hybride après tout !

— Quoi ?!

— Je parle de la superbe jeune femme rousse qui se trouve à l'étage de cette maison. Occupe-toi d'elle avant qu'Allan ne prenne ta place !

Profitant de ce qu'il était trop abasourdi – et même écœuré par ce que j'osai sous-entendre – pour être en mesure de me répondre, je tournai les talons brutalement et me rendis à Méréa d'un pas assuré.

Il ne fut pas difficile de repérer le magasin où Fay m'avait acheté un TS. Le commerçant écouta ma requête sans surprise. Que des touristes réclament les services d'un Injecteur pour pimenter leur séjour devait être habituel. Il passa un appel rapide et, quelques minutes plus tard, un homme habillé d'une veste officielle bleu sombre avec un logo présentant une vague bleue et une couronne dorée – assurément les armoiries de Méréa – se présenta dans la boutique. Il était aimable même si sa manière de me sourire, un peu plus que la convenance ne le supposait, me fut désagréable. Mais après tout, les visites d'azras étrangers se faisaient peut-être rares. Je le suivis dans un dédale de rues animées puis nous nous dirigeâmes vers un bâtiment de pierre, situé aux abords du port. Il y avait une agitation perpétuelle dans cette zone, renforçant le sentiment de sécurité que j'éprouvais dès que je me retrouvais dans une cité où j'étais une parfaite inconnue parmi tant d'autres.

Nous grimpâmes un escalier à l'air libre et nous retrouvâmes dans un élégant bureau, situé dans une arcade en pierre. La pièce semblait ainsi presque suspendue au-dessus de la mer et s'avérait très claire, grâce aux nombreuses fenêtres qui compensaient sa forme étriquée, toute en longueur. Le mobilier était riche et médiéval.

L'Injecteur m'invita aussitôt à m'asseoir sur un confortable fauteuil. Puis il me pria de l'excuser un instant. Il disparut par une porte dérobée pendant que j'observais l'agitation en contrebas. La mer projetait une lumière pure sur tous les riverains et les voyageurs qui s'animaient. Un bruit constant de populace égayait le lieu. J'étais cependant trop pressée pour me détendre ou pour obéir à mon hôte et m'installer. Je faisais les cent pas. Il tardait à revenir et je me mordis les lèvres. Ethiel avait peut-être raison. Cette requête toute simple, cette dernière visite à Méréa était peut-être celle de trop. Mais quelle erreur avais-je commise ?

Je croisai mon regard dans le grand miroir aux pourtours dorés qui me faisait face. J'étais vêtue d'une chemise estivale crème, mettant en valeur ma taille fine, ceinturée par un lacet couleur or. Un pantalon pâle en soie douce s'associait à ces teintes en épousant délicatement la finesse de mes jambes. Rien de richissime dans ces vêtements que Fay avait dû acheter dans cette ville même. Juste l'expression d'un désir de profiter sainement de l'été.

Mes cheveux chocolat, étalés en longues boucles désordonnées, s'échouaient sur mon dos, mes épaules, envahissaient tout de leur lustre brillant malgré leur état d'emmêlement avancé. Je n'avais pas eu le temps de les soigner ; heureusement depuis ma mutation, leur qualité indubitable m'autorisait toutes les négligences.

Mon visage, à la peau de nacre délicate, avait beau avoir la beauté des azras, laissait toutefois trahir depuis mes yeux une légère frayeur malgré mon désir de paraître détendue, un léger tourment de bête traquée. Je fis un effort pour paraître plus naturelle mais je ne l'étais pas.

Je voulais partir. Je ne me sentais plus en sécurité. Je fis un pas vers la porte, déterminée à me sauver avant le retour de cet individu en qui je n'avais pas confiance. Sauf qu'il était trop tard, je me statufiai en voyant la poignée tourner sans que je n'aie eu le temps d'y toucher et fis rapidement un pas en arrière en me composant un visage aussi serein que j'en étais capable.

L'Injecteur débaula dans la pièce, mais il n'était plus seul. Une bonne dizaine d'autres hybrides, vêtus de manière aussi stricte que l'étaient les protecteurs à Olyméa, mais présentant le blason de Méréa, aux couleurs bleues et or, pénétrèrent à sa suite. Je reculai davantage, surprise, effrayée. Aucun d'eux ne m'approcha, ils se placèrent de manière ordonnée, encadrant la porte avec une expression des plus solennelles.

Puis, finalement, un homme, un azra cette fois, entra dans le bureau. Il portait une longue tunique caramel, qui s'associait à merveille avec le châtain clair de sa chevelure, ses yeux d'un vert clair vibrant d'intelligence, me pétrifièrent immédiatement. Dans la richesse de ses vêtements, dans les enluminures dorées qui parcouraient le tissu, je devinai immédiatement qu'il n'était pas n'importe qui.

— Lisor Gianello, fit-il avec un sourire très chaleureux, je suis Andrew Aldwel, roi de Méréa. Enchanté de vous rencontrer enfin.

Il saisit ma main d'autorité, avec une douceur travaillée qui me glaça, l'effleura des lèvres en guise de salutation tandis que ses yeux verts m'étudiaient intensément. Je me sentis prise au piège.

Chapitre 19

— Je suis navré, je ne comptais pas vous effrayer, ajouta le roi après qu'il eut lâché mes doigts et qu'un long silence eut accueilli sa tirade.

Je finis par trouver la force d'articuler quelques mots :

— Je ne m'attendais pas à...

— Pardonnez-moi, me coupa-t-il en posant une main sur son cœur. C'était un entretien privé avec un Injecteur que vous souhaitiez et j'ai profité de cette aubaine pour m'imposer. Mais j'avais une telle hâte de vous rencontrer que, lorsqu'on m'a prévenu de votre présence, je n'ai pas résisté !

— Comment savez-vous qui je suis ? demandai-je en restant bien droite devant les fenêtres.

Andrew fit quelques pas et se plaça dans le beau fauteuil qui me faisait face, ses hybrides l'entourèrent aussitôt. Il posa sur moi un regard si vif et il avait une telle prestance naturelle que, même assis, dans cette simple pièce, j'avais le sentiment qu'il me regardait depuis un trône inaccessible.

Son visage avait une grâce un peu déroutante. Pas la simple et pure beauté qu'avaient les azras, telle que la froideur cruellement belle de Zefryam ou la perfection délicieuse des traits de Julian, non, il s'agissait d'une splendeur plus perfide et plus consternante, plus troublante encore. Elle résidait dans sa voix, dans ses expressions, dans sa façon de regarder les gens. Contrairement aux membres du Conseil d'Olyméa dont le pouvoir pouvait impressionner et inquiéter, je percevais la différence qu'apposait son titre de monarque sur son existence.

Cet être avait tout pouvoir ici. Il pouvait en user et en abuser, et le faisait sûrement depuis la nuit des temps... Son âge avancé ne faisant aucun doute, tout comme son intellect développé et son habileté aux manigances. De ses yeux clairs à sa mâchoire légèrement carrée et parfaitement dessinée surmontant une gorge solide, émanait un charme dont il devait jouer au même titre que son intelligence évidente.

— Depuis que vous avez fait parler de vous, Lisor Gianello, répondit-il tranquillement après avoir consacré lui aussi un instant à m'observer, votre histoire m'a immédiatement conquis. J'ai donc envoyé des serviteurs glaner davantage d'informations. Puis, vous avez pénétré sur mon territoire de votre propre fait. Ce qui m'a parfaitement ravi.

Il fit un signe délicat à l'un de ses hybrides qui se détacha du groupe et déplaça un siège pour que je m'y installe.

Le roi m'incita à prendre place d'un sourire qui se voulait sympathique mais qui ne l'était pas. Je m'assis, ne voyant pas comment refuser.

— À vrai dire, ajouta le monarque, si j'ai souhaité vous rencontrer personnellement, ce n'est pas pour le simple plaisir de vous souhaiter la bienvenue, Lisor. Je sais que vous êtes pressée, que vous avez hâte de trouver la sécurité, pour vous-même et les gens que vous aimez. Alors, je vais être très clair.

Il se pencha légèrement, m'étudia, non pour s'assurer de ce que je pensais ou de qui j'étais, car il le savait déjà. Il était mieux informé que je n'aurais pu l'imaginer et cela rajoutait à mon inquiétude. Il s'amusait cependant de l'effet qu'il produisait.

— Je vous propose de devenir ma Reine.

—...pardon ?

Il sourit, très satisfait de l'effet que cette proposition totalement ahurissante avait sur moi. Je m'étais attendue à tout sauf à cela.

— Vous m'avez très bien entendu. Nous avons des ennemis communs tous les deux. Olyméa a massacré les gens que vous aimiez – entre autres choses. De mon côté, je suis choqué par la domination de cette ville aux dirigeants cruels, ainsi que le Cercle dont elle fait partie. J'aimerais que les populations en prennent conscience et qu'elles rejoignent ma bannière.

— Vous voulez que je vous aide à faire la guerre à Olyméa ?

— Je veux que nous gagnions la paix pour ce monde, Lisor ! Pensez à tous ces humains, dont ceux que vous aimiez, qu'Olyméa a fait assassiner ! Pensez à tous ces hybrides devenus de simples esclaves... Je connais votre cœur altruiste, ne me dites que vous ne souhaitez pas agir pour eux.

— Je n'ai pas ce pouvoir.

— Non, effectivement, se rengorgea-t-il. Mais avec moi, vous l'aurez. Vous êtes une image qui motivera les troupes. Vous êtes l'incarnation même de la jeunesse, de la pureté et de la force. Un symbole tel que Jeanne d'Arc l'a été.

— Malgré tout le respect que je vous dois, je ne vous connais pas. Je ne sais pas si je peux vous faire confiance. Et il me paraît évident que vous souhaitez récupérer le pouvoir que possède Olyméa.

Je me gardai d'ajouter les mots qui me démangeaient : rien ne m'assurait qu'il serait un meilleur roi que ne l'étaient ceux du Conseil.

— Alors, vous refusez une alliance aussi avantageuse ? D'emblée ? N'est-ce pas plutôt parce que votre cœur est pris, Lisor ? Je sais pour votre hybride réduit en esclavage.

Je ne dis pas un mot, davantage méfiante, pas surprise qu'il en sache autant, puisque, de toute évidence, il m'espionnait depuis très longtemps. Il entremêla ses doigts et me regarda avec une grande franchise.

— Je ne vous propose pas l'amour, Lisor, et vous le savez très bien. Je vous propose du secours. Vous êtes en danger. Votre personne est convoitée de toutes parts, sans compter votre enfant... Ce mariage n'aurait aucune raison d'être réel pour vous ou pour moi, il serait purement politique. Vous serez en parfaite sécurité ici même. Et votre fille serait totalement protégée, élevée par nos soins telle une princesse à Méréa. Au moindre doute, nous lèverions l'ancre vers la destination qui vous plaira avec autant de soldats qu'il faudra. Vous n'aurez plus rien à craindre. Jamais.

Ana m'avait prévenue, quiconque apprendrait mon identité, chercherait à se servir de ce qu'il imaginerait être mes faiblesses toutes féminines pour m'utiliser. Pourquoi n'étais-je pas tentée par la sécurité qu'il me proposait ? Outre le fait que tout son discours puait le factice et la manipulation, je sentais une rage immense embraser lentement mes veines. Je commençais à ne plus supporter que les gens se pensent mieux placés pour prendre des décisions fondamentales relatives à ma vie, à *ma* place.

Il était évident que, tant que ma voix intérieure ne serait pas plus forte que toutes les voix extérieures, ils s'immisceraient dans chacune des failles qu'ils verraient. Le manque de confiance en soi en était une béante. Grandir dans ce domaine, c'était accepter de prendre mes propres décisions, de m'évaluer au regard de ma propre conscience, encourir le risque aussi de commettre mes propres erreurs pour apprendre de la manière la plus naturelle qui soit. Et non selon le bon vouloir des autres.

Il dut penser que ses arguments faisaient mouche devant mon mutisme brutal, aussi ajouta-t-il :

— Je ne pourrais pas me permettre d'offrir l'asile à votre amant dans cette ville, cela mettrait immédiatement le doute sur le bien-fondé de notre mariage. Je souhaiterais que nous affichions une vraie sincérité à notre peuple et, dans notre désir conjoint de la paix pour ce monde, je ne doute pas que nous la trouvions. Toutefois, je peux vous proposer de nettoyer la mémoire de votre hybride mieux que vous ne le souhaitiez.

Il indiqua d'un geste la présence de l'Injecteur qui, replié dans un coin discret de la pièce, baissa aussitôt la tête en signe de serviabilité.

— Nous pourrons très bien effacer de l'esprit de Manoa toute la confusion douloureuse qu'il a vécue et lui injecter quelques faux souvenirs. Il pourrait ainsi redémarrer une vie paisible dans un lieu sécurisé de votre choix.

Il sourit, comme s'il était fier de sa propre générosité.

— La liberté et la paix, voilà ce que vous offrirez à ce jeune homme. Il n'y a pas plus belle preuve d'amour. Et vous serez libre, de votre côté, de vivre telle une reine sans jamais craindre demain.

Je devais me maîtriser. J'étais sous sa coupe. Pire, tous mes amis dans la maison proche de la cité l'étaient également. Je le sentais. Connaître autant de détails, jusqu'au prénom de celui pour qui j'étais prête à tout, ne relevait plus d'une curiosité légitime de sa part. Cet individu était dangereux. Je devais éviter de m'emporter pour protéger les miens. Pourtant, ses sous-entendus, qui me rappelaient tant ceux d'Ethiel, me mettaient hors de moi.

— La liberté, c'est de faire des choix dont on est fier ! m'emportai-je malgré moi en citant Manoa qui, un jour, m'avait parlé ainsi. Manoa ne serait pas libre si je l'installais dans une vie montée de toutes pièces. Même s'il souffre, et que la réalité de ce qu'il a vécu va encore l'éprouver, il a le droit de choisir la vie qu'il veut mener. Et de décider s'il veut qu'elle soit auprès de moi ou ailleurs.

Andrew eut un rictus légèrement condescendant.

— Quel choix aura-t-il ? Il est au rang d'esclave et il vous aime de toute façon. Il est lié à vous. Ce n'est pas un choix que vous lui offrez, mais une vie dangereuse telle que vous la menez aujourd'hui.

— Vous sous-entendez que je n'ai aucune espèce d'éthique alors que vous n'êtes pas mieux. Pour connaître tous ces détails sur lui, sur moi, vous n'avez pas hésité à m'espionner et aujourd'hui, vous comptez vous servir de mes faiblesses pour me manipuler.

— Pas de manipulation, Lisor. J'en aurais besoin si j'avais peu à vous proposer. Mais ce que je vous offre est supérieur à ce que tout autre azra pourrait vous offrir. Je suis réaliste, l'êtes-vous ?

Il me toisa avec une sorte de douceur depuis ses yeux d'une couleur émeraude dérangeante.

— Je veux juste la paix, lui répondis-je sincèrement et tristement.

Son sourire s'agrandit, presque sincère comme je l'étais.

— C'est en cela que nous nous ressemblons, déclara-t-il. Nous cherchons tous deux la même chose. La paix. Et malheureusement, la paix ne s'improvise pas, elle se gagne, il faut combattre pour l'obtenir. C'est vrai, je vous ai espionnée. Et qu'ai-je remarqué ? Que vous avez mené plus de combats en votre courte vie que certains en plusieurs siècles. Vous devriez savoir mieux que quiconque que c'est à force de détermination et d'acharnement qu'on obtient ce que l'on désire.

— Mais vous voulez que je vous aide à monter une armée contre Olyméa ! Vous voulez la paix en prenant des vies ! C'est un combat que je refuse de mener !

— Aussi peu que possible ! Votre image pourrait justement remplacer la plupart des combats par des agissements politiques. Ainsi, je n'aurais peut-être qu'à exécuter les membres du Conseil. Ne me dites pas que vous n'en rêvez pas ? Ils méritent cette punition, quand on sait celle qu'ils ont infligée à tous ces humains innocents...

J'avalai lentement ma salive pour retenir le flot de paroles qui menaçait de s'écouler. Pour retenir dans les abysses de mon cœur, les visages de mes parents, de ma grand-mère et d'Emmy... Pour emprisonner avec sagesse toute trace de vengeance. Elle ne conduisait jamais aux bons choix, dans le brouillard d'émotions auquel j'étais livrée par cette conversation, j'étais au moins certaine de cela.

Le roi reprit la parole avec plus de fermeté :

— La menace que vous incarnez et qu'incarne votre fille vous assure d'être traquées toute votre vie. Si vous ne vous battez pas pour gagner votre paix, si vous vous contentez de fuir et de vous cacher, si vous ne forgez pas d'alliances protectrices, vous finirez par être trouvées.

Je relevai le menton.

— Je ne fonctionne pas à la culpabilité, déclarai-je très dignement. Plus maintenant en tout cas. Je préfère mourir en gardant mon humanité, que vivre en prenant des vies pour conserver une pseudo liberté.

— Seulement, vous n'êtes plus humaine, Lisor.

— Mon cœur l'est toujours et j'aimerais qu'il le reste.

Je me levai mais le roi ne fit aucun mouvement. Peu importait, j'avançais d'un pas vers lui, me retrouvant au milieu de la pièce, proche de la table qui se situait en son centre.

— Je vous prie d'excuser toutes mes maladresses, je n'ai muté que depuis quelques jours, tout est encore flou pour moi. Je vous remercie pour votre patience mais force est de constater que je suis bien trop jeune pour endosser le rôle que vous me proposez. Maintenant, si vous le permettez, je vais me retirer.

Il ne bougea pas, ne cilla pas. Cela ne m'empêcha pas de me diriger vers la porte en le contournant. La plupart des hybrides me bloquèrent la route.

Je me tournai vers Andrew, le roi, qui s'était levé et souriait de toutes ses dents d'un blanc éclatant.

— Laissez-moi partir, s'il vous plaît, demandai-je d'une voix que je m'efforçais de rendre cordiale.

Je perçus que l'ambiance avait changé. Que j'étais désormais plus une prisonnière qu'une invitée qu'on voulait séduire. Pendant un court instant, je me demandai si j'allais pouvoir un jour quitter cet endroit et les visages de ma fille et de Manoa s'imposèrent à mes yeux, avec toutes les émotions déchirantes qu'ils supposaient.

— Vos efforts de diplomatie m'impressionnent, Lisor, fit le roi. Je ne suis pas du genre impressionnable, à vrai dire. Vous êtes bien mignonne et battante, mais tout cela ne me convainquait pas que vous êtes exceptionnelle comme semblent le penser certains. Cependant, je dois bien avouer que, sitôt après ma mutation, je n'aurais jamais été capable d'une telle maîtrise de moi, ni même d'une telle réaction dans un cas comme celui-ci.

— Vous ne comptiez pas faire de moi une vraie reine, n'est-ce pas ? Tout ceci, c'était pour me tester ?

— Vous avez refusé d'emblée, vous ne le saurez donc jamais, s'amusa-t-il en faisant quelques pas. Une chose est certaine, je ne suis pas Julian. Je ne vais pas vous laisser partir sans contrepartie.

— Comment savez-vous...

Il ne pouvait pas m'avoir espionnée jusque dans mes conversations à Olyméa. Et Julian n'avait pas pu lui raconter, ils étaient ennemis...

— Comment ai-je fait, plutôt ? me corrigea-t-il. Zefryam ne vous a-t-il donc rien appris ?

Soudain, je posai les yeux sur mes doigts. Il avait touché ma main dès mon arrivée et m'avait sondée en quelques secondes. Trop étonnée par cette arrivée surprise du roi, je n'avais pas pensé à rehausser mon Bouclier Émotionnel à cet instant précis. Idiote ! À quoi bon me servait-il d'être une azra si je n'étais pas capable de connecter mes nouveaux neurones entre eux ?

Je relevai des yeux effrayés vers lui. Joy ! Qu'avait-il vu au juste ?

— Je n'ai malheureusement pas pu accéder à toutes les données que je souhaitais, avoua-t-il pour mon plus grand soulagement. J'ai pris les informations telles qu'elles venaient. Nombre de choses insignifiantes et d'autres passionnantes... Aucun moyen cependant d'accéder à votre fille. Or, c'est elle que je veux.

Je me glaçai et ma rage, que je contenais avec détermination jusqu'alors, s'amplifia.

— Hors de question, répondis-je par réflexe.

Il croisa les bras, fit à nouveau quelques pas, histoire de bien me faire macérer dans mon angoisse.

— J'ai pu voir votre conversation avec Julian, lorsque je vous ai touchée, elle était encore à la surface de vos pensées. Elle m'a paru très intéressante. Il joue finement. Moins grossièrement que moi mais je n'ai pas sa patience. Peut-être est-ce le fardeau des rois.

— Si vous avez lu en moi, vous avez vu que je ne vous livrerai jamais ma fille.

— J'ai lu que vous ne saviez pas où elle était, répondit-il très clairement, mais qu'il y avait plusieurs moyens pour vous en rapprocher. Un numéro pour joindre quelqu'un... Je voudrais ce numéro.

Je bénissais mon esprit d'avoir su garder ces chiffres sous clef même inconsciemment. Tout comme Fay les avait effacés de l'historique du TS, je choisis d'en faire autant.

— C'est impossible.

— Très bien, nous allons cesser de perdre du temps.

Il fit un geste et un hybride sortit ce qui me sembla être un TS, qui fut posé sur la table devant nous. Andrew s'appuya sur celle-ci très calmement. Il posa un doigt sur le TS et une carte en trois dimensions apparut.

— Ceci est mon territoire, Lisor, m'informa-t-il avec tranquillité. Regardez : ici se trouve le camp de Priam, le perrestre chez qui vous avez trouvé asile, me semble-t-il. Cependant, mes espions n'ont pas accès à l'intérieur de son camp, ni mes capteurs. Ici...

Il bougeait les doigts et faisait ainsi défiler des paysages transparents qui reflétaient magnifiquement ces lieux que j'avais traversés.

— C'est le clan de Tialo où vous avez récupéré votre hybride. Et là bien entendu, c'est ma ville, Méréa.

La représentation holographique de Méréa était superbe. La mer aussi s'y mouvait lentement dans un bleu imagé très brillant.

J'aurais été impressionnée en toutes autres circonstances, moi qui découvrais encore tant de choses sur ce monde d'azra. Pour l'heure, je devinais la menace sous-jacente.

— Alors, je vous avoue, je n'ai pas fait que vous espionner avec des agents sur le terrain, fit-il en faisant un clin d'œil à l'un de ses hybrides. En vérité, je me suis aussi servi de cet appareil.

Il désigna ce que je reconnus aussitôt être une petite masure dans les champs. Mon cœur se serra.

— Dès que vos amis ont demandé un logement, c'est sur mon ordre qu'on leur a conseillé cette location, expliqua-t-il en continuant de pointer du doigt la maison.

Il zooma et les détails se firent légion. Jusqu'à ce j'aperçoive même en temps réel des silhouettes se mouvoir près de la demeure.

— Les perrestres ont quitté les lieux, remarqua-t-il. Oh, mais que vois-je ? Votre Manoa dort dans son lit. Il est seul. Voilà qui va rendre les choses plus intéressantes. Les autres sont partis faire un tour dans les champs... Je présume qu'ils font prendre l'air à Elora qui vient de reprendre connaissance.

Effectivement, à quelques mètres de la maison, j'apercevais le groupe de mes amis qui marchait lentement.

Andrew leva la tête vers moi.

— Oh oui, autant que je vous en informe, la belle hybride que vous avez sauvée n'est pas une esclave comme Manoa. Elle travaille toujours pour le Conseil ! Faites attention, elle vous dénoncera tous à Olyméa dès qu'elle en aura l'occasion.

Que savait-il encore ? Entre ce qu'il avait pu espionner avec cet outil, ce que ses sbires avaient pu entendre et ce qu'il avait lu dans mes pensées, je ne devais plus avoir beaucoup de secrets pour lui.

Il reporta son attention sur la carte et appuya sur une touche de l'hologramme, une mention apparut soudainement en rouge : « *Explosifs Érodia activés* ».

Il sourit avec une fierté surjouée.

— Nous y voici !

Il désigna à nouveau la maisonnette où reposait Manoa.

— Vous avez quelques minutes pour vous décider.

— Qu'est-ce que vous avez fait ?! demandai-je brutalement.

— Dommage que Zefryam ne vous ait jamais parlé de moi. Peut-être avait-il un peu honte, après tout, fit-il très calmement, tandis que je paniquais littéralement. Il fut un temps où nous étions amis. Je suis moi aussi un scientifique plutôt doué, si je puis me permettre. J'ai créé les explosifs Érodia, il y a peu. Ils ont une puissance et une maniabilité qui défient la science. J'en suis très fier. Les perrestres les ont fortement appréciés durant l'attaque d'Olyméa.

— Vous...

— Oui, je suis partout, Lisor. Derrière chaque attaque et derrière chaque buisson. Et j'aurais pu être aussi votre roi. Et vous ma reine. Néanmoins, vous avez repoussé bêtement tout cela. Repoussée votre seule chance d'être dans le camp du vainqueur...

— Arrêtez ça immédiatement ! m'écriai-je en désignant la carte.

— Vous voulez que j'arrête le compte à rebours ? Je comprends, Manoa va mourir dans exactement cinq minutes...

Paniquée, je voulus faire demi-tour et forcer les hybrides à me laisser partir, attrapant le premier venu sans ménagement. Cependant, il sut me chasser avec une force qui m'étonna.

— Apparemment, Zefryam ne vous a rien dit au sujet de l'Imative C, déclara le roi avec un sourire tandis que je me tournai à nouveau vers lui. Tous mes gardes en consomment depuis des siècles.

— Comment pouvez-vous être aussi cruel ?!

— Appelez Zefryam, demandez-lui où se trouve votre fille immédiatement et j'annulerai la détonation.

— Non, je ne peux pas faire ça ! m'écriai-je.

— Pourquoi ? Joy sera en sécurité avec moi.

— Non ! hurlai-je. Je n'ai aucune confiance en vous.

— Je ne vous demande pas d'avoir confiance en moi. Manoa va mourir si vous ne le faites pas. Comment pouvez-vous hésiter ? Vous pouvez sauver la vie de l'homme que vous aimez tout en donnant à votre fille une vie de princesse, protégée par un roi tel que moi.

— Un azra froid et calculateur qui se servira d'elle comme vous vous servez de tout le monde ! Jamais ! Elle est libre. Et s'il le faut, je donnerai ma vie pour sa liberté !

— Et celle de Manoa ? Votre pauvre hybride a déjà tout sacrifié pour vous, vous donneriez sa vie aussi maintenant ?

— NON ! criai-je.

Je voulus moi-même faire cesser le compte à rebours mais l'hologramme ne répondait pas à mes doigts, chacun de mes mouvements n'avait aucun effet.

J'enrageais. Et le temps continuait de s'écouler.

Soudainement, je plaquai une main sur la table pour prendre appui et, en un mouvement dont je ne me croyais pas capable, je bondis sur Andrew. Il fut renversé sur le sol et ne se défendit pas, il s'autorisa juste un geste du poignet pour signaler à ses hybrides de ne pas intervenir.

— Choisissez, Lisor, votre fille contre Manoa.

— NON ! hurlai-je sur son visage tandis que je prenais conscience de mes doigts qui s'étaient enroulés autour de sa gorge.

— Tu vas me tuer, Lisor ? demanda-t-il très calmement, optant pour le tutoiement plus digne d'une telle proximité meurtrière. Tu le peux, je suis à ta merci. Et tu as la puissance de m'arracher la tête. Le meilleur moyen de tuer un azra. Il te suffit d'un geste très brutal. Ensuite, tu pourras faire un coup d'État, prendre le pouvoir sur Méréa et pourquoi pas, marcher dans la foulée sur Olyméa ! Reprends ce qui est à toi !

J'étais secouée par une telle rage, amplifiée par la jeunesse de mes gènes d'azra, que ce fut la première fois que je fus véritablement tentée par ce qu'il me proposait. Il le discerna dans mon regard. Je vis alors dans ses yeux, à la clarté absolue, l'ombre de la victoire. Cela m'écœura.

— J'ai pitié de vous, déclarai-je avec dégoût.

J'ôtai mes doigts de sa gorge, par peur qu'il me contamine davantage. Puis je bondis sur mes pieds et attrapai le TS posé sur la table. Aussitôt, la carte s'évapora, seul le compte à rebours continua de s'afficher.

Il restait deux minutes.

— Tu n'arriveras pas à temps, ou si tu entres, tu mourras avec lui ! commenta Andrew qui avait deviné ce que je comptais faire.

Je ne lui accordai pas même un regard en plongeant le bras dans la première fenêtre venue qui explosa aussitôt. Je sautai et lorsque j'atterris sur mes pieds, à quelques millimètres de la jetée, ma peau avait déjà cicatrisé. Je fis demi-tour et courus plus vite que je n'avais jamais couru.

Les secondes s'écoulaient sous mes yeux tandis que, si je l'avais pu, j'aurais traversé la matière. Je fusai telle une furie, ne prêtant pas attention aux passants qui me regardaient déroutés, je les contournai, me découvrant une gestion de mon environnement, une précision de mes pas, à toute épreuve.

Bientôt, je laissai la ville derrière moi et traversai les champs telle une flèche enflammée. Je n'écoutais aucun de mes sens, tout mon esprit était focalisé sur la maisonnette que je discernais déjà. J'osai un œil sur le TS, plus que quelques secondes.

Non... Non... NON !

Pas encore la mort ! Pas encore le perdre sans l'avoir retrouvé ! Pas encore une cruelle séparation !

Je refusais, je préférais mourir que de devoir vivre cela à nouveau.

J'étais presque arrivée.

Un nouveau regard vers le TS : *quinze secondes.*

Je défonçai la porte d'une seule main dès mon arrivée et me ruai dans les escaliers.

Andrew prétendait que j'allais mourir avec Manoa en tentant de le sauver, mais je pouvais tout simplement le jeter par la fenêtre. Et lui, au moins, *lui*, survivrait.

Dix secondes.

C'était encore possible ! J'y croyais !

Je pulvérisai la porte de la pièce où Manoa était censé être.

Je ne le vis pas dans son lit.

— Manoa ! criai-je.

Aucune réponse. Je tournai sur place, me ruai vers la salle de bain et réalisai ma stupidité. En un instant, j'usai de l'Écoute, ce que j'aurais dû faire tellement plus tôt. Fichue jeune azra que j'étais !

Cette maison était vide. Totalement vide. Il n'y avait que moi. D'une manière ou d'une autre, Andrew m'avait bernée. Une fois de plus. Je ne pourrai décidément jamais cerner cet individu.

Allait-il y avoir une explosion ?

En tout cas, il était vivant. Manoa était vivant. Et, bien que je n'aie guère pu le retrouver pleinement, lorsqu'on lui rendrait la mémoire, il se souviendrait aussi de nos derniers échanges. Lorsque je m'étais excusée de l'avoir aimé... De l'avoir tant mis en danger. Lorsque je lui avais demandé de me prendre dans ses bras. Il saurait combien il avait compté pour moi jusqu'aux derniers instants.

Je levai le TS une dernière fois devant mes yeux...

Cinq secondes...

J'eus l'impression de vivre la scène au ralenti.

J'étais dans le couloir, trop loin pour atteindre en si peu de temps, la fenêtre la plus proche. Toutes mes pensées allèrent vers les êtres que j'aimais.

Ils allaient s'en sortir. Penina les aiderait.

Ils retrouveraient tous Zefryam et Ana. Et ils seraient unis. Ethiel et Manoa allaient me perdre tous deux et faire la paix dans mon souvenir.

Trois...

Cette idée me fit sourire.

Deux...

Je fermai les yeux. Manoa vivait. Joy vivait.

Un...

L'air sembla craquer autour de moi. Je partis en paix.

Chapitre 20

Il pleuvait. Une douce ondée moussait délicatement sur le sol et emplissait l'air d'une brume presque tiède. Les arbres fournis autour de moi étaient vaguement secoués par ces gouttes qui les détrempaient et permettaient d'éveiller l'essence même de leur écorce. J'étais à l'abri, enroulée dans une immense couverture, toute serrée contre Emmy. Nous observions la nature s'abreuver par la large ouverture de notre cabane en bois, qui, juchée entre deux arbres torsadés, solidement ancrée et ingénieusement cachée, s'avérait être le lieu où nous nous sentions le mieux au monde. C'était ici que nous passions des heures à dessiner, à lire et à nous raconter les histoires des livres que nous n'avions pas pu garder. Ici que nous rêvions d'un avenir pour les humains. Et que ces rêves prenaient toute la place, au point d'effacer le présent, au point d'effacer la peur.

Emmy me poussa du coude et me montra soudainement l'un des vieux dessins que j'avais réalisés quelques années plus tôt. Je pouffai en voyant les traits hésitants et maladroits qui étaient censés représenter des silhouettes. Elle rit avec moi tandis que nous tâchions d'identifier les personnages. Mes petites mains quittèrent la chaleur de la couverture pour s'approprier la feuille où figuraient mes gribouillis.

— Regarde ici, le bras n'est pas si mauvais, essayai-je de me persuader.

Le visage d'Emmy était rond, adorablement rond et son sourire terriblement large, tandis que je me tournai vers elle pour m'enquérir de son opinion. L'enfance lui allait à merveille. Elle ne savait pas comment se montrer réaliste sans toutefois me blesser.

Cette retenue entraîna un nouveau fou rire et nous plaisantâmes aussi longtemps sur le sujet que nous en fûmes capables. Puis, soudain, Emmy me contempla avec une gravité qui n'allait pas du tout à ses traits juvéniles.

— Lisor, tu ne crois pas qu'il serait temps de lâcher prise ?

Je la regardai, pétrifiée, sentant l'apaisement quitter brutalement mon cœur et mon corps d'enfant, sentant ce souvenir perdre de sa réalité, se mêler douloureusement aux années de traque qui l'avaient suivi, à la déchirure, à notre séparation... Les larmes me gagnèrent et mes mains de petite fille tentèrent de les essuyer. Toutefois, je ne pleurais pas réellement. Rien n'était réel même si la pluie continuait de bercer cet instant.

— Pourquoi est-ce que je fais ça, Emmy ? lui demandai-je en observant mes doigts plus pâles et plus malingres que jamais. Pourquoi est-ce que je me crée un monde où je me sens si bien... pour ensuite prendre conscience que c'est une chimère ?

Je ne savais pas comment j'avais atterri une nouvelle fois ici, à l'intérieur de moi. Mais ce souvenir, par son confort factice, me rappelait le décor que j'avais conçu durant ma mutation.

— Tout le monde fait ça, Lisor. Tous les gens se construisent des lieux pour se sécuriser. On appelle ça « les rêves ». Sauf que, maintenant, tu es une azra. Tu peux les contrôler.

Les souvenirs s'emboîtèrent tout à coup les uns dans les autres.

— Il y a eu une explosion, Andrew comptait me tuer..., réalisai-je.

— Comme il prétendait vouloir tuer Manoa et il ne l'a pas fait. Tu ne sais pas réellement ce qu'Andrew avait derrière la tête depuis le début.

— Quelle saleté, ce....

— Ne perds pas ton temps avec lui, me coupa-t-elle. Il y a plus important. Tu sais ce qu'il y a de plus important, n'est-ce pas ?

— Oui.

— Tu es une azra, tu perçois tout ce qui t'entoure. Ton organisme est guéri, tu maintiens uniquement ce coma par ta volonté. Tu sais très bien...

— Oui, je sais qu'il est là, je sens sa présence, avouai-je.

Maintenant que j'avais pris conscience de ce songe, une part de mon cerveau percevait la réalité, celle où ma chair reposait, sans toutefois savoir comment j'avais survécu. Je sentais que mon vrai corps était allongé sur un sol duveteux et j'entendais le piaillement lointain d'oiseaux qui résonnait contre une voûte.

Je le percevais *lui*. Je sentais son odeur. Je sentais sa chaleur.

Je savais que Manoa était là, juste à côté de moi, qu'il me contemplait. Je devinais pratiquement son regard réchauffer ma peau. J'étais même presque certaine que, d'une manière ou d'une autre, il avait recouvré la mémoire. Qu'il était bien lui. Pour la première fois depuis des mois. Il était là. *Lui*, tout ce dont j'avais rêvé depuis si longtemps.

Et pourtant, une barrière nous séparait, celle de ce sommeil que je refusais de quitter, celle de ma peur...

— Alors, pourquoi t'attardes-tu auprès de moi ? me demanda doucement Emmy.

Ses jolis yeux bleus me vrillèrent le cœur.

— Parce que je t'aime, lui murmurai-je. Et pourtant, je t'ai perdue. Alors, c'est sûrement trop beau pour être vrai. Je vais forcément le perdre, *lui* aussi.

Elle attrapa mes mains et nos doigts d'enfants se mêlèrent.

— Lisor, dit-elle très doucement, c'est cela, aimer. C'est prendre des risques. Si tu ne prends pas de risques, tu ne risques tout simplement pas non plus d'être heureuse.

— Emmy, dis-je, le menton tremblant, je ne cesserai jamais de t'espérer. Je ne cesserai jamais d'espérer que tu sois vivante.

— Implique-toi auprès des vivants, Lisor, parce que, même si tu viens à les perdre, tu n'auras rien à regretter.

Elle me serra dans ses bras.

— Tu as raison, murmurai-je contre son oreille. Les combats, je sais faire... Je n'ai fait que cela...

— Alors, bats-toi encore, souffla-t-elle.

J'ouvris les yeux.

Ce fut une explosion de bruits. Comme des milliers d'oiseaux emprisonnés dans une serre. Je perçus une lumière déroutante qui m'aveugla un instant. Puis je reconnus le plafond crevé de la bibliothèque où Priam avait réuni son clan. Je n'avais vu ce camp que de nuit. Le jour lui allait à merveille tant l'architecture du lieu était sublimée par la nature verdoyante qui l'emplissait. Des arbres s'enroulaient sur les voûtes avec grâce jusqu'à toucher les cieux d'un bleu pur. Très pur. Mais pas aussi pur que celui que je captais en baissant légèrement les yeux. Je le vis. *Lui*. Manoa.

La lumière avait toujours eu cet effet sur lui. Faire éclater l'azur de son regard. Le parer d'une immuable beauté. Je voyais le détail de ses iris, le trouble de chaque nuance de bleu dans les rayons de ses yeux, sous ses cils très noirs. Je voyais la blancheur délicate de sa peau, le noir abyssal de ses cheveux. Je voyais ses lèvres entrouvertes sur des mots impossibles à formuler.

J'étais allongée, immobile, encore embrumée par mon éveil récent. Je levai une main vers son visage. J'hésitai une... deux secondes... avant d'oser le toucher. Puis je posai doucement les doigts sur sa peau. Je vis son expression s'en troubler légèrement. Un mélange de plaisir et de mal-être.

— C'est toi, Manoa ? C'est bien toi ? lui demandai-je de cette nouvelle voix, plus pure, plus solaire qui était la mienne.

— Oui, je suis bien là, confirma-t-il de la sienne, délicieux timbre qui réchauffait tous mes sens.

Il avait effectivement retrouvé la mémoire. Je fermai les yeux un instant, profondément apaisée. En les rouvrant, je pris conscience du tourment que vivait Manoa.

Il était tombé amoureux d'une humaine.

C'était une azra qu'il avait sous les yeux.

Même s'il savait qui j'étais, même s'il devait se souvenir de nos retrouvailles alors qu'il était encore amnésique, même si on avait dû lui faire le récit de toutes mes aventures, ce bouleversement devait être un choc pour lui.

Je vis que son attention relevait tous mes changements ; elle se posait sur mon corps — pâle comme autrefois mais d'une luminescence inhumaine —, sur mon visage qui avait toujours sa candeur mais qui avait gagné en perfection, en régularité, en maturité, sur mes yeux aussi qui, de sombres et chaleureux iris, s'étaient mués en deux fenêtres étoilées.

Il tentait de retrouver dans cette apparence, la Lisor qu'il avait aimée, celle qu'il avait protégée, celle pour qui il avait sacrifié sa liberté. Il cherchait l'amie que j'étais devenue, qui partageait avec lui ses confidences et même le souvenir de ses larmes. Celle qui le connaissait tel qu'il était dans sa force et dans sa vulnérabilité. Et celle qui, pour toutes ces raisons, l'aimait.

Je me redressai lentement et m'assis en tailleur face à lui. Nous étions dans un recoin paisible du camp de Priam, cachés entre deux allées d'étagères recouvertes de feuillages.

Lorsque ses yeux éblouissants tombèrent dans les miens, je les emprisonnai dans la tendresse de mon propre regard, espérant que, malgré les milliers de cristaux qui y scintillaient désormais, il verrait Lisor. La toute petite Lisor qui avait rougi lors de notre rencontre et qui avait appris le délice d'être aimée grâce à lui. La Lisor qu'il avait sauvée. La Lisor devenue une adulte pour le sauver, lui aussi.

Je posai alors délicatement les doigts sur les siens.

— Manoa, c'est moi. Je t'assure que c'est bien moi, lui affirmai-je doucement en prenant sa main et en la plaçant contre ma poitrine, à l'endroit où battait mon cœur.

La Lisor d'autrefois, mourante, avait eu ce geste pour lui signifier qu'il devait la laisser partir. J'agissais ainsi aujourd'hui, sachant que mon palpitant battait puissamment, à un rythme idéal, pour lui révéler combien j'étais vivante et combien je voulais qu'il reste à mes côtés.

Malgré les tourments qui l'habitaient, au-delà de ce que je pouvais deviner, malgré la souffrance gravée en lui et dont j'apercevais déjà l'ombre peser sur notre avenir, je vis son regard s'apaiser. Il venait de trouver quelque part, dans mes expressions, dans mes mots, dans ma manière de bouger, l'ancre dont il avait besoin pour s'assurer que j'étais celle qu'il espérait, celle qu'il voulait retrouver.

Il poussa un profond soupir de soulagement, son visage se détendit, ses mains tombèrent sur mes épaules et il cala son front contre le mien.

— Lisor, murmura-t-il simplement.

Tellement heureuse de me sentir si proche de lui, de l'avoir retrouvé pleinement, je le serrai dans mes bras. Son contact m'apaisa, son odeur aussi. Il fallut un instant pour qu'il parvienne à refermer ses bras autour de moi et qu'il se laisse gagner tout à fait par la délivrance de m'avoir retrouvée. Il ne se hâta ni de parler ni de bouger, comme si cette étreinte répondait à toutes ses demandes. Pas aux miennes. Je devais savoir. Je voulais tout savoir de lui.

Je me reculai. J'entendais vaguement la rumeur des conversations autour de nous, des autres perrestres qui vivaient ici, cachés derrière les rangées de livres et de buissons. Un lieu magique finalement, qui me ressemblait étrangement. Je m'y sentais bien. Je crus même percevoir la voix de Penina et de Fay. Ce qui ajouta à mon apaisement. Mes amis m'avaient offert de m'éveiller auprès de celui que j'aimais en toute paix, en toute quiétude.

— Une azra... Tu es une azra..., déclara Manoa, partagé entre fascination, ironie et... tristesse.

— Oui, je me suis dit que ça pourrait te plaire, plaisantai-je.

Il eut un léger sourire en coin, l'ombre de celui d'autrefois qui me faisait tant craquer et qui, pour le moment, me suffisait. Il était toujours splendide, doté d'une beauté impérieuse qui avait sur moi un effet que nul autre n'avait. Seulement, il était plus maigre et bien moins rayonnant. Quelque chose en lui s'était brisé. J'exécrai cette impression qu'il avait été abîmé, que mon amour avait été abîmé.

— Comment te sens-tu ? demandai-je. Quand as-tu récupéré la mémoire ? Est-ce qu'ils t'ont tout expliqué ?

— Ça fait beaucoup de questions, ça, Lisor.

Cette manière de parler me plut, parce qu'elle me rappelait le Manoa séducteur que j'avais tant aimé. Malheureusement, son léger sourire se fana lorsqu'il s'imposa de me répondre :

— Cela fait à peu près deux jours qu'on m'a rendu la mémoire. C'était douloureux mais, au moins, je me souviens de tout. Et même de ce que je ne devrais pas savoir...

Ses yeux évitèrent les miens. Mes doigts avaient à nouveau accaparé les siens et je me fis violence pour ne pas trop les serrer. Je compris qu'il ne voulait pas parler de cet aspect des choses. Comment s'étaient déroulés ces mois d'esclavage dont il n'était pas censé se rappeler ? Et surtout, comment avait-il vécu l'impensable, quand il était prisonnier des perrestres ? Ces douleurs-là devaient être trop à vif pour qu'il puisse les nommer. Je le compris. Un rempart s'était érigé dans son âme. Il n'était pas en mesure de le dépasser pour le moment.

— Ils m'ont tout raconté, fit-il avec une expression étrange, mélange d'admiration et déchirement. Comment tu t'es battue. Comment tu as mis au monde Joy...

Ce prénom dans sa bouche fit envoler mon cœur. J'eus un sourire et nos doigts se crispèrent. Son expression à lui s'adoucit.

— Il paraît qu'elle est très belle, dit-il avec un mélange de douceur et de... douleur.

— Je suis sûre que tu l'aimeras, dis-je enthousiaste.

— C'est une part de toi, alors, je l'aime déjà, assura-t-il doucement même si son regard était triste.

Mon palpitant battait plus vite, plus fort... Partagé entre la joie que Manoa sache aimer ma fille et la peine qu'il n'en soit pas le père.

— Et puis, on m'a parlé du perrestre... Celui qui vous a attaqués, ajouta-t-il plus sombrement. On m'a parlé de ton geste... Pour les sauver... Ton sacrifice.

— Oui, ma folie, tu veux dire...

Il me regardait très sérieusement, avec une sorte de fascination presque douloureuse qui me fit un drôle d'effet.

— Lisor... Ce que tu as fait... Tout ce que tu as fait, c'est au-delà du pensable. Je savais que tu étais exceptionnelle... Je le savais, Lisor, dit-il avec foi. Mais tu as dépassé tout ce que j'aurais pu imaginer.

Je ne sus pas quoi dire, car étonnamment, je n'avais pas l'impression que cela le réjouissait.

— Et ensuite, ce que tu as fait pour me sauver... tout ce que tu as fait... Je n'arrive pas à y croire.

Son regard me gênait, il ne me regardait plus comme quand il désirait me séduire et qu'il était sûr de son charme, il me jaugeait presque comme une étrangère dont il découvrait le haut potentiel.

— En voulant les sauver du perrestre, ajouta-t-il, en voulant tous nous sauver, tu as bouleversé l'Histoire...

— C'est un résumé un peu fort, Manoa, plaidai-je doucement. Ce que j'ai vécu est juste un mélange d'horreur, d'amour et de détermination. Je n'ai rien calculé et aujourd'hui, tu es là... Je ne peux pas rêver mieux.

— Tu le penses ? Tu penses vraiment que je valais la peine de prendre tous ces risques ? demanda-t-il tristement.

— Évidemment ! m'emportai-je. J'ai remué ciel et terre pour te retrouver, quel message plus clair de ma certitude que tu en valais la peine ?!

Tandis que je serrais toujours ses doigts dans les miens, je vis qu'il contemplait mon étonnante peau d'albâtre. J'oubliais le choc qu'il devait toujours éprouver aux changements que ma mutation avait provoqués. Je savais pourtant qu'il s'y habituerait vite. Comme tous mes proches s'étaient habitués, à force de constater que, bien que changée, je restais Lisor. Ou simplement, une version de Lisor à même de faire et de dire ce qu'elle souhaitait, une meilleure version.

— N'as-tu pas envie de savoir comment tu as survécu ? éluda-t-il. Cette fois-ci encore, je veux dire…

Je ne répondis pas, parce qu'en fait, cela m'indifférait. J'étais beaucoup trop heureuse de l'avoir retrouvé. Il enchaîna d'autorité :

— Avant que tu ne reviennes de Méréa, un hybride nous a fait évacuer la maison, sous un prétexte idiot. Nous étions à quelques mètres, dans les champs, quand nous t'avons soudainement vue débouler à l'intérieur de la chaumière. Quelques secondes après, elle explosait. Les autres ont récupéré ton corps et ne m'ont pas laissé te voir. Nous sommes immédiatement partis pour le camp de Priam sur l'invitation de Penina. L'explosif n'était pas mortel pour un azra. Nous en avons déduit que tu avais simplement subi un test de la part de cette saleté de roi. C'est d'ailleurs ce qu'a confirmé la lettre qu'il nous a fait parvenir avec un petit colis, quelques heures plus tard.

Il sortit de sa poche une sorte de parchemin plié en quatre.

— Dans le carton, il y avait également une injection permettant de me rendre la mémoire, précisa-t-il.

À regret, j'arrachai mes doigts de la main de Manoa et dépliai la missive avant de la parcourir d'un regard un peu surpris.

« Ma chère Lisor,

Pardonnez mes manières. Dès que j'ai entendu parler de vous, j'ai ardemment désiré vous connaître. Vous connaître réellement. Certes, lire dans vos pensées m'a éclairé. Toutefois, votre réaction sous la pression d'un choix impossible me semblait un meilleur moyen de vous percer à jour. Si vous aviez cédé, j'aurais aujourd'hui le pouvoir que je souhaite et vous seriez une prisonnière que je méprise.

Mais votre choix louable a fait votre liberté. Parce que vous avez suscité mon respect, j'espère ne plus jamais avoir à vous importuner. Néanmoins, nous devons être honnêtes, vous êtes une nouvelle pièce sur l'échiquier d'une partie qui a commencé il y a de bien nombreux siècles... une partie que je compte bien remporter !

Si vous souhaitez participer le plus longtemps possible, je ne peux que vous conseiller de prendre quelques cours auprès de vos aînés...

Je suis d'ailleurs enchanté de vous avoir enseigné votre toute première leçon :

Ne jamais sous-estimer l'expérience de son adversaire !

Vous savez où me trouver pour une formation supplémentaire.

Bien à vous, très chère Lisor,

Andrew.

Ps : Voyez la sauvegarde de la vie de votre aimé comme un cadeau pour sceller une trêve bien méritée entre nous. »

Je relevai les yeux vers Manoa qui, vu son expression, ne semblait pas porter Andrew dans son cœur. Il s'efforça de garder son calme lorsqu'il poursuivit :

— Fay et James ont longuement hésité et puis ils ont décidé de m'administrer le produit qui leur paraissait tout à fait convenable. Ils ont pensé que cela t'éviterait de devoir prendre une nouvelle décision pénible...

— Et ils ont bien fait, avouai-je en laissant tomber la lettre par terre.

— Quand elle a jugé que tu étais prête et que je l'étais aussi, Fay m'a autorisé à t'approcher enfin. C'était donc il y a quelques minutes...

Il s'arrêta un instant dans son récit.

— Tu étais... Ton corps était gris. Tu semblais morte. Ça a été un choc. De plus, tu n'étais plus tout à fait la même... Je t'avais déjà vue azra lorsque j'étais amnésique. Mais là, c'était différent. C'était réel.

Je frissonnai, en me demandant à quoi un azra en pleine régénération pouvait bien ressembler et à quel point me découvrir dans cet état avait dû être compliqué pour lui.

— Puis, peu à peu, ta peau a repris vie. Elle s'est colorée. Tu es devenue plus belle et plus bouleversante que jamais, expliqua-t-il avec une sorte de fascination. Et tu as ouvert les yeux.

— Fay m'a fait un très beau cadeau, je n'aurais pas pu rêver plus bel accueil, lui souris-je.

— Qu'est-ce que ce type t'a fait ? Qu'est-ce qu'il t'a dit ? demanda Manoa, suffisamment haineux pour que je devine qu'il parlait du roi Andrew.

Je haussai les épaules.

— Vous aviez raison, il m'a juste testée. Et je suis vivante. Et surtout, tu l'es aussi. Tout ça n'a plus d'importance. Et les autres ? Fay, James et Allan ? l'interrogeai-je subitement, avant qu'il n'ait le temps d'argumenter. Comment vont-ils ?

— Bien, ils t'attendent avec impatience.

Moi aussi j'avais hâte de les revoir et surtout de les remercier. Manoa le perçut.

— Allons-y, me concéda-t-il en se levant.

Je souris et le suivis, enchantée à l'idée de retrouver tous mes amis.

En traversant la bibliothèque ensoleillée et verdoyante, j'aperçus des dizaines de perrestres nous contempler avec surprise et méfiance.

Penina vint à notre rencontre, un sourire immense collé sur ses beaux traits.

— Lisor ! Tu es resplendissante ! Quelques jours de repos et te voilà plus fraîche qu'une rose. Dire que tu ressemblais à un zombie quand on a t'a tirée des débris !

— Merci, ça fait toujours plaisir...

— Tu aimes tes vêtements ?

Je pris conscience que je portais une chemise portefeuille ceinturée à la taille, légèrement rapiécée, mais qui mettait ma sveltesse en valeur, tout comme le corsaire qui l'accompagnait.

— Ce sont quelques guenilles à moi, précisa Penina. Tes habits n'étaient plus tellement en état après la déflagration...

— Heu... merci...

— Alors ? Ces retrouvailles ? ajouta-t-elle en s'approchant de moi et en désignant Manoa d'un œil pétillant.

— Lisor ! s'exclama Allan qui déboula vers moi. Tu es rétablie ! Je suis tellement rassuré !

Il me prit dans ses bras. Mon ami, mon frère, qui avait toujours été là pour moi... J'étais heureuse de le retrouver sain et sauf, lui aussi.

— J'ai eu tellement peur quand j'ai vu la maison exploser, j'ai cru que c'était fini...

Il parlait vite, totalement dépassé. Je le calmai en le serrant plus fort, lui coupant le souffle sans même m'en rendre compte à cause de mes nouvelles capacités d'azra.

— Tout va bien, je suis régénérée, je vais bien. Et je ne vous serais jamais assez reconnaissante de m'avoir encore protégée.

Je lâchai mon ami et croisai le regard de James qui m'adressa un large sourire auquel je répondis, puis celui de Fay dont je n'avais même pas perçu l'arrivée.

En un instant, son expression me transmit toutes les émotions qu'elle éprouvait : avoir encore cru me perdre et savoir que désormais, cela n'arriverait plus. Mieux, elle m'avait fait le cadeau, avec James, de me rendre Manoa. C'étaient eux qui avaient choisi de lui prodiguer les soins éprouvants pour qu'il puisse retrouver ses souvenirs. Eux, qui avaient subi ces moments terribles. Ils m'avaient épargné une attente et une souffrance supplémentaires. Aussi, je fis quelques pas et serrai mon amie contre moi.

— Maintenant, c'est fini, n'est-ce pas ? demanda-t-elle doucement dans mon oreille. On rentre à la maison dès que possible, tu es d'accord ?

Sa douceur me fit plaisir.

— Oui, merci encore, merci pour tout... Et la jeune femme rousse, comment va-t-elle ?

— Elora ? me répondit Fay.

Andrew ne s'était donc pas trompé sur son identité. Ses accusations allaient-elles également se vérifier ? Je n'avais aucune confiance en lui et j'avais bien des raisons pour cela.

— Elle se repose à l'extérieur du camp, m'expliqua James. Elle est très secouée... Elle refuse de parler.

Je me tournai vers Manoa.

— Est-ce que tu sais pourquoi elle était prisonnière des perrestres ? le questionnai-je. Est-ce qu'elle était une esclave, comme toi ?

Il prit une grande inspiration avant de me répondre, comme si aborder ce sujet lui coûtait hautement.

— Non, le soir de l'attaque d'Olyméa, alors que je n'étais qu'un esclave, fit-il, c'est elle qui m'a demandé de la suivre dans la forêt. C'est même elle qui m'a arraché mon TS...

Je fus soufflée par cette information. Et la colère me monta brutalement au nez. Tout ce temps où je traquais Manoa, où je maudissais les perrestres... Et c'était une simple hybride, que j'avais sauvée de surcroît, qui avait conduit l'homme que j'aimais à la mort ?!

Andrew pouvait-il avoir raison ? Ce n'était pas possible, une part de moi, depuis qu'il avait évoqué cette jeune femme et même depuis ma rencontre avec elle, croyait en elle. Je l'avais découverte presque morte, et même dans cet état, elle avait pris soin de me montrer où était Manoa. Si elle tenait tant à le tuer, pourquoi aurait-elle usé de ses dernières forces pour m'aider à le retrouver ? Et pourquoi d'ailleurs, aurait-elle fait en sorte de l'emmener à part, alors qu'un geste lui aurait suffi pour l'éliminer ? Sans compter qu'elle s'était mise également nettement en danger... danger auquel elle n'avait pas échappé.

— Pourquoi a-t-elle fait ça ? lui demandai-je finalement.

— Je n'en suis pas sûr, dit Manoa avec hésitation. Je crois... je crois qu'elle voulait me sauver.

Mon cœur s'emballa. C'était bien le pressentiment que j'avais.

— Cette saleté d'Andrew l'a pourtant accusée d'être de mèche avec le Conseil ! persiflai-je.

— J'en doute, mais, même si c'était le cas, je peux t'assurer qu'elle a amplement payé ses crimes ! fit sombrement Manoa.

Et lui aussi avait amplement payé pour des crimes qu'il n'avait pas commis. Je voyais à son expression le souvenir des horreurs que cette conversation avait réveillé.

— Il faut que je la voie.

James m'indiqua où la trouver et me remit un produit qui ressemblait à ceux d'Opra, bien que la marque fût différente.

— Nous avons récupéré la trousse de secours de la location à Méréa, m'informa-t-il. Cette injection était dedans. Elle permet d'aider les victimes à se remettre de traumatismes. Nous en avons proposé un peu à Manoa dès qu'il a recouvré la mémoire. Mais Elora a refusé. Pourtant, elle en aurait grand besoin. Elle est dans un sale état. Peut-être pourrais-tu tenter ta chance ?

— Compris, fis-je, même si je ne voyais pas en quoi elle accepterait de moi ce qu'elle avait refusé d'eux.

— Je... je t'attends ici, fit Manoa qui n'avait clairement pas envie de revoir sa compagne d'infortune.

J'hésitai. Me séparer de lui après avoir tout affronté pour le retrouver me semblait au-dessus de mes forces. Seulement, je fus déconnectée de mes pensées par la proximité soudaine d'un perrestre. Tous mes amis se turent tandis que je me tournai vers l'intrus.

— C'est amusant, fit Priam qui arborait un petit air supérieur, que son allure de prince sauvage lui conférait naturellement, comme vous semblez ici chez vous. J'en suis enchanté, Lisor. J'espère que tu as apprécié l'aide que nous t'avons fournie.

— Je ne manquerai pas de m'en souvenir, Priam, répondis-je. Merci pour tout.

Son camp était, à vrai dire, le seul endroit – hormis auprès de Zefryam – où nous pouvions bénéficier d'une certaine sécurité. Le concours du chef des perrestres dans cette affaire avait été infiniment précieux. Je sus néanmoins qu'il était temps de cesser d'abuser de son hospitalité. Il était donc d'autant plus urgent que je m'enquière de l'état d'Elora.

— Quoique votre présence ne m'est pas désagréable..., ajouta Priam.

Il adressa un sourire conquérant à Fay qui parut dégoûtée. Cette dernière se tourna vers moi, de sorte qu'il ne puisse pas voir son visage, et leva les yeux au ciel avant d'articuler clairement « *Fais vite !* ». Elle en avait assez de mariner chez les perrestres et je pouvais le comprendre. Notre présence n'était pas vue d'un bon œil par tout le monde. Si Penina semblait s'en faire une joie, Priam un atout, nombre de ses comparses voyaient cela comme une hérésie.

— Il faudra que tu nous racontes ce qui s'est réellement passé avec le roi de Méréa, fit Penina doucement. J'ai hâte de savoir.

— Rien de passionnant, il s'est juste payé ma tête comme vous vous en doutez !

Manoa fronça les sourcils, lui ne semblait pas prendre cette histoire à la légère. C'était mon cas. Je comptais bien l'oublier, même si je savais qu'Andrew avait soulevé des points irréfutables, comme ce danger auquel il serait difficile d'échapper. Cependant, après ce qu'il m'avait fait, il ne méritait pas que je m'attarde sur lui.

Pour éviter qu'on me pose davantage de questions, je sortis hors du refuge et me dirigeai vers le lieu que James m'avait décrit. L'air vif me fit du bien. Le soleil resplendissait toujours et les arbres s'épanouissaient sous son aura. L'hiver avait été si pluvieux que la verdure n'en demeurait pas moins éclatante.

Un éclat auburn attira mon attention. Dans une espèce de cratère creusé par la faune et rempli de racines noueuses, Elora était assise sur le sol, son magnifique visage livide, la peur et la douleur gravées sur ses beaux traits.

— J'ai besoin de savoir, il faut que tu me parles ! fit Ethiel dont la présence me surprit.

Il se tenait à quelques mètres d'elle, visiblement en colère. Il ne semblait pas encore m'avoir remarquée. Il s'approcha de la jeune femme.

— Je ne te ferai aucun mal, ajouta-t-il plus doucement, j'ai juste besoin de savoir.

C'était étrange de voir le sauvage perrestre penché sur la délicieuse hybride aux cheveux de feu et à la peau de porcelaine. Un univers entier semblait les séparer. La peur et les non-dits y compris.

Comme Elora persistait à garder le silence, je vis la colère assombrir le visage de mon ami. Je crus qu'il allait partir, s'éloigner, mais il se contenta de cogner un arbre avec violence afin de se défouler.

La jeune femme sursauta et se plaqua davantage contre le tronc derrière elle.

Chapitre 21

Le geste brutal d'Ethiel fit s'envoler quelques oiseaux dans la forêt et je sentis soudainement une présence à côté de moi. Manoa. La vision de ses yeux bleus éclatants à la lumière du soleil me pétrifia un instant. De toute évidence, il avait changé d'avis. Je vis qu'il n'appréciait pas la tournure des événements et semblait inquiet pour Elora. Mais je le retins de faire un pas de plus. J'avais l'intuition qu'il ne fallait pas intervenir. De toute façon, nous n'étions qu'à quelques mètres, à peine voilés par les feuillages, le perrestre et l'hybride nous avaient sûrement remarqués.

— Tu as vu toutes mes pensées, reprit Ethiel avec colère à l'adresse d'Elora. Tu en sais plus sur moi que personne d'autre au monde ! Et pourtant, tu n'as rien fait, absolument rien ! Je suis resté prisonnier des mois entiers sans que tu lèves le petit doigt ! Et aujourd'hui, tu es là ! Pourquoi ?

Je me souvins brutalement de ce qu'Ethiel m'avait dit dans le bateau.

— Elora fait partie des gens qui ont fouillé sa mémoire lorsqu'il était prisonnier à Olyméa, expliquai-je à voix basse à Manoa qui paraissait infiniment tendu.

C'était beaucoup lui demander que de l'empêcher d'agir. Même s'il semblait jusqu'alors plutôt déconnecté de la réalité, la mauvaise humeur que manifestait Ethiel envers Elora semblait lui être un spectacle trop difficile. Cela le replongeait probablement dans la détresse qu'ils avaient subie tous deux. Je réalisais qu'il avait dû voir Elora se faire violenter juste sous ses yeux. La souffrance de cette jeune femme avait dû s'ajouter à son propre calvaire. Aussi, je pris ses doigts et les serrai doucement pour lui rappeler qu'il n'était plus dans cet enfer.

Elora était épuisée, éreintée, et, même si elle avait clairement eu l'occasion de se laver et de guérir des plus grosses blessures, son corps lui-même portait encore le joug des tortures endurées. La regarder me provoquait une réelle souffrance. Ses cheveux roux, boucles fauves qui ondulaient avec désordre sous la brise, illustraient la brutalité émotionnelle dans laquelle elle se trouvait.

— Pendant un moment, j'ai cru que tu étais différente des autres, avoua Ethiel qui présentait une étrange humanité envers une hybride – son ennemie par nature. J'ai cru que tu avais de... de la compassion pour moi. Mais de toute évidence, je me suis trompé. Seul le sort des tiens t'importe, n'est-ce pas ?

Il avait fini sa phrase avec un tel mépris, un tel dégoût, que la jeune femme fut piquée au vif. Elle redressa ses grands yeux clairs et délavés vers lui et soudain, elle sembla remarquer notre présence.

Son regard tomba sur moi et, au moment où elle parut m'identifier, son expression se troubla puis elle vit Manoa. Ce fut un échange des plus étranges que ni l'un ni l'autre ne fut en mesure de maintenir longuement. J'y vis la confirmation qu'ils avaient assisté au supplice de chacun.

Cette rencontre fit néanmoins briller soudainement les yeux de la jeune hybride d'un éclat de rage et elle parla, osant enfin délivrer brutalement ce qu'elle avait sur le cœur.

— Tu ne t'étais pas trompé, assura-t-elle, la voix tremblante, en s'adressant à Ethiel. Si je suis ici, c'est à cause de toi... à cause de tout ce que j'ai vu dans ta mémoire !

Ethiel s'immobilisa, comme surpris qu'elle se défende enfin et avec une telle sincérité.

— J'ai été touchée au-delà du possible par tes souvenirs, par ton sort, avoua-t-elle, son beau visage pâle totalement tourmenté. Je n'ai pas supporté le traitement réservé à ton peuple. C'est pour cette raison que j'ai refusé de continuer cette mission. Mais ensuite, j'étais hantée parce que j'avais vu. J'ai tenté d'en parler, j'ai tenté d'agir. Malheureusement, personne ne voulait m'aider. Je connaissais l'existence de Lisor grâce à ta mémoire, alors, quand j'ai entendu parler d'elle par la rumeur qui circulait à Olyméa, j'ai tout tenté pour lui venir en aide, pour vous venir en aide. Seulement, il m'a été impossible de vous trouver.

Elle reprit son souffle, épuisée et de toute évidence, totalement à bout de nerfs.

— J'ai appris la condamnation de Manoa, l'hybride qui avait protégé Lisor. J'ai senti qu'il me ressemblait, parce que, comme moi, il avait pris en pitié le sort d'un être humain. Alors j'ai pensé qu'agir pour lui était la seule chose que je pourrais faire. Quand son escouade a été envoyée au front, je me suis glissée parmi les esclaves et ensuite je l'ai éloigné des combats. Tous les autres esclaves de son groupe sont morts, j'ai pu le sauver. J'étais soulagée. Mais dans ma fuite, je n'ai pas su le protéger des perrestres. Ils nous ont enlevés et...

Ses sanglots nouèrent sa gorge mais cette crise d'hystérie lui était profitable, lui donnait la rage nécessaire pour exorciser le mal...

— Nous avons vécu ce que je n'aurais jamais été capable d'imaginer, reprit-elle. Parmi le peuple même qui était censé protéger ces humains pour qui j'étais prête à tout risquer... Nous avons vu des dizaines d'hybrides se faire torturer et tuer et nous-même... Nous-mêmes...

Elle s'arrêta un bref instant, trop secouée, trop abîmée par l'horreur qui défilait sous ses yeux clairs, magnifiques, devenus fixes et vides un bref instant. Je sentais Manoa tendu au possible à mes côtés, incapable de bouger, et je me gardai bien de le regarder.

— Nous avons été battus, abusés, humiliés de toutes les manières dont on peut humilier quelqu'un... Jusqu'à ce qu'il ne reste plus rien de nous. Jusqu'à ce que je prie pour mourir enfin, comme tous les autres... Je présume que, comme ils nous ont trouvés ensemble et déduit que nous étions de haute lignée, ils ont pris tout particulièrement goût à nous torturer. Ils nous ont gardés en vie le plus longtemps possible parce qu'ils voulaient nous détruire autrement que par la mort.

Elle parlait désormais d'une voix blanche, comme si elle décrivait une histoire horrible dont elle aurait été témoin.

— Tout ce que je voulais, c'était mourir... Tout ce que j'espérais c'était mourir. Je regrette vraiment d'être intervenue...

Elle regarda Manoa avec une infinie douleur. Nous étions plus proches d'eux, désormais. Ethiel avait bien entendu saisi notre présence mais ne s'en était pas soucié, trop absorbé par le récit totalement mortifiant d'Elora.

— Je suis tellement désolée, murmura-t-elle à l'égard de Manoa. Si je ne m'étais pas mêlée de cette affaire, tu serais mort dignement au combat... Tu n'aurais pas vécu tout ce que nous avons vécu...

Il ne fut pas capable de lui répondre, pas capable d'articuler un seul mot. Et moi, j'étais totalement abasourdie. Bien sûr, dans le charnier dans lequel je l'avais récupéré, j'avais deviné que ce qu'il avait vécu était au-delà de l'imaginable... En savoir davantage, cependant... Cela me propulsait dans une dimension d'épouvante que j'aurais voulu ne jamais connaître.

— Alors, quand je me suis réveillée, fit-elle dans un mélange de rage et de désespoir en se tournant à nouveau vers Ethiel, quand j'ai repris conscience et que je me suis retrouvée entourée de perrestres, ces mêmes créatures qui se sont ingéniées à me démolir... Quand j'ai vu que toi... Ethiel... l'humain qui avait motivé tous mes derniers choix... tu étais devenu l'un d'entre eux... j'ai cru devenir folle... Le choc était insupportable et parler ou faire confiance à qui que ce soit était au-dessus de mes forces...

Elle plongea son visage dans ses mains, essaya d'essuyer ses larmes, remis en place sa chevelure enflammée. Malgré son tourment, malgré la grimace de souffrance collée à ses traits, elle n'en restait pas moins superbe. Une créature supérieure en beauté, en grâce et en délicatesse au commun des mortels. Une hybride assurément aussi éclatante que les azras. Elle sortait du lot comme Manoa sortait du lot. Elle avait le pouvoir de capter l'attention et tous les désirs, comme Manoa le pouvait. Je compris pourquoi les perrestres s'étaient particulièrement amusés avec eux, pourquoi ils avaient décidé de les garder plus longuement en vie, de les torturer plus lentement. Même eux, ces animaux, ces monstres sans âme avaient perçu la lumière exceptionnelle de ces deux victimes...

Je m'avançai lentement tandis qu'Elora pleurait et, doucement, osai poser une main dans son dos. Elle sursauta vaguement mais se laissa approcher. Alors, respectant sa réserve, apprivoisant son état délicatement, je m'assis près d'elle et la serrai contre moi. Elle se laissa faire, se détendit contre mon épaule et pleura tout son cru.

Mon regard croisa celui, désarmé, d'Ethiel. Nous nous sentions tous les deux à l'origine de ce drame. Parce que nous avions débarqué à Olyméa, et que, contrairement à ce qu'Ethiel avait toujours prétendu, des êtres à la bonté exceptionnelle existaient dans ce lieu et avaient décidé de sacrifier toute leur vie pour notre cause.

Désormais, Ethiel savait ce que j'éprouvais. Il comprenait mon affection pour ce peuple qui arborait, parmi ses troupes, des êtres cruels mais aussi des êtres infiniment précieux, plus que tous ceux que nous avions rencontrés parmi les nôtres. Il le saisissait, là, maintenant, et son regard laissait enfin percer ses émotions, une profonde détresse qu'il ne savait pas comment exprimer. Il restait là, immobile, incapable de parler.

Manoa, qui demeurait totalement figé, et dont j'avais même eu l'impression qu'il ne désirait qu'une seule chose : fuir ce moment de vérité, se fit violence et remua enfin. J'osai le regarder : voir son magnifique visage paré du tourment émotionnel qu'il revivait à travers les confidences d'Elora m'écorcha le cœur. Il nous rejoignit en quelques enjambées, s'accroupit à nos côtés, attrapa la boîte que j'avais dans ma poche et que James m'avait confiée un peu plus tôt.

— Elora, murmura-t-il d'une voix légèrement éraillée par la douleur, prends-en, je l'ai fait dès que j'ai retrouvé la mémoire. Cela évite de revoir les images défiler en boucle. Ça n'effacera pas ce qui s'est produit, mais ça aide.

Lentement, elle releva la tête, essuya son visage.

— Ce n'est pas le genre de personne que je suis. Je ne fais jamais ce genre de crise.

— Tu ne peux pas être toi-même, puisque ce qui t'est arrivé est inhumain, lui accorda Manoa. Tu crois qu'il aurait mieux valu qu'on meure plutôt que de vivre avec ça. Je ne suis pas d'accord. On aurait pu mourir là-bas, tous les autres sont morts... Et ils ne méritaient pas ça. Nous sommes les seuls à avoir survécu, c'est une chance. Pour eux, pour cette chance, on doit pouvoir reprendre goût et je suis certain que c'est possible. Prends ceci.

Elle attrapa la boîte avec hésitation et je reconnus bien là les talents d'injecteur de Manoa. Son expression n'avait pourtant rien de l'agréable commercial qu'il avait été. C'était un homme profondément abîmé et étonnamment fort que j'avais en face de moi. Mais il ne me regardait pas. Ne savait plus me regarder désormais. Maintenant que je savais. Je pris alors conscience d'une réalité hallucinante qui m'abrutit tout à coup : il avait honte. Il avait honte de ce qui lui était arrivé. Il avait honte d'être une victime. Il se sentait diminué. Je voulus lui dire que de tels sentiments n'avaient pas leur place, que je l'aimais, que je ne l'en trouvais que plus précieux, néanmoins c'était impossible, pas avec deux spectateurs et pas tout de suite. Il ne voulait plus parler. C'était évident.

Il se redressa et recula.

— Je vous rejoins au camp plus tard, dit-il simplement en veillant toujours à ne pas poser les yeux sur moi.

Puis il disparut dans la forêt. Mon cœur manqua un battement. Je restai néanmoins solidement ancrée dans le sol, tâchant de respecter son besoin de solitude.

— Pardon, Lisor, fit Elora. Pardon pour tout... et pardon pour cette crise complètement stupide...

Elle aussi avait honte. Honte d'avoir tout dit. Honte de se sentir sale à nos yeux. Sans cesse, elle essuyait son visage et cachait ses traits superbes dans ses mains.

Par notre arrivée à Olyméa, Ethiel et moi avions conduit deux spécimens d'hybrides beaux comme des créatures divines à la perversion de monstres cruels. Elora n'avait aucune raison d'avoir honte quand toute la culpabilité nous retombait désormais dessus.

Autrefois, j'aurais peut-être ployé sous cette émotion. Plus maintenant. Pas après m'être autant battue. Je n'étais pas responsable de cette tragédie. C'était la guerre. Ethiel, Manoa, Elora et moi étions des victimes de guerre. Les horreurs de ce type se comptaient par milliers depuis la nuit des temps.

— Tu n'as pas à me demander pardon, Elora, fis-je enfin d'une voix très franche. Je te dois tout. Si j'ai bien compris, l'escouade de Manoa est morte au complet. Si tu ne l'avais pas fait déserter, il serait mort lui aussi, aujourd'hui. Ce que vous avez vécu ensuite... c'est un drame horrible que nous devons à la guerre. Tu n'as rien à te reprocher. Et je te serais reconnaissante éternellement.

Elle risqua un regard vers moi. Ses yeux turquoise semblaient plus lumineux du fait de ses larmes.

Elle eut un sourire désabusé.

— Lisor Gianello, celle dont tout le monde parle, dit-elle d'une voix fragile. Je suis navrée de te rencontrer de cette manière... J'aurais aimé te connaître dans d'autres circonstances, moins piteuses...

— Aucune circonstance n'aurait pu t'honorer autant que celle-ci, lui dis-je sincèrement. Ce que tu as réalisé pour nous, juste parce que tu as été touchée par le sort d'Ethiel, peu de gens sur cette terre en auraient été capables.

Elle décacheta enfin l'emballage du produit que lui avait donné Manoa et s'avisa de son contenu.

— Oh... une seringue... Je déteste ça...

— Tu veux que je le fasse ? lui proposai-je.

Ethiel s'accroupit devant nous. Elora eut un mouvement de recul. Tout son corps lui criait que c'était un perrestre, l'une de ces créatures qui avaient pris soin de déchiqueter soigneusement son âme et son corps.

Toutefois, Ethiel se montra très doux.

— Je peux le faire, si tu le souhaites, proposa-t-il.

Elle resta immobile, un peu effrayée et risqua un regard vers moi. Je compris que c'était ma présence qui avait permis qu'elle s'ouvre enfin. Ma présence qui avait déclenché ses confidences et cette délivrance. Parce que j'étais une femme et une azra, apparemment deux raisons de me faire confiance. Parce que j'étais aussi ce symbole dont tout le monde parlait, de paix et de changement. Son cœur immense lui assurait que j'étais ce dont elle avait besoin. Je lui accordai un sourire confiant, pour lui suggérer implicitement de laisser Ethiel s'occuper d'elle.

Il tira la seringue, la planta dans le plastique contenant la substance pour en tirer une petite quantité avec des gestes parfaitement assurés, comme s'il avait fait cela toute sa vie. Ensuite, très délicatement, il attrapa le bras de porcelaine de la jeune hybride. Elle frémit, trembla légèrement, mais le laissa faire. Leurs regards se croisèrent et je perçus qu'il y avait entre eux une étrange intimité. Elora avait accédé à sa mémoire, avait vu et savait de lui plus qu'aucune autre personne n'en savait sur cette terre. Elle connaissait très bien le mystérieux Ethiel. Et devant lui, elle avait fait le récit de ses pires tourments. Ils partageaient quelque chose, quelque chose qui allait au-delà des peurs instinctives qu'elle éprouvait envers sa race. Et c'est ce quelque chose qui leur permit de surmonter toutes les barrières.

Lentement, il enfonça l'aiguille dans son bras. Elora ferma les yeux, il appuya et injecta le liquide doucement. Une fois la manœuvre terminée, Ethiel retira très doucement la seringue, la plaça dans la boîte et essuya, avec le chiffon cicatrisant mis à disposition dans l'emballage, la peau blanche où perlait un sang rouge vif.

***

Sitôt prêts, nous retournâmes auprès de nos amis hybrides. Il était temps d'écourter notre séjour chez Priam. Elora et Manoa avaient clairement besoin de calme et d'un minimum de perrestres dans les environs pour se rétablir. Si tant est que ce fût possible.

Aussi, dès notre retour au « biblio-camp », alors qu'Elora se détendait sous l'effet de l'injection auprès de Fay, Allan et James, et que Manoa s'accordait quelques minutes de promenade solitaire, je préparai notre départ, faisant des adieux cordiaux à nos hôtes. Penina m'offrit un petit repas que je fus incapable de refuser. Mon corps avait pratiquement mis trois jours à se régénérer après l'explosion et j'étais véritablement affamée.

— Comment faites-vous pour avoir de la nourriture aussi excellente ? m'étonnai-je, la bouche pleine.

La plupart des aliments étaient séchés, de toute évidence préparés pour un long voyage, ils ne semblaient pas provenir des environs, ni même des villes d'azras.

Penina eut un sourire plutôt satisfait.

— Disons que nous possédons une base secrète... Très loin d'ici...

Mes yeux s'illuminèrent de curiosité seulement, bien entendu, elle n'était pas autorisée à m'en dire davantage. Priam s'immisça alors entre nous. Je pris soin de le remercier respectueusement avant de lui toucher deux mots en aparté sur l'omniprésence du roi de Méréa et l'existence de sa carte qui lui permettait d'espionner tout le secteur – sans compter qu'il était à l'origine des explosifs utilisés pour attaquer Olyméa... Ce roi pactisait donc avec certains clans perrestres, histoire de jouer sur tous les tableaux pour obtenir ce pouvoir qu'il convoitait tant. Priam, bien que peu réjoui par cette information, n'en parut pas étonné et m'en fut gré. Après qu'il fut parti en informer ses comparses, je me tournai vers Penina, Aaron et Niall.

— Je ne sais pas comment vous remercier, avouai-je. J'aimerais vous inviter à venir prendre un verre un de ces jours. Mais nous ne sommes pas tout à fait des gens normaux...

— Et pourquoi pas ? me défia Penina pour plaisanter.

***

La villa de Zefryam. J'avais le sentiment de l'avoir quittée depuis une éternité. Pourtant, ma mutation ne remontait seulement qu'à quelques jours.

Les dégâts causés par l'attaque du perrestre et mes sordides heures de mutation étaient conséquents : débris de verres, traces de sang séché, vitres brisées...

Penina fut la première à entrer. Quelques heures plus tôt, elle avait proposé de nous accompagner afin de nous protéger des potentiels espions d'Andrew. Aaron et Niall s'étaient joints à elle. Je n'avais pas su refuser une telle offre, chargée d'une si surprenante bienveillance. Je ne pouvais toutefois pas prendre le risque de les emmener directement au repaire d'Ana et de Zefryam. Aussi, j'avais eu l'idée de faire un détour par la villa de ce dernier où nous pourrions nous séparer.

Désormais, je comptais relever le défi que m'avait lancé Penina, en lui offrant ce verre que nous avions évoqué.

— Désolée. Avec un brin de ménage, cet endroit est vraiment charmant, commentai-je, mal à l'aise.

La jeune femme petite et solaire aux cheveux d'ébène et à la peau olive observait les lieux avec ravissement.

— Cet endroit est magnifique ! assura-t-elle.

Le reste de notre troupe débarqua lentement, pour la plupart, en se contentant d'investir la terrasse pour y prendre un repos bien mérité après notre longue marche.

Je me dirigeai vers les placards de la cuisine, histoire d'y dénicher quelques boissons alcoolisées mais, n'y connaissant rien, je me rendis vite compte que j'étais une hôte assez pathétique.

— J'aimerais jouer les filles normales, dans un monde normal, dis-je en me tournant vers Penina, qui s'était assise sur un tabouret telle

357

une véritable invitée. Mais je ne sais pas ! ajoutai-je partagée entre amusement et malaise.

Elle rit.

— Tout ce que tu sais faire, c'est défier les rois, la vie normale n'est pas pour toi, Lisor Gianello, il faudra t'y faire !

Elle se leva et referma doucement le placard.

— De toute façon, je ne bois pas. L'alcool, trop peu pour moi. Et mieux vaut éviter que les autres perrestres y touchent. Notre sensibilité est accrue. Rappelle-toi dans le bateau, les perrestres buvaient... Tu te souviens du résultat ?

J'eus la vision du perrestre alcoolisé rencontré sur le pont qui n'avait rien d'un être agile et magnifique, tels que l'étaient ses congénères. L'odeur poisseuse du lieu me remonta aux narines et avec cela, le souvenir horrible de Manoa, attaché par des chaînes. Durant tout le trajet du retour, j'avais jeté des coups d'œil inquiets à ce dernier, essayant de ne pas laisser mon imagination s'emballer après les détails racontés par Elora. Manoa m'avait, de son côté, largement évitée, ce qui avait ajouté à mon malaise.

Penina était en train de se servir un verre d'eau du robinet et fit mine de s'abreuver avec entrain, histoire de me rassurer sur mes qualités d'hôte. Elle ne mit que quelques secondes à deviner où étaient mes pensées.

— Ne t'inquiète pas, murmura-t-elle assez bas en espérant que je sois la seule à l'entendre, les choses vont s'arranger, j'en suis sûre, je le sens.

Je l'observai un instant, j'avais envie de me confier à elle, de lui faire part de toute ma douleur d'avoir lutté contre vent et marée pour finalement retrouver un Manoa brisé, dont je n'étais plus certaine qu'il soit en mesure de me pardonner et de m'aimer un jour à nouveau. Mais j'avais bien trop peur que l'on entende mes confidences.

— Comment peut-il exister des perrestres aussi adorables que toi, Penina, et des perrestres... tels que ces monstres qu'on a trouvés dans le bateau ? lui demandai-je finalement.

Penina haussa les épaules.

— De la même façon qu'il existe des azras tels que ceux du Conseil d'Olyméa et des azras tels que toi, me répondit-elle avec la simplicité solaire qui était la sienne.

— C'est vrai, je suis une azra, réalisai-je avec hébétude, je l'avais presque oublié.

Penina acheva de vider son verre d'un trait avant de poursuivre :

— Cela dit, je dois avouer que nous sommes pourchassés depuis des siècles par les azras, avec encore plus d'acharnement que les humains. Nous sommes obligés de vivre pratiquement sous forme animale. À force, cela peut nous rendre moins humains... Mon clan a eu beaucoup de chance, nous étions solides et soudés, nous avons réchappé au pire et nous mettons un point d'honneur à ne muter que pour les combats.

— En effet, remarquai-je, j'ai beau vous avoir côtoyés régulièrement ces derniers jours, je ne vous vois pas souvent vous transformer.

Penina sourit.

— Devenir un animal n'est pas notre seule capacité, nous pouvons arborer de légères mutations, comme des griffes par exemple. Cela peut améliorer nos capacités sans que l'on ait à supporter les inconvénients d'une mutation complète.

— Et quels sont ces inconvénients ?

Elle haussa les épaules.

— Le simple fait de muter, même si on est rapide, nous met en vulnérabilité quelques secondes. Et puis, il y a l'animalité. Celle que j'évoquais en parlant du clan qui torture des hybrides... Si on passe trop de temps en animal, on perd notre humanité, on devient plus instinctif. C'est ce qui est arrivé à ces fameux perrestres. Ils ont sombré dans la folie et répandent sur les autres le mal que leur inspire la guerre...

Elle retrouva le sourire, histoire de ne pas nous replonger dans ces sombres souvenirs.

— Enfin, il y a le souci des vêtements... La plupart du temps, on les déchire en mutant et ensuite, on se retrouve nus. Même si on a mis au point pas mal de techniques, je ne m'y habitue pas, surtout sous l'œil de ces pervers, termina-t-elle en indiquant du menton la terrasse sur laquelle ses amis perrestres devaient se trouver également.

Mais à peine eut-elle fini de parler, qu'Aaron et Niall pénétrèrent dans la cuisine.

— Pervers ? s'enquit Niall, faussement blessé. Comme s'il y avait quelque chose à voir, demi-portion ! ajouta-t-il d'une voix blasée.

Penina lui adressa un regard noir tandis qu'Aaron s'adressait à moi.

— Je vois que tu tiens tes promesses, Lisor ! remarqua-t-il en désignant le verre face à Penina.

Je souris.

— En veux-tu un ?

— Non merci, nous allons partir et vous laisser... poursuivre votre quête.

C'était donc l'heure des adieux. Évidemment, cela m'attristait, je m'étais attachée à eux.

— Et si nous faisions de cette villa notre point de ralliement ? eus-je l'inspiration de proposer.

— Excellente idée, applaudit Penina en se détournant de Niall.

C'était la promesse de nous revoir. J'ignorais encore pour quelles raisons, hormis le plaisir de leur compagnie. En temps de guerre, pouvait-on organiser des brunchs avec une troupe de soldats perrestres ?

— Mais comment faire pour nous contacter ? réalisai-je. Ce n'est pas comme si vous aviez des TS.

Et quand bien même en posséderaient-ils, il n'y avait pas que le Conseil d'Olyméa dont je redoutais l'espionnage, mais aussi le roi de Méréa, qui avait la totale mainmise sur le secteur... Nous ne pouvions rien faire sans qu'il détecte tout sur sa maudite carte bien que, fort heureusement, ses capteurs n'aillent pas jusqu'ici.

— Ethiel pourra s'en charger, proposa Aaron. Il n'aura qu'à muter et faire le chemin discrètement jusqu'à notre base pour nous fixer un rendez-vous quand vous le souhaiterez !

— C'est une excellente idée ! remarquai-je.

— Sauf qu'Ethiel refuse de muter pour le moment, nous arrêta Penina.

— J'avais oublié, fit Aaron.

— Mais pourquoi ? m'étonnai-je.

— Quand on devient un perrestre, les premières mutations en animal sont très compliquées, expliqua Penina. C'est douloureux, très désagréable...

Elle frissonna en évoquant cette période qui avait été apparemment délicate pour elle.

— Et on peut perdre le contrôle une fois sous forme animale. On peut même oublier ce que l'on a fait les premières fois. C'est pour ça qu'il est essentiel d'être entouré par les nôtres.

— Vous n'avez pas aidé Ethiel à gérer ça ?

— Bien sûr que si. En tout cas, je lui ai expliqué le plus de choses possible sans toutefois trop l'effrayer. Le souci avec Ethiel, c'est qu'il voulait justement devenir un perrestre pour avoir plus de contrôle sur sa vie. Il n'a pas saisi que, devenir un perrestre, c'est accepter de perdre le contrôle pendant un temps, avant d'être en pleine possession de ses capacités.

— Tu ne l'as pas prévenu ?

— Plus ou moins, sauf qu'il était déterminé et moi... moi, j'ai senti qu'il avait un immense potentiel alors je n'ai pas résisté et j'ai cédé. Le seul problème, c'est qu'il doit subir maintenant un temps d'adaptation compliqué...

— Et les bouleversements émotionnels..., intervint Aaron, cela ne facilite pas la maîtrise de nos capacités. Il faudra bien qu'Ethiel mute un jour ou l'autre. C'est comme si sa mutation n'était pas complète sans une transformation en animal. Son corps en a besoin. Comme il résiste, la seule option qu'il a trouvée, c'est de courir pour évacuer cette tension.

— Et s'énerver sur les autres, ajouta Penina.

— Ou forcer les filles à parler, plaisanta Niall.

Le groupe se mit à rire mais j'étais trop absorbée par la lumière que projetaient ces explications pour y prendre part.

J'avais remarqué qu'Ethiel, calme et secret, bien que très déterminé, n'avait pas toujours été charmant ces derniers temps avec moi. J'estimai le mériter et, de mon côté, en tant que récente azra, je n'étais pas à prendre avec des pincettes, non plus.

Toutefois, je comprenais désormais que ce qu'il avait à gérer le dépassait tout autant que moi. Peut-être plus encore. En tant qu'azra, j'avais des gènes animaux et donc, un nouvel instinct à dompter, mais la plupart de mes récentes aptitudes étaient psychiques. De son côté, c'était un bouleversement de tous les instants qu'il devait contenir, une force d'attraction puissante et qui perturbait ses cellules seconde après seconde... D'où cette espèce de déflagration mouvante et lumineuse que je percevais lorsque je voyais des perrestres par le biais de l'Écoute. En sachant tout cela, j'étais en mesure d'être plus compatissante à son égard.

— Il est temps de se dire au revoir, déclara finalement Penina qui me ramena sur terre.

Elle s'approcha de moi en m'adressant ce sourire apaisant et malicieux qui était le sien. Ses bras m'entourèrent naturellement et je me surpris à l'enlacer avec un abandon déconcertant. Mon regard croisa alors celui d'Aaron qui m'avait traquée puis épargnée lors de notre rencontre, persuadé que j'étais à part. Mes yeux tombèrent ensuite sur Niall, autrefois prompt à vouloir me tuer, ensuite méfiant et aujourd'hui détendu d'avoir vécu cette quête à nos côtés. Tous deux m'adressèrent un regard bienveillant comme s'ils songeaient aussi au chemin que nous avions parcouru, aux liens qui s'étaient tissés entre nous et qui, incroyable, me permettaient maintenant de serrer une perrestre contre moi sans que j'en ressente le moindre inconfort.

Tout à coup, je saisis une présence supplémentaire dans la pièce sur qui mes yeux se posèrent. Manoa.

Il aperçut mon geste, il remarqua ma tendresse pour les perrestres et son expression se troubla légèrement. Il ne m'avait pas regardée dans les yeux depuis des heures et ne chercha pas à se détourner de moi. J'y vis une promesse. J'osai un léger sourire et constatai que ses traits commençaient à se détendre à la chaleur de ma douceur. Brutalement, il se raidit et tourna la tête, je m'arrachai à sa contemplation à regret et vis qu'une nouvelle personne était entrée. Ethiel. C'était la première fois que je les voyais l'un à côté de l'autre.

Penina me relâcha et le groupe s'anima vers la sortie en discutant de choses et d'autres. Ethiel fit un pas vers moi, un pas qui coupa violemment le lien invisible que ce simple regard avait construit entre Manoa et moi. Ce dernier quitta la pièce et j'eus l'impression que mon cœur partait avec lui.

— Soit nous restons ici pour quelques heures, déclara Ethiel, soit nous partons immédiatement. Elora a besoin d'un vrai repos, cette marche l'a épuisée.

— Très bien, nous partons alors, fis-je.

Ma fille me manquait beaucoup trop pour que je sois en mesure de patienter.

Je sortis à l'extérieur et rejoignis Manoa qui se tenait à l'écart sous les arbres, tandis que mes amis hybrides faisaient leurs adieux à mes amis perrestres. J'aperçus sans surprise Penina serrer Allan dans ses bras.

— Manoa, dis-je en m'ajustant près de lui, loin de tous les autres.

Ethiel était reparti sur la terrasse pour prendre soin d'Elora. Grand bien lui fasse, j'appréciais plus que jamais la présence de cette beauté qui avait sauvé l'homme que j'aimais et détournait l'attention de celui qui prétendait m'aimer.

Mon hybride aux yeux éblouissants tourna la tête vers moi. Sa tristesse à fendre l'âme me heurta de plein fouet. Il souffrait. Il souffrait à un niveau que je ne pouvais comprendre. J'étais pourtant la reine des pleurnicheries, mais il y avait des tourments, que, dans mon malheur, je n'avais encore jamais vécus. Pourtant, j'aurais tout donné pour avoir été la victime à sa place. Pour avoir été l'objet de la cruauté des perrestres à sa place...

— Manoa, tu me manques, osai-je lui dire doucement.

Il me regarda un moment, semblant étudier la manière dont il allait me répondre. Tout son visage invitait à la fascination ; malgré la douleur qui y résidait, il n'en était pas moins sublime. Sa lumière n'était pas perdue. Il n'avait pas perdu une part de son âme dans cette tragédie comme je l'avais craint. Elle était toujours là, juste enfouie, juste légèrement éteinte et s'il le fallait, je le savais, je l'avais toujours su, j'allais consacrer toute ma douce détermination à la réanimer.

Chapitre 22

— Toi aussi, tu me manques, Lisor, répondit Manoa en baissant les yeux, comme dépassé par cette réalité. Je crois bien que tu me manques depuis des mois. Quand j'étais un esclave et que je n'avais d'objectif que de servir, je sentais tout de même ta présence...

Ses yeux se perdirent dans les bois et mon cœur suspendu se nourrissait de l'écouter.

— Je te sentais juste par le vide que tu as laissé, avoua-t-il.

Il me regarda, tout l'amour du monde résidait dans ses yeux noyés de bleu.

Je m'avançai légèrement vers lui.

— Je suis là, maintenant... Je suis avec toi..., murmurai-je, et je t'aime...

— Je le sais... Je le vois, rétorqua-t-il avec une sorte de douleur, et je ne comprends pas comment tu peux m'aimer... Maintenant.

— Qu'est-ce que tu racontes ?! m'ébahis-je.

— Maintenant que tu sais...

Il ne sut pas en dire davantage. Comme si les mots restaient prisonniers de sa gorge.

Je lui répondis avec une très grande douceur :

— Manoa, ce que tu as vécu ne te rend que plus beau à mes yeux. Je suis impressionnée par ta force. Celle qui t'a poussé à encourager Elora. Celle qui te maintient debout malgré tout ce qui t'est arrivé. Je ne t'en aime que davantage. Il te faut juste l'accepter...

J'attrapai ses doigts et il se laissa faire, regarda nos mains aux teintes pas si différentes.

— Seulement si tu en as envie... si tu as envie d'être auprès de moi..., ajoutai-je doucement telle une requête, un espoir.

Il plongea ses yeux dans les miens, ils étaient tourmentés, peuplés d'une agitation où se mêlaient son vécu tragique, ses doutes mais aussi son amour pour moi, immense, qui devait lui inspirer d'y croire encore un peu malgré l'anarchie émotionnelle dans laquelle il se trouvait.

— J'en ai envie, avoua-t-il simplement.

Je ne pus m'empêcher de laisser s'ériger sur mon visage un immense sourire et il y répondit.

— Lisor ! appela soudainement Allan.

Penina, Aaron et Niall s'approchaient de la bordure des bois et nous faisaient signe. Je levai une main pour y répondre, prenant bien soin de garder l'autre dans celle de Manoa, je n'étais pas prête à rompre ce lien fragile et pourtant si précieux qui venait de renaître entre nous.

Après un dernier sourire mutin sur son visage parfait, je vis le corps de Penina se déformer à une vitesse prodigieuse et prendre l'apparence d'un magnifique jaguar au pelage noir et luisant. Ses vêtements achevèrent de tomber en haillons autour d'elle. Elle étira ses pattes et s'éloigna dans une course effrénée, vite rattrapée par ses comparses, Aaron et Niall ayant muté respectivement en loup sombre et en tigre à ses côtés.

***

— Nous y sommes, dis-je.

Cela faisait des heures que nous marchions. Nous avions jeté le TS acheté à Méréa bien plus tôt, trop peu confiants en cet outil provenant de cette ville maudite. Il nous avait donc fallu regagner la chaumière d'Ana pour y dégoter l'un des vieux TS dont elle nous avait parlé. J'avais alors recomposé le numéro pour la joindre et ensemble, nous avions mémorisé ses instructions.

Une route compliquée et sinueuse s'était ouverte à nous. Il avait fallu traverser des plaines, des marécages, des bois, contourner des falaises et passer par des ruisseaux pour voiler notre odeur et ainsi brouiller les pistes. Finalement, le lieu que nous avait décrit Ana, et dont la vision serait l'assurance que nous les avions trouvés, était apparu.

Entre quelques arbres, du haut de la falaise sur laquelle nous nous tenions, une autre forêt s'étendait en contrebas, immense, d'une plénitude et d'une beauté étourdissante. Une superbe colline au centre du panorama émergeait des arbres et était entourée par un bras d'eau qui filait jusqu'aux lointaines montagnes. C'était un lieu comme je les aimais tant depuis que je m'étais mise à voyager... Une zone que nul être ne semblait avoir foulée depuis des siècles, où les arbres centenaires se déployaient dans une faune prodigieusement grasse et prospère.

Cet endroit me rappela douloureusement le dernier qu'avait choisi ma communauté d'humains, avant que nous ne soyons attaqués, bien des mois plus tôt. Nous n'avions cependant pas eu le temps de rejoindre les montagnes, décimés avant d'y parvenir... Ethiel et moi étions les seuls survivants.

Aujourd'hui, nous étions plus forts, entourés d'êtres qui l'étaient également ; cela pourrait-il faire la différence ? Car je ne doutais pas que, malgré la situation géographique reculée de cette retraite, s'ils le voulaient, nos ennemis pourraient nous débusquer. Andrew avait des moyens qui nous surpassaient, et le Conseil bénéficiait de la cruauté et de la motivation adéquates. Nous les avions défiés et nous étions dangereux à leurs yeux.

Mais pour l'heure, je n'avais qu'une hâte : retrouver ma fille. J'avais mis un point d'honneur à ne plus me languir d'elle. À chaque fois que mes pensées m'avaient conduite à elle, je m'étais efforcée de me baigner dans l'assurance que j'allais la revoir et qu'elle était en sécurité.

— Voilà le rocher dont Ana nous a parlé, intervint Ethiel à quelques mètres de nous.

Il désignait un emplacement que l'azra en question avait décrit comme étant un point de repère essentiel.

Elora se tenait près d'Allan et de James. Elle était plus livide qu'à l'accoutumée, mais elle avait insisté pour nous accompagner et marcher sans rechigner. J'étais consciente qu'elle prenait sur elle, mais que, dans sa bonté naturelle, elle s'était fait violence pour me permettre de retrouver ma Joy sans plus tarder.

— Tu as raison, intervint James en observant l'énorme masse rocailleuse à la forme significative. Il devrait y avoir un accès tout près.

Effectivement, en contournant le rocher, nous aperçûmes une sorte de chemin entre les fougères. Nous l'empruntâmes à la suite les uns des autres. Cette voie longeait la falaise en s'enfonçant dans une faune encore plus épaisse. Bientôt, nous remarquâmes de biais l'entrée d'une grotte, à moitié obstruée par des feuillages. Nous étions légèrement plus bas, mais toujours à une hauteur qui permettait de garder une vision prodigieuse sur les hectares que nous surplombions, jusqu'à ces fameuses montagnes, qui, recouvertes d'un manteau sombre, commençaient à disparaître. Le soleil se couchait, peignant la faune de reflets d'or.

Soudain, je perçus un éclat doré : la chevelure d'Ana qui quittait la grotte dont nous étions tout proches. Zefryam, ses cheveux sombres et sa peau lumineuse, son port droit et princier facilement reconnaissable la suivait de peu. Lorsqu'il nous vit, lorsqu'il *me* vit, son regard s'apaisa comme jamais. Mes entrailles se tordirent d'un même soulagement. Nous nous approchâmes tous, avisant la petite clairière paisible aménagée devant la grotte où des serviettes et le restant d'un feu de joie se trouvaient.

Je fonçai sur Zefryam et il me serra naturellement dans ses bras. Je fermai les yeux avec le sentiment d'avoir retrouvé un père. Je me souvenais de celui que j'avais perdu, l'humain, je m'en souvenais avec mon cœur d'enfant et mon amour restait inchangé. Mais c'était mon cœur d'azra, celle qu'il avait vue naître, celle à qui il avait donné naissance, par ces dons de scientifique et par son amour, qui l'aimait.

— Tu as réussi, murmura-t-il en me serrant fort. Je suis si fier de toi, Lisor. Tellement fier...

Il était très ému et j'appréciai cet instant, je le laissai se suspendre, ne cherchai pas à le briser dans une quelconque hâte. J'entendais autour de moi les retrouvailles d'Ana avec le reste du groupe, son émotion qu'elle contenait à grande peine, et puis les mots qu'elle adressa à Manoa.

— Je suis tellement heureuse de te revoir.

Il y avait une gêne dans sa voix. Je pris conscience qu'elle avait honte au nom de tous les membres du Conseil pour ce qu'ils lui avaient infligé.

Je me détachai de Zefryam en ouvrant les yeux. Les siens, un bleu d'encre illuminé des étoiles qui nous caractérisaient, étaient fixés sur moi, nourris par le bonheur de m'avoir retrouvée.

— Elle est dans la grotte, elle dort, dit-il d'une voix douce, devinant où allaient toutes mes pensées.

Je le remerciai d'un regard, pris le temps de saluer Ana qui ne me retint pas une seconde et je quittai le groupe sans m'attarder sur leur découverte du retour d'un Ethiel quelque peu différent, sans chercher à contribuer aux explications le concernant et concernant Elora... Tout cela, Allan, le meilleur conteur de notre groupe, s'en chargerait. Tout ce que je voulais, c'était elle.

J'entrai dans la grotte, étonnamment bien agencée, des pans de murs en bois avaient été hissés pour en réchauffer la pierre ainsi que quelques tentures. Une table, des canapés et un tapis faisaient office de confortable pièce à vivre. Une cheminée avait même été créée artisanalement, sa fumée potentielle s'échappant sûrement par un conduit menant à quelques mètres au-dessus, sur l'à-pic. Plusieurs pièces avaient été délimitées grâce aux boyaux naturels que mes ingénieux amis azras avaient agrémentés de portes en bois. Je poussai la première, à gauche, j'entendais sa respiration délicate...

La chambre était magnifique, encore mieux aménagée que le reste de la grotte, les murs encore plus chaleureux, rehaussés de bois et de couvertures. Une petite fenêtre avait même été taillée dans le roc, avec des barreaux croisés en guise de protection et des feuillages qui en barraient la vue mais n'empêchaient pas une douce lumière naturelle de s'immiscer.

Ma fille trônait dans son berceau, posé lui-même sur un épais tapis. De nombreuses choses avaient été récupérées depuis la chaumière d'Ana.

Je m'avançai lentement, appréciant les petites bougies qui s'ajoutaient à l'éclairage naturel. Cela faisait cinq jours et pourtant, j'aurais juré que sa tête s'était parée d'une couche supplémentaire de cheveux ambrés. Son visage, fin, de délicatesse même, aux cils soyeux et constellés d'or, m'étreignit brutalement le cœur. Je me rappelais parfaitement d'elle, j'avais enregistré son apparence avec soin. Pourtant, la voir en chair et en os, c'était tout à fait différent. Elle dormait, je n'avais pas le cœur à la réveiller... Pourtant, ce fut plus fort que moi. Je la saisis. Son poids plume contre moi me rappela combien elle était fragile. Combien elle était délicate. Combien je l'aimais pour ces raisons et pour tant d'autres encore. Je savourai ce précieux instant en respirant son odeur, en me laissant inonder à nouveau de cette folle sensation que je n'aurais jamais pu imaginer s'il ne m'avait pas été donné de la vivre. Ma fille. Mon enfant et le reste du monde s'éteignait face à cette réalité.

— Joy, tu m'as tellement manqué, murmurai-je tandis qu'elle remuait, légèrement gênée dans son sommeil.

Je posai mes lèvres sur son front et sentis les larmes affluer dans mes yeux.

— Je t'aime.

Je la couvrais de baisers, petits, légers, comme des caresses.

— Je t'aime, je t'aime, je t'aime, lui répétai-je, illuminée de l'intérieur par ces retrouvailles. Plus jamais... Oh, plus jamais, ajoutai-je, j'aimerais que l'on ne soit plus jamais séparées.

J'aperçus une feuille de papier rangée sous son oreiller. Je la saisis d'une main en gardant ma précieuse fée contre moi de l'autre...

Les premiers mots que je lus, même si je les connaissais déjà, me ramenèrent à des sentiments terribles : « *Ma chère Joy, Je t'imagine. Je vois ton sourire immense. Tes pommettes claires.* »

Je repliai vivement le papier et posai la lettre sur la commode. Ces mots n'avaient plus lieu d'être. J'avais réussi, j'avais retrouvé Manoa. Je l'aimais et je savais qu'il m'aimait encore, même si... même si le chemin pour nous retrouver semblait quelque peu encombré.

Je sentis une présence dans la pièce. La sienne ? Je tournai la tête, prête à partager cet instant avec lui, prête à lui montrer ma fille, celle dont j'aurais aimé qu'il soit le père et auprès de qui j'espérais qu'il ait une place semblable. Mais ce n'était pas lui. C'était Ethiel à qui on avait naturellement conseillé de me suivre.

C'était sa place. Je fis mon possible pour ne pas laisser mon sourire se faner. La forme des yeux du jeune homme me rappela ceux de sa fille. Incontestablement, il était ici là où il devait être. La ressemblance était frappante. Bien qu'elle ait hérité de ma peau de porcelaine, elle avait sa chevelure, elle avait sa délicatesse, elle avait son regard qui, de tendre douceur bleutée, deviendrait un jour cette lave paralysante, j'en étais certaine, tout à coup.

Il s'approcha lentement, embelli par les lueurs dorées des bougies.

Il ne semblait pas en terrain conquis, plutôt mal à l'aise. Alors, je lui souris et approchai doucement la petite créature lovée contre moi. Il sembla hésitant, chercha où poser les yeux, et, agacée qu'on la manipule tant, Joy ouvrit les siens. Là, Ethiel ne bougea plus, se retrouvant paralysé par une vague de tendresse.

Il accepta la petite contre lui face à mon insistance muette, d'abord embarrassé, la tenant comme s'il portait quelque chose de plus fragile qu'une feuille de cristal, puis bientôt, il la cala contre son torse solide. Joy referma les yeux, s'accoutuma de sa présence plus facilement que l'on pouvait le faire de sa beauté. Alors, je vécus ce qui me plut bien davantage que ce que j'aurais voulu admettre ; un échange, un partage que nous seuls étions en mesure de comprendre. Ethiel me regarda, et dans ce regard j'y lus toute la joie, tout l'émoi que Joy lui prodiguait, qu'elle me prodiguait, toute la puissance, la déferlante d'amour qu'elle était en mesure d'offrir. Parce que c'était une enfant. Un bébé magnifique. Parce que c'était notre fille.

Au bout de quelques minutes, j'entendis quelqu'un frapper à la porte demeurée ouverte et Fay pénétra dans la pièce. Je fus heureuse de la voir. Heureuse de partager cet instant avec elle. Elle, qui avait joué un rôle essentiel lors de sa naissance. Le regard que nous échangeâmes était chargé de cette complicité.

Joy se mit à pleurer et Ethiel, qui la découvrait, s'en trouva désarmé. Je ris en le voyant encombré de ce bébé plus vigoureux qu'il aurait pu l'imaginer, en train de se tordre dans tous les sens. Il y eut une requête dans les yeux de Fay et d'un sourire entendu, j'assentis à sa demande.

Elle s'avança, prit notre trésor avec une infinie tendresse, la berça savamment, comme elle avait appris à le faire à son contact, et les pleurs se calmèrent. Très fière d'elle, elle nous accorda un large sourire vainqueur.

Ethiel était encore sous le choc de sa découverte, de réaliser qu'il s'agissait bien de sa fille, d'avoir reconnu chez elle tant de ses traits, et de prendre conscience du rôle que l'univers lui avait offert.

Il avait beau être grand, pourvu d'une musculature fine et solide, il semblait tout à coup tout petit et cela me fit sourire.

Allan débarqua soudainement et bientôt, pratiquement tout notre groupe. On présenta la dernière humaine à Elora qui, épuisée, n'en fut pas moins ravie. Elle accepta même de la prendre entre ses mains et je fus saisie par ce tableau. Malgré la longue marche dont elle sortait, alors que ses blessures étaient à peine cicatrisées et, en dépit de la douleur émotionnelle terrible qui l'assiégeait, Elora demeurait la beauté personnifiée. La douceur sans nom qui résidait dans son visage s'en trouva rehaussée quand elle pencha la tête pour observer Joy. Ses cheveux d'une teinte écarlate adoucie par la lumière ne faisaient qu'amplifier le contraste avec sa peau trop claire, qui dégageait presque sa propre lumière. Ses yeux turquoise étaient inondés d'émoi. Elle prit sûrement conscience qu'elle avait joué un rôle important dans la vie de cette enfant. Elle en connaissait bien le père dont la vie l'avait touchée. Et elle avait sauvé l'homme sans qui sa mère ne pouvait vivre. En l'observant, je tournai brièvement la tête vers Ethiel qui était resté figé devant cette même vision que moi, que nous tous, contemplions avec fascination. Cette vision d'une jeune femme infiniment pure qui avait tout perdu pour se joindre à nous, trop perdu, mais qui guérirait, j'en étais certaine.

Zefryam s'approcha de moi et je lui souris, encore et toujours, car je me sentais tellement apaisée.

— Une grotte, lui fis-je remarquer, c'est original... Une excellente idée. Et vous l'avez aménagée à merveille.

— Ça n'a pas été facile, avoua-t-il dans un sourire, surtout en prenant soin de la petite parallèlement.

— J'imagine, fis-je songeuse. Mais c'est une parfaite cachette, je m'y sens déjà bien.

— C'est ce que je pense. Nous sommes en sécurité, au moins pour le moment, affirma-t-il avec la douceur et l'assurance dont j'avais besoin pour me détendre tout à fait.

Je savourais cet instant de paix et mes yeux tombèrent sur Manoa qui venait d'entrer. Son regard parcourut notre groupe au complet qui se réjouissait et plaisantait déjà, James qui échangeait une boutade avec Fay, Ana et Allan qui s'étaient approchés d'Elora, et enfin Joy, qui, dans les bras de la délicieuse rousse, balbutiait sagement.

Puis Manoa sentit que, dans cette agitation familiale, un regard pesait sur lui, alors il leva les yeux vers moi. J'étais déjà en train de traverser la pièce et je le pris doucement dans mes bras.

J'étais consciente que c'était beaucoup lui demander, mais je percevais que c'était nécessaire. Pour moi qui avais besoin de son contact afin de parfaire cet instant. Et pour lui, parce qu'il lui était difficile de trouver sa place parmi nous, dans notre joie qu'il ne parvenait pas encore à éprouver et face à ce lien irréfutable qui m'unissait désormais à Ethiel.

Manoa me serra d'abord maladroitement. Comme quand il avait cherché ses marques lors de nos retrouvailles, chaque nouveau contact était difficile puis finalement, je sentis qu'il se détendait.

— On est chez nous, lui murmurai-je et je sentis sa main dans mon dos se crisper davantage sur mon vêtement, se raccrocher au tissu comme s'il espérait ne jamais plus me perdre.

***

Après ce que nous avions vécu, il fut étrange de rentrer dans une routine. Certes, la grotte avait été arrangée à merveille et nous achevâmes de l'améliorer. On installa davantage de lits de fortune avec les affaires récupérées chez Ana. James et Allan insistèrent même pour refaire une expédition dans la chaumière, histoire d'étoffer notre literie. Je fus d'office installée dans la chambre de ma fille tandis qu'Elora, Fay et Ana partageaient une chambre préparée au fond de la grotte, proche de la pièce qui tenait lieu de salle de bain. Les garçons, Manoa, James, Allan et Zefryam demeuraient dans la plus large des salles rocheuses, tout près du salon. Ethiel dormait la plupart du temps à la belle étoile, prétendant qu'il se sentait étouffer dans la grotte.

Retrouver la présence de Joy était un délice, néanmoins, s'habituer à ses exigences de nourrisson l'était moins... J'avais vécu ces derniers jours dans l'angoisse et l'action perpétuelle, harmoniser ma vie aux besoins d'un bébé me semblait à des années-lumière de celle que j'étais devenue, de celle que j'avais toujours été finalement, une battante pour la survie. Surtout, il fallait assister Ethiel dans son désir de s'improviser père alors qu'il n'avait jamais pensé l'être un jour. Il était changeant, parfois désireux de passer des heures auprès de Joy et de s'en occuper, parfois totalement absent, disparaissant longuement dans la faune. Je savais parfaitement qu'il avait à gérer son tout récent statut de perrestre, qu'il ne pouvait lutter contre le bouillonnement qui l'habitait, faisant de lui un être dédié au combat et à la traque. Je regrettais qu'il n'ait cependant pas de congénères pour l'aider à apprivoiser sa nature parce qu'il était évident qu'on ne pouvait guère lui être utile. De toute façon, même si on en avait été capables, Ethiel ne se laissait pas approcher. Il ne parlait qu'à moi et ne veillait que sur Joy et, de manière un peu maladroite, sur Elora dont il se sentait redevable. Il ne m'abrutissait plus par ses désirs de former une famille. En vérité, il faisait comme moi : il s'employait à réapprendre à vivre aussi normalement que possible sans en attendre trop – bien que la normalité ne fasse pas partie de notre quotidien.

En réalité, nous tâchions tous de nous réapproprier une identité. Nous avions abandonné Olyméa, cette ville qui nous dégoûtait mais dans laquelle nous avions chacun un statut. Nous formions désormais une bande de survivants plutôt hétérogène, et même si cela me rappelait l'essentiel de ma vie d'humaine, je savais qu'il faudrait du temps pour nous sentir à notre place.

Heureusement, la nature nous offrait ce que cette nouvelle vie en communauté rendait compliqué : l'évasion et l'apaisement dont chacun avait besoin. Elora passait des heures seule dans les bois tout proches, s'employant à apprécier le repos et le calme qui lui étaient indispensables, sans pour autant trop s'éloigner. La peur était gravée en elle et je savais qu'elle n'était pas habituée à cet état. Elle avait passé sa vie en tant qu'hybride de haute lignée, investie dans son travail. Elle croyait en Olyméa. En découvrant le sort d'Ethiel et de son peuple par la même occasion, elle avait perdu le fondement de tout ce en quoi elle croyait. Et ensuite, son âme avait été ravagée par les perrestres... Son sommeil s'en trouvait troublé et je savais que les pleurs de Joy n'étaient pas pour l'aider. Manoa souffrait des mêmes troubles. Je l'entendais se lever la nuit et partir dans les environs, aspirer l'air qui lui manquait. Tous deux avaient pris toutes les injections de la trousse de secours de Méréa. Cela leur avait permis d'amoindrir leurs souffrances post-traumatiques. Mais le chemin pour réparer leur âme resterait long.

Toute occupée que j'étais à veiller sur ma Joy, bien que très assistée par mes amis dont la patience me subjuguait toujours, je ne cessais pas de penser à Manoa, de le veiller du coin de l'œil, de me redresser dans ma couche la nuit quand je l'entendais quitter la grotte, de l'attendre comme on attend le soleil après l'orage...

Il me manquait et je savais que je lui manquais aussi. Notre quête pour nous retrouver avait débuté et je la voyais prendre forme régulièrement, par un geste, un regard qui traduisait son affection, son attirance, qui éveillait les vestiges du magnétisme irréfutable qu'il y avait entre nous autrefois. Je voyais que Manoa s'attardait sur moi, même quand il pensait que je ne m'en rendais pas compte, il me couvrait alors d'un regard plein d'amour et de doutes... Ce n'était plus le séducteur obstiné qui avait tout fait pour me déstabiliser lors de notre rencontre. Ses gestes étaient doux, discrets, sincères et légers, et s'évaporaient au gré du vent, tels des papillons d'été. Je l'attendais comme il m'attendait lui aussi. Comme il m'espérait.

Je savais que nous avions besoin de parler. Mais que lui n'était pas prêt. Tout comme il n'était pas prêt à prendre la moindre place auprès de Joy dont il évitait la présence au maximum. Cela m'avait fait souffrir dans un premier temps, seulement, à quoi m'attendais-je ? Il n'était pas le père et je n'étais pas... sa femme. Nous étions juste deux âmes qui s'aimaient, qui s'étaient trouvées et qui se cherchaient encore malgré les ténèbres qui avaient pris place dans leur histoire. Alors, je continuais à lui offrir quelques mots, quelques pistes pour qu'il ouvre son cœur à nouveau, et j'attendais qu'il y soit disposé.

Nous étions tous conscients qu'une telle vie ne pourrait pas durer éternellement. Zefryam avait opté pour ce lieu afin de nous éloigner le plus possible de nos ennemis et nous avait même appris le système de sécurité qu'il avait inventé pour sceller la grotte en cas d'attaque. Ana et lui ne cessaient d'utiliser l'Écoute pour nous sécuriser. Pour le moment, ce mode de vie nous rassurait mais ce n'était pas ce que je voulais pour toujours. Je n'osais pas trop en parler. Cela ne faisait que quelques jours, quelques semaines à peine, et j'étais moi-même encore un peu perdue quand il s'agissait de faire le tri dans mes désirs. Surtout, avant de prendre la moindre décision, nous avions besoin de souffler.

Allan et James n'étaient pas en reste, ils avaient commencé à aménager un charmant potager tous près de la grotte, favorisant ainsi notre alimentation, principalement composée de conserves et de courses faites à Méliocor, dans la plus grande discrétion. Il est vrai que produire notre propre nourriture serait un pas supplémentaire vers une véritable sécurité.

J'allais parfois les aider, appréciant de m'adonner à une activité qui me permettait de me focaliser sur autre chose que le fatras désagréable de mes pensées. J'étais une jeune azra. Même si je ne ressentais pas une pression comparable à celle que devait vivre Ethiel dans son corps de perrestre, j'avais besoin d'exister autrement qu'en étant une mère et une amoureuse contrainte à une patience d'ange dans tous ces domaines. Était-ce choquant de réaliser que je m'étais sentie plus à ma place dans la quête terrible pour retrouver Manoa que dans ces nouveaux rôles ? Je n'étais plus la Lisor contrainte à se reposer perpétuellement, j'étais la Lisor qui bouillait de reprendre sa vie en main. Mais quelle vie au juste ?

Un beau matin, je pris la décision d'aller à la chaumière d'Ana. Cela faisait un bout de temps que nous évoquions la nécessité d'une nouvelle expédition, histoire de récupérer quelques ustensiles utiles. J'étais donc volontaire. M'éloigner de ma fille n'était jamais agréable, la peur de la perdre était toujours là. Toutefois, me dégourdir les jambes, prendre du recul sur tout ce que j'éprouvais, étaient devenu une nécessité !

À ma grande surprise, l'agréable masure d'Ana apparut sur ma route au bout de quelques heures de crapahutage dans la forêt. Mes sens d'azra allaient au-delà de ce que je me croyais capable, c'était comme un pilote automatique qui m'avait guidée jusqu'à bon port. Je n'allais pas m'en plaindre... Revoir ce lieu, que je n'avais jamais visité seule, me fit une étrange sensation. C'était ici que j'avais écrit la lettre et fait mes adieux à ma fille. Comme cette escapade était aussi destinée à m'aérer les pensées, je m'accordai d'entrer dans la chambre autrefois réservée à ma Joy. Le lit et le tapis avaient disparu, désormais utilisés dans la grotte. Il ne restait plus que la petite desserte sur laquelle Ana s'était assise pour me parler. Je me souvins de notre échange tendre, de sa douceur et de sa prescience qui m'avait tant soutenue, permis d'écrire les mots qui avaient scellé des adieux aimants et déchirants. Et finalement, tout s'était bien fini, ma chance était immense. À bien y réfléchir, j'avais gagné des combats à la hauteur de ceux que j'avais perdus.

Soudain, je sentis une présence. Je me statufiai, réalisant qu'ici, seule et si peu entraînée, je ne pourrais rien contre des ennemis déterminés. Paralysée par cette réalité, je n'eus même pas l'idée d'user de l'Écoute, je me tournai vers la porte qui s'ouvrit brutalement et, à mon plus grand soulagement, je reconnus Manoa.

Chapitre 23

— Manoa ? Tu m'as suivie ? demandai-je, incrédule.

Avait-il fait toute la route juste derrière moi, sans que je m'en aperçoive ? Pour quelle raison ? Je n'eus pas le temps de me questionner davantage car je perçus sa colère qui m'étonna.

— Est-ce que c'est vrai ? Est-ce que Julian t'a demandée en mariage ? s'exclama-t-il, furibond.

— Quoi ? Qui t'a raconté ça ? m'étonnai-je, ahurie par cette question et la brutalité qui l'accompagnait.

— Réponds-moi !

— Non, il ne m'a pas demandée en mariage, balbutiai-je, prise de court, c'est plutôt Andrew qui l'a fait mais...

— Quoi ? me coupa-t-il, véritablement hors de lui.

Il fit quelques pas.

— Alors Julian a fait quoi ? Il t'a demandé quelque chose, n'est-ce pas ?

— Oui, avouai-je comme prise en faute. Il m'a demandé un rendez-vous en échange d'informations pour te trouver.

— Un rendez-vous ?

— C'est juste un thé, je lui dois dans cent ans... autrement dit, ce n'est rien et ça ne veut rien dire.

Ses yeux éblouissants jetaient des éclairs. Il faisait presque peur et cela me plut. Car je retrouvais le Manoa entier, qui vivait par tranches brûlantes d'émotion et pas l'être éteint qui n'osait plus exister depuis ces quelques jours. J'ignorais ce qui avait pu le réveiller si brutalement mais je fus tout à coup certaine que c'était le moment. Le moment où l'abcès allait être crevé.

— Et s'il t'avait demandé *plus* qu'un rendez-vous ? me demanda-t-il, plein de rage. Tu aurais accepté ?

Ce qu'il sous-entendait était à la fois hautement blessant et presque amusant. Je me retins de sourire cependant et lui répondis avec calme et noblesse :

— Non, évidemment que je n'aurais pas accepté. Je ne me serais jamais *perdue* en essayant de te retrouver. C'était justement l'un des défis de ma quête que de rester connectée à mes valeurs, de rester moi-même pour être avec toi.

Il fut soufflé un moment par ma réponse. Son visage, d'une beauté exceptionnelle, se figea un faible instant, me laissant apprécier toutes les nuances enflammées qui habitaient ses yeux maintenant que ses émotions s'étaient réveillées. Puis il sembla soudainement triste et baissa son regard sublime.

— Et tu as réussi... parce que tu réussis tout ce que tu entreprends, déclara-t-il avec une sorte d'admiration douloureuse. Pardonne-moi, Lisor. Tu ne mérites pas que je te parle de la sorte. Tu as mis ta vie en jeu pour moi et je me comporte comme un pur crétin.

— Pas faux, ne pus-je m'empêcher de plaisanter.

— Le fait est que je ne te mérite pas, reprit-il tristement. Je ne mérite absolument l'amour que tu me donnes...

— Ah non, tu ne vas pas recommencer avec ça ! le coupai-je.

Ce fut à mon tour d'être en colère même si j'étais enchantée que cette conversation ait lieu, de pouvoir enfin lui dire ce que j'avais sur le cœur.

— Tu es un homme exceptionnel que toutes les filles s'arracheraient ! Tu es sensible, tu es prévenant comme personne ! Tu as pris soin de l'humaine handicapée que j'étais, tu étais prêt à tout pour moi. Tu es la personne la plus désintéressée que je connaisse. Si je t'avais rencontré dans des circonstances normales, je n'aurais pas pu voir toutes ces qualités mais je les aurais devinées. Et je n'aurais jamais laissé filer un homme tel que toi ! Toutes les femmes du monde m'auraient fait un procès si j'avais baissé les bras !

Je repris mon souffle, fière d'avoir pu parler et qu'il m'ait écoutée.

— Alors oui, j'avoue, j'ai pensé un peu égoïstement à mon petit bonheur en te cherchant dans l'espoir qu'on partage nos vies. Alors par pitié, ne laisse pas un fossé se creuser entre nous pour de si stupides raisons ! Tu peux me repousser parce qu'à cause de moi tu as vécu des choses horribles, ou parce que je suis un véritable aimant à problèmes... Mais je t'en prie, ne me repousse pas parce que tu te mésestimes !

Il me regardait, un peu interloqué face à ce déferlement, et j'en profitai pour refaire un pas vers lui, un pas dans la sincérité qui devait se déployer sur mon visage.

— Tu es mon prince ! Pas un prince charmant, c'est vrai... Tu es tellement plus, tu es rempli d'humour, de gentillesse et d'abnégation et aujourd'hui... par ma faute... de souffrances qui ne te donnent que plus de profondeur. Et moi, moi... je ne suis que ta servante...

Je me mis à ses pieds et lui pris les mains.

— Je ne suis pas en train de te supplier. Je voudrais que tu sois avec moi par amour et non par pitié. Mais je veux que tu saches à quel point tu as de la valeur à mes yeux. Tous ces azras qui ont essayé de me « séduire », même si c'était plus des menaces qu'autre chose, n'avaient rien à me proposer d'autre qu'une sécurité matérielle. Avec toi, je sais que mon cœur sera à l'abri, je sais que j'aurais ce que je souhaite vraiment. La sincérité. Un être profondément bon qui sait aimer et tout donner pour les autres. C'est auprès de ce genre d'homme que je veux m'endormir et me réveiller. Un homme qui fait des choix dont il est fier, un homme qui m'enseigne des valeurs par sa présence, qui me sécurise par sa lumière.

Manoa se mit à genoux en face de moi, complètement troublé ; il cala son front au mien.

— Oh, Lisor, je ne suis plus cet homme, je ne sais pas si je pourrais l'être à nouveau. Je me sens tellement... sale...

Je fus soulagée qu'il sache le dire, qu'il mette des mots sur les raisons de son horrible manque de confiance. Je fermai les yeux et lui répondis d'une voix assurée :

— Il te faut du temps, c'est plus que normal... Et tout comme tu m'as aidée à guérir, je t'aiderai...

Il serra ses doigts plus fort autour des miens même s'il ne semblait pas s'en sentir digne.

— Mais je suis un esclave... Je suis toujours un esclave pour Olyméa !

— On s'en fiche d'Olyméa ! m'exclamai-je en détachant mon front du sien. On est bannis d'Olyméa ! Ana, Zef, nous tous ! On n'est plus rien pour elle et ça tombe bien, car elle n'est plus rien pour nous !

Il s'écarta un peu de moi, le visage blessé.

— Seulement, moi je sais que, quelque part, là-bas, des fichiers comportent mon nom et mon rang d'esclave encore effectif pour cent ans !

Je n'accordais plus la moindre importance à ce fait que j'avais oublié depuis longtemps, mais je pouvais comprendre son désarroi... C'était peut-être sa manière de chercher une guérison, de chercher un moyen de rétablir son honneur.

— D'accord, répondis-je doucement. Alors, est-ce que tu veux qu'on aille à Olyméa, qu'on essaye de réclamer ta libération ?

— Non, je ne veux pas retourner là-bas. Et ce serait trop dangereux.

Il se leva et je l'imitai. Il fit quelques pas dans la pièce pour mieux réfléchir.

— Il y a un autre moyen, avoua-t-il sans oser me regarder. Un moyen qui changerait tout. Un moyen qui pourrait me permettre d'obtenir tout ce que je souhaite au monde. Un moyen auquel je pense depuis longtemps mais que...

— Quoi ? Manoa ? Quel moyen ?

Pourquoi avait-il tant de retenue à l'idée de me confier son idée ? Fallait-il tuer quelqu'un pour y parvenir ?

Il se tourna vers moi et me regarda dans les yeux.

— Si un azra épouse un esclave... ce dernier cesse aussitôt de l'être et passe au plus haut rang des hybrides.

Je le regardais, totalement interloquée.

— Quand tu dis un azra... ?

— Épouse-moi, Lisor, demanda-t-il simplement comme on jette les armes.

— ...

— Tu ne réponds pas, se mortifia-t-il.

— Je ne sais pas, Manoa, finis-je par dire. J'hésite entre t'arracher la tête pour cette horrible demande en mariage ou te sauter dans les bras pour cette fin de conte de fées que j'attendais sans plus l'espérer...

— Parce que... tu aimerais m'épouser ? s'étonna-t-il gêné.

— Évidemment ! Quand je t'ai fait mon monologue sur le fait que j'étais ta servante, etc. Tu écoutais ou tu jouais aux billes dans ta tête ? Je t'aime et si je t'aime comme je n'arrête pas de le crier sur tous les toits, à tous les rois et à qui veut l'entendre, c'est entièrement et pour toujours ! Je veux t'appartenir et que tu m'appartiennes.

Il y eut une dualité dans ses émotions que je saisis sur son visage. Une part de lui semblait délivrée et prête à totalement s'épanouir au bonheur qui naissait en lui et une autre restait sur la réserve, ne voulant pas y croire, ne pouvant pas y croire.

— Tu es une azra maintenant, Lisor, fit-il comme s'il voulait mettre les choses au point. Tu réalises que ce mariage... Cela pourrait te discréditer, abaisser ton rang naturellement et... t'enchaîner à un seul homme, imparfait et meurtri, dans un monde où tant d'autres sont à tes pieds ?

Je ris, tellement cette scène faisait éclater des sentiments trop longtemps contenus, tellement je l'avais attendue...

— Hum... Il vaudrait mieux que tu choisisses autre chose en guise de vœux de mariage...

Il ne bougea pas, ne céda pas à l'humour car il doutait toujours que je sois consciente de ce que j'allais soi-disant « perdre » à ses côtés.

Je fis quelques pas vers lui à nouveau.

— Tu es épuisant... soupirai-je. Mais c'est à charge de revanche, réalisai-je. Il y a quelques mois, quand j'étais humaine, tu as dû argumenter des heures pour m'assurer que tu m'aimais. Je présume qu'aujourd'hui, c'est mon tour ? On ne pourra pas dire que ça va trop vite entre nous !

Je pris ses mains et je vis que, malgré le plaisir qu'il avait de croire que tout allait s'arranger, il n'arrivait pas à lutter contre sa réserve, sa peur de me toucher alors qu'il ne s'en sentait plus digne.

— S'il te plaît, regarde-moi, rappelle-toi de tout ce qu'il y a entre nous... Ce monde n'existe plus, à côté de ça, tu te souviens ? Même s'il va falloir du temps pour oser à nouveau m'approcher, après ce que tu as vécu, je patienterai. Être avec toi pour toujours... cette idée me comble ! Quoique tu en dises, quoiqu'en pensent les autres. Pas toi ?

Il eut enfin un sourire, se détendit un peu, sûrement à la chaleur de tous nos souvenirs communs, grâce à l'évidence que ce qui nous liait nous dépassait depuis longtemps et que l'on ne pourrait jamais le défaire. Je vis que la joie se faisait un chemin en lui, lentement. Comme chez un enfant à qui on annonce que le cadeau qu'il ne pensait plus avoir va finalement arriver.

— Je l'avoue. Toi, c'est tout ce que je souhaite..., répondit-il simplement.

Et il m'embrassa doucement, pas comme l'ancien Manoa qui me prenait d'assaut telle une ville et qui semblait se contenir avec peine. Il était différent, très doux et très précautionneux, comme s'il cherchait encore à s'assurer que c'était moi, et qu'il était bien lui...

Peu importait, car je me délectais du velours de ses lèvres, qui malgré sa douceur hésitante, me provoqua une explosion de plaisir et d'apaisement. J'avais passé six mois à m'abîmer dans son souvenir éblouissant, j'avais survécu à la guerre, survécu à un accouchement, survécu à l'attaque d'un perrestre... survécu à une mutation en azra... J'avais défié la mort de bien des manières et tellement d'autres personnes et d'autres situations pour enfin le retrouver que ce baiser me paraissait être une récompense irréelle. Peut-être même un peu trop irréelle, c'était un geste un peu trop fragile pour compenser tout ce que j'avais enduré, tout ce que j'avais osé.

Alors, incontrôlable, je répondis plus avidement à son étreinte, me plaquai contre lui et entourai sa nuque de mes bras pour l'approcher encore davantage de moi. C'est lui qui en perdit son souffle, lui, dont l'hésitation me fit réaliser que j'allais au-delà de ses capacités. Il mit un terme à notre enlacement avec une infinie tendresse et remit mes cheveux en place derrière mes oreilles tandis que je rassemblais mes pensées.

— Désolé, souffla-t-il. Je t'aime... plus que tout au monde, mais j'ai du mal pour ces choses-là... Je le veux tellement et pourtant...

— C'est à cause de ce que tu as vécu, murmurai-je. Je te trouve déjà plus fort que la moyenne pour endurer comme tu le fais et vouloir te marier si peu de temps après de telles horreurs...

Il me regarda de ses yeux toujours trop éblouissants pour être réels.

— Se marier avec la femme la plus exceptionnelle qui soit, que tous les rois s'arrachent, ce n'est pas du courage... C'est plutôt une chance dont je ne reviens pas, affirma-t-il.

Je ris.

— Tu abuses un peu ! Déjà, *un seul* roi m'a fait cette proposition... et de plus, il ne l'a pas faite pour mes charmes mais pour mieux se servir de moi...

Il caressa encore mes cheveux, osa toucher le contour de mon visage, je vis qu'il se réappropriait doucement des gestes qui lui avaient manqué, mais que son cœur lui refusait. Puis il posa son front contre le mien, recréant cette intimité apaisante que j'adorais tant entre nous.

— Alors, épouse-moi, Lisor, murmura-t-il finalement, son souffle si délicat sur mon visage. Épouse-moi parce que je t'aime, épouse-moi parce que tu m'aimes et pour aucune autre raison.

— D'accord, souris-je, émue. Mais je dois quand même te dire que je veux t'épouser parce que tu es canon, plaisantai-je.

Il rit et je sus, après tous ces mois, que la paix, dont j'avais toujours rêvé, ne serait bientôt plus un espoir mais une réalité.

***

Des pattes qui courent sur le sol... Un pelage soyeux qui brille dans la nuit... Un museau qui flaire jusqu'aux plus infimes senteurs, jusqu'aux plus légères particules abandonnées dans la forêt... Un museau qui les flaire...

Cette créature, cet animal, ce n'est pas moi. Non, moi je suis une azra. Une azra qui dilate le temps et l'espace, une azra qui peut désormais mêler la réalité au songe...

Je me réveillai brutalement et pris aussitôt conscience que je tenais tant à protéger les miens, que, pendant quelques secondes, j'avais su user de l'Écoute tout en dormant. Peut-être n'était-ce d'ailleurs pas la première fois, mais n'ayant jamais rien senti de significatif, je n'avais jamais été tirée de mon sommeil.

Je me redressai et me concentrai à nouveau. Il y avait une présence, à des kilomètres, qui fusait à toute vitesse dans notre direction. Qui nous pistait.

Terrifiée, je sortis de ma couche, et posai les yeux sur le berceau de ma Joy. Un regard me confirma qu'elle y dormait profondément dans sa beauté et dans sa pureté. J'aurais donné ma vie pour épargner la sienne des sollicitations de tous nos ennemis. Ces semaines de paix n'avaient peut-être été qu'une parenthèse. Comment la protéger réellement alors que nous avions tant d'ennemis ? Alors que nous étions si peu, un petit groupe d'êtres qui s'aimaient solidement, mais si démuni ?

Je sortis de notre chambre sans plus tarder. Tout le monde semblait dormir. Je quittai la grotte et me retrouvai dans cette nuit claire. Le matin ne tarderait pas à poindre et avec lui, une nappe brumeuse qui parfumerait tout de sa saveur, de son velours froid.

Je resserrai les pans du long gilet que je portais sur le t-shirt et le short que j'utilisais en guise de pyjama. Certes, je n'avais pas vraiment froid. Ma peau d'azra pouvait s'accommoder de toutes sortes de températures. C'était un frisson d'un autre genre qui m'étreignait. La peur.

Je ne fus pas surprise de voir qu'Ana et Zefryam m'avaient devancée, ils se tenaient debout, dos à l'entrée de la grotte. Eux aussi sur le qui-vive. Ils n'avaient jamais cessé d'user de l'Écoute, pour leur part, et avaient perçu le danger bien avant moi.

Je me postai près d'eux.

La créature se rapprochait de plus en plus, je commençais à mieux discerner sa lumière, à mieux distinguer ce qui la caractérisait et qui m'interpellait.

Cependant, je fus interrompue dans ma visualisation par une main qui prit la mienne.

Je tournai la tête. Manoa était réveillé. Il sondait les bois, ne pouvant voir ce que l'on voyait, mais devinant la menace. Son regard était une promesse. Une assurance. Celle qu'il serait toujours là pour moi. Celle qu'aucun combat ne se ferait sans lui désormais. Celle que nous serions unis jusqu'à la mort, quitte à l'affronter ensemble.

Je lui répondis par un faible sourire. L'idée de ne plus être séparée de lui et de tout risquer à ses côtés me plaisait beaucoup. Toutefois, il y avait Joy. La perdre était inconcevable.

— Qu'est-ce qu'on fait ? demanda Ana. On scelle la grotte avec les hybrides à l'intérieur pour les protéger ?

— Hors de question, répondit Fay, qui était également sortie.

Les prémices du soleil tapissaient l'air et le décor d'une étrange couleur irréelle. Les animaux sentaient l'appel lointain du jour et commençaient à s'éveiller, quand ceux qui préféraient la nuit se repliaient déjà dans l'ombre. Mais le soleil n'était pas encore là.

Je serrai plus fort les doigts de Manoa. Il allait falloir prendre une décision rapide. Ce perrestre que nous sentions pouvait ne pas être seul.

Je me concentrai à nouveau et le distinguai davantage, il était plus près. Je n'utilisais mes dons qu'à leur périphérie, et ce, depuis le début. Il me faudrait des siècles pour les comprendre et mieux en user. Des siècles pour me les approprier. Je pris donc soudainement conscience des accents étrangement familiers que prenait la lumière de cet intrus.

— Attendez...

Je m'avançai et lâchai la main de Manoa.

— Lisor..., me reprocha-t-il inquiet.

— Je suis sûre que l'on n'a rien à craindre, affirmai-je.

Soudain, je perçus que la créature mutait et tout à coup, un adorable chat noir à l'œil mutin franchit le sous-bois.

Je m'approchai, le chat me couvrit de son regard pétillant. C'était le premier animal que j'avais vu en entrant dans le camp de Priam. C'était le regard de Penina.

J'eus l'intuition d'ôter mon long gilet de laine et de le jeter dans les buissons. Le chat comprit la manœuvre, s'enfouit dans les feuillages en question tandis que je me reculai pour rejoindre le groupe. Un instant plus tard, une radieuse jeune femme vêtue du vêtement qu'elle venait de lacer autour de sa taille apparut devant nous. Elle était exquise avec ses cheveux bruns piquetés de quelques feuilles et ses yeux en amande sombres qui nous gratifiaient de leur lumière mutine habituelle.

— C'est Penina, une alliée, nous pouvons lui faire confiance, assurai-je à Zefryam et Ana qui ne l'avait jamais rencontrée.

Ils semblèrent dubitatifs mais ne bougèrent pas d'un pouce.

— Bonjour à vous, fit-elle d'une voix joyeuse. Pardonnez-moi, mais je n'ai pas résisté à tester l'efficacité de votre cachette.

Elle nous regarda avec une certaine désolation.

— Malheureusement, il a été très facile de vous trouver, et si j'y suis parvenue si aisément... je crains qu'Andrew le puisse également.

Allan, James et Elora nous avaient rejoints dehors sans même que je m'en sois rendu compte.

— Nous en sommes conscients, intervint sombrement Zefryam. Est-ce qu'Andrew a fait parler de lui ?

— Justement, je voulais vous prévenir qu'il vient de nous proposer une alliance, répondit Penina. Évidemment, Priam a refusé. Il n'a aucune confiance en ce type et il regrette que des clans de perrestres aient pu pactiser avec lui.

— La trêve ne sera pas éternelle, réalisai-je.

Andrew m'avait promis dans sa lettre qu'il me laisserait en paix un certain temps. J'avais eu le droit à quelques semaines et peut-être qu'il était assez occupé pour m'en laisser d'autres, mais le danger reviendrait, forcément... Il m'avait prévenue.

— Comment as-tu fait pour nous retrouver ? demandai-je à mon amie perrestre.

— Passer par des rivières pour effacer votre odeur ne suffit pas, expliqua-t-elle. Et l'instinct d'un perrestre ne se trompe pas facilement. Même si vous êtes très éloignés de tout.

— Et, si Andrew a obtenu la loyauté de certains clans de perrestres, fit Ana soucieuse, il n'aura aucun mal à nous débusquer...

— Oui, j'en suis navrée, mais je pensais qu'il était important de vous prévenir, conclut Penina.

— Tu as bien fait, la remerciai-je. D'ailleurs, il est temps que je fasse les présentations ! Voici Ana et Zefryam. Ils sont comme ma famille.

Les dénommés eurent une sorte de sourire pour répondre à celui de la si sociable Penina.

Je me tournai vers Zefryam.

— Qu'est-ce qu'on peut faire... ?

Il semblait songeur et Ana, à ses côtés, avait le front barré d'une ride soucieuse. Lorsqu'il s'apprêta enfin à ouvrir la bouche, j'entendis Joy hurler dans son berceau. Elle n'appréciait pas qu'on fasse tous bande à part devant la grotte.

Je fus contrainte de m'éloigner, sachant que, de toute manière, nous n'avions pas de solution miracle.

Arrivée dans la chambre de ma fille, je me rendis compte qu'une personne m'avait suivie. Manoa. Il se tenait appuyé contre l'embrasure de la porte en bois. Il me regardait.

— Tu as quelque chose en tête, n'est-ce pas ? s'enquit-il doucement.

Depuis notre retour à la grotte, nous passions beaucoup plus de temps ensemble. Nous étions rentrés main dans la main de notre escapade dans la chaumière et nos amis, bien qu'ayant échangé des regards entendus, s'étaient abstenus du moindre commentaire.

Le retrouver, avec cette promesse de nous unir réellement et officiellement, m'avait soulagée infiniment. Mais difficile de se projeter dans l'avenir, de se situer, alors que nous n'étions ici qu'une bande de survivants. Quant à nous installer dans une ville... C'était impossible pour protéger réellement Joy.

— J'avoue, répondis-je en essayant de calmer la petite.

Ce n'était pourtant pas l'heure de son biberon et sa couche était propre, peut-être avait-elle faim plus tôt que prévu. Débordée par ses gesticulations, je la mis machinalement dans les bras de Manoa, le temps d'attraper les ustensiles pour lui préparer son breuvage. Tout en m'activant, je remarquai qu'elle pleurait moins. Je tournai la tête et m'arrêtai net.

C'était la première fois que Manoa l'avait dans les mains. Il semblait mal à l'aise, ne sachant que faire de ce nourrisson peu coopérant, et c'était amusant de le voir encombré malgré son corps musculeux et son aspect de prince antique. Il remarqua mon observation.

— Qu'est-ce que tu as ? demanda-t-il.

— Rien. Je vois simplement mes deux grands amours réunis, souris-je, émerveillée de les avoir récupérés après les avoir tant rêvés.

Ils étaient là, dans ce songe inventé de toutes pièces pour ma survie mentale lors de ma mutation, ce songe qui était censé me permettre de mourir en paix. J'avais combattu, je m'étais battue plus que de raison pour avoir la chance un jour de vivre cet instant, de les voir tous les deux, de les avoir tous les deux. Je n'étais pas sûre que Manoa puisse comprendre à quel point cela revêtait un sens tout particulier, à quel point je me sentais sûre d'avoir réussi l'impossible et qu'avec cette assurance, ma vie et mes choix en seraient changés à jamais. Me battre ? J'allais continuer. Toujours. Les protéger, à jamais !

— Ne t'y habitue pas trop, balbutia-t-il, je ne sais pas m'occuper d'un bébé...

— Il faut croire que tu te trompes, lui dis-je en m'approchant car Joy s'était rendormie.

Il posa les yeux sur elle à nouveau et je vis qu'il venait d'être capturé par le pouvoir indéniable de ma fille. Elle l'hypnotisa un instant par sa quiétude totalement paralysante et communicative.

— Elle te ressemble, dit-il.

— Tu trouves ? m'étonnai-je.

J'avais le sentiment qu'elle avait tout hérité de son père.

— Oui. Elle a ton nez très fin, ta peau claire, tes lèvres si roses... Elle risque d'être très belle, comme sa maman.

Cette fois, il me regardait. Dans ces bras aux muscles solides, bercée par sa puissance douce, Joy semblait aux anges. Manoa fouilla mon regard de ses beaux yeux bleus.

— Tu ferais un père merveilleux, ne pus-je m'empêcher de lui dire, admirative de la force délicate, sécurisante qui émanait de lui.

Il s'assombrit.

— Sauf que je ne suis pas... le père.

Je posai une main sur son avant-bras.

— Tu vas m'épouser. Je suis navrée de te l'apprendre mais tu vas devenir son beau-papa. Tu auras un rôle essentiel dans sa vie.

Il me regarda un peu interloqué, n'ayant pas réalisé qu'il avait cette place, partagé entre gratification et inquiétude.

***

— C'était une excellente idée, cet endroit, assurai-je avec un sourire à Zefryam.

Il était assis au bord de la falaise, juste au-dessus de la grotte. Joy étant rendormie, je m'étais autorisée à l'y rejoindre, tandis que le reste du groupe s'était détendu, à la présence chaleureuse de Penina qui avait accepté de s'attarder quelque temps parmi nous. Allan lui faisait d'ailleurs visiter notre antre avec enthousiasme.

Je m'installai près de Zefryam, appréciant la candeur du jour qui approchait. La vallée, immense sous nos yeux, était nappée d'une couche brumeuse qui rendait tous les contours flous, incertains et d'une douceur incroyable. Une vapeur laiteuse, comme une marée qui montait lentement vers nous, refroidissant nos pieds et rafraîchissant nos cœurs.

Zefryam se perdait dans la contemplation de ce spectacle de plus en plus majestueux, à mesure que l'astre du jour approchait. Je savais qu'il craignait cette autre chose qui pointait à l'horizon. Il craignait Andrew qu'il devait bien mieux connaître que moi, pas seulement parce que ce roi maudit l'avait suggéré, mais aussi parce que je voyais son expression se figer dès qu'on y faisait référence. Il savait de quoi il était capable et sa crainte ne faisait qu'ajouter à la mienne.

— Une bonne idée, peut-être, mais pas suffisante, s'attrista-t-il. Est-ce que tu aimerais qu'on parte ? ajouta-t-il. Est-ce que tu aimerais qu'on change de continent ?

— Non, je ne crois pas que la distance ou les océans soient un problème pour Andrew.

— En effet, concéda-t-il avec un sourire triste qui en disait long.

Il releva la tête, c'était la première fois que je lisais dans ses yeux une telle culpabilité. Elle me renvoya soudainement à celle qu'il avait partagée avec moi lors de notre rencontre, lorsqu'il m'avait raconté le sort qu'il avait réservé aux humains qu'il tentait de faire muter, quand il m'avait parlé d'elle, Adylie, ma grand-mère dont il ne semblait pas guéri de la perte.

— Lisor, il faut que je te dise... Andrew n'a pas toujours été mon ennemi...

— C'est ce que j'ai cru comprendre. Et tu n'as pas à t'en inquiéter. Je l'ai trouvé sympathique moi aussi, lors de notre rencontre, plaisantai-je.

Il sourit, sembla vouloir parler encore mais, voyant que James et Fay venaient de nous rejoindre et s'installer à quelques mètres, il s'en abstint. Peu importe, ce qui le pesait, il m'avait tant donné que je serais à jamais son alliée, sa fille même.

— Dis-moi, tu as participé à mettre en place la sécurité d'Olyméa lors de sa construction ?

— Non, soupira-t-il. J'aurais souhaité le faire mais cela n'a pas été possible.

— Quels idiots ! Tu es l'azra le plus doué qui soit !

— Si c'était le cas, aucun perrestre n'aurait dû franchir la sécurité de ma villa lorsque vous y étiez.

— Peut-être, mais ce perrestre a tout changé pour moi, dis-je avec un large sourire en évoquant ma mutation.

Mes yeux s'attardèrent sur l'immensité qui s'étendait devant nous, sur la brume qui s'enroulait tel un délicat serpent autour des hectares de forêt et sur les montagnes au loin.

— Nous sommes des azras, fis-je les yeux perdus dans ce décor sans âge. Nous avons été créés à la base pour être des soldats et nous sommes devenus finalement des créatures vraiment ingénieuses... Même si c'était efficace, ce ne serait pas logique de vivre dans une grotte, il nous faut quelque chose de plus grand, de plus beau... Quelque chose de plus solide... Et si tu avais carte blanche pour sécuriser ce quelque chose, ne pourrais-tu pas faire merveille ?

Des rayons dorés réchauffèrent l'horizon, dispersant la brume, annonçant l'arrivée toute proche du soleil.

Le mien, Manoa, était déjà là et s'assit juste à côté de moi. Nos doigts se trouvèrent naturellement. Zefryam eut un sourire.

— Dis-moi plutôt ce que tu as en tête, Lisor...

Je pointai du doigt la colline, qui surgissait à des kilomètres de nous, entre les haillons de brume. Les rayons du soleil levant peignaient tout le panorama de nuances mouvantes et éclatantes, le fleuve qui traversait la forêt, voisinait la vallée et disparaissait dans les montagnes, semblait éclater de mille feux.

Je lui glissai alors mon idée dans l'oreille.

Il sourit.

— Tu penses que ce serait possible ? lui demandai-je.

— Pourquoi pas, Lisor ? déclara-t-il, songeur. Et avec toi, tout le devient...

Mon sourire s'agrandit devant cet assentiment qui tenait lieu de promesse. Ana arriva et s'installa juste à côté de Zefryam.

— Finalement, tu obtiens toujours tout ce que tu veux, commenta Manoa qui avait tout entendu.

— Comment ça ?

— Un jour, tu m'as dit que tu espérais construire, si ce n'est un monde meilleur... au moins *notre* monde...

— C'est juste un endroit pour nous protéger et tant mieux s'il est plutôt agréable à regarder.

Il me sourit. Plus les rayons solaires s'élevaient, plus ses yeux brillaient, éclats de bleu, éclats de paix.

— Comme toi, rajoutai-je plus bas. C'est juste parce que je t'aime que je veux passer ma vie avec toi et tant mieux puisque tu es agréable à regarder.

Il rit. Et ce son, le rire de Manoa, était celui que je préférais entre tous. Tout comme j'adorais sentir mes doigts dans les siens, mon épaule contre la sienne et mon cœur tout contre le sien.

— Vite, le soleil se lève, fit Allan tandis que Penina et lui nous rejoignaient.

J'ignorais pourquoi on s'était improvisé cet instant à savourer le soleil levant, mais c'était bon d'être tous ensemble, d'espérer et de savoir que demain, tout serait possible.

— Quoi qu'il en soit, pour cette nouvelle quête, je serais là cette fois-ci, ajouta Manoa. De la première à la dernière pierre, je serai avec toi.

Son regard d'amour me perça le cœur mieux que le soleil ne le ferait avec l'horizon. Nous n'allions plus être séparés. Plus jamais.

Je fermai brièvement les yeux, pour cristalliser cet instant dans ma mémoire et aussi dans ma conscience, pour réaliser que tout cela était bien réel. Manoa perçut mon émoi et il déposa un doux baiser sur mon front.

Elora arriva soudainement avec ma fille dans ses bras. Je lui adressai un large sourire tandis qu'elle la déposait tout contre moi.

— Elle s'est réveillée et elle était agitée, alors j'ai pensé que...

— Tu as bien fait, la coupai-je en remarquant toutes les couvertures dont elle avait pris soin de l'entourer.

La magnifique hybride s'assit avec nous afin de contempler le superbe instant suspendu dans le temps.

J'ignorais où était Ethiel, le seul qui n'avait même pas remarqué l'arrivée de Penina, mais je présumais que, vu sa nouvelle nature, la nuit avait pour lui les accents d'un appel irrésistible. L'animal qu'il devait gérer...

Lorsque le soleil surgit enfin, il sembla fissurer les montagnes d'une lave or qui illumina nos visages. Mes doigts serrèrent automatiquement ceux de Manoa, pendant que, de l'autre main, je ramenai ma fille tout contre moi. Je la berçai alors doucement jusqu'à ce que le sommeil apaise ses traits totalement et lui rende sa beauté solaire.

Oui. Joy était là. Elle était en vie. Manoa était là et lui aussi, il était en vie... Et tellement d'êtres que j'aimais, qui m'avaient tant aidée, étaient là, eux aussi.

Alors, oui, en cet instant, je l'étais : certaine que tout est possible.

Cher Lecteur,

Ce tome est unique à mes yeux, parce qu'il me rappelle la personne merveilleuse à qui je l'ai dédié, mais aussi le douloureux combat que j'ai moi-même dû mener pour avancer quand tout semblait s'y opposer.

En l'écrivant, j'avais fort heureusement un cadeau de choix : des commentaires, des réactions, une immense bienveillance des lecteurs à propos du tome précédent.

Merci pour ta présence, merci de faire vivre cette histoire, merci d'accorder une place à ces personnages dans ton cœur.

Et si tu en as le temps et le désir, n'hésite pas à laisser ton avis à propos de ce tome sur Amazon. Je considère ce geste comme très précieux. Je lis chaque commentaire et je suis très émue de voir que nous sommes nombreux à partager ces valeurs que j'exprime dans mes romans, d'amitié, de courage et d'espoir.

Le tome suivant devrait te plaire en la matière. Il est rempli de lumière, d'aventures et d'amour ! Et je souhaite que tous ces mots trouvent leur place dans ta vie.

Tendrement,
June Cilgrino

Vivre en paix dans un grand château…
Ce serait une fin de conte de fées quand on oublie les centaines d'ennemis à nos trousses…

C'est le plus beau des chantiers qui commence, notre chez nous et bientôt… notre mariage.

Étonnamment, l'histoire de la dernière azra que je suis et de l'ancien esclave qu'est Manoa, attire énormément de partisans.

Nous sommes enfin en train de créer notre monde à nous.

Mais tout indique que nos ennemis n'en sont que plus hargneux et fomentent leur vengeance.

Peut-on gagner une guerre avec l'amour pour seule arme ?
Parce que c'est tout ce que j'ai…

« Tout en restant derrière moi, Manoa saisit l'une de mes paumes et l'ouvrit pour cueillir entre mes doigts, entre nos doigts entrelacés, quelques faisceaux de lumière.

— J'aurais aimé que les choses soient plus faciles, avoua-t-il tandis que je regardais nos mains jouer dans les rayons.

Je vis alors quelque chose briller. Une bague. Il la posa dans ma paume et referma mes doigts au-dessus. Je fus surprise et ne sus rien dire.

— Est-ce que tu veux toujours m'épouser, Lisor Gianello ?

Je me tournai vers lui.

— Et toi ? ne pus-je m'empêcher de lui demander en osant jeter mes yeux timides dans l'océan miroitant des siens.

Il baissa le regard quant à lui, jouant toujours avec nos mains.

— Tous ces événements, répondit-il lentement, la manière dont je t'ai demandée en mariage, la manière dont ces derniers mois se sont déroulés... tout cela ne s'est pas passé comme je l'aurais voulu. C'est le moins qu'on puisse dire...

Il releva les yeux.

— Seulement, je t'aime. Et j'espère que malgré tout cela, tu m'aimes toujours.

— Évidemment ! Mais il y a...

Je voulais parler de tout ce qui entravait la joie de notre union et dont j'étais certaine qu'il faudrait débattre à un moment ou un autre. Cependant, il me fit taire en saisissant mon visage et en m'embrassant doucement. Lorsqu'il s'écarta, je n'étais plus tellement en mesure de parler. Je rouvris les yeux et ne vis que son sourire.

— Il n'y a que toi et moi, tu te souviens ? me fit-il en s'exprimant comme je l'avais déjà fait pour me rappeler ce « nous » qui était apparu sans que nous l'ayons contrôlé, ce *nous* que la vie avait voulu briser, ce *nous* qui nous dépassait, ce *nous* pour lequel nous étions prêts à tout, ce *nous* que nous formions pour toujours.

— Oui, répondis-je finalement. »

<u>Imative C est également disponible sur amazon</u>

Remerciements

C'est avec une profonde reconnaissance que je réalise combien vous avez été nombreux à m'épauler, directement ou indirectement, durant l'élaboration de cet ouvrage.

Je ne pourrais malheureusement pas remercier tout le monde mais je suis sûre que la majorité d'entre vous devrait se reconnaître dans les mots qui suivent.

Un grand merci, bien sûr, à mes correctrices, Yvette et Isabelle. Mais aussi à mes bêtas-lectrices : Mélissa, Sophie et Julie. Votre chaleur et votre compréhension sont toujours un immense cadeau. Je ne sais pas ce que je ferais sans vous !

Je tiens également à remercier tous mes collègues, pour leurs conseils et leur soutien au quotidien. Il y aurait trop de monde à citer, mais je pense à Marine H., bien sûr, qui a été si généreuse et patiente envers moi !

Ensuite, j'aimerais remercier mes amis. Toutes ces personnes qui ignoraient que j'écrivais jusqu'à ce qu'elles apprennent la sortie d'Imative A et qui ont alors fait preuve d'un enthousiasme déroutant. Au point, d'ailleurs, que cet événement nous a rapprochés. Vous me réclamez depuis des lustres la sortie de ce tome et moi je m'étonne toujours de réaliser que vous avez pu aimer le premier, je m'étonne toujours d'être devenue auteur à vos yeux de manière si naturelle, je m'étonne de vos encouragements et de vos compliments, qui m'ont fait un bien fou ! J'étais bien consciente d'avoir des personnes de choix dans mon existence, j'ignorais que j'étais entourée de perles rares, capables d'une telle générosité, d'une telle capacité à sublimer l'autre ! Merci infiniment.

Enfin, je pense à ma famille, mes parents, mes sœurs et mes beaux-frères. J'avoue que j'ai une chance fabuleuse, parce que j'ai une famille aimante et très encourageante. Merci d'être là, de soutenir toutes les facettes de ma personne, y compris l'écrivaine que je suis enfin devenue après en avoir rêvé toute mon enfance.

Finalement, grâce à vous tous, qui lisez ces lignes, le monde de Lisor a davantage pris vie à mes yeux, alors un immense merci !

Site internet de l'auteur :
https://junecilgrino.fr/

Page Facebook de l'auteur :
https://www.facebook.com/JuneCilgrino/

Compte Instagram de l'auteur :
https://www.instagram.com/june_cilgrino/

Imative B

Numéro d'ISBN : 979-10-96516-04-9
Couverture : June Cilgrino
Retouches Graphiques : Fox Graphisme
June Cilgrino, tous droits réservés ©
Toute reproduction est interdite
sans le consentement de l'auteur.
« Dépôt légal : Juillet 2018 »
Version : Mise à jour Juin 2021